# ALFRED CAPUS

# THÉATRE COMPLET

## VI

*L'Attentat* ◦ ◦ ◦ ◦

*L'Oiseau blessé*

*Qui perd gagne*

ARTHÈME **FAYARD**
ÉDITEUR ◦ ◦ ◦ ◦
18-20, Rue du Saint-Gothard
PARIS ◦ ◦ ◦ ◦ ◦

ALFRED CAPUS

—

# THÉATRE COMPLET

———

8ᵘ Yf 1712

# THÉÂTRE COMPLET

## d'Alfred CAPUS

---

## VOLUMES PARUS

I. — Brignol et sa Fille. — Rosine. — Les Maris de Léontine.

II. — Petites Folles. — La Bourse ou la Vie. — La Veine.

III. — Mariage Bourgeois. — La Petite Fonctionnaire. — Les Deux Écoles.

IV. — La Châtelaine. — L'Adversaire (en collaboration avec Emmanuel Arène). — Monsieur Piégois.

V. — Notre Jeunesse. — Le Beau Jeune Homme. — Les Passagères.

VI. — L'Attentat (en collaboration avec M. Lucien Descaves). L'Oiseau blessé. — Qui perd gagne (en collaboration avec M. Pierre Veber).

## SOUS PRESSE

VII. — Les Deux Hommes. — Un Ange. — L'Aventurier.

---

# ALFRED CAPUS

---

# HÉATRE COMPLET

## VI

L'Attentat
L'Oiseau blessé
Qui perd gagne

PARIS
ARTHÈME FAYARD, ÉDITEUR
Rue du Saint-Gothard, 18-20

# L'ATTENTAT

## PIÈCE EN CINQ ACTES

### EN COLLABORATION AVEC M. LUCIEN DESCAVES

Représentée pour la première fois au théâtre de la Gaîté,
le 9 mars 1906.

# PERSONNAGES

---

| | |
|---|---|
| MONTFERRAN . . . . . . . . . . . . . | MM. Coquelin. |
| MARESCOT . . . . . . . . . . . . . | Jean Coquelin. |
| BIZOT . . . . . . . . . . . . . | Desjardins. |
| LAZARE MARESCOT . . . . . . . . | Roger Vincent. |
| POSTEL . . . . . . . . . . . . . | Péricaud. |
| GRAFFARD . . . . . . . . . . . . | Laroche. |
| LE DOCTEUR DES ANGES . . . . | Céalis. |
| MAITRE BURETTE . . . . . . . . | Dauchy. |
| PERCIER . . . . . . . . . . . . | Maxime Capoul. |
| FRADIN . . . . . . . . . . . . | Chabert. |
| HINGAND . . . . . . . . . . . | Danequin. |
| TOUT-BÉNEF, apprenti . . . . . . | Louis Jalabert. |
| DUVERNET . . . . . . . . . . . | René Alex. |
| | |
| MARCELLE . . . . . . . . . . . . | Mᵐᵉˢ Jane Hading. |
| CÉCILE MARESCOT . . . . . . . | Miéris. |
| TANTE CÉSARINE . . . . . . . . | Kerwich. |
| JULIA DORFEUIL . . . . . . . . | Gilberte Sergy. |
| LA MÈRE TOUQUET . . . . . . . | Dehon. |
| AGATHE . . . . . . . . . . . . | Giesz. |
| ARICIE . . . . . . . . . . . . | Médeau. |
| OENONE . . . . . . . . . . . | Guétry. |

Les autres personnages, par
MM. Ogereau, Roudez, Dimitri, Marienval.

---

# L'ATTENTAT

## ACTE PREMIER

Une boutique et un atelier de relieur y attenant,
aux environs du Luxembourg.

Une cloison vitrée, avec porte de communication au milieu,
coupe la scène en deux. A gauche, la boutique ; à droite, l'atelier. Les deux pièces donnent sur la rue et les vitres de la de-
vanture sont dépolies à hauteur d'homme. L'atelier est meublé
d'un poêle, de grandes tables couvertes de livres en feuilles,
d'une presse, de rayons et de tabourets. Dans la boutique,
porte d'entrée, escalier en colimaçon conduisant à l'étage supérieur, comptoir-bureau, chaises, œil-de-bœuf. C'est le matin,
en hiver.

## SCÈNE PREMIÈRE

### CÉCILE, POSTEL, puis GRAFFARD.

*(Au lever du rideau. Cécile, après avoir reçu le lait des
mains du garçon laitier, arrêté à la porte, se met à
balayer la boutique.)*

POSTEL, *entrant.*

Serviteur, mam'zelle.

CÉCILE.

Bonjour, monsieur Postel !

POSTEL.

Crédié, que ça pince !... Si le thermomètre continue à descendre, dans deux jours la Seine sera prise. Heureusement que, de Grenelle au Luxembourg, on a le temps de se réchauffer.

CÉCILE.

Vous venez toujours à pied?

POSTEL, *riant et indiquant ses jambes.*

Toujours... Le train 11 !...

*(Il passe dans l'atelier à droite, ôte son paletot et se chauffe au poêle. Entre Graffard par le fond à gauche. Il tire une dernière bouffée de sa cigarette et la jette avant d'entrer.)*

GRAFFARD.

Bonjour, mademoiselle Cécile !

CÉCILE.

Bonjour, monsieur Graffard !

GRAFFARD.

Il fait friau, ce matin... Le thermomètre du quai de l'Horloge marque dix degrés au-dessous... Mais, comme dit l'autre, on ne s'en aperçoit pas en marchant vite. Il n'y a que les mains. Ah! les mains, par exemple... Tenez!...

*(Il pose sa main sur celle de Cécile.)*

CÉCILE, *retirant sa main.*

Le fait est...

*(Elle s'éloigne un peu.)*

GRAFFARD.

Main froide, cœur chaud.

CÉCILE.

Ça se dit.

GRAFFARD.

Et ça se prouve... Vous n'avez pas froid, vous?

CÉCILE.

Mon Dieu, non. Je me donne du mouvement, vous voyez.

GRAFFARD.

Ça ne fait rien. Je suis sûr que vous avez le bout du nez gelé. *(Il cherche à s'en assurer. Elle recule.)* Blague dans le coin, vous devriez au moins mettre un foulard autour du cou.

CÉCILE.

N'ayez pas peur. Je ne m'enrhumerai pas. Je n'ai pas le temps.

GRAFFARD.

C'est vrai qu'on ne vous voit pas souvent inoccupée. Toujours au comptoir, au ménage, ou à l'atelier, en train de donner un coup de main à la mère Touquet. Ah! l'ouvrage ne vous fait pas peur!... Une petite femme comme vous dans une maison, c'est un trésor. Jamais votre oncle, monsieur Marescot, ne vous remplacera.

CÉCILE.

Oh! je n'ai pas l'intention de m'en aller!

GRAFFARD.

Pourtant... le mariage?

CÉCILE.

Ah! bien... d'ici là...

GRAFFARD.

A moins que monsieur Marescot, qui n'est plus jeune, ne vous destine à un relieur comme lui... qui serait son associé d'abord, son successeur ensuite.

CÉCILE.

Vous n'arrangez pas mal les choses. On voit bien que vous êtes désintéressé dans la question.

GRAFFARD.

Mademoiselle Cécile... est-ce que vous avez un peu d'estime pour moi ?

CÉCILE.

De l'estime ?... En voilà une question !

GRAFFARD.

Je ne bois pas, je ne suis pas noceur, je connais la reliure à fond. Il y a cinq ans que je suis chez monsieur Marescot... Vous aviez quinze ans... Vous veniez de perdre coup sur coup votre père et votre mère. Votre oncle vous avait recueillie...

CÉCILE.

Mon oncle est la bonté même.

GRAFFARD.

Ça, on peut le dire et le penser. Il est plutôt un camarade qu'un patron. Mais, tout de même, ce n'est pas pour ça que je suis resté chez lui... Si je n'avais pas eu l'espoir...

CÉCILE, l'interrompant.

Oui... oui... C'est très bien, monsieur Graffard. Mais le magasin n'est pas rangé, excusez-moi...

*(Elle va au comptoir. Graffard réprime un geste de dépit et entre dans l'atelier dont il referme la porte, sans voir Postel qui se chauffe toujours au poêle.)*

## SCÈNE II

POSTEL, GRAFFARD, à *droite;* CÉCILE, à *gauche.*
*La porte qui sépare les deux pièces est fermée.*

POSTEL, *goguenard.*

Salut!

GRAFFARD.

Tiens! tu étais là, toi?

POSTEL.

En chair fraîche et en os. Je fais fondre ma glace. Tout le monde n'est pas, comme toi, un petit volcan en éruption permanente.

GRAFFARD, *enlevant son paletot.*

Oh!

POSTEL.

Veux-tu que je te dise? Eh bien, tu perds ton temps. Tu en seras pour tes frais, avec la nièce du patron.

GRAFFARD.

Qu'en sais-tu?

POSTEL.

Elle n'est pas pour toi, mon gros.

GRAFFARD, *venant le rejoindre près du poêle.*

Et pour qui est-elle?

POSTEL.

Faut pas être sorcier pour le deviner. La petite en pince pour son cousin.

GRAFFARD.

Lazare?

POSTEL.

Ne me fais donc pas poser. Ça saute aux yeux.
Elle a un pépin pour lui, quoi !

GRAFFARD.

Allons donc ! Elle l'aime comme elle aime son
oncle, et c'est bien naturel. Ils sont toute sa
famille, et elle prouve sa reconnaissance au patron en lui épargnant tous les embêtements du
ménage.

POSTEL.

Oh ! de ce côté-là, en effet, c'est comme si rien
n'était changé depuis la mort de la mère Marescot, que j'ai connue et qui était une brave et
digne femme.

GRAFFARD.

Enfin, ce qui saute aux yeux, c'est que Lazare
ne répond guère aux avances de sa cousine.

POSTEL.

Là-dessus, d'accord. Il n'a l'air de s'apercevoir
de rien ; il vit dans les nuages. Mais c'est égal, tu
peux te fouiller.

GRAFFARD.

Un joli mari qu'elle prendrait là ! Un employé,
un gratte-papier... sans emploi depuis trois mois...
et qui en cherche un... soi-disant dans le commerce, la banque... je ne sais pas... lui non plus.
Propre à tout, bon à rien. Si c'est pour ça que
son père l'a envoyé à l'école Turgot jusqu'à
seize ans, il aurait mieux fait de lui donner un
métier manuel. A vingt-cinq ans, il gagnerait sa
vie.

POSTEL.

C'est une erreur du père Marescot.

GRAFFARD.

Il est plus coupable qu'un autre de l'avoir commise. Il a eu tort de déclasser son fils, au lieu de le retenir parmi les travailleurs pour l'émancipation desquels le vieux a combattu. Personne d'abord ne devrait être soustrait à la loi du travail manuel.

POSTEL.

Si, les manchots.

GRAFFARD.

Enfin, le résultat de cette belle éducation, c'est que, sous des dehors pas fiers, il s'estime d'un cran au-dessus de nous.

POSTEL.

Où as-tu vu ça?... Dis donc la vérité : ce n'est pas pour une question de principes que tu l'as dans le nez, c'est pour une raison de sentiment...

GRAFFARD.

Je n'ai rien du tout contre Lazare. Et la preuve, c'est que, depuis trois mois qu'il a quitté le Comptoir d'échange en déconfiture, j'ai entrepris de le mettre dans la bonne voie.

POSTEL.

C'est-à-dire dans la mauvaise... au moyen des publications de propagande anarchiste à couverture écarlate, que tu lui glisses en douceur.

GRAFFARD.

Je l'initie. Je tâche de lui faire une volonté consciente.

POSTEL.

Il sera bien avancé. Je vois dans ton jeu, mon gros. Il n'est pas propre, car tu sais bien qu'à l'âge de Lazare et dans la crise qu'il traverse, on cède à tous les entraînements. Et tu ne serais pas fâché de lui faire faire quelque coup de tête. Seulement, prends garde au patron. Il s'est déjà aperçu que le petit n'est plus le même depuis quelque temps, et il ouvre l'œil.

GRAFFARD.

Ah! le vieux communard a changé. Il ne s'éclaire plus au pétrole. Il est devenu patron, quoi!

POSTEL.

Un bon patron.

GRAFFARD.

Pas méchant, mais sa montre retarde!

POSTEL.

Oh! il est né avant toi, évidemment, et il a gardé les signes de son temps, qui valait bien celui-ci. Il n'est pas anarchiste, oh! non. Mais je ne le suis pas non plus et tu ne l'es guère toi-même, sinon en théorie, ce qui n'engage à rien.

GRAFFARD.

Enfin, tu ne trouves pas triste de voir ce vétéran de la démocratie servir de jouet aux politiciens, présider un comité électoral, des réunions publiques, des banquets, des anniversaires?

POSTEL.

C'est pas un crime, c'est une faiblesse.

GRAFFARD.

C'est de la vanité. Pour ces vieux-là, 1871, c'est comme l'année de la Comète pour les vignerons.

POSTEL.

Avec cette différence qu'en 1871 c'était leur sang qui coulait.

*(Pendant cette dernière scène, allées et venues dans le magasin, causées par la boulangère et la porteuse de journaux, qui apportent à Cécile le pain et la Petite République.)*

## SCÈNE III

LES MÊMES, LA MÈRE TOUQUET, *entrant par le fond à gauche, à Cécile qui est au comptoir.*

LA MÈRE TOUQUET.

Bonjour, mademoiselle Cécile !

CÉCILE.

Bonjour, madame Touquet !

LA MÈRE TOUQUET.

Je suis un peu en retard, ce matin.

CÉCILE.

Mais non, à peine.

LA MÈRE TOUQUET.

Il fait un temps à plaindre les statues. Vous n'avez pas besoin de moi, avant que je retire ma pèlerine ?

CÉCILE.

Non, merci, madame Touquet.

LA MÈRE TOUQUET, *ouvrant la porte et passant à droite.*

Messieurs, je vous salue.

POSTEL.

Bonjour, mère Touquet!

GRAFFARD.

On n'attendait plus que vous pour commencer.

## SCÈNE IV

Les Mêmes, MARESCOT *et* CÉCILE, *à gauche;*
*les ouvriers, à droite, travaillant, puis* LAZARE.

MARESCOT, à *Cécile.*

Est-ce que l'apprenti est arrivé?

CÉCILE.

Non, mon oncle. Mais tu oublies peut-être que tu lui as donné une lettre à porter chez ce député.

MARESCOT.

Chez Montferran?... Mais c'est sur son chemin. Il doit flâner en route, ce crapaud-là, comme toujours.

CÉCILE.

Tu as besoin de lui tout de suite?

MARESCOT.

Oui, il y a une livraison à faire.

CÉCILE.

Chez madame Le Grandier.

MARESCOT.

Non. Son Balzac n'est pas encore prêt. Est-ce qu'elle est venue le réclamer?

CÉCILE.

Pas que je sache. A propos, tu as appris l'accident arrivé à son petit garçon?

MARESCOT.

Mais non...

CÉCILE.

Il est tombé dans la rue, près de chez nous, et s'est foulé le pied...

MARESCOT.

Tiens...

CÉCILE.

La tante chez qui madame Le Grandier est venue demeurer, il y a trois mois, était déjà notre cliente auparavant, n'est-ce pas?

MARESCOT.

Oh! oui, depuis longtemps.

CÉCILE.

Elle est bien jolie.

MARESCOT.

Qui ça?... La tante?

CÉCILE.

Non, madame Le Grandier...

MARESCOT.

La jeune dame? Je n'ai pas remarqué.

CÉCILE. -- un temps.

Elle est veuve, n'est-ce pas?

MARESCOT.

Mais je l'ignore absolument... Qu'est-ce que tu

2

veux que ça me fasse?... Ne nous mêlons pas des affaires des autres.

CÉCILE.

En effet... Ça ne nous regarde pas.

MARESCOT.

Cependant, comme ces dames sont nos voisines et nos clientes, on pourrait peut-être faire prendre des nouvelles du petit garçon.

CÉCILE.

Oh! sois tranquille, nous en aurons.

MARESCOT.

Par qui?

CÉCILE.

Par Lazare... oui... Lazare était là quand le petit est tombé. Il a même aidé la bonne à le remonter chez sa mère.

MARESCOT.

Il a bien fait... Ah çà! il est donc déjà sorti ton cousin? On ne le voit pas, ce matin?

CÉCILE.

Je crois qu'il se lève. Il était très fatigué hier soir : il avait couru toute la journée pour cette place de comptable, tu sais...

MARESCOT.

Oui... oui... fatigué... C'est vrai qu'il a une assez mauvaise mine depuis quelque temps... Un drôle d'air enfin, tu n'as pas remarqué?

CÉCILE.

Si... Il est contrarié. Toujours sans emploi.

MARESCOT.

Je finirai bien par lui en trouver un. Est-ce que je lui en veux de ne pas travailler? Je sais bien que ce n'est pas de sa faute.

CÉCILE.

Oh ! non.

MARESCOT.

Pourquoi alors cet air malheureux? Je n'aime pas les gens malheureux autour de moi. Ça m'irrite comme un reproche, et un reproche que je ne mérite pas.

CÉCILE.

Certes non, mon oncle !

MARESCOT, *faisant une apparition dans l'atelier.*

Ah ! les jeunes gens ! Et surtout les jeunes gens d'aujourd'hui !... A quoi pensent-ils, ces petits bougres-là? Qu'est-ce qu'ils nous préparent? Qu'est-ce qu'ils lisent?... J'ai déjà vu traîner ici, une ou deux fois... (*Rentrant dans la boutique.*) C'est son paletot que tu brosses là ?

CÉCILE.

Oui.

MARESCOT.

Voyons un peu ! (*Il fouille dans les poches et en tire une brochure qui dépasse légèrement.*) Là !... Qu'est-ce que je disais?... C'est cet animal de Graffard qui lui prête ça, je parie! (*Lisant le titre.*) L'Anarchie, son but, ses moyens. Je lui dirai deux mots à celui-là... (*Parcourant la brochure.*) Et des notes en marge, par-dessus le marché, des notes de la main de Lazare! C'est complet! (*Regardant de plus près.*) Ah ! bah !

CÉCILE.

Quoi ?

MARESCOT, *riant.*

Mais, nom de nom ! ce sont des vers !

CÉCILE.

Des vers ?

MARESCOT, *lisant.*

Mon âme a son secret, ma vie a son mystère...

*(Parlé.)* Où diable ai-je lu ça ?...

*(Il continue entre ses dents, d'abord, puis, plus distinctement :)*

Toujours à ses côtés, et pourtant solitaire,
N'osant rien demander et n'ayant rien reçu.

*(Parlé.)* Très bien ! très bien !... Voilà qui est parlé !... Ah ! j'aime mieux ça !

CÉCILE, *à part tristement.*

Pas moi !

MARESCOT.

Et tant que l'anarchie, son but et ses moyens ne lui inspireront pas d'autres réflexions, il n'y aura pas de mal... Ah ! le gaillard !...

*(Apparaît Lazare, en haut de l'escalier.)*

LAZARE.

Bonjour, père !

MARESCOT.

Bonjour, fiston ! Comment vas-tu, ce matin ?

LAZARE.

Bien, je te remercie, mais je n'étais pas malade... Bonjour, Cécile !

CÉCILE.

Bonjour, Lazare!... (A Marescot:) J'ai affaire là-haut. Je descendrai à l'atelier tout à l'heure.

MARESCOT.

Va, mon enfant, va.

CÉCILE, à Lazare.

Je vais te préparer ton déjeuner.

LAZARE.

Je n'ai pas faim... D'ailleurs, il faut que je sorte.

CÉCILE.

Il ne faut pas sortir par un temps pareil sans avoir pris quelque chose... Attends un peu...

(Elle monte l'escalier et disparaît.)

## SCÈNE V

MARESCOT, LAZARE, à gauche.

MARESCOT.

Elle a raison, la petite... Déjeune. Tu as tout le temps.

LAZARE.

J'ai rendez-vous pour une place.

MARESCOT.

Ne t'inquiète donc pas. Je t'en trouverai une, moi, de place. J'ai une idée... C'est donc cela qui te tourmente.

LAZARE.

Eh! oui. Tu dois le comprendre, pourtant. Depuis des mois je suis inactif... Je ne sais plus à qui m'adresser... dans quelle voie chercher... Ce sont toujours les mêmes réponses... et pour chaque emploi la même concurrence acharnée... des jeunes, des vieux, prêts à se déchirer entre eux pour la conquête d'un os, ou à lécher la main qui le leur jette... Quel avenir ai-je devant moi?... Si j'avais une ambition quelconque, à quoi cela me servirait-il? Je suis condamné à la plus triste médiocrité, quoi que je fasse! Aussi j'en arrive quelquefois à me dire qu'une société où un homme de mon âge, capable de travail et de bonne volonté, est impuissant à gagner sa vie, qu'une société pareille n'attend plus qu'une chose : les démolisseurs !

MARESCOT.

Des mots! des mots!... Est-ce qu'on détruit une société? Qu'est-ce que ça signifie? C'est comme si tu disais, quand un cyclone ravage un pays : « La nature est mal faite ». Non, on tâche de réparer les dégâts, on vient au secours des victimes et l'on recommence à travailler. Et puis la nature s'apaise et récompense nos efforts.

LAZARE.

Au fond, père, tu es un homme satisfait, et tu aimes la vie.

MARESCOT.

Non, je ne suis pas satisfait... de tout, mais j'aime la vie, certes... Quand tu auras failli deux ou trois fois être fusillé, tu t'apercevras qu'elle a du bon. En ce moment, parbleu! tu as des idées noires à cause de quelques petites déceptions dans tes projets... ou dans tes amours.

LAZARE.

Père, je t'en prie.

**MARESCOT.**

Mais que demain tu aies un sourire de ta belle, comme on disait dans les chansons de ma jeunesse, et un bon emploi...

**LAZARE.**

Cent cinquante francs par mois...

**MARESCOT.**

Mieux que ça.

**LAZARE.**

Cent soixante.

**MARESCOT.**

Laisse-moi faire et tu redeviendras vite courageux, confiant comme doit l'être, nom d'un chien, un garçon de vingt-cinq ans, d'une famille où l'on n'est pas des poules mouillées!

*(Entre Marcelle dans la boutique.)*

# SCÈNE VI

### Les Mêmes, MARCELLE.

**MARESCOT.**

Ah! madame Le Grandier!

**LAZARE,** *s'inclinant.*

Madame...

**MARESCOT.**

Vous venez pour vos livres? Je suis désolé...

**MARCELLE.**

Ils ne sont pas prêts?

MARESCOT.

Pas tout à fait... Qu'est-ce qu'on vient de me dire?... Votre petit garçon a fait une chute!... Ce n'est pas grave, j'espère?

MARCELLE.

Ce n'est pas grave, heureusement. Merci, monsieur Marescot... Et alors quand aurai-je mon Balzac?

MARESCOT.

Avant la fin de la semaine, je vous le promets... Je crois même que ce sera très bien... Tiens! Lazare... montre à madame un des volumes qui sont dans l'atelier...

*(Lazare entr'ouvre rapidement la porte de l'atelier, va prendre un des volumes dans un casier et le rapporte à son père.)*

MARCELLE.

Oh! ne prenez pas la peine...

MARESCOT.

Mais si!... mais si!... Je veux que vous soyez sûre qu'on ne vous a pas négligée... Ce n'est certainement pas vous que nous aurions négligée... *(Prenant le volume des mains de Lazare.)* Demi-maroquin à coins, tête dorée. C'est bien ce que vous avez demandé?

MARCELLE, *le maniant.*

Oui, c'est parfait!... J'aurais cependant préféré le dos d'une autre couleur... Il me semble que je l'avais choisi rouge...

*(Pour tourner les pages du livre, elle pose sur la table son mouchoir qu'elle vient de prendre dans un petit sac.)*

MARESCOT.

Vous avez raison... Je me rappelle... Ah! quand

on ne fait pas les choses soi-même... On va
changer la pièce... Je vais donner des ordres immédiatement. Excusez-moi...

*(Il sort par l'atelier.)*

## SCÈNE VII

### LAZARE, MARCELLE, puis CÉCILE.

**LAZARE**, *le livre à la main.*

Je n'ai pas voulu le dire devant mon père, madame, mais il faut que je vous fasse des excuses.

**MARCELLE**, *assise devant le comptoir et souriant.*

Et de quoi, mon Dieu ?

**LAZARE.**

Je me suis permis de lire quelques-uns de vos
volumes...

**MARCELLE.**

Vous avez bien fait : il n'y a pas de mal.

**LAZARE.**

Je les ai même tous lus pendant que j'y étais.

**MARCELLE.**

Vous ne connaissiez pas Balzac ?

**LAZARE.**

Je n'en connaissais que des fragments... C'est
bizarre, je croyais même qu'on ne le lisait plus
et que les femmes... surtout les femmes de votre
éducation... lui préféraient des romanciers plus
légers, plus...

MARCELLE.

Plus frivoles?... Ça dépend ce qu'on demande à une lecture et du genre d'imagination que l'on a.

LAZARE.

Oui... oui... en effet... A vous voir si sérieuse... si occupée de votre fils... toujours seule avec lui, on comprend bien que... vos goûts, votre idéal, ne doivent pas être ceux de toutes les femmes.

MARCELLE.

Bah !

LAZARE.

Il y a dans un des romans de Balzac, *le Lys dans la vallée*, je crois, une figure de femme, droite, pure, attachée à ses devoirs... avec un cœur « enivré de maternité » comme il dit... qui doit vous plaire beaucoup.

MARCELLE.

Oui, certes... mais pourquoi?

LAZARE.

Parce que je trouve... — ce que je vais vous dire ne peut pas vous froisser... — je trouve que cette figure vous ressemble... ou plutôt que vous lui ressemblez.

MARCELLE, *gaiement.*

Moi?

LAZARE.

Car enfin, votre fils est tout pour vous. Quand on vous l'a rapporté l'autre jour, légèrement blessé, vous êtes devenue si pâle... si...

MARCELLE.

J'ai eu grand'peur, je l'avoue... Mais n'allez pas

vous imaginer pour cela que je suis créature
de roman...

**LAZARE.**

Je me l'imagine cependant, je ne sais pas pourquoi.

**MARCELLE, *se levant.***

Oh! comme vous avez tort!... Je suis une maman
qui élève son fils, voilà tout, et pas le moins du
monde une héroïne... Et mon existence surtout
n'est pas enveloppée de mystère, comme on aime
à se le figurer dans ce quartier du Luxembourg,
dans cette paisible rue d'Assas, où tout visage
nouveau est un événement. On a fait mille sup-
positions sur mon compte, n'est-ce pas? quand on
m'a vue arriver, il y a trois mois... avec une voiture chargée de malles et de caisses!...

**LAZARE.**

Je passais par hasard... Je rentrais chez mon
père... Vous êtes descendue en tenant votre petit
garçon par la main... Il vous a demandé : « Est-ce
que c'est haut, chez tante Césarine? »

**MARCELLE, *riant.***

Vous avez entendu?

**LAZARE.**

Oui... Et vous avez répondu : « C'est au troisième, mon mignon. »

**MARCELLE.**

Tout bonnement... Et alors, qu'a-t-on brodé
là-dessus?... Oh! dites-moi, ça m'amuse.

**LAZARE.**

On est si curieux, si indiscret!...

MARCELLE.

Voyons ! qu'a-t-on dit de moi ?

LAZARE.

Que vous veniez de province, après un deuil,
des catastrophes, je ne sais quoi !...

MARCELLE.

Des catastrophes ! ce n'est pas banal ! Et, maintenant, on ne dit plus rien, j'espère ?... C'est fini ?

LAZARE, *souriant aussi.*

Oui, c'est fini... ça a l'air fini.

MARCELLE, *même jeu.*

Allons, tant mieux !... Mais votre père ne revient
pas. Veuillez lui dire que ce qu'il fera sera bien
fait... Au revoir, monsieur, et merci encore pour
le service que vous m'avez rendu l'autre jour.

(*Cécile paraît, au haut de l'escalier, une tasse à la
main.*)

CÉCILE.

Ton déjeuner, Lazare.

LAZARE, *avec un mouvement d'impatience.*

Tu vois bien que je suis occupé.

CÉCILE.

Je te demande pardon.

MARCELLE.

C'est moi qui vous demande pardon. Au revoir
mademoiselle !... Monsieur...

(*Elle sort. Au moment où elle va fermer la porte,
Lazare aperçoit le mouchoir qu'elle a laissé tout à l'heure
sur la table, et fait un mouvement comme pour aller le
lui rendre. Puis, se ravisant, il glisse furtivement le
mouchoir dans sa poche.*)

CÉCILE, *surprenant son geste, à part.*

C'est elle !

## SCÈNE VIII

### LAZARE, CÉCILE, *à gauche.*

CÉCILE.

Déjeunes-tu ?

LAZARE, *brusquement.*

Je n'ai pas faim.

*(Il va prendre son chapeau.)*

CÉCILE.

Tu sors ?

LAZARE.

Oui, tu sais pourquoi.

CÉCILE.

Tu n'es pas souffrant ?

LAZARE.

A quel propos ?

CÉCILE.

Je t'ai entendu marcher toute cette nuit dans ta chambre.

LAZARE.

J'ai lu assez longtemps.

CÉCILE.

Tiens, tous les livres, mon oncle et moi, nous les donnons au diable !

LAZARE.

Tout ce qu'on découvre en lisant !

CÉCILE.

On fait d'aussi belles découvertes rien qu'en regardant autour de soi.

LAZARE.

Tu ne peux pas comprendre.

CÉCILE.

Oh! c'est entendu... une petite fille!... C'est vrai, pour toi j'ai toujours douze ans et des robes courtes.

LAZARE.

Tu es la meilleure et la plus chère des petites sœurs.

CÉCILE.

La cadette de tes soucis.

LAZARE.

Pourquoi dis-tu ça?

CÉCILE.

Dame, à une sœur on confie ses projets, ses espérances, ses déceptions!... Ah! nous sommes loin de compte!

LAZARE.

Même à une sœur, on ne dit pas tout.

CÉCILE.

Je le vois bien. Je fais pourtant tout ce que je peux pour vous être agréable, à mon oncle et à toi... Et je sens bien que tu n'es pas heureux!

LAZARE.

Mais si! je suis très heureux.

CÉCILE.

Va, tu fineras par trouver du travail... Il suffit

d'un hasard... C'est fâcheux que tu ne saches pas
le latin.

LAZARE.

Pourquoi?

CÉCILE.

Parce que j'ai appris que notre belle voisine...
madame Le Grandier... qui sort d'ici... voudrait
faire commencer le latin à son fils, qu'elle aime
mieux instruire chez elle, que de l'envoyer à
l'école... Mais tu pourrais peut-être donner d'autres
leçons au petit. Veux-tu que mon oncle et moi
nous tâtions le terrain?

LAZARE, brusque.

Non... je ne veux pas... De quoi te mêles-tu?
Je te défends... <i>(Se reprenant.)</i> je vous prie, papa et
toi, de ne pas parler de moi à madame Le Grandier... Il est inutile d'intéresser toute la terre à
mon sort.

CÉCILE.

Madame Le Grandier n'est pas toute la terre.

LAZARE.

C'est une étrangère qui n'a pas besoin d'être
mêlée à nos affaires de famille, à mes ennuis...
entends-tu?

CÉCILE, prête à pleurer.

Ne te fâche pas.

LAZARE, radouci.

Pardonne-moi un mouvement de mauvaise
humeur, ma petite Cécile; j'ai mal dormi, je suis
un peu nerveux.

CÉCILE.

Ça passera.

LAZARE.

Oui, tu es une bonne petite mère!...

*(Il met son pardessus et son chapeau.)*

CÉCILE.

Je n'étais qu'une petite sœur tout à l'heure.
Je monte en grade. Tu me gâtes.

*(Entre l'apprenti Tout-Bénef, au moment où va sortir
Lazare.)*

L'APPRENTI, *essoufflé.*

C'est moi... un peu en retard. Bonjour, m'sieu
Lazare!... *(A Cécile :)* Bonjour, mam'zelle!

LAZARE.

Bonjour, petit!

*(Il sort.)*

L'APPRENTI, *désignant la droite.*

Le patron est à l'atelier?

CÉCILE.

Oui.

*(L'apprenti entre à droite. Cécile, au comptoir, se met
à faire des écritures.)*

## SCÈNE IX

MARESCOT, GRAFFARD, POSTEL, LA MÈRE
TOUQUET, L'APPRENTI, *tout le monde travaillant
à droite, en causant, ainsi que pendant les scènes précédentes; à gauche, au comptoir, Cécile écrit.*

MARESCOT, *apercevant l'apprenti.*

Te voilà enfin, toi!

L'APPRENTI.

Oui, patron.

MARESCOT.

Tu as remis la lettre?

L'APPRENTI.

J'ai même vu monsieur Montferran !

MARESCOT.

Toi !

L'APPRENTI.

Moi !

GRAFFARD, *levant la tête*.

Montferran? mais c'est le député de mon arrondissement.

MARESCOT.

Lui-même. Vous le connaissez, Graffard?

GRAFFARD.

De vue, seulement.

MARESCOT.

C'est un homme très remarquable !

GRAFFARD.

On dit. Mais je crois tout de même qu'il ne sera pas réélu.

MARESCOT.

Pourquoi donc? Votre arrondissement est pou. 'ant socialiste, et Montferran...

GRAFFARD.

Oui... il s'intitule socialiste. Mais que voulez-vous ! Il est riche... riche à millions, et alors, on se méfie...

MARESCOT.

Si riche que ça?

3

GRAFFARD.

C'est le fils du banquier... un grand banquier... paraît-il... qui est mort...

MARESCOT.

Peu importe? Si Montferran fait un bon usage de sa fortune. *(A l'apprenti :)* Et tu l'as vu?

L'APPRENTI.

J'étais dans le vestibule de l'hôtel... J'attendais la réponse... Au bout d'un quart d'heure, le larb..., le valet de pied est revenu.

MARESCOT.

Le valet de pied?

L'APPRENTI.

Oui.

MARESCOT.

Continue.

L'APPRENTI.

Et il m'a dit : « Monsieur veut vous parler. » J'étais baba ! On m'a introduit dans son cabinet, un cabinet avec des femmes...

MARESCOT.

Des femmes?

L'APPRENTI.

En marbre. « C'est toi qui viens de la part du citoyen Marescot? » qui m'a dit. « Oui, m'sieu le député, » que j'y ai dit... Alors il m'a dit « Tu diras au citoyen Marescot que je ne veux pas qu'il se dérange. Je passerai chez lui, ce matin. »

MARESCOT.

Montferran va venir ici !

L'APPRENTI.

Oui, patron, à l'atelier. Ah ! c'est un homme pas fier. Il tient à voir l'atelier et il m'a donné cent sous !

MARESCOT.

Bien, très bien ! Montferran ici... C'est très important.

GRAFFARD, *bas, à Postel.*

Regarde le vieux se rengorger.

LA MÈRE TOUQUET.

Quelle chance ?

MARESCOT, *aux ouvriers.*

Dites donc, mes amis, vous savez pourquoi je suis en rapports avec le citoyen Montferran ?

POSTEL.

Mais non, patron.

MARESCOT, *avec importance.*

Voici. Montferran a eu l'idée de constituer une caisse centrale de secours, qu'il appelle la caisse centrale des grèves ; vous avez dû lire ça dans le journal...

POSTEL.

En effet.

MARESCOT.

Pour subvenir aux premiers besoins des travailleurs, sans distinction de profession, qui se mettent en grève. Ce n'est pas une idée banale, n'est-ce pas ?

GRAFFARD, *ricanant, à Postel.*

Pour un banquier surtout.

MARESCOT.

Afin d'alimenter la caisse, il se propose de

donner tous les mois, dans chaque arrondissement, une représentation populaire, précédée d'une conférence qu'il fera lui-même. Il commence par notre quartier. Après avoir sollicité le concours du comité que je préside, Montferran veut sans doute renouveler cette démarche auprès de moi. Nous allons bien le recevoir, n'est-ce pas mes amis ?

POSTEL.

Tiens ! je crois bien !

L'APPRENTI.

Tu parles !

GRAFFARD, à la mère Touquet.

Vous savez ? Il paraît que c'est un chaud de la pince !

LA MÈRE TOUQUET.

Taisez-vous, horreur !...

GRAFFARD.

Ah ! on en raconte sur lui ! *(Haut.)* Ce n'est pas bête, ce qu'il fait là, Montferran.

MARESCOT.

Pas bête ?

GRAFFARD.

Il vient tâter la circonscription, parce qu'il se sent coulé dans la sienne !

MARESCOT.

Allons donc, Graffard !... Quelle idée !...

*(Bruit d'une corne d'automobile et cris à la porte de la boutique à gauche. L'apprenti lève la tête, quitte son ouvrage, passe dans le magasin et va ouvrir la porte d'entrée.)*

L'APPRENTI.

Qu'est-ce que c'est ?... Patron, on peut aller voir ?...

MARESCOT.

Veux-tu rester ici !

L'APPRENTI, *qui a déjà ouvert la porte et mis le nez dehors.*

Un accident d'auto... ah ! *(Rentrant.)* C'est monsieur Montferran !... C'est son auto qui a renversé quelqu'un !

MARESCOT, *se levant et entrant dans la boutique.*

Montferran !

*(Les deux ouvriers se lèvent et s'approchant ainsi que la mère Touquet. Cécile quitte le comptoir. La porte s'ouvre. Paraît Montferran qui soutient un ouvrier.)*

## SCÈNE X

CÉCILE, MARESCOT, L'APPRENTI, MONTFERRAN *et* L'OUVRIER, *dans la boutique à gauche,* POSTEL, GRAFFARD, LA MÈRE TOUQUET, *à la porte de communication.*

MONTFERRAN, *avec empressement.*

Une chaise ! vite, une chaise... Citoyen Marescot, je vous demande la permission de faire entrer ce brave homme !

MARESCOT.

Comment donc ?

MONTFERRAN, *à l'ouvrier.*

Entrez, mon ami !... Entrez... appuyez-vous sur moi, n'ayez pas peur ! Appuyez-vous bien...

CÉCILE, *avançant une chaise.*

Voilà !

MONTFERRAN.

Merci, mademoiselle... *(A l'ouvrier :)* Là, asseyez-vous. *(L'ouvrier s'assied.)* Où êtes-vous blessé, mon ami ? *(L'ouvrier fait un signe de tête.)* Nulle part ?... Allons, tant mieux !... Rien de cassé ? Vous êtes sûr ?... Levez les bras... faites aller les jambes... Parfait ! *(L'ouvrier se lève.)* Vous en êtes quitte pour la peur, mais mon chauffeur est un maladroit. *(Il tire un portefeuille et y prend un billet de banque qu'il met dans la main de l'ouvrier. L'ouvrier, pour prendre le billet, laisse tomber sa casquette. Montferran la lui ramasse et l'essuie.)* Tenez, mon ami... Rentrez vous reposer, vous remettre de votre émotion...

L'APPRENTI.

Cent francs ! Il en a une veine, celui-là !

MONTFERRAN.

Prenez l'auto, si vous voulez. Il a failli vous écraser ; c'est bien le moins qu'il vous reconduise chez vous. Et, si vous avez besoin d'autre chose, venez me voir... *(L'ouvrier sort. — A Marescot :* Excusez-moi, citoyen, d'en user avec ce sans-gêne.

MARESCOT.

Vous êtes le bienvenu, citoyen député... *(Lui désignant l'atelier, à droite, où les ouvriers et l'apprenti se sont remis à l'ouvrage.)* Vous voyez, vous nous surprenez au milieu de notre travail.

MONTFERRAN, *se retournant.*

C'est l'atelier ?... *(Entrant à droite, suivi de Marescot.* Et un atelier modèle, à ce qu'on m'a dit : une petite famille.

MARESCOT.

Ma foi, oui. *(Présentant.)* Postel, madame Touquet, Graffard, notre apprenti...

MONTFERRAN.

Je le reconnais.

MARESCOT.

On travaille ensemble depuis de longues années, preuve qu'on n'a pas trop à se plaindre les uns des autres.

MONTFERRAN.

Cela fait votre éloge à tous. Et quel travail intéressant, passionnant! Un relieur, un artiste comme vous, citoyen, est un grand couturier. Il habille de beaux corps, des chefs-d'œuvre de typographie, des papiers de luxe doux au toucher comme un épiderme de femme.

LA MÈRE TOUQUET, *à mi-voix.*

Dieu! que cet homme-là parle bien!

MARESCOT.

Oh! j'en habille de bien vilains aussi, allez! Aujourd'hui, la plupart des prétendus papiers de luxe ne sont qu'une camelote éphémère comme le reste. Car tout se tient et tout dégénère. Le dehors des livres ne vaut pas mieux que le dedans. Si vous saviez ce qu'on nous donne parfois à relier... Tenez!

*(Il lui montre quelques volumes.)*

MONTFERRAN.

Eh! oui, je vois... on empoisonne le peuple. Comment veut-on qu'il ait le sentiment de la beauté et de la vérité! On l'entretient dans le mensonge, la bassesse et l'erreur!

POSTEL.

Oh ! le fait est...

MONTFERRAN.

N'est-ce pas, monsieur Postel, que j'ai raison ?
On calomnie le peuple en le jugeant incapable
d'apprécier nos grands auteurs. On lui reproche
de s'adonner aux mauvais alcools : versez-lui nos
grands vins de France pour le même prix et vous
verrez ce qu'il choisira.

LA MÈRE TOUQUET, à mi-voix.

Un homme qui parle comme ça, moi, ça
m'enivre !

MARESCOT.

Vous êtes dans le vrai, citoyen.

MONTFERRAN.

J'étais sûr de votre approbation. Aussi, suis-je
venu à vous sans hésiter... Voici, mes amis, le
but que je poursuis...

(Il s'arrête et cherche un siège.)

POSTEL, à l'apprenti.

Vite, un siège à monsieur le député, Tout-
Bénef.

MONTFERRAN. riant.

Tout-Bénef ?

MARESCOT.

C'est le surnom de ce petit rossard qui, chaque
fois qu'il a reçu un pourboire, dont ses parents
ne voient jamais la couleur, ne manque pas de
dire que c'est pour lui tout bénef, tout bénéfice...
Plaisanterie d'atelier, citoyen.

MONTFERRAN.

Elle est fort drôle... (S'asseyant sur la chaise que lui

*apporte l'apprenti et prenant un temps.)* Vous savez peut-être ce qu'est notre caisse des grèves?

MARESCOT.

Je viens de le leur expliquer.

MONTFERRAN.

Mais une caisse, n'importe laquelle, il faut la remplir, n'est-ce pas? Or, à qui nous adresser pour cela, sinon au peuple lui-même, à tous ceux qui, travailleurs aujourd'hui, peuvent être grévistes demain? La caisse où, le cas échéant, l'ouvrier puisera, il faut que ce soit lui qui l'alimente. Comment l'y décider? C'était un problème difficile. Je crois l'avoir résolu dans des conditions toutes nouvelles. Je fais appel à nos plus grands artistes et je leur dis : « Voulez-vous coopérer à une œuvre d'éducation morale, en même temps que de prévoyance et d'émancipation? Aidez-moi à faire connaître aux travailleurs nos chefs-d'œuvre, à retremper le goût public aux sources classiques. Portons ensemble aux faubourgs Corneille, Racine, Molière, que l'on mutile dans les écoles et que l'on ne joue presque pas ailleurs!... » Mon appel est entendu et nous faisons d'une pierre deux coups. Nous donnons au peuple un plaisir noble dont il est privé, et, aux grévistes, le pain qui leur manque.

LA MÈRE TOUQUET.

Ah! que c'est beau!

TOUS.

Oui, c'est bien, très bien!

MARESCOT.

Grande idée... citoyen!...

MONTFERRAN.

Je suis heureux de votre approbation, citoyen Marescot, et cela m'enhardit à vous demander mieux encore : votre concours et votre patronage.

MARESCOT.

A moi ?

MONTFERRAN.

Oui, c'est l'objet de ma visite. Je voudrais que notre première réunion, celle qui décidera du succès de notre entreprise, fût présidée par un vieux lutteur comme vous, sur la brèche depuis plus de trente-cinq ans.

GRAFFARD, à mi-voix, à Postel.

Il est malin !

MARESCOT, modeste.

En vérité, je ne sais si je puis...

MONTFERRAN.

Insistez avec moi auprès de votre patron, mes amis.

POSTEL.

Le patron ne peut pas refuser.

MONTFERRAN.

Vous voyez ?... C'est donc vous, citoyen Marescot, qui prononcerez l'allocution de bienvenue... Nul, par l'estime dont il jouit dans ce quartier, n'est plus qualifié que vous.

MARESCOT.

Vous me voyez tellement confus...

MONTFERRAN.

Je vous vois surtout trop modeste. Il ne fallait pas fonder la République ! tant pis pour vous !

Vous vous devez à ses enfants qui sont les vôtres, et, puisque, par bonheur, nous entrons dans la carrière quand les aînés de votre taille y sont encore, nous avons le sublime orgueil et le devoir de les acclamer et de les suivre !

LA MÈRE TOUQUET, à *Graffard.*

Où va-t-il chercher tout ce qu'il dit ?

GRAFFARD, *bas.*

Dans *la Marseillaise.*

MARESCOT.

C'est que je ne suis pas un orateur...

TOUS.

Oh !...

POSTEL.

Oh ! patron, vous n'avez pas tout de même la langue dans votre poche.

MARESCOT.

Autrefois, je ne dis pas. A la fin de l'Empire, j'ai présidé avec assez d'autorité des séances tumultueuses.

MONTFERRAN.

Croyez-vous que je l'ignore ? Mais vous êtes mieux qu'un orateur : vous êtes un homme d'action, un vétéran des jours difficiles. Vous n'aurez, pour électriser la salle, qu'à raconter, par exemple, les circonstances dans lesquelles vous avez été blessé, le 25 mai, à côté de Delescluze.

MARESCOT.

Comment, vous savez ?...

MONTFERRAN.

C'est de l'histoire.

MARESCOT.

Oh !

MONTFERRAN.

Allons, c'est entendu. Je vous prédis un triomphe. Nous sommes donc d'accord sur le programme... Allocution du citoyen Marescot, ancien combattant de soixante et onze, ma conférence... et, comme spectacle classique, *Phèdre*, avec Julia Dorfeuil.

LA MÈRE TOUQUET.

Oh! je l'ai vue jouer.

MONTFERRAN.

Où cela?

LA MÈRE TOUQUET.

A la Porte-Saint-Martin, dans *la Tour de Nesle*, elle faisait Marguerite. Et puis à l'Ambigu, dans *la Jeunesse des Mousquetaires*... Elle faisait la mauvaise femme, qui a un nom étranger.

MONTFERRAN.

Milady.

LA MÈRE TOUQUET.

Milady, c'est ça... Ah! si je m'en souviens! Une si belle femme et une si belle voix!

MONTFERRAN.

Eh bien! c'est elle qui jouera *Phèdre*... Je vais faire poser l'affiche le plus tôt possible sur tous les murs du quartier... Au revoir, mes amis... Je compte sur vous pour la représentation... et si vous avez besoin de moi pour quoi que ce soit, ne vous gênez pas... Je suis tout à votre disposition.

*(Il leur serre la main.)*

GRAFFARD, *pendant que Montferran se dirige vers la porte.*

Dites donc, patron, j'ai envie de lui demander quelque chose... quoique ça me dégoûte bien... Si on profitait de l'occasion... pour mes deux jours de prison...

MARESCOT.

En effet... *(A Montferran.)* Citoyen député...

MONTFERRAN.

Quoi donc?

MARESCOT.

Graffard aurait justement une requête à vous adresser.

MONTFERRAN.

A moi?... Comment donc?... C'est avec plaisir...

MARESCOT.

Figurez-vous, citoyen, que Graffard n'a pas déclaré son changement de résidence, pour éviter de faire vingt-huit jours, et cet oubli lui a valu de la gendarmerie une invitation à passer deux nuits en prison.

GRAFFARD.

Dame! moi... le service militaire...

MONTFERRAN.

Ah! là-dessus, mon cher Graffard, il n'y a qu'une opinion... Vous avez eu tort, je vous le dis nettement. Le devoir militaire est le devoir de tout citoyen. La France ne peut pas se passer d'une armée redoutable pour sauvegarder son indépendance. Votre patron ne me démentira pas, j'en suis sûr, lui qui a marché avec la garde nationale pendant le siège de Paris et, plus tard, avec les fédérés, pour protester contre une paix honteuse. Vous étiez même capitaine, je crois.

MARESCOT.

Sergent, pendant le siège, et chef de bataillon, sous la Commune.

MONTFERRAN, à *Graffard.*

Vous voyez... L'obligation de servir, qui vous gêne quelquefois, je le comprends, est une expression du patriotisme dont nous sommes tous animés, à quelque parti que nous appartenions. Ce n'est pas une raison, d'ailleurs, pour qu'on vous rende cette nécessité amère et que vous fassiez deux jours de prison. J'arrangerai ça. Où demeurez-vous?

GRAFFARD.

Rue Vallès.

MONTFERRAN.

Mais alors, vous êtes mon électeur! Et vous ne m'avez jamais rien demandé?

GRAFFARD.

Manque d'habitude.

MONTFERRAN.

Allons! Envoyez-moi tout de suite une petite note... Et à bientôt, mes amis!...

MARESCOT.

Je vous accompagne.

LA MÈRE TOUQUET, *pendant que Montferran et Marescot passent dans la boutique et referment la porte.*

Et pas fier avec ça... Il a tout pour lui!

## SCÈNE XI

MONTFERRAN, MARESCOT, *à gauche*, CÉCILE,
*au comptoir; les ouvriers, à droite, recommencent à travailler.*

MARESCOT.

Maintenant que nous sommes seuls, permettez-
moi de vous dire combien je suis touché de votre
démarche.

MONTFERRAN.

Et moi, citoyen, de votre accueil.

MARESCOT.

J'inviterai tout le comité, n'est-ce pas?

MONTFERRAN.

C'est indispensable.

MARESCOT.

Quant à Lorillon, notre député, je crains qu'il
ne puisse pas se joindre à nous. Vous savez qu'il
est malade.

MONTFERRAN.

Oui... C'est un bon ami à moi. Pauvre Lorillon!... Il ne vient plus à la Chambre depuis longtemps.

MARESCOT.

Je tiens de source certaine qu'il ne se représen-
tera pas aux prochaines élections, à cause de son
mauvais état de santé.

MONTFERRAN.

Allons donc !

MARESCOT.

Un vrai, un bon socialiste, celui-là, comme vous, citoyen ! C'est une perte pour l'arrondissement où la lutte sera très chaude... Je suis sûr néanmoins que nous garderons la majorité.

MONTFERRAN.

La lutte sera chaude partout, citoyen Marescot. Ce qui est fâcheux, ce sont les divisions qu'il y a parmi nous.

MARESCOT.

Elles sont déplorables.

MONTFERRAN.

Dans ma circonscription même, où je crois pouvoir déclarer que j'ai rendu quelques services...

MARESCOT.

Certes !

MONTFERRAN.

Eh bien ! on me suscite un concurrent... je ne sais qui... un de ces garçons médiocres et sans le sou, qui cherchent à faire leur fortune dans la politique... tandis que moi, au contraire, je mets ma fortune au service de mes convictions.

MARESCOT.

Ce qui est la meilleure garantie.

MONTFERRAN.

Pour représenter les pauvres, aujourd'hui, il faut de l'argent ! Comment ne comprennent-ils pas qu'un homme riche qui vient à eux, c'est l'ennemi qui ouvre lui-même une brèche dans ses remparts.

MARESCOT.

Évidemment!

MONTFERRAN.

Et qu'en prenant les intérêts des travailleurs, ce n'est pas leur classe que je trahis, c'est la mienne!

MARESCOT.

Parbleu!

MONTFERRAN.

Ah! citoyen Marescot, que de préjugés il y a encore contre la fortune.

MARESCOT.

Tenez, c'est un homme comme vous qu'il nous faudrait ici, pour remplacer Lorillon. Si tous mes collègues du comité pensaient comme moi...

MONTFERRAN.

Nous examinerons cela, car nous allons nous voir souvent.

MARESCOT.

Avant que vous partiez, citoyen, j'aurais bien voulu vous présenter mon fils.

MONTFERRAN.

Vous avez un fils?... J'ignorais... Je serai enchanté de faire sa connaissance.

MARESCOT.

Ah! si vous pouviez vous occuper de lui...

MONTFERRAN.

Je ne demande pas mieux.

4

**MARESCOT.**

Il a vingt-cinq ans, c'est un garçon intelligent, laborieux et, j'ose le dire, instruit. Je l'ai laissé jusqu'à seize ans à l'école Turgot. C'était un brillant élève. Eh bien, avec toutes ses qualités, il ne trouve à se caser nulle part. Ça m'inquiète, parce qu'il se démoralise et que l'inaction est mauvaise conseillère. Un jeune homme livré à ses réflexions, à de mauvaises lectures et qui croit avoir à se plaindre de la société, a vite fait aujourd'hui de donner dans les documents anarchistes.

**MONTFERRAN.**

Un grand danger !

**MARESCOT.**

Assurément, car l'anarchie est en contradiction formelle avec les principes fondamentaux du socialisme tel que nous le comprenons.

**MONTFERRAN.**

Elle veut détruire, nous voulons réorganiser. Envoyez-moi votre fils, je me charge de lui.

**MARESCOT.**

Je vous en serai mille fois reconnaissant ! *(A Cécile qui a levé la tête et fait un mouvement :)* Hein ! Cécile, quelle chance pour lui !

**CÉCILE.**

Oh ! oui.

**MONTFERRAN.**

Attendez donc, j'ai peut-être votre affaire sou la main. Pour l'organisation de mes conférences j'ai justement besoin d'un secrétaire adjoint qui soulagera mon premier secrétaire débordé. Pensez-vous que votre fils consentira?

MARESCOT.

S'il consentira! Ah! le bougre, il serait difficile!

MONTFERRAN.

Eh bien, je l'attends demain matin!

CÉCILE.

Mon oncle, voici Lazare!

*(Entre Lazare.)*

## SCÈNE XII

Les Mêmes, LAZARE.

MARESCOT.

Eh bien, fiston?... *(Geste découragé de Lazare.)* Je vois à ta mine que tu as encore fait buisson creux... Allons, console-toi et viens ici... Voilà le citoyen Montferran qui veut bien reporter sur toi un peu de la sympathie dont il m'honore.

LAZARE.

Monsieur Montferran... le député socialiste?

MONTFERRAN.

Lui-même... Ravi de vous connaître, jeune homme... *(Il lui serre la main.)* Le papa me dit que

nous sommes sans emploi et que nous nous décou-
rageons... Voulez-vous venir avec moi ?

LAZARE, *étonné.*

Avec vous, monsieur ?

MONTFERRAN.

Comme secrétaire ?

LAZARE.

Oh ! monsieur... c'est si inespéré... si inat-
tendu... Je ferai tous mes efforts pour me montrer digne de votre confiance.

MONTFERRAN.

Venez demain matin. On vous mettra au courant. Vous verrez que ce n'est pas compliqué.

LAZARE.

Je ne sais en quels termes vous remercier.

MARESCOT.

C'est peut-être son avenir que vous venez de
décider là.

MONFERRAN.

Tant mieux ! car nous représentons, vous, moi
et votre fils, les trois grandes générations de la
République. Vous avez semé, je cultive et ce sont
ces jeunes gens qui feront la récolte... *(A Lazare :)*
Alors, vous êtes content ? Plus de nuages ?

MARESCOT.

Dites qu'il est en plein soleil !

MONTFERRAN, *allant à Cécile.*

Et la petite sœur?...

**MARESCOT.**

Non, la petite cousine.

**MONTFERRAN.**

Ah! bon... très bien... Elle doit être contente aussi, la petite cousine, hein?

**CÉCILE.**

Oh! monsieur... comment ne le serais-je pas, quand je vois mon oncle et mon cousin si heureux!

**MONTFERRAN.**

A la bonne heure!... (*Apercevant Tout-Bénef qui sort de l'atelier.*) Petit, va donc voir si mon mécanicien est revenu...

(*Tout-Bénef sort vivement.*)

CÉCILE, *à Lazare, à part, avec un peu de tristesse.*

Nous allons être maintenant bien peu de chose pour toi!

LAZARE, *riant.*

Ne dis pas cela, petite Cécile.

**CÉCILE.**

C'est la première fois que tu ris depuis long-temps.

TOUT-BÉNEF, *rentrant.*

L'auto de monsieur le député est avancée!

**MONTFERRAN.**

Au fait, et ce brave homme de tantôt? Mon mécanicien l'a-t-il reconduit?... Je voudrais bien avoir de ses nouvelles... Il faudra m'en apporter, petit.

**TOUT-BÉNEF.**

Ne soyez pas inquiet, m'sieu. Je viens de l'apercevoir, en face, chez le marchand de vin.

**MONTFERRAN.**

Alors, il n'a plus rien ?

**TOUT-BÉNEF.**

Il a cent francs.

**MONTFERRAN**, *riant et lui tirant l'oreille.*

Tout bénef !

*(Il serre des mains et sort pendant que le rideau tombe.*

————

# ACTE II

Chez tante Césarine.

Petit salon très simple. — Ameublement second Empire, recouvert en partie de housses. — Trois portraits de famille, accrochés au mur. — Deux portes, une à droite, l'autre à gauche. — Deux fenêtres.

## SCÈNE PREMIÈRE

### MARCELLE, CÉSARINE.

MARCELLE, *au lever du rideau, est en train de parcourir une lettre. Après avoir terminé sa lecture, elle tend la lettre à Césarine, en souriant.*

Lis donc ça, ma tante. Ça t'amusera.

CÉSARINE, *assujettissant ses bésicles.*

Voyons... *(Elle lit.)* « Madame... » *(Elle continue, puis s'arrêtant.)* Ça commence comme une déclaration d'amour...

MARCELLE.

C'est une déclaration, en effet.

CÉSARINE.

D'amour ?

MARCELLE, *souriant.*

D'amour.

CÉSARINE, *indignée.*

A toi!... On a osé!... *(Avec étonnement.)* Elle est en vers!...

*(Lisant :)*

Mon âme a son secret, ma vie a son mystère...

*(Parlé.)* Est-ce qu'il voudrait nous faire croire qu'ils sont de lui, ces vers, par hasard?... Mais, au fait, comment s'appelle-t-il, l'impertinent?

MARCELLE, *gaiement.*

La lettre n'est pas signée... et le sonnet d'Arvers n'est là que pour indiquer l'état d'âme de mon amoureux.

CÉSARINE, *continuant à rire.*

Il parle d'un mouchoir... Ah ça! tu perds tes mouchoirs dans les rues, maintenant?

MARCELLE.

Il paraît... Et il y a des jeunes gens qui les ramassent et les couvrent de baisers... Car j'espère au moins que c'est un jeune homme... *(Changeant de ton.)* Jette ces sottises...

CÉSARINE, *jetant la lettre.*

Oui... Tout ça est bel et bon, mais voilà à quoi t'expose la situation absurde où tu t'es placée! Voilà les conséquences de tes ménagements envers ton mari... ménagements que j'ai toujours blâmés, tu te le rappelles! Quand tu as eu la preuve de ses relations avec cette fille, il fallait divorcer tout de suite, quitte à faire un scandale... combien de fois te l'ai-je dit, hein? et ne pas te contenter de te réfugier chez moi en reprenant ton nom de jeune fille, pour ne pas contrarier les faits et gestes de ce polichinelle! Eh bien, le scandale aurait rejailli sur lui... Qu'est-ce que ça pouvait nous faire?

MARCELLE.

Dire que depuis trois mois j'en arrivais peu à peu à croire qu'il avait rompu avec cette créature! Quand je ne lui envoyais pas son fils au jour convenu, il me le réclamait dans des lettres vraiment affectueuses... où je me figurais qu'il y avait du repentir!... Et voilà, maintenant, qu'il s'affiche avec sa maîtresse!

CÉSARINE.

Sur tous les murs du quartier... et même sur la maison d'en face : conférence du citoyen Montferran... *Phèdre*, avec le concours de Julia Dorfeuil!

MARCELLE.

Le tout au profit de la caisse centrale des grèves!

CÉSARINE.

La caisse centrale des grèves!... Montferran!... Quand je pense que c'est pour l'associer à ces aberrations qu'il a épousé la fille d'un ancien procureur impérial, la nièce d'un colonel tué en 1870 à la tête de son régiment et la nièce aussi du conseiller d'État, mon regretté mari!... Cela vaut bien une famille de banquiers, je suppose, et c'est des titres de noblesse qui, sans se perdre dans la nuit des temps, remontent tout de même au second Empire. Ma pauvre Marcelle, que dirait ton père, implacable aux malfaiteurs, d'un gendre qui les cajole?

MARCELLE.

Il le jugerait sévèrement comme tu fais... Le

malheureux se noie, ce n'est pas douteux. Mais il a un fils, le nôtre. C'est ce qui m'avait arrêtée jusqu'à présent, tu le sais.

CÉSARINE.

Le petit Georges sera mieux élevé par nous que par son père. Il ne faut pas que ton mari s'imagine peser sur nous, parce qu'il te fournit les moyens d'élever son fils convenablement. Autre chose est de lui inculquer les bons principes, les fortes traditions, tout ce que ne saurait remplacer la fortune que nous n'avons plus, dans notre famille à nous.

MARCELLE.

Malheureusement.

CÉSARINE.

Pas du tout! C'est ce qui nous donne le droit d'élever la voix. Car nous n'avons pas attendu l'invitation de ses nouveaux amis pour nous appauvrir. Nous nous sommes réduits à la portion congrue. Nous avons, comme ils disent, restitué.

MARCELLE.

Oh! involontairement!

CÉSARINE.

Soit! Victimes d'une des nombreuses catastrophes financières imputables à un sale gouvernement, d'accord. Mais le résultat est le même. Il nous permet de mépriser les gens qui nous ont ruinés et avec lesquels ton mari pactise. J'espère que cette fois-ci tu es bien décidée au divorce.

MARCELLE.

Oui, certes! bien décidée. J'ai encore vu l'avoué

tout à l'heure. Il a écrit hier à mon mari et je lui ai écrit de mon côté.

CÉSARINE.

Parfait ! parfait ! il a dû recevoir les deux lettres ce matin !... *(Voyant Marcelle s'éloigner.)* Est-ce que tu ressors ?

MARCELLE.

Non. Je vais voir si le petit a fini sa leçon... et puis je l'enverrai se promener au Luxembourg. Il fait très beau temps... *(A Agathe qui entre :)* Agathe, habillez-vous... Vous emmènerez Georges.

AGATHE.

Bien, madame...

*(Sort Marcelle.)*

CÉSARINE.

Donnez-moi la planche, Agathe... Je vais travailler, moi !


# SCÈNE II

## CÉSARINE, AGATHE.


AGATHE, *pendant que Césarine s'installe devant la planche de pyrogravure.*

Dans une maison où j'ai été en service, le docteur qui soignait mon maître appelait ce que madame fait là des pointes de feu... Mais c'était sur le dos du malade que le docteur dessinait...

CÉSARINE.

C'est la même chose, Agathe. Je grave sur bois

au lieu de graver sur peau, et cet ouvrage s'appelle de la pyrogravure.

CÉSARINE.

AGATHE.

Je ne retiendrai jamais ce mot-là !

CÉSARINE.

Il n'est pas nécessaire que vous le reteniez.

AGATHE.

On a sonné...

*(Elle va ouvrir. Pendant les quelques secondes qu'elle est sortie. Césarine continue à travailler en chantonnant. Entre Montferran.)*

## SCÈNE III

### CÉSARINE, MONTFERRAN.

MONTFERRAN, *entrant très gaiement.*

Eh ! bonjour, ma bonne tante !

CÉSARINE, *suffoquée.*

Vous !... Vous, ici, chez moi !... Si je m'attendais à ça !

MONTFERRAN.

Vous êtes étonnée de me voir ?

CÉSARINE.

Plus qu'étonnée.

MONTFERRAN.

Indignée, alors ?

CÉSARINE.

Indignée. Vous avez trouvé le mot. C'est une

justice à vous rendre : les mots, vous les trouvez
toujours.

MONTFERRAN.

Oserai-je vous demander où est Marcelle, ma
chère tante ?

CÉSARINE.

Pardon, monsieur. Je vous prie de ne pas
m'appeler ma chère tante, ni ma bonne tante, ni
ma tante. Je suis la tante de votre femme.

MONTFERRAN.

Et, par conséquent, la mienne.

CÉSARINE.

Non, monsieur, heureusement, ou, en tout cas,
pour si peu de temps que ce n'est pas la peine
d'en parler.

MONTFERRAN, souriant.

Oui, oui... je sais. Je me permettais donc de
vous demander, il y a un instant, où était Marcelle, votre nièce et ma femme ?

CÉSARINE.

Elle est sortie.

MONTFERRAN.

Quand rentrera-t-elle ?

CÉSARINE.

Elle est rentrée... Elle était sortie pour aller
chez son avoué... chez son avoué...

MONTFERRAN.

J'entends bien. J'ai reçu, en effet, ce matin,
divers papiers signés Granson.

CÉSARINE.

C'est lui. C'est l'avoué de notre famille.

MONTFERRAN.

Il doit être excellent. Alors, Marcelle veut divorcer ?

CÉSARINE.

A tout prix.

MONTFERRAN.

Et vous l'y encouragez?

CÉSARINE.

De toutes mes forces.

MONTFERRAN.

J'aime autant vous dire tout de suite, afin que vous n'ayez pas une trop grande déception, que ce divorce n'aura pas lieu.

CÉSARINE.

Vous vous trompez. Il aura lieu dans le plus bref délai. Nous avons plus de preuves qu'il n'en faut.

MONTFERRAN.

C'est possible, mais Marcelle ne consentira pas.

CÉSARINE.

C'est ce que vous verrez.

MONTFERRAN.

Ah çà ! ma chère tante, vous me tenez donc toujours pour un monstre, sous prétexte que nous n'avons pas les mêmes opinions politiques. Car vous avez des opinions politiques.

CÉSARINE.

Et elles n'ont jamais varié; on ne pourrait pas
en dire autant des vôtres.

MONTFERRAN.

Je vous promets de devenir conservateur quand
les socialistes seront au pouvoir. Mais à une condition : c'est que vous me pardonnerez mes crimes.

CÉSARINE.

Je vous pardonnerais à la rigueur, moi, votre
inconduite et vos maîtresses...

MONTFERRAN.

Merci, ma tante.

CÉSARINE.

Mais, ce que je ne vous pardonnerai jamais,
c'est votre apostasie. Riche et indépendant, vous
étiez tout désigné pour maintenir l'ordre et défendre nos institutions. Vous avez commis une
action abominable en passant à l'ennemi avec
armes, sinon avec bagages, votre complaisance
envers les socialistes n'allant pas tout de même
jusqu'à vous dépouiller pour eux.

MONTFERRAN.

Preuve que j'ai encore une lueur de raison.

CÉSARINE.

De raison, mais pas de sincérité. La première
avance qu'un homme comme vous aurait dû faire
aux révolutionnaires, c'est une avance de fonds.
Je ne suis pas méchante, mais je vous souhaite
une chose, c'est d'être un jour dévoré... dévoré,
entendez-vous? par les loups dont vous aurez
excité l'appétit !...

MONTFERRAN.

Heureusement que vous n'êtes pas méchante!

*(Entre Marcelle.)*

## SCÈNE IV

### Les Mêmes, MARCELLE.

MARCELLE.

Ah!

CÉSARINE.

Mon Dieu! oui... C'est ton mari...

MONTFERRAN, *allant au-devant de Marcelle.*

Comment vas-tu, Marcelle?

MARCELLE.

Bien, mon ami... parfaitement bien...

MONTFERRAN.

Je te trouve un peu pâle.

MARCELLE.

Mais non, tu te trompes...

MONTFERRAN.

Est-ce que je peux embrasser Georges?

MARCELLE.

Il est à la promenade.

CÉSARINE.

Il paraît que monsieur a des choses très importantes à te dire... Je vous laisse seuls...

MONTFERRAN.

Je vous en serai très reconnaissant, ma chère tante.

CÉSARINE.

J'ai l'honneur de vous saluer, monsieur.

MONTFERRAN.

Et moi de même, croyez-le bien.

(Sort Césarine.)


## SCÈNE V

### MONTFERRAN, MARCELLE.


MONTFERRAN.

Cette brave tante !... Si sa robe était rouge, au lieu d'être noire, elle demanderait ma tête au nom de la vindicte publique. C'est héréditaire dans sa famille.

MARCELLE.

Eh bien, je t'écoute !

MONTFERRAN, *regardant autour de lui.*

C'est affreux, ce salon !... C'est d'une tristesse !... Comment, c'est ici que tu demeures depuis trois mois ?

MARCELLE.

Et je m'y trouve fort bien.

MONTFERRAN.

Dans ces meubles ! Et ces housses !... ce tapis !... Cette garniture de cheminée ! Ma pauvre Marcelle, je suis navré... Si j'avais su !...

MARCELLE.

Voilà que tu as des remords parce que je suis mal logée... Va, mon ami, je suis d'une famille où l'on a l'habitude de la médiocrité. Le luxe ne me manque pas, au contraire. Dis-moi pourquoi tu es venu?

MONTFERRAN.

J'ai reçu ta lettre ce matin... J'ai également reçu celle de ton avoué... Ecoute-moi à ton tour avec calme, avec réflexion. Ce divorce est impossible. Je n'en veux pas, je n'en veux sous aucun prétexte.

MARCELLE.

Je ne te comprends pas. Le divorce est la conséquence naturelle et forcée de la situation où nous sommes. Est-ce que cette situation peut se prolonger? Est-ce qu'un mari et une femme peuvent demeurer éternellement aux deux extrémités de Paris?... Je sais bien que je ne compte pas dans la vie; je n'ai jamais compté, c'est entendu... Tu as épousé une provinciale de peu d'intelligence, à l'esprit étroit...

MONTFERRAN.

Marcelle!...

MARCELLE.

A qui tu n'as jamais rien confié de ta pensée intime, de tes ambitions; mais enfin, si peu que je compte, si peu que me connaissent tes amis, on doit te demander de mes nouvelles de temps en temps. Est-ce que cela ne te gêne pas, voyons?

MONTFERRAN.

Ça me gêne beaucoup. Je réponds que tu es dans notre villa de Cannes, pour la santé de Georges. C'est un mensonge; j'ai horreur des mensonges inutiles. Je n'ai dit la vérité qu'à Percier, mon secrétaire.

### MARCELLE.

Eh bien, il faut pouvoir la dire à tout le monde. Notre situation est absurde et choquante. Elle prête à l'équivoque ; enfin, outre qu'elle peut me compromettre, elle commence à m'embarrasser vis-à-vis de Georges. Donnons donc à cette crise la solution qu'elle comporte : le divorce. Pour moi, j'y suis décidée irrévocablement.

### MONTFERRAN.

Ah ! Marcelle, tu me punis cruellement... oui... bien cruellement de ma légèreté.

### MARCELLE.

Tu as toujours des mots admirables ! Une liaison... une liaison scandaleuse, que j'étais seule à ignorer quand tout le monde la connaissait autour de moi, qui a détruit mon foyer et bouleversé ma vie en une heure, pour toi, c'est une légèreté ! J'ai beau être habituée à tes façons de parler...

### MONTFERRAN.

Marcelle ! Ne t'exalte pas, je t'en supplie. Vois la réalité des choses. Je ne suis pas l'être frivole et inconscient que tu crois. Je sais que tu as souffert et j'en suis navré. Car je t'aime malgré tout ; j'ai pour toi une affection profonde, et la pensée d'un divorce entre nous deux m'est insupportable... Et puis, j'adore notre fils ; je suis un homme de famille.

### MARCELLE.

Ça dépend de la famille. Il y a la tienne, en effet, la vraie. Mais il y a aussi ta famille artis-

tique, celle avec qui tu vas jouer *Phèdre* en
tournée.

MONTFERRAN,

C'est une tournée politique.

MARCELLE.

*Phèdre*, avec mademoiselle Julia Dorfeuil...
une tournée politique! Tiens! Armand... tu
aimes cette femme plus que tu ne le crois. Si tu
ne l'aimais pas, tu me serais déjà revenu.

MONTFERRAN.

Non, je ne l'aime pas!... Voilà où est ton
erreur... Voilà ce que tu n'as pas voulu comprendre... J'ai perdu la tête un instant, oh! je ne
le nie pas, mais c'est fini depuis longtemps... Et
il y a longtemps aussi que tu aurais dû me pardonner... mais oui... mais oui... certainement.
Tu ne t'es jamais rendu compte des nécessités,
des exigences, d'une situation comme la mienne
à Paris. Je suis obligé de me montrer partout,
d'être en contact avec tous les mondes, les journaux, les salons, les cercles, les théâtres. Où ne
fait-on pas de la politique aujourd'hui? Quand on
a cherché Duprat, lors de la dernière crise mi-
nistérielle, pour lui offrir l'Intérieur, sais-tu où
il était? Dans les coulisses des Variétés... Eh
bien, moi, un soir, que veux-tu?... je suis allé
par hasard dans les coulisses d'un autre théâtre.

MARCELLE.

Quel est le portefeuille qu'on t'y a offert?

MONTFERRAN.

Aucun, malheureusement.

MARCELLE.

Et c'est dans les coulisses de ce théâtre que tu as rencontré mademoiselle Julia Dorfeuil?

MONTFERRAN.

On me l'a présentée... Elle me connaissait de nom. Elle savait, disons les choses crûment, elle savait que je suis riche, que j'ai une certaine influence sur le directeur d'une scène subventionnée où elle aspire à jouer. Elle a vu en moi un protecteur possible... Parbleu! un saint lui aurait résisté certainement. Hélas! je ne suis qu'un homme, et même un homme politique... Mais cette liaison est éphémère et sans conséquence : elle est virtuellement finie.

MARCELLE.

Virtuellement est exquis! En attendant, ton nom est accolé au sien sur tous les murs de Paris, comme si tu étais son impresario... Je ne te parle plus de ma dignité de mère, d'épouse. Mais, comment ne vois-tu pas le tort que te fait une pareille liaison ainsi affichée et publique? Tu te trompes, Armand, si tu crois que c'est avec des manières légères et de l'esprit qu'on fait son chemin dans la politique. Qu'est-ce qui t'arrive à toi, qui as non seulement de l'esprit, mais encore de l'éloquence et du talent?... Tu es connu, tu es envié, tu es écouté quand tu parles, il y a une certaine sympathie autour de toi; mais, malgré tous tes dons et toutes tes qualités, malgré la fortune, tu n'es pas pris au sérieux, par tes ennemis eux-mêmes. Tu es encore un amateur et tu es suspect comme le sont les amateurs dans toutes les professions. Dans tes convictions d'aujourd'hui, es-tu sincère seulement?

MONTFERRAN.

Je le deviens... Mais ce que tu me dis là, Marcelle, n'en est pas moins vrai et d'un bon sens charmant, d'un bon sens de femme... Oui... oui... tu as raison et il n'y a pas à se le dissimuler... on ne me prend pas assez au sérieux. Que de fois j'ai senti ça, rien qu'à la façon dont certains de mes amis politiques me demandent des nouvelles des premières représentations ! A la Chambre, on me parle théâtre, beaux-arts. Pour parler politique, il faut que j'aille à l'Opéra... J'ai un de mes collègues qui ne m'adresse jamais la parole qu'en ces termes : « Vous, Montferran, qui avez trois cent mille francs de rente !... » D'autres s'intéressent à ma galerie de tableaux, à mes collections... Et pourtant, je suis un homme politique, je le sens.

MARCELLE.

A quoi ?

MONTFERRAN.

Aux commissions dont on me charge, d'abord. Je me sens pousser de l'influence comme l'oiseau doit se sentir pousser des ailes. Mais, pour prendre mon essor, pour donner ma mesure, toute ma mesure, j'ai besoin d'être réélu, comprends-tu ? Et ma situation électorale est très menacée dans mon arrondissement.

MARCELLE.

Ça ne m'étonne pas.

MONTFERRAN.

Je suis suspect à beaucoup de socialistes à cause de ma fortune, et suspect aux républicains moins avancés à cause de mes opinions socialistes.

MARCELLE.

Tu es suspect à bien des gens.

MONTFERRAN.

Disons le mot : ma situation est fausse. Et j'ai toutes les chances d'être battu, avec la faible majorité que j'ai obtenue aux dernières élections.

MARCELLE.

Alors, que vas-tu faire ?

MONTFERRAN.

Je vais changer d'arrondissement et me présenter dans celui-ci où ma candidature a déjà beaucoup de partisans... surtout depuis l'annonce de ces conférences, qui fait un bruit énorme. On en parle dans tous les journaux. Seulement, tu sais ce que c'est que les polémiques, et principalement les polémiques électorales. On commence à fouiller dans ma vie privée. Demain peut-être notre séparation, qui s'est accomplie sans scandale, sera connue, racontée, Dieu sait avec quels commentaires !... Tu vois par là-dessus l'effet de notre divorce. Je t'ai donné tout à l'heure, contre ce divorce, des raisons sentimentales. Certes, ce sont les plus importantes. Il y en a d'autres, plus égoïstes, je ne dis pas non, mais qu'une femme comme toi est capable d'apprécier et de me pardonner. Je suis franc.

MARCELLE.

Cette fois-ci, oui... *(Un temps.)* Je ne veux pas augmenter les difficultés, les pièges et les incohérences au milieu desquels tu te débats. C'est bien, nous ne divorcerons qu'après les élections. J'espère que tu seras réélu.

MONTFERRAN, *ému.*

Merci, Marcelle, tu es très bonne et moi je ne suis qu'un niais... Ah! si tu voulais reprendre notre existence d'autrefois! Comme le passé serait vite oublié!

MARCELLE.

Surtout par toi!

MONTFERRAN.

Ce qui m'a manqué jusqu'à présent, avec mon caractère, je m'en rends bien compte. C'est tout simplement une volonté ferme à côté de moi... Pourquoi ne m'as-tu jamais parlé comme tu viens de le faire?

MARCELLE.

M'as-tu jamais consultée?

MONTFERRAN.

Eh bien! aujourd'hui, Marcelle, je te consulte... et je te dis: j'ai besoin de toi, de ta clairvoyance, de ton affection... dans la lutte décisive que je vais avoir à soutenir...

MARCELLE, — *un temps.*

Quand tu auras rompu avec cette femme, nous verrons!

MONTFERRAN, *lui prenant les mains.*

Merci, ma chérie, merci!... Je suis très heureux... à bientôt, alors...

MARCELLE.

Peut-être.

MONTFERRAN

Si, si! à bientôt... Au revoir, Marcelle!...

*(S'arrêtant à la porte.)* J'aurais bien voulu pourtant embrasser le petit...

### MARCELLE.

Je t'ai dit tout à l'heure qu'il n'était pas ici. C'est vrai... Mais il est à deux pas, au Luxembourg... et si tu veux...

### MONTFERRAN.

J'y vais tout de suite...

### MARCELLE.

Il joue près du Guignol...

### MONTFERRAN.

Près du Guignol?... Je trouverai.

*(Il sort. Marcelle contient son émotion, va à la fenêtre, s'essuie les yeux. Entre Césarine.)*


## SCÈNE VI

### MARCELLE, CÉSARINE, puis L'APPRENTI et enfin LAZARE.


### CÉSARINE.

Eh bien?

### MARCELLE.

Il me demande... il me supplie de rentrer à la maison, d'y reprendre ma place, d'oublier le passé.

### CÉSARINE.

Lui?

### MARCELLE.

Oui.

CÉSARINE.

Si je m'attendais à celle-là!... Et toi, qu'as-tu
répondu? Tu n'as pas faibli, j'espère?... *(La regardant.)* Tu as cédé?

MARCELLE.

Non!

CÉSARINE.

A la bonne heure!

MARCELLE.

Mais j'ai été émue, je l'avoue... Il n'est pas
mauvais... il n'est que dévoyé... Qui sait si une
affection attentive auprès de lui ne parviendrait
pas...

CÉSARINE.

Marcelle, Marcelle, tu te ménages encore bien
des chagrins!... Réfléchis à ce que tu vas faire.
Dis-toi bien que tu risques cette fois-ci tout ce
qui te reste de courage à vivre... Qu'est-ce qu'il
a pu te dire, cet animal, pour t'ensorceler? Des
mensonges. Des mensonges! Il n'est pas capable
d'autre chose... Je viens de descendre la lire,
cette fameuse affiche, pendant qu'il était là. C'est
du propre! *(Coup de sonnette.)* Au fait, Agathe n'est
pas là, je vais ouvrir...

MARCELLE.

Et moi, je vais me reposer, lire un instant...
Je suis un peu fatiguée, un peu nerveuse...

*(Elle prend un livre pendant que sort Césarine.)*

CÉSARINE, *de l'antichambre.*

Ah! bon... bon... tenez, par ici... *(Rentrant.)* Ce
sont des livres pour toi, Marcelle.

MARCELLE.

Ce doit être mon Balzac.

L'APPRENTI, *apparaissant avec une charge de livres.*

Oui, madame, je crois... Où faut-il le mettre?

MARCELLE.

Laissez-le là!

CÉSARINE.

Monsieur Lazare Marescot vient de la part de son père prendre des nouvelles de notre petit... Veux-tu le recevoir?

MARCELLE.

Une minute, je veux bien...

CÉSARINE.

D'ailleurs, moi, il faut que je lui demande quelque chose... *(L'apprenti salue et sort. — A lazare :)* Entrez, monsieur.

LAZARE, *entrant le chapeau à la main.*

Je me suis permis, madame, d'accompagner otre apprenti,...

MARCELLE.

Vous avez bien fait. Mon fils va tout à fait bien. 'ous remercierez votre père de ma part.

CÉSARINE, *à Lazare.*

Dites-moi donc, monsieur, un petit renseignement...

LAZARE.

A vos ordres, madame.

CÉSARINE.

Le Marescot qui préside ce soir une espèce

d'orgie au bénéfice de la caisse centrale des grèves... est-ce que c'est un de vos parents?

MARCELLE.

Voyons, ma tante, quelle question!

CÉSARINE.

Laisse donc.

LAZARE.

C'est mon père, madame.

CÉSARINE.

Votre père? Le Marescot que je connais?...

LAZARE.

Oui, madame...

CÉSARINE.

Mon relieur depuis si longtemps, un ancien combattant de 1871!...

LAZARE.

Madame, je vous en prie...

MARCELLE, à sa tante, avec reproche.

En effet... ma tante...

CÉSARINE.

Monsieur Marescot est un très brave homme, je ne dis pas le contraire... Il a fait ce qu'il a voulu en 1871... Ça m'est égal, c'est loin... Mais, aujourd'hui, c'est un homme établi, un patron. Et il encourage les grèves, lui aussi... C'est drôle!

MARCELLE, à Lazare.

Monsieur Marescot connaît donc la personne, le... député... qui a organisé ces conférences?

LAZARE.

Monsieur Montferran?...

MARCELLE.

Oui.

LAZARE.

Oh! très bien, madame... C'est monsieur Montferran qui a demandé à mon père de présider ce soir...

CÉSARINE.

Ça va être édifiant!... Vous n'y manquerez pas, sans doute?

LAZARE, *souriant.*

Dame! Il le faut bien... Je suis le secrétaire de monsieur Montferran.

MARCELLE, *un peu étonnée.*

Vous?... Depuis quand?

LAZARE.

Depuis huit jours.

CÉSARINE.

Eh bien, vous êtes le secrétaire d'un joli coco!

LAZARE.

Monsieur Montferran est très calomnié, comme tous les gens en vue. C'est tout naturel. Mais je crois que ceux qui le calomnient ne le connaissent pas.

CÉSARINE.

En vérité?... Vous me faites rire... *(Sur un regard de Marcelle.)* Oui... oui... *(A Lazare:)* Bonne chance, monsieur! Quant à votre père, malgré les bonnes relations que j'ai eues avec lui jusqu'à présent, vous ne lui ferez pas mes compliments!...

*(Elle sort.)*

## SCÈNE VII

MARCELLE, LAZARE, *puis, un instant,* AGATHE.

MARCELLE.

Ne faites pas attention. Ma tante a son franc-parler, et quand on manifeste des idées qui ne sont pas les siennes...

LAZARE.

Oh! madame... je comprends.

MARCELLE.

Allons! au revoir, monsieur Lazare!... Dites à votre père que je suis très contente de mes livres.

LAZARE, *subitement embarrassé.*

Oui... madame... certainement... je vous remercie...

(*Il reste sur place.*)

MARCELLE, *insistant.*

Au revoir, alors...

LAZARE, *il fait quelques pas et balbutie.*

Si vous voulez me permettre, madame... Je vous rapporte... quelque chose... que vous avez laissé... à la maison... l'autre jour... sur le comptoir...

MARCELLE.

Moi? Quoi donc? (*Lazare tire de sa poitrine le mouchoir oublié par Marcelle dans la boutique, et le pose sans rien dire sur la table.— Marcelle, brusquement, après avoir regardé Lazare en face.)* Comment! Ce serait vous, qui?...

#### LAZARE.

C'est moi qui ai écrit la lettre... oui, madame... Je n'aurais jamais osé vous dire... Alors, j'ai écrit... j'ai écrit...

#### MARCELLE.

Ah! par exemple!... je n'en reviens pas... c'est inouï!... Mais à propos de quoi?... Qui a pu vous donner cette idée absurde, vous autoriser?... Est-ce parce que j'ai causé l'autre jour cinq minutes avec vous... que... Mais vous n'avez pas l'air naïf à ce point-là, pourtant!... *(Un temps.)* Car, enfin, vous ne me connaissez pas. Vous ne savez rien de moi, rien de ma vie... Vous m'avez vue deux ou trois fois en tout...

#### LAZARE.

Vous croyez?... Vous ne savez pas. Mais je vous vois tous les jours, depuis trois mois, tous les jours...

#### MARCELLE.

Vous!

#### LAZARE.

Tous les jours! Je vous ai guettée, je vous ai attendue des heures entières... J'étais heureux quand j'avais pu vous apercevoir une minute. Si je vous disais que j'ai passé des après-midi à regarder jouer votre petit garçon, au Luxembourg, et que j'étais consolé de votre absence par tout ce que je retrouvais de vous en lui. Sans cesse, enfin, votre pensée et votre image m'accompagnent.

#### MARCELLE.

Mais, malheureux, qu'espérez-vous? Quelle idée vous faites-vous de moi?

LAZARE.

Oh! je sais bien la distance qui nous sépare, je l'ai vite devinée... Et je n'ai pas la prétention d'être aimé de vous... comme ça... tout de suite...

MARCELLE.

Mais, ni tout de suite, ni plus tard.

LAZARE.

Pourtant on a vu des hommes épris et sincères parvenir à se faire aimer à force d'adoration et de dévouement. Vous êtes seule dans la vie... *(Mouvement de Marcelle.)* Oui, vous avez un enfant... Oh! vous avez été malheureuse, j'en suis sûr! Vous l'êtes peut-être encore... Qui sait alors si vous n'aurez pas besoin plus tard, un jour, d'un ami, si petit, si humble qu'il soit? Ne me désespérez pas tout à fait!...

MARCELLE, *avec un demi-sourire.*

Mais c'est un roman que vous bâtissez sur moi, mon cher monsieur! Parce que vous m'avez vue toute seule, vous me croyez abandonnée, et, comme vous êtes jeune, votre imagination vous égare... Allons, tout ça n'est pas sérieux... Mais regardez-moi donc... Vous avez vingt-cinq ans et je ne les ai plus... Voyons, jurez-moi que tout cela est fini... Que vous n'y penserez plus...

LAZARE.

Je ne peux pas!... je ne peux pas!... Je vous jure que je vous aime sincèrement, profondément. Avant de vous voir, je n'étais rien... qu'un être incertain et bouleversé... sans raison de vivre... La société m'apparaissait comme une caverne obscure, pleine de malfaiteurs... De quoi aurais-je été capable? Je ne sais pas... Où j'allais? A la révolte, à quelque folie... Vous êtes venue, et il vous a suffi de passer près de moi pour vous emparer de mon esprit et de mon cœur... Et toute ma vie, maintenant, dépend de l'espérance que vous allez me donner ou m'enlever...

### MARCELLE.

Mais, malheureux, il faut bien que je vous le dise, à la fin, puisque vous ne voulez pas comprendre. Cette espérance, je ne peux que vous l'ôter, et dans votre intérêt même... Si je vous encourageais, mais ce serait de ma part plus qu'une légèreté : une mauvaise action... car je ne suis pas libre.

### LAZARE.

Ah! comment ne l'ai-je pas deviné! Le mystère de votre existence, le voilà! Vous aimez quelqu'un.

### MARCELLE.

Oui. J'aime mon mari.

### LAZARE.

Votre mari... Vous avez un mari?

### MARCELLE.

Je n'étais séparée de lui que par des dissentiments passagers. Ils n'existent plus et je suis à la veille de quitter cette maison pour rentrer dans la mienne, la nôtre, et pour reprendre un nom sous lequel vous ne me connaissez pas : je suis madame Montferran.

### LAZARE, *accablé.*

Montferran!... Montferran!...

6

MARCELLE.

Oui, je suis sa femme. Comprenez-vous, maintenant, mes scrupules et pourquoi je parlais de
votre intérêt tout à l'heure? Je suis sûre de moi,
je suis sûre que mes sentiments à votre égard ne
dépasseront jamais la sympathie. Mais, après
l'aveu que vous venez de me faire, je crains que
ma présence continuelle n'entretienne l'exaltation
où je vous vois. Si vous voulez rester auprès de
mon mari, auprès de moi, il faut me promettre
d'oublier toutes ces folies.

LAZARE.

Vous promettre de ne plus vous aimer, de ne
plus penser à vous, parce que je vous verrai
davantage... tous les jours?... Est-ce possible?

MARCELLE.

Voyons, calmez-vous... Je ne veux pas cependant que vous perdiez votre situation à cause de
moi.

LAZARE.

Ah! je vous en prie, ne rabaissez pas à des
inquiétudes de ce genre l'angoisse de mon cœur
déchiré!

MARCELLE.

Il guérira. A votre âge, le cœur guérit de toutes
les blessures. Qui sait si, plus tard, vous ne me
saurez pas gré de vous avoir parlé comme je
viens de le faire?

LAZARE.

Plus tard? Trop tard!... Ce que vous avez détruit ne se répare pas! D'un mot, d'une révélation, vous venez de me rejeter au désespoir, à la

haine, à tout ce qui fermentait en moi et y amoncelait l'orage!

MARCELLE.

C'est insensé!... Vous n'êtes pas seul... Vous avez des parents, une famille...

LAZARE.

Je n'ai plus rien!...

*(Entre Agathe.)*

AGATHE.

Madame... c'est Monsieur qui ramène le petit... Ils se sont arrêtés un moment en bas, chez le pâtissier... Nous avons rencontré Monsieur au Luxembourg.

MARCELLE.

Oui, je sais... C'est bien, Agathe. *(Sort Agathe. — A Lazare qui fait quelques pas vers la porte:)* Ne vous en allez pas, monsieur... Il n'y a aucun inconvénient à ce que mon mari vous rencontre ici... Vous êtes venu prendre des nouvelles de mon fils, voilà tout. Quant au reste, je veux l'oublier et j'espère que vous l'oublierez aussi.

LAZARE.

Oh! soyez tranquille, madame... D'ailleurs, si monsieur Montferran apprenait ce que j'ai eu l'audace de vous dire, il se contenterait de hausser les épaules... Je suis si peu de chose pour lui... et pour vous!...

*(Bruit de voix dans l'antichambre. La porte s'ouvre bientôt. Paraît Montferran donnant la main à son fils et tenant un paquet de gâteaux dans l'autre main.)*

## SCÈNE VIII

Les Mêmes, MONTFERRAN, Le Petit GEORGES.

MONTFERRAN, *au dehors, en entrant.*

Lazare Marescot?... Mais, je ne connais que lui!...

MARCELLE.

Monsieur Marescot venait de la part de son père...

MONTFERRAN.

Je sais... le petit m'a raconté ça.

GEORGES, *allant à Lazare.*

Bonjour, monsieur!...

MONTFERRAN, *à Lazare.*

Jeune homme, vous voilà au courant de notre petit drame de famille... terminé aujourd'hui, heureusement. Vous reverrez bientôt madame Montferran non plus ici, mais chez elle. Je vous demande la discrétion encore pendant quelques heures.

LAZARE, *avec un geste.*

Oh!... (*Se retirant*) Monsieur... Madame...

MONTFERRAN.

Dites donc... Voyez Percier avant ce soir... il doit être chez moi... Que tout soit prêt au théâtre pour huit heures...

(*Lazare fait un signe de tête et sort.*)

## SCÈNE IX

MONTFERRAN, MARCELLE, GEORGES,
*puis* AGATHE, *puis* CÉSARINE.

#### MONTFERRAN.

Enfin! nous voici réunis tous les trois!...
*(Embrassant Georges.)* A-t-il une mine, ce gamin-là!...
*(A Marcelle:)* Devine ce que je me suis permis de
demander à Agathe? De nous préparer le thé...
Et tu vas m'en offrir une tasse... sur cette table...
cette affreuse table, qu'on a dû faire tourner,
dans le temps, et qui a gardé cette mauvaise
habitude!... Aide-moi, Georges...

#### GEORGES.

Oui, papa!
*(Ils dressent la table tous les deux.)*

#### MONTFERRAN.

Défais le paquet... Ce sont des gâteaux...

#### MARCELLE.

Tu seras toujours le même, Armand.

#### MONTFERRAN.

Ah! ma chérie... c'est une existence nouvelle
qui commence... La famille... il n'y a que ça de
bon! On y revient toujours... Je veux être pendu
si je me rappelle une seule de toutes les bêtises
que j'ai faites!

#### MARCELLE.

Tu es un enfant!...

MONTFERRAN.

L'enfant prodigue...

MARCELLE.

Et tu recommenceras sans cesse ta vie...

*(Elle s'assied à table.)*

MONTFERRAN, à *Agathe qui entre avec la théière.*

Non, non... Je servirai moi-même... *(Il s'assied, commence à servir le thé. Entre Césarine qui, en apercevant le groupe, fait un mouvement de stupéfaction. Montferran avec empressement, à Césarine :)* Une tasse de thé avec nous, ma bonne tante?

# ACTE III

### Le cabinet de travail de Montferran.

Vaste et luxueux cabinet de travail. Au fond, deux pans coupés remplis par des baies. La plus grande et la plus en vue du public donne sur une salle à manger où la table est dressée pour le souper; l'autre, à gauche, sur une galerie par laquelle arrivent les invités. Petites portes au premier plan, à droite et à gauche.

## SCÈNE PREMIÈRE

LAZARE, PERCIER, *puis* LE MAITRE D'HÔTEL, *puis* LE VALET DE PIED.

PERCIER, *se débarrassant de son pardessus, sous lequel il apparaît en tenue de soirée, très élégant, à Lazare.*

Savez-vous que ça ne va pas être commode de faire cette note aux journaux?

LAZARE.

Il n'y a qu'à dire la vérité.

PERCIER.

La vérité sur ce qui s'est passé ce soir?

LAZARE.

Mais oui... pourquoi pas?

PERCIER.

Vous en avez de bonnes, mon petit. On voit que vous n'êtes pas dans la politique depuis longtemps. Moi, je suis d'avis d'attendre le patron, qui ne va pas tarder, je suppose...

*(Entre le maître d'hôtel.)*

LE MAITRE D'HOTEL.

Pour quelle heure, le souper ?

PERCIER.

Minuit et demi, plutôt avant qu'après.

LE MAITRE D'HOTEL.

Combien de couverts ?... Monsieur ne m'a pas dit combien de couverts...

PERCIER.

Une quinzaine... Mettez vingt.

LE MAITRE D'HOTEL.

Voici les menus.

PERCIER, *y jetant un coup d'œil.*

Ça va... Qu'on éclaire partout,

LE MAITRE D'HOTEL.

Au second aussi ?

PERCIER.

Au second aussi, oui... *(Au valet de pied qui vient d'entrer :)* Le patron a dit de prendre cette pièce pour vestiaire. Vous ferez donc entrer tout le monde ici, directement. Ne compliquons pas le service.

#### LE VALET DE PIED.

Bien, monsieur.

*(Il sort, ainsi que le maître d'hôtel.)*

#### PERCIER, à Lazare.

Nous n'avons pas le temps. Le patron part demain matin pour Cannes. Il ne tient pas à se coucher tard. Je vais même vous dire la chose pour votre gouverne... car je ne suis plus tenu à la discrétion... Depuis trois mois, Montferran ne vivait pas avec sa femme. Motif: la Dorfeuil. Mais aujourd'hui, réconciliation, et demain à huit heures, rapide de Nice, lune de miel, tout à la joie. Le patron est heureux comme un enfant... *(Mouvement de Lazare.)* Qu'est-ce que vous avez?

#### LAZARE.

Rien...

*(Il fait quelques pas avec agitation.)*

#### PERCIER.

Quant à notre Dorfeuil, mes observations personnelles me permettent d'affirmer que nous avons soupé d'elle. Montferran est un homme admirable! Il a fait revenir, pour jouer le rôle de Théramène, le mari, qui cabotinait en province.

#### LAZARE, *étonné.*

Madame Dorfeuil a un mari?

#### PERCIER.

Duvernet... vous allez le voir.

#### LAZARE.

Quel joli monde!

PERCIER, à *Lazare qui va et vient.*

No remuez donc pas comme ça !... Vous êtes souffrant?

LAZARE.

Non.

PERCIER.

Alors, enlevez votre pardessus; il va falloir travailler.

*(Lazare enlève son pardessus. Il est en habit comme Percier, mais cet habit lui va très mal. Percier se met à sourire en le regardant.)*

LAZARE.

De quoi riez-vous?

PERCIER.

De rien, cher ami...

LAZARE.

Si, vous riez parce que mon habit ne me va pas bien.

PERCIER.

Il ne vous avantage pas. Mais ça n'a pas d'importance.

LAZARE.

Je vais vous dire : c'est un habit en location.

PERCIER.

Ça se voit... Allons, cher ami, ne vous fâchez pas... que diable! Nous avons tous connu ça, à nos débuts.

LAZARE.

Je ne me fâche pas. Si vous saviez comme ça m'est égal !

PERCIER.

Vous avez tort, car vous êtes gentil garçon, à

part ce détail. Voulez-vous me permettre de vous donner un conseil?

LAZARE.

Donnez toujours.

PERCIER

Vous avez dû remarquer les deux jeunes personnes qui jouaient *Phèdre* à côté de la Dorfeuil?... Œnone et Aricie...

LAZARE.

Non.

PERCIER.

Eh bien, remarquez la petite... Œnone... Et placez-vous à table, ce soir, à côté d'elle...

LAZARE.

C'est ça votre conseil?

PERCIER.

Oui. En six mois, elle fera de vous un autre homme, pour peu que vous montriez de la bonne volonté. Quand je suis arrivé de Toulouse à Paris, il y a trois ans, c'est une femme dans le genre d'Œnone qui m'a formé, qui a été, non pas la nourrice de Phèdre, mais la mienne.

LAZARE, *ricanant.*

Merci, je réfléchirai... Mais pourquoi pas Aricie?

PERCIER.

Parce que, Aricie, c'est pour moi.

LAZARE.

Ah!

PERCIER.

Oui. C'est une dinde, mais j'adore ce genre-là.

Je vous dis ça afin qu'il n'y ait pas de malentendu entre nous.

LAZARE.

Et tout ça vous amuse.

PERCIER.

Tout ça m'instruit. Nous sommes d'une génération qui ne perd pas son temps. J'ai vingt-trois ans. J'ai confiance en Montferran. Retenez bien ceci : il sera ministre. Je m'accroche à lui. A vingt-cinq ans, je veux être son chef de cabinet. A vingt-sept ans, je serai député. Après, nous verrons. Faites comme moi. *(Entre le valet de pied.)* Qu'est-ce que c'est?

LE VALET DE PIED.

Il y a là deux messieurs dont voici les cartes.

PERCIER, *lisant.*

Fradin, rédacteur au *Prolétaire;* Hingand, rédacteur au *Peuple émancipé...* Connus... des amis... Faites entrer... *(Sort le valet de pied. — A Lazare :)* Voilà notre affaire : ils feront le compte rendu mieux que nous...

*(Entrent Fradin et Hingand.)*


## SCÈNE II

LES MÊMES, FRADIN, HINGAND.


FRADIN et HINGAND.

Cher ami... bonjour!...

PERCIER.

Bonjour, Hingand!... bonjour, Fradin!... *(Pré-*

*sentant Lazare.)* Mon camarade Lazare Marescot, se-
crétaire-adjoint du patron.

FRADIN, à Lazare.

Monsieur...

RINGAND.

Monsieur...

PERCIER.

Vous venez de là-bas?

RINGAND.

Non... c'était trop loin. Mais j'ai rencontré des
confrères qui en sortaient. Il paraît que ça a été
plutôt...

PERCIER, apercevant Montferran dans la galerie

Voici le patron... Il vous mettra lui-même au
courant...

(Entre Montferran.)


## SCÈNE III

Les Mêmes, MONTFERRAN, *en habit de soirée. Il a
retiré son pardessus qu'il tend au valet de pied avec son
chapeau.*


MONTFERRAN, apercevant les reporters.

Ah! vous êtes là... Tant mieux! J'allais justement téléphoner à vos journaux... *(Il leur serre la
main.)* Percier vous a raconté ce qui s'est passé?

PERCIER.

Je n'ai pas eu le temps. Ces messieurs arrivent
à l'instant même.

**MONTFERRAN.**

Voici... C'est très significatif. A mon avis — et je crois que ce sera bientôt celui de tout le monde — les événements de ce soir placent la question politique sur son véritable terrain, nettement, en pleine lumière. D'un côté, le socialisme, la démocratie, avec leurs légitimes revendications, leurs efforts vers une société meilleure; de l'autre côté, l'anarchie avec ses instincts aveugles de destruction. Aux premiers mots que j'ai prononcés, le conflit s'est produit. Tumulte effroyable dans une partie, une faible partie de la salle, où mes interrupteurs ordinaires s'étaient donné rendez-vous.

**FRADIN.**

Comme toujours.

**MONTFERRAN.**

Oui, comme toujours. Leurs grossièretés, leurs cris d'animaux... j'avais prévu tout ça... Ce sont les mêmes cris et les mêmes animaux qui m'accompagnent dans mon arrondissement, à chacune de mes réunions : je les reconnais, ils ne m'intimident pas. Profitant donc d'un moment d'accalmie, je commence tranquillement à exposer l'idée de ces conférences : création d'une caisse des grèves. Alors une voix, que je qualifierai d'avinée, hurle : « La caisse des grèves, on la remplira avec ta galette! » Je veux répondre; impossible de me faire entendre. On me montre le poing. Les uns crient : « Ton hôtel! » les autres : « Ton auto! » et, comme si c'était un signal, toute la bande se met à chanter sur l'air des lampions : « A l'hôtel! à l'auto!...à l'auto! à l'hôtel! »

**RINGAND.**

C'est stupide!

FRADIN.

Quelles mœurs !

MONTFERRAN.

Vous reconnaissez leur tactique habituelle : rendre toute discussion impossible et toute bonne volonté stérile. Car enfin quel rapport y a-t-il entre mon hôtel, mon automobile et les grandes questions sociales qui nous occupent, je vous le demande un peu ?

HINGAND.

Et comment ça a-t-il fini ?

MONTFERRAN.

Vous pensez bien que je ne me suis pas laissé démonter par ces braillards. Mes amis m'ont d'ailleurs énergiquement soutenu et j'ai pu développer mon programme jusqu'au bout. Je crois même, sans me flatter, avoir eu quelques mouvements heureux, n'est-ce pas, Percier ?

PERCIER.

De véritables inspirations.

MONTFERRAN.

Mais je n'avais pas plutôt terminé que le boucan a repris de plus belle. Les mêmes individus qui avaient voulu m'empêcher de parler ont demandé la parole... Marescot la leur a naturellement refusée, en disant que nous n'étions pas à une réunion publique contradictoire. Ils ont insisté, le président a tenu bon, ce qui m'a donné le temps de faire lever le rideau sur le premier acte de *Phèdre*. Ces énergumènes, d'ailleurs, sans égard pour les artistes, n'ont cessé de troubler la représentation. Et je les ai encore retrouvés à la sortie. Ils entouraient ma voiture et, quand j'y suis monté,

ils se sont remis à vociférer : « A l'hôtel ! A l'auto !
écraseur ! » et autres gentillesses que vous me
dispenserez de vous répéter. A raison de quarante sous par tête, on peut faire crier à ces gens-là
tout ce qu'on veut. Je regrette simplement qu'ils
ne soient pas venus me demander trois francs;
je les leur aurais donnés pour avoir la paix.

FRADIN.

Ils n'y ont pas pensé, sans ça...

MONTFERRAN.

Tout ce que je vous raconte là, ce n'est pas pour
que vous le mettiez dans votre journal, bien entendu...

HINGAND.

Comptez sur nous.

MONTFERRAN.

La presse réactionnaire ne manquerait pas de
grossir l'incident. Dites tout bonnement qu'une
poignée d'anarchistes a essayé deux ou trois fois
d'interrompre l'orateur, mais que le bon sens de
l'assemblée, son socialisme éclairé, et surtout la
fermeté de son président, ont fait échouer la ma-
nifestation préméditée... Quelque chose dans ce
genre-là...

FRADIN.

Soyez tranquille.

MONTFERRAN, à Lazare.

Car il a été parfait, votre père, mon petit...
une énergie, une autorité !... Au fait, dites donc ?
il m'a semblé reconnaître parmi les braillards
un de ses ouvriers, justement celui à qui j'ai
épargné les deux jours de prison qu'il avait cent
fois mérités... Comment l'appelez-vous ?

### LAZARE.

Graffard... mais ça m'étonne... Graffard est peut-être un adversaire de vos idées, mais c'est un adversaire convaincu, estimable, comme plusieurs de ceux qui étaient là.

### MONTFERRAN.

Vous les connaissez donc?

### LAZARE.

J'en connais quelques-uns qu'il serait injuste de confondre avec des tapageurs écervelés.

### MONTFERRAN.

Eh bien, mon petit, vous avez de jolies relations!... Je vous conseille amicalement de leur brûler la politesse, si j'ose dire, le plus tôt possible... *(A Percier, pendant que Lazare s'éloigne un peu.)* Est-ce que ce garçon-là serait un simple imbécile?

### PERCIER.

C'est jeune!

*(Entre Marescot par la galerie. Il porte un mac-farlane et tient un chapeau mou à la main.)*

## SCÈNE IV

### LES MÊMES, MARESCOT.

### MONTFERRAN.

Ah! voici le héros de la soirée!... *(Il va serrer la main à Marescot.)* Un peu houleuse, la soirée, hein, citoyen?

MARESCOT, *riant.*

## Eh ! eh !

MONTFERRAN, *montrant Hingand et Fradin qui s'inclinent.*

J'étais en train de dire à nos amis du *Peuple émancipé* et du *Prolétaire* que vous aviez été admirable !

MARESCOT.

Ça m'a rappelé les réunions du Vieux-Chêne, en soixante-huit... (*Il enlève son mac-farlane et apparaît en vieille redingote fatiguée. Lazare lui prend son pardessus et va le porter sur le canapé. Marescot, après avoir jeté un coup d'œil sur sa redingote, à Montferran :*) A propos, citoyen, vous savez que je viens d'avoir une histoire avec votre concierge?

MONTFERRAN, *riant.*

Allons donc !

MARESCOT.

Cet animal ne voulait-il pas m'empêcher de monter à cause de mon chapeau mou et de ma redingote?

MONTFERRAN.

C'est un drôle que je secouerai d'importance.

MARESCOT.

Laissez donc!... Je lui ai moi-même rivé son clou !

MONTFERRAN.

Vous avez joliment bien fait.

MARESCOT.

Ma vieille pelure a dit à sa livrée : « Toi, tu nous saluerais bien bas, si, en soixante et onze,

au lieu de monter la garde à la Banque de France,
je l'avais mise dans ma poche ». Il a été aplati !

*(On rit.)*

MONTFERRAN.

Très bien répliqué. Mais comment se fait-il
que vous soyez venu tout seul ?

MARESCOT.

J'ai attendu un instant pour arriver avec tout
le monde. Mais les artistes n'en finissent plus
dans leurs loges. Alors, j'ai pris le tramway.

MONTFERRAN.

Vous avez assisté à toute la représentation ?

MARESCOT.

Oui... Je n'avais jamais entendu *Phèdre*. C'est
une pièce assez curieuse. Seulement, vous permettez que je vous donne mon opinion ?

MONTFERRAN.

Je vous en prie.

MARESCOT.

A votre place, ce n'est plus ça que je jouerais.

MONTFERRAN.

Et pourquoi donc ? Vous n'aimez pas *Phèdre ?*...
C'est pourtant superbe !

MARESCOT.

Possible ! Mais moi — je vous dis ça entre
nous — ces histoires de rois, de fils de rois, de
femmes et de nourrices de rois, tout ça m'est
prodigieusement indifférent. Rien ne peut plus
m'étonner de ce monde-là.

MONTFERRAN.

C'est un point de vue; je n'y avais pas songé.

MARESCOT.

Et puis, enfin, l'inceste embaumé dans l'histoire grecque et ficelé d'alexandrins est tout de même l'inceste, nom d'un chien!... Ce n'est pas avec des cochonneries pareilles qu'on moralisera le peuple! Croyez-moi, une autre fois, donnez le *Chiffonnier de Paris*, de Félix Pyat... Ça, c'est un drame pour le peuple!

MONTFERRAN.

Vous avez peut-être raison. Mais, pour l'instant, ne voyons que le résultat : une recette inespérée pour notre caisse centrale des grèves... Nous allons fêter l'événement comme il convient. Et c'est vous qui présiderez le souper, comme vous avez présidé la conférence.

MARESCOT, *modeste*.

Oh !

MONTFERRAN.

Pas de fausse modestie, citoyen!... (*A Hingand et à Fradin :*) Vous allez souper avec nous, n'est-ce pas? tout à fait dans l'intimité...

HINGAND.

Nous ne demanderions pas mieux, mais il y a le compte rendu...

MONTFERRAN.

Vous allez le rédiger ici... Percier va vous conduire dans la bibliothèque... vous y serez plus tranquilles... Et j'enverrai porter votre papier au journal...

HINGAND.

Alors, ça va...

MONTFERRAN.

Je vous recommande également les artistes...
Julia Dorfeuil... *(Bas, à Percier, qu'il retient un instant.)*
Elle est de très mauvaise humeur, Julia...

PERCIER, *même jeu.*

Je comprends ça...

MONTFERRAN, *même jeu.*

Vous savez la recette?

PERCIER, *même jeu.*

Trois cent vingt et un...

MONTFERRAN, *même jeu.*

Vous mettrez douze cent vingt et un... Je ferai
la différence... Donnez aussi dix louis au petit
personnel.

PERCIER, *même jeu.*

Bon !

*(Il sort derrière les reporters qui l'ont précédé dans la
bibliothèque, à droite.)*

MONTFERRAN *sonne, et à Marescot.*

Citoyen Marescot, voulez-vous, en attendant le
souper, jeter un coup d'œil dans la galerie, sur
ma collection d'assiettes révolutionnaires?

MARESCOT.

Avec plaisir.

MONTFERRAN.

Votre fils va vous montrer ça... des souvenirs
de famille, pour vous. *(Au maître d'hôtel qui entre :)* Le
couvert est dressé?

**LE MAITRE D'HOTEL.**

Oui, monsieur.

**MONTFERRAN.**

Allons un peu voir cette table.

*(Il sort.)*

## SCÈNE V

### LAZARE, MARESCOT.

**MARESCOT,** *regardant autour de lui.*

Il est bougrement bien logé, ton patron! Tu ne dois pas t'embêter, ici!

**LAZARE.**

Eh bien, viens-tu voir la faïence?

**MARESCOT.**

Non, merci... Tout à l'heure... J'aime mieux me reposer un instant.

*(Il s'assied.)*

**LAZARE.**

Tu as tort... c'est de la faïence qui a coûté les yeux de la tête, de la faïence révolutionnaire... C'est même tout ce qu'il y a de révolutionnaire dans la maison.

**MARESCOT.**

Pourquoi dis-tu ça? Montferran est un bon serviteur de la démocratie.

**LAZARE,** *montrant un valet de pied et le maître d'hôtel qui traversent la galerie.*

Un serviteur qui se fait servir.

MARESCOT.

Tu es encore sous l'influence de cette stupide histoire de ce soir... L'hôtel !... l'auto !... Qu'est-ce que ça prouve ?... Oh ! je ne prétends pas que Montferran ait les mœurs austères de l'antiquité. Évidemment, c'est un homme d'aujourd'hui ; mais il ne défend pas seulement nos idées, il fait mieux : il donne l'exemple ; il entraîne sa classe vers une nuit du quatre août.

LAZARE.

En cabinet particulier.

MARESCOT, *se levant*.

Qu'est-ce que tu as ? Regarde-moi donc, fiston ? Qu'est-ce qui se passe depuis quelque temps dans ton esprit ou dans ton cœur ?

LAZARE, *embarrassé*.

Mais rien, je t'assure... J'ai réfléchi, voilà tout.

MARESCOT.

Il y a autre chose... Tu traverses une crise douloureuse... Voyons ! pourquoi ne te confies-tu pas à ton vieux papa ?

LAZARE, *brusquement*.

Oh ! père, père ! je suis très malheureux !

MARESCOT.

Eh ! parbleu, je l'avais bien deviné ! Il y avait une femme là-dessous !... Dis ? Est-ce que c'est la même ? « Toujours à ses côtés et pourtant solitaire ! Ayant demandé quelque chose et n'ayant rien reçu... »

LAZARE.

Oh ! je t'en prie, père. Ne plaisante pas avec ça, tu me fais beaucoup de mal.

MARESCOT.

Je te demande pardon. Alors, c'est sérieux?

LAZARE.

Tellement sérieux que je considère ma vie comme brisée ; que je n'ai plus ni espoir, ni courage.

MARESCOT.

Tu me navres, fiston ! tu me navres. Qu'est-ce qu'un chagrin d'amour à ton âge ! Nous avons tous passé par là.

LAZARE.

Non, père, tu n'as pas passé par là.

MARESCOT.

Je sais tout de même ce que c'est à peu près. Quand on est malheureux, la meilleure diversion, la seule, c'est le travail... Travaille donc ! songe à ton avenir, à l'avenir que tu as ici et qui est magnifique !

LAZARE.

Ici ? moi !... Mais je ne veux plus rester dans cette maison ! Ah ! non, c'est fini ! J'aimerais mieux casser des pierres sur les routes !

MARESCOT.

Que dis-tu là ? Tu me stupéfies !... Tu veux t'en aller ?... Mais pourquoi ? pourquoi ?

LAZARE.

Je me sens humilié de toutes façons, j'ai honte ! Tout ce que je vois ici me répugne et m'exaspère... Je découvre la vilenie des caractères, la bassesse des âmes, l'hypocrisie des discours !

MARESCOT.

Sacrebleu ! tu as des mots... Ah ! le luxe ne

t'amollit pas, toi !... Que signifie cette aversion
subite pour... ?

### LAZARE.

Subite, si tu veux. J'étais aveugle, je vois clair !
Des choses qui avaient commencé par m'être
indifférentes, dont je souriais même, me semblent
monstrueuses à présent. Je ne connaissais pas
Montferran ; je le connais !... Je connais le député
socialiste qui entretient des actrices, qui a maître
d'hôtel, valets de pied... et que tous les garçons
du boulevard appellent monsieur Armand, gros
comme le bras !... Ah ! c'est un viveur séduisant,
la cordialité incarnée... Et si généreux, monsieur
Armand ! Ses électeurs l'ont chargé de résoudre
la question sociale... Elle est au moins résolue
pour lui, la question sociale... Il y pense tous les
soirs en habit noir, cravate blanche et les coudes
sur la table, monsieur Armand !

### MARESCOT.

A ceux qui l'ont élu, il ne doit compte que de
ses actes politiques ; sa vie privée ne nous regarde
pas.

### LAZARE.

Mais si ! Elle nous regarde justement par la
contradiction révoltante qu'il y a entre ses paroles, ses actes politiques, et sa conduite légère,
son existence factice ! Il a abandonné sa femme
pour vivre avec sa maîtresse... Aujourd'hui il
quitte sa maîtresse pour reprendre sa femme. Et
cela sans pudeur, sans amour, par fantaisie. C'est
un de ces êtres pour lesquels la vie n'est qu'une
fête ; qui n'ont jamais aimé, jamais souffert, et
dont le bonheur insolent est une iniquité non
moins criante que leur fortune et que leur luxe,
car ce bonheur-là aussi peut faire des déshérités !

MARESCOT.

Évidemment, parbleu ! Je sens, comme toi, l'inconséquence de ce luxe.

LAZARE.

Et pourtant tu le couvres de ta loyauté, de ta droiture, de ton abnégation ! C'est toi qui, tout à l'heure, as refusé la parole à d'honnêtes gens avec lesquels, au fond, ta conscience est d'accord. Tu ne souffres donc pas de voir tes principes travestis, ton idéal profané ?

MARESCOT.

Notre idéal, certes, on peut le profaner, mais il n'est au pouvoir de personne de le détruire. Je ne sais quel triste imbécile lança un jour une bouteille d'encre contre l'admirable groupe de *la Danse,* qui est à l'Opéra. Les figures modelées par Carpeaux en eurent-elles des formes moins harmonieuses, une grâce moins souveraine ? J'en dirai autant de notre œuvre. Éclaboussée, tachée, ternie, elle est tout de même la République. Elle n'a peut-être pas les républicains qu'elle mérite, voilà tout.

LAZARE.

C'est pour eux, cependant, que tu as subi dix ans d'exil.

MARESCOT.

Non, c'est pour Elle.

LAZARE.

Enfin, père, songe que tu es ici, dans cet hôtel, chez un représentant du peuple... du peuple ! Songe, après souper, que tu vas être obligé de dire merci, non seulement pour toi, mais pour les morts et les vivants qui t'ont confié le dépôt sacré de leur cause. Convive rassasié, tu devras dire merci pour ceux qui ont faim et merci encore pour ceux qui furent vertueux et désintéressés comme toi! Et quand tu te seras suffisamment humilié, quelqu'un de la bande s'approchera de toi, pour te dire ce qu'on m'a dit tout à l'heure : « Où diable vous faites-vous habiller? »

#### MARESCOT.

Ah çà! est-ce que vraiment, nous sommes si mal fichus que ça?... N'importe, fiston, il y a du vrai dans ce que tu dis, et tu m'as, dans une certaine mesure, rappelé à mon devoir.

#### LAZARE.

Oh! père...

#### MARESCOT.

Si! si!... Ce bougre-là était arrivé à m'entortiller... Je trouverai bien l'occasion de lui dire là-dessus ma façon de penser, en douceur... Quant à toi, tu lui enverras ta démission demain. Non seulement je ne te blâme plus, mais je t'approuve.

#### LAZARE, *lui prenant les mains.*

Merci, père. Ah! quel soulagement de n'être plus aux gages de cet homme... Je finissais par le haïr!

#### MARESCOT.

Mauvais sentiment, mon garçon. L'envie et la haine sont deux chevaux indomptables qui entraînent toujours leur cavalier plus loin qu'il ne veut aller. Pour le reste, tu peux voir, hein? que je ne suis pas plus disposé que toi à faire des concessions... Je suis venu en chapeau mou, avec ma vieille redingote, et celui qui me fera

changer mes habitudes n'a pas encore de poil au
menton !

*(Bruit dans la galerie. Arrivée des convives, Montferran
au fond.)*


## SCÈNE VI

LES MÊMES, MONTFERRAN, *puis successivement* JULIA,
ŒNONE, ARICIE, LE DOCTEUR DES ANGES,
DUVERNET, UN GROOM, *portant des fleurs, suit les
dames.*


MONTFERRAN, *à Julia qui entre la première avec Œnone et Aricie,
toutes les trois en costumes de Phèdre.*

Bonsoir, mes enfants !... Débarrassez-vous de
vos manteaux... Vous êtes chez vous...

*(Il aide Julia. Le docteur et Duvernet aident Œnone et
Aricie.)*

ARICIE.

C'est chic, ici !...

PERCIER.

Tu en verras bien d'autres !

ARICIE, *à Œnone.*

Dis donc... Pourquoi qu'il m'a tutoyée, ce
monsieur ? Je ne le connais pas.

ŒNONE.

Parce que tu lui plais.

MONTFERRAN.

Comme vous arrivez tard !...

JULIA.

Il a fallu nous arranger... Nous étions fraîches...

Quel public! Ah! vous m'avez fourrée dans une jolie aventure... Quand on m'y reprendra à aller jouer *Phèdre* devant de pareilles gourdes!

MONTFERRAN.

Allons donc! au deux, vous avez été magnifique... « Détestables flatteurs!... » N'est-ce pas qu'elle a été magnifique?

OENONE.

On n'a jamais joué *Phèdre* comme ça, c'est bien simple.

JULIA, à demi-voix.

Petite rosse!...

DES ANGES.

Un public très vibrant, au contraire.

JULIA.

Vous appelez ça vibrer, docteur?... Nous appelons ça, nous, *embotter*... Emboîtée dans *Phèdre!*... Hein, Duvernet, si on nous avait dit ça, hier?...

DUVERNET.

Moi, ça m'est arrivé plusieurs fois en province... Un soir, à Rouen, au milieu du récit de Théramène, quelqu'un a crié du poulailler : « Trop long! »

MONTFERRAN.

Et qu'avez-vous fait?

DUVERNET.

J'ai coupé toute la fin.

JULIA.

Avec tout ça, mon engagement à l'Odéon est dans l'eau... C'est le plus clair.

MONTFERRAN.

Mais, au contraire, jamais il n'a été plus sûr, votre engagement à l'Odéon... J'en réponds.

ARICIE.

Et nous, monsieur? Vous vous occuperez de nous?

OENONE.

Oh! oui, monsieur, ça vous est si facile.

MONTFERRAN.

Soyez tranquilles... Qu'est-ce que vous voulez faire? de la tragédie?

ARICIE.

Non... j'en ai assez... J'aimerais mieux l'opérette.

OENONE.

Moi aussi, mais à la condition de ne pas trop chanter.

DES ANGES, à Montferran.

Des clientes à moi... Beaucoup d'avenir.

MONTFERRAN, voyant Marescot qui cause dans un coin avec Lazare.

Connaissez-vous notre président, docteur?

DES ANGES.

Je n'ai pas cet honneur.

MONTFERRAN.

Venez... (Il s'avance vers Marescot.) Citoyen Marescot, permettez-moi de vous présenter notre ami, le docteur Des Anges, le chirurgien que toutes ces dames s'arrachent... (Marescot s'incline. A Des Anges:) Docteur, notre président, le citoyen Marescot, un des fondateurs de la République... C'est à lui que nous devons d'être ce que nous sommes.

MARESCOT, *d'un ton agressif et ironique, entre Montferran, Des Anges, Lazare un peu en arrière.*

Vous exagérez beaucoup l'importance de mon rôle, citoyen Montferran, et ce que vous êtes, ce n'est pas à moi que vous le devez. Modeste héritier des traditions révolutionnaires, mon ambition se borne à ce qu'on me rende justice sur un point... C'est que mon intérêt personnel a toujours été hors de cause.

MONTFERRAN.

Votre désintéressement est légendaire, citoyen.

MARESCOT, *avec un peu d'emphase.*

Je ne suis pas de ceux qui se sont fait, de nos glorieux principes, un tremplin pour parvenir à la fortune ou au pouvoir, et le terrain révolutionnaire, fertile pour tant d'autres, n'a jamais produit pour moi que des ronces et des pierres.

DUVERNET, *s'éloignant.*

La barbe !

DES ANGES, *le suivant.*

La vieille barbe !

MONTFERRAN, *à Marescot, rompant les chiens.*

Notre grande artiste, madame Dorfeuil, serait fière, citoyen, de vous être présentée... Nous n'avons guère eu le temps ce soir...

MARESCOT, *empressé.*

Comment donc !

MONTFERRAN, *à Julia.*

Le citoyen Marescot, un de vos admirateurs...

MARESCOT, *saluant.*

Je n'aime pas la pièce, j'ai dit tout à l'heure là-dessus ma façon de penser ; mais, ces réserves faites, je dois déclarer que vous l'avez jouée supérieurement et avec un succès mérité...

JULIA.

Oui, le vieux, foutez-vous de moi !...

*(Elle lui tourne le dos et s'éloigne.)*

MARESCOT, *suffoqué.*

Par exemple !...

LAZARE, *se rapprochant de son père.*

C'est trop fort !

MARESCOT, *à Lazare.*

Tu vas voir si je me laisse marcher sur le pied.

MONTFERRAN, *conciliant, à Marescot.*

Je vous en prie... excusez un peu d'énervement; les artistes, vous savez...

MARESCOT.

Citoyen Montferran, je n'ai pas plus de chance chez vous, ce soir, avec les concierges qu'avec leurs filles. *(A Lazare:)* Viens, fiston !

JULIA, *furieuse.*

Qu'est-ce qu'il dit ?

*(Désordre. Le docteur essaye de calmer Marescot en l'entraînant dans la galerie. Œnone, Aricie, Duvernet, entourent et retiennent Julia.)*

MONTFERRAN, *à Julia.*

Julia, voyons, soyez raisonnable !... pas de scandale !...

ARICIE.

Ce n'est pas pour toi qu'il a dit ça.

ŒNONE.

Mais non, ce n'est pas pour toi.

DES ANGES.

Déplorable histoire !

JULIA, à *Montferran*.

Vous me laissez insulter chez vous !...

DUVERNET.

Ceci me regarde !

MONTFERRAN.

Mais non... c'est enfantin... Je vais arranger
ça... (*Apercevant Lazare qui cherche, parmi les vêtements
entassés sur le canapé, son pardessus et celui de son père :*)
Eh bien, qu'est-ce que vous faites, vous ?

LAZARE.

Nous partons, mon père et moi !

MONTFERRAN, *le retenant par le bras.*

Mais c'est absurde ! (*A Duvernet, bas :*) Emmenez
Julia un instant.

DUVERNET.

Oui, oui...

(*Duvernet emmène Julia et les deux femmes. Marescot,
Des Anges, ont disparu par la galerie. Restent en scène
Montferran et Lazare.*)

## SCÈNE VII

MONTFERRAN, LAZARE, *puis* MARESCOT.

MONTFERRAN.

Ah çà ! nous n'allons pas donner à cet incident
plus d'importance qu'il n'en a... Julia a été un
peu vive, mais au fond c'est une très bonne fille...
Votre père lui a répondu vertement... que ça

8

s'arrête là, hein ? Car avec une blague comme ça dans les journaux, on fait un scandale, tout bonnement.

LAZARE.

Si j'avais été à la place de mon père, le scandale aurait été plus grand encore !

MONTFERRAN.

Qu'est-ce que vous me chantez là ?

LAZARE.

Et j'aurais répondu comme il convient aux grossièretés et à l'insolence de cette fille.

MONTFERRAN.

Plaît-il ?... A qui croyez-vous donc parler ?

LAZARE.

A son amant.

MONTFERRAN.

Voulez-vous que, pour ce mot-là, je vous flanque immédiatement à la porte, moi-même, et par les épaules ?

LAZARE, *se redressant.*

Il faudrait voir !

MONTFERRAN.

Laissez donc, mon petit. Je suis plus solide que vous, avec mes cinquante ans, et je vous le prouverai quand vous voudrez !... *(Changeant de ton.)* Tenez, c'est idiot, ce que nous faisons... Je ne veux pas me brouiller avec Marescot pour un mot, ni que vous perdiez votre situation pour une vivacité excusable, en somme, puisqu'il s'agissait de votre père. Allons souper et n'en parlons plus.

*(Il entraîne Lazare vers la salle à manger.)*

LAZARE, *se dégageant brusquement.*

Non, monsieur. Ni mon père, ni moi, ne resterons un quart d'heure de plus chez vous. Je comptais vous envoyer ma démission demain, je vous la donne ce soir. Comme je n'ai pas encore touché un sou de vous, j'ai la conscience tranquille. Je vous salue.

MONTFERRAN.

Vous ne cherchiez qu'un prétexte pour vous en aller... avouez-le donc.

LAZARE.

Peut-être...

MONTFERRAN.

Mais alors pourquoi êtes-vous entré chez moi? Pourquoi votre père m'a-t-il supplié de vous prendre?

LAZARE.

Il ne savait pas quel rôle vous vouliez lui faire jouer; il vous croyait sincère. Car il ne fait pas, lui, de la révolution par métier, par snobisme ou par ambition... Non, non, décidément, vous êtes trop grand seigneur et trop riche pour nous!

MONTFERRAN.

Voilà le grand mot lâché! En crèvent-ils assez d'envie, tous, de mon hôtel et de mon auto!... car il n'y a que de l'envie, de l'amertume et de la haine dans ces esprits-là! Sincère, je le suis plus que vous, petit niais, petit cerveau grisé de mauvaises lectures, de fréquentations louches et de vapeurs d'anarchie!

LAZARE.

Vous, sincère?...

MONTFERRAN.

Oui, moi!

### LAZARE.

Sincère, quand vous parlez, comme ce soir, de justice, de réformes, d'émancipation du prolétariat! Sincère? Allons donc! Vous ne pouvez pas l'être! Quel intérêt auriez-vous à réformer un ordre de choses où vous êtes tout puissant, qui vous donne toutes les jouissances de la vie? Mais vous ne pouvez que redouter l'avènement d'une société nouvelle, où règneraient l'égalité et la justice, comme vous dites, car si celle-là s'établissait jamais, la première victime, ce serait vous!

### MONTFERRAN.

Nous le savons et notre tentative n'en est que plus méritoire. Au moins nous risquons quelque chose, tandis que vous, vous ne risquez rien. Les révolutions sociales, ce sont toujours les bourgeois comme moi et les aristocrates qui les ont faites, et le plus souvent à leurs dépens. Voilà ce que vous sauriez, si vous aviez appris la vie et l'histoire autre part que dans des livres indigestes. Ah! il est joli le résultat de l'instruction que nous leur donnons!... Voilà ce que la République a gagné à leur être maternelle : des révoltés et des anarchistes!...

### LAZARE.

Si c'est être anarchiste que de haïr l'hypocrisie, eh bien, oui, je le deviens... je le suis! Nos visions sont moins creuses que les vôtres, car, encore une fois, pour oser prêcher l'égalité quand on est riche et qu'on ne partage pas sa fortune, il faut être un imposteur! Pour oser prêcher la solidarité quand on plane soi-même au-dessus des autres, il faut être un charlatan! Pour oser encourager la grève quand on est le seul à n'y perdre ni un repas, ni même une douceur, il faut être un coquin. Et je suis heureux de vous le dire en face... J'attendais ce moment-là avec impatience. Il est venu, je suis soulagé! J'en avais besoin!...

*(Après avoir endossé son pardessus, il cherche sous les autres celui de son père et le jette sur son bras, pour l'emporter. Il en tombe un revolver qui roule sur le tapis, aux pieds de Montferran.)*

MONTFERRAN, *le repoussant du pied.*

Ah! ah! nous avons un revolver dans notre poche!... Ramassez-le donc! C'est votre dernier argument et c'est le meilleur... C'est par celui-là que vous finirez un jour, sombre petit raté, enragé aujourd'hui, criminel demain.

LAZARE, *ramassant l'arme.*

Tuer un homme comme vous ne serait pas un crime : ce serait un exemple!...

MONTFERRAN.

Allons, cette fois, en voilà assez... Vous ne me faites pas peur, petit misérable! Hors d'ici, et vivement!...

*(Il fait un pas vers Lazare. Entre Marescot par le fond.)*

LAZARE, *hors de lui, menaçant.*

Ah! ne me touchez pas, sinon!...

*(Montferran s'arrête.)*

MARESCOT.

Que fais-tu, malheureux!

*(Il se précipite sur Lazare et lui relient le bras; le coup part. Montferran chancelle. Lazare regarde son arme avec stupeur. Marescot court à Montferran et le reçoit dans ses bras. Au bruit de la détonation entrent par la droite Percier et les reporters; Julia, le docteur par la galerie. Tout le monde derrière.)*

## SCÈNE VIII

### Les Mêmes, PERCIER, LE DOCTEUR, HINGAND, FRADIN, JULIA, Un Domestique.

JULIA, *entrant d'abord.*

Qu'est-ce que c'est?... *(Elle aperçoit Lazare, le revolver à la main, et Montferran étendu sur le canapé entre les bras de Marescot.)* Ah! mon Dieu!... Il l'a tué... *(Montrant Lazare.)* C'est lui qui l'a tué...

PERCIER, *à Lazare.*

C'est vous? C'est vous?

LAZARE, *égaré.*

Oui, c'est moi.

JULIA.

Docteur! Docteur!

LE DOCTEUR, *se précipitant et à Marescot.*

Laissez-moi, je vous prie...

MARESCOT.

Oui... oui...

*(Il s'éloigne et va vers Lazare.)*

JULIA.

La police! la police! Qu'on ne le laisse pas s'échapper, surtout!

MARESCOT.

Soyez tranquille, il va se constituer prisonnier, j'en réponds!

JULIA, *au docteur.*

Docteur?... Eh bien, la blessure?...

LE DOCTEUR.

Impossible de me prononcer... Je crois qu'elle est grave... *(Aux invités qui l'entourent :)* Je vous en prie, éloignez-vous.

*(Durernel, Œnone, Aricie, disparaissent.)*

HINGAND.

Pas nous, docteur... La presse?

LE DOCTEUR.

La presse... vous pouvez rester.

JULIA.

Moi aussi, docteur?

LE DOCTEUR.

Oui... oui... mais c'est tout... *(Il se penche sur Montferran.)* Qu'on m'apporte tout de suite du linge... de l'eau...

JULIA, *à un domestique.*

Du linge, entendez-vous? Vite!

HINGAND.

Où est le revolver?... *(Désarmant Lazare.)* Pièce à conviction...

LE DOCTEUR.

Percier?

PERCIER.

Docteur?

LE DOCTEUR.

Ma boîte d'opérations... Mon domestique vous indiquera...

PERCIER.

Je cours chez vous...

(*Il sort rapidement.*)

LAZARE, *à son père.*

Partons.

MARESCOT.

Pas avant de savoir... Attends...

HINGAND, *à Marescot.*

Je voudrais vous demander quelques renseignements.

MARESCOT.

Je ne suis pas en état de répondre pour le moment... J'étais si loin de prévoir... Laissez-moi...

FRADIN.

Croyez-vous à une vengeance personnelle?

HINGAND.

Votre fils avait donc emporté un revolver?

MARESCOT.

Ce revolver n'est pas à lui, il est à moi!...

FRADIN.

A vous?

MARESCOT.

Oui, à moi.

HINGAND.

Expliquez-nous...

MARESCOT.

Je n'ai rien à vous expliquer... Fichez-moi la paix!

HINGAND, à Fradin.

Tel fils, tel père...

JULIA, au docteur.

Est-il mort? Je n'ose pas regarder.

LE DOCTEUR, se relevant.

Non; il n'est pas mort... La blessure est même moins profonde que je ne croyais.

MARESCOT.

Ah! tant mieux!... (A Lazare :) Allons, toi... viens!...

(Il l'entraîne par le bras.)

LE VALET DE PIED.

Voici les gardiens de la paix que je suis allé chercher...

MARESCOT, haussant les épaules.

Je serais bien allé les chercher moi-même.

(Il sort avec Lazare.)

## SCÈNE IX

### MONTFERRAN, LE DOCTEUR, JULIA, HINGAND, FRADIN.

JULIA.

Ah! le voilà qui reprend connaissance.

MONTFERRAN, se redresse légèrement et regarde autour de lui.

Je me rappelle... Je me rappelle très bien... C'est vous, mon cher docteur?

LE DOCTEUR.

Oui, cher ami, c'est moi.

MONTFERRAN.

Où suis-je blessé?... Je ne me rends pas compte du tout.

LE DOCTEUR.

Au bras... près de l'épaule... On extraira la balle facilement.

JULIA.

Mon pauvre chéri, tu m'as fichu un trac!

MONTFERRAN, *au docteur, avec de moins en moins de difficulté.*

Vous ne me cachez rien, docteur? Ce serait absurde!... J'ai des tas de petites choses à arranger...

LE DOCTEUR.

Je ne vous cache rien. La balle est logée là... *(Il appuie.)* Je la sens.

MONTFERRAN, *avec un mouvement.*

Moi aussi.

LE DOCTEUR.

Dès que Percier sera revenu, je vous extrairai ça en un tour de main... *(A Julia:)* Chère madame, vous seriez bien aimable de donner des ordres pour qu'on prépare la chambre, et une chaise longue pour le transport... Le temps de finir le pansement...

*(Il prend le linge et les objets qu'un domestique lui a apportés pendant les répliques précédentes.)*

JULIA.

Oui... oui... *(En sortant, à Fradin:)* Dites bien que j'étais là et que je ne l'ai pas quitté, n'est-ce pas?

## SCÈNE X

### MONTFERRAN, LE DOCTEUR, HINGAND, FRADIN.

MONTFERRAN.

Quelle étrange aventure!... En tombant, je me suis cru mort, vous savez...

LE DOCTEUR, *tout en procédant au pansement.*

Il s'en est fallu d'un rien.

MONTFERRAN, *à Hingand et à Fradin qui se sont approchés.*

Ah! c'est vous, mes amis?

HINGAND.

Oui, cher maître, oui...

FRADIN.

Et bien émus, je vous assure.

MONTFERRAN.

De rien, messieurs, de rien... *(Souriant.)* Vous m'excusez de ne pas dîner avec vous?

HINGAND, *à Fradin.*

Très chic!

FRADIN.

Très parisien.

MONTFERRAN.

Et ce garnement, où est-il?

HINGAND.

Le meurtrier?

MONTFERRAN.

Oui... C'est un simple fou. J'espère que vous l'avez laissé partir?

HINGAND.

Mais pas du tout.

FRADIN.

Il est arrêté.

MONTFERRAN.

Ah! c'est ennuyeux... Passez donc chez le commissaire, je vous prie, lui dire de ne rien communiquer à la presse avant d'avoir causé avec moi... Du moment que je ne suis pas mort, c'est un fait divers sans intérêt... Mettons un accident...

FRADIN.

Mais quel serait le mobile de cet accident? Vous en doutez-vous, cher maître?

MONTFERRAN.

Oh! il est bien simple : c'est le coup d'essai d'un apprenti anarchiste.

HINGAND, *vivement.*

Un anarchiste?

MONTFERRAN.

Oui... J'avais un anarchiste comme secrétaire, tout bonnement.

FRADIN.

Vous en êtes sûr?

MONTFERRAN.

Tout ce qu'il y a de plus sûr : il me l'a dit en tirant sur moi.

HINGAND.

Mais alors, nous sommes en présence d'un événement considérable !

MONTFERRAN.

Comment cela ?

HINGAND.

D'un fait politique de la plus haute signification. Je m'étonne qu'un homme comme vous...

MONTFERRAN.

Vous avez raison... Dans le premier moment...

HINGAND.

Où est le téléphone ?

MONTFERRAN.

Là, dans la galerie...

HINGAND, *de loin, de manière qu'on entende pas très distinctement.*

Allô ?... Allô !... 125-43... Secrétaire de rédaction ?... Oui... oui... Montferran... le député... On a tiré sur lui... Son secrétaire... Lazare Marescot...

FRADIN.

Ça soulève une émotion énorme !

MONTFERRAN.

Dame, c'est autre chose qu'un meurtre... C'est autre chose qu'un crime... C'est bel et bien un attentat !

HINGAND, *de la galerie, au téléphone.*

Un attentat très caractérisé !

MONTFERRAN.

Et contre qui ? Contre un député socialiste !...

Contre un homme qui n'a cessé de donner de
preuves de dévouement au prolétariat... Et alors
où allons-nous? Où va la République?

LE DOCTEUR.

Ne vous fatiguez pas.

HINGAND, *de loin, toujours à l'appareil.*

On demande des détails...

MONTFERRAN, *toujours pendant qu'on le panse.*

Je donnais à souper à quelques-uns de me
amis, après ma conférence...

FRADIN.

Madame Julia Dorfeuil...

MONTFERRAN.

' Inutile de citer des noms.

FRADIN.

Oui, vous avez raison. Ne dispersons pas l'in
térêt.

HINGAND, *parlant plus haut, à l'appareil.*

Oui!... oui!... La blessure?... si elle es
grave?'

FRADIN.

On demande si la blessure est grave.

LE DOCTEUR, *se relevant.*

Ça va beaucoup mieux.

FRADIN, *soufflant sa réponse à Hingand.*

Les médecins hésitent à se prononcer... *(A Mont
ferran :)* Est-ce que le meurtrier est le fils de l'an
cien combattant de la Commune?

MONTFERRAN.

Un très brave homme, lui...

HINGAND, *quittant l'appareil.*

Un très brave homme... c'est ce que l'enquête établira... Je vais au journal... Viens-tu, Fradin ?

FRADIN.

Au revoir, maître !... A demain !...

HINGAND.

Nous viendrons prendre... tout Paris viendra prendre de vos nouvelles...

FRADIN.

Cette affaire va provoquer un mouvement immense de sympathie en votre faveur...

HINGAND.

Et je connais des députés qui l'auraient payé cher, à la veille des élections...

MONTFERRAN, *gaiement.*

C'est vrai que j'ai eu de la chance... Au revoir, mes amis, au revoir !...

*(Sortent Hingand et Fradin.)*

## SCÈNE XI

MONTFERRAN, LE DOCTEUR, *puis* PERCIER *et* MARCELLE, *Percier portant une boîte qu'il remet au docteur.*

LE DOCTEUR.

Maintenant, nous allons consigner rigoureusement la porte.

MARCELLE, *entrant, suivie de Percier.*

Pas pour moi, j'imagine...

(*Elle se jette dans les bras de Montferran.*)

MONTFERRAN.

Toi, Marcelle! Toi!...

MARCELLE.

Ah! mon ami... Quand monsieur Percier es
arrivé... j'ai eu un coup au cœur... un pressen
timent...

MONTFERRAN.

Bravo Percier... C'est lui qui?... (*Il lui tend la main.*
Si je n'avais eu que des secrétaires comme lui

MARCELLE.

Tu souffres, mon ami?

MONTFERRAN.

Pas trop... pas trop...

LE DOCTEUR, *s'installant à la table pour écrire une ordonnance.*

Je réponds de tout, madame.

(*Entre Julia.*)

## SCÈNE XII

LES MÊMES, JULIA.

JULIA.

Là! tout est prêt...

(*Elle aperçoit Marcelle et reste stupéfaite.*)

MARCELLE, *posément.*

Mon mari, madame, vous remercie de votre

sollicitude. Mais puisque je suis ici, votre présence n'y est plus aussi nécessaire, et vous pouvez, je pense, vous retirer sans inconvénient.

JULIA, *balbutiant.*

Madame...

MARCELLE, *la voyant interloquée.*

Si vous êtes seule, monsieur Percier sera assez
aimable pour vous offrir le bras et vous conduire
jusqu'à votre voiture...

(*A ce moment, Durernel arrive par la galerie.*)

JULIA.

Merci, madame... Mon mari est là...

(*Salutations. Julia sort par la galerie en donnant le
bras à Durernel. Montferran et Marcelle se regardent.*)

LE DOCTEUR, *qui s'est levé, à Montferran, après lui avoir tâté
le pouls.*

Pas de fièvre... Je pourrai vous enlever la
balle dès demain.

MONTFERRAN.

Oh! elle ne me gêne pas!...

9

# ACTE IV

Le cabinet du juge d'instruction.

Trois portes, une en face, pour l'entrée des témoins; les autres, à gauche et à droite.

## SCÈNE PREMIÈRE

Le Juge BIZOT, MARESCOT, Le Greffier *écrivant.* Le Garçon, Un Garde, *suivant les besoins de l'action,* puis Maître BURETTE.

BIZOT, *continuant l'interrogatoire de Marescot.*

Alors, vous affirmez?...

MARESCOT.

J'affirme que c'est moi qui, par un hasard que je regretterai toute ma vie, ai fait partir le revolver, en prenant tout à coup Lazare à bras-le-corps.

BIZOT.

Et vous en concluez qu'il n'y a eu, de la part de votre fils, aucune préméditation?

MARESCOT.

Aucune, j'en suis sûr, puisque le revolver était

à moi. J'en emporte toujours un quand je dois rentrer tard.

BIZOT.

Bref, nous nous trouverions en présence d'un simple accident?

MARESCOT.

Pour moi, cela est certain.

BIZOT.

Malheureusement, je suis obligé de vous dire que les déclarations du prévenu ne concordent pas avec les vôtres.

MARESCOT.

C'est impossible, car c'est Lazare lui-même qui me les a faites, dans la conversation que nous avons eue ensemble, avant qu'il se constituât prisonnier.

BIZOT.

Non seulement votre fils ne nie pas la préméditation, mais il l'avoue hautement.

MARESCOT.

Lui?

BIZOT.

Il raconte qu'il a tiré de sang-froid sur monsieur Montferran, qu'il s'est même hâté de tirer lorsqu'il vous a vu accourir vers lui.

MARESCOT.

Voyons, monsieur le juge, je n'ai pas rêvé. Je vous jure que mon fils...

BIZOT.

Son interrogatoire est là. Si vous voulez, je vais vous en donner connaissance.

MARESCOT.

Je n'y comprends rien, je vous assure.

BIZOT.

Quand il vous a donné la première version, il
était affolé, probablement. Ensuite, devant la
justice, il a dit la vérité.

MARESCOT.

Je vous en prie, monsieur le juge, interrogez-
le encore... insistez.

BIZOT.

Je le ferai certainement.

MARESCOT.

Rappelez-lui ce qu'il m'a dit... Et puis, il y a
aussi ce que j'ai vu. Monsieur Montferran le me-
naçait. Je ne dis pas que ça vaille un coup de
revolver... mais enfin...

BIZOT.

Votre fils ne parle pas de ces menaces.

MARESCOT.

Je suis confondu... confondu... et je vous en
supplie encore une fois !...

BIZOT.

Je ne négligerai rien, croyez-le, pour m'édifier... Mais le prévenu avoue la préméditation
d'une façon si formelle, avec tant de... mon
Dieu! oui, tant de fierté... ou d'ostentation, je
ne sais pas, que je suis bien obligé de le croire,
du moins provisoirement... *(Il se lève.)* Je ne vous
fais pas relire votre déposition; vous vous en
rapportez à moi, n'est-ce pas? *(Geste d'approbation de*

*Marescot, qui signe ensuite le papier que lui tend le greffier.*
*Paraît l'avocat; maître Burette. Bizot à l'avocat:)* Entrez,
maître... Lisez donc la déposition de Marescot
père... Je vais interroger de nouveau le prévenu
tout à l'heure, en revenant du Parquet, où j'ai
affaire.

### MAITRE BURETTE.

Je vous attends ici, monsieur le juge?

### BIZOT.

Comme vous voudrez, maître.

### MAITRE BURETTE.

Si vous le permettez, je causerai un instant
avec monsieur Marescot.

*(Geste d'acquiescement de Bizot qui sort.)*


## SCÈNE II

## MARESCOT, MAITRE BURETTE.


### MAITRE BURETTE, lisant.

C'est très curieux... Vous savez que votre fils
vient de dire tout le contraire.

### MARESCOT.

Je le sais.

### MAITRE BURETTE.

S'il avait donné cette version du premier coup,
nous étions sauvés. Je répondais de l'acquittement... Tandis qu'à présent... Ah! l'affaire ne va
pas être commode à plaider!

MARESCOT.

Je compte sur vous, maître.

MAITRE BURETTE.

Quel drôle de garçon, votre fils! Il parle, il répond exactement comme s'il voulait être condamné à toute force! Je n'ai jamais vu un client pareil. Il n'a pas l'air de se douter de la gravité de son cas. La mode n'est pas du tout aux attentats anarchistes. Le jury est très sévère pour ces machines-là.

MARESCOT.

Il faut pourtant le tirer de là.

MAITRE BURETTE.

Je ne demande pas mieux. Mais votre fils me gêne au lieu de m'aider. Il détruit mon système de défense. Lequel vais-je adopter, maintenant? Dites-moi donc?...

MARESCOT.

Maître?

MAITRE BURETTE.

Il n'a jamais été malade?

MARESCOT.

Qui?

MAITRE BURETTE.

Votre fils.

MARESCOT.

Non, jamais.

MAITRE BURETTE.

Vous êtes sûr?... Autrefois, dans son enfance, il n'a jamais rien eu?... Pas de convulsions, pas de fièvre typhoïde, pas d'attaques de nerfs?

MARESCOT.

Non, non...

MAÎTRE BURETTE.

C'est ennuyeux... Et dans la famille?

MARESCOT.

Dans la famille?

MAÎTRE BURETTE.

Oui, ses antécédents héréditaires enfin... Cherchez bien... Pas de tares nerveuses, pas d'aliénés, pas d'alcooliques?

MARESCOT.

Ah çà! dites donc, pour qui nous prenez-vous? Les grands-parents, aussi bien du côté paternel que du côté maternel, sont tous morts, sauf un, à près de quatre-vingts ans.

MAÎTRE BURETTE.

De quoi sont-ils morts?

MARESCOT.

De vieillesse.

MAÎTRE BURETTE.

Et l'autre?

MARESCOT.

Quel autre?

MAÎTRE BURETTE.

Vous avez dit : sauf un.

MARESCOT.

Le père de ma femme était charpentier. Il s'est tué en tombant d'un échafaudage.

MAÎTRE BURETTE.

Tant pis!

MARESCOT.

Évidemment.

**MAITRE BURETTE.**

Et sa mère?

**MARESCOT.**

Sa mère est morte d'une maladie de cœur. Oui, monsieur, c'est le cœur qui l'a étouffée. Tout le monde n'en peut pas dire autant.

**MAITRE BURETTE.**

Enfin, vous ne me laissez pas même la ressource de plaider l'irresponsabilité de votre fils.

**MARESCOT,** *avec force.*

Je vous le défends bien, par exemple! Si c'est là que vous vouliez en venir, à faire de Lazare un dégénéré, fils de dégénérés... mieux vaut renoncer à être son avocat. Sachez que mon fils a toujours eu, comme moi, la pleine conscience de ses actes.

**MAITRE BURETTE.**

Mais vous ne vous y prendriez pas autrement si vous vouliez le faire condamner!

**MARESCOT.**

J'aime mieux qu'il soit condamné pour violence qu'absous pour imbécillité!

**MAITRE BURETTE.**

Il y a chez lui, en tous cas, une exaltation qui ne lui permet pas de vous renier.

**MARESCOT.**

Nous sommes, en effet, monsieur, d'une famille où les enfants ne renient pas plus leur père que le père ne renie ses enfants.

**MAITRE BURETTE,** *gaîment.*

Dans ces conditions-là, savez-vous bien que

vous pourriez tomber sur un défenseur qui plaiderait votre irresponsabilité... à tous les deux?

*(Rentre le juge Bizot.)*

## SCÈNE III

LES MÊMES, BIZOT, *puis* LAZARE, LE GREFFIER, LE GARÇON, LE GARDE.

BIZOT, *au garçon.*

Introduisez le prévenu.

MARESCOT, *ému.*

Je vais le voir?

BIZOT.

Une minute, je vous le permets.

*(Entre Lazare.)*

MARESCOT.

Fiston!

LAZARE, *introduit par un garde.*

Père!

MARESCOT.

Monsieur le juge, est-ce que je peux l'embrasser?

BIZOT.

Faites.

MARESCOT, *le serrant dans ses bras.*

Fiston! fiston! Dis bien la vérité... Pense à ton père... Tu ne manques de rien là-bas? Veux-tu que je te fasse envoyer?...

*(Lazare l'embrasse sans mot dire.)*

BIZOT, *doucement.*

Retirez-vous, maintenant, Marescot.

MARESCOT.

Merci, monsieur le juge.

(*Il sort lentement, bouleversé.*)

## SCÈNE IV

### BIZOT, MAITRE BURETTE, LAZARE,
#### LE GREFFIER.

BIZOT.

Lazare Marescot, vous vous rappelez bien exacte
ment les termes de votre premier interrogatoire

LAZARE.

Oui, monsieur le juge.

BIZOT.

Vous les maintenez intégralement?

LAZARE.

Je les maintiens.

BIZOT.

Sans atténuation?

LAZARE.

Sans aucune atténuation.

BIZOT.

Vous avez frappé M. Montferran sans motif d
vengeance personnelle?

LAZARE.

Aucun.

**BIZOT.**

Rien que pour faire, ainsi que vous l'avez déclaré, un exemple?

**LAZARE.**

Pas pour autre chose. J'ai voulu frapper la représentation nationale dans un de ses membres indignes, dans un de ces hommes que je considère comme les pires ennemis du peuple...

**BIZOT.**

Parce que?

**LAZARE.**

A cause des illusions, des espérances trompeuses qu'ils lui donnent. Un homme de la caste de Montferran ne peut pas se dévouer sincèrement à la démocratie. Il n'affecte donc de prendre ses intérêts que pour mieux la trahir. Les masses sont aveugles. C'est pour leur rendre la vue que j'ai fait un exemple.

**BIZOT.**

Encore une fois, la personnalité de monsieur Montferran, son caractère affable, n'expliquent pas un pareil emportement contre lui. C'est un bon garçon.

**LAZARE.**

Dites une bonne fille!... Des représentants comme celui-là sont pour le peuple des maîtresses aussi funestes que les maîtres dont il s'est débarrassé.

**BIZOT.**

Enfin, c'est un acte anarchiste.

**LAZARE.**

Qualifiez-le comme vous voudrez. Chaque

époque a des noms différents pour dire la même chose.

**BIZOT.**

Vous n'avez rien à rétracter de ce que vous avez déclaré jusqu'ici ?

**LAZARE.**

Rien.

**BIZOT,** *avec doute.*

Alors, vous seriez entré chez monsieur Montferran comme secrétaire, vous auriez accepté cette fonction qui vous rapprochait de lui, afin de pouvoir l'atteindre un jour plus sûrement ?

*(Silence embarrassé de Lazare.)*

**MAITRE BURETTE, à** *Bizot.*

Il est impossible de l'admettre pourtant. Toutes les dépositions, y compris celle de la victime, rendent cette hypothèse invraisemblable.

**BIZOT.**

A quel moment et sous quelle influence l'idée de frapper s'est-elle formée en vous ? Répondez.

**LAZARE.**

Cette idée s'est formée en moi à mesure que je pénétrais davantage dans l'intimité de monsieur Montferran, que je remarquais mieux l'abîme qu'il y avait entre ses paroles et sa conduite, entre sa vie privée et ses déclarations publiques. J'ai choisi la soirée qu'il donnait chez lui, afin d'assurer à mon acte le maximum de retentissement.

**MAITRE BURETTE.**

Monsieur le juge ne peut manquer d'être frappé de l'acharnement que met le prévenu à charger lui-même contre l'évidence.

LAZARE, *avec obstination.*

Je dis la vérité.

BIZOT.

Désirez-vous, maître, que je pose d'autres questions à votre client?

MAITRE BURETTE.

Pas pour le moment.

BIZOT, *au garde.*

Emmenez le prévenu.

MAITRE BURETTE, *reconduisant Lazare jusqu'à la porte.*

Je vous verrai tantôt à la Santé.

(Sort Lazare.)


## SCÈNE V

### BIZOT, MAITRE BURETTE.


BIZOT.

Eh bien?

MAITRE BURETTE.

Il est déconcertant.

BIZOT.

Mais non, c'est l'anarchiste banal, habituel. Ce besoin d'étonner la galerie, de se composer une attitude, mais ils l'ont tous. J'en ai connu qui s'attribuaient, par vanité, des crimes qu'ils n'avaient pas commis!

MAITRE BURETTE.

Ce n'est pas mon impression pour celui-ci. Il y

a autre chose. Quoi? Je l'ignore. Autrefois
aurait dit : « Cherchez la femme! »

BIZOT.

Parmi les témoins que j'ai fait citer, se trou
sa cousine, mademoiselle Marescot... Cécile M
rescot, qui vivait sous le même toit que son co
sin... Mais je vous avoue que je n'attends p
grand'chose de toutes ces dépositions. Pour m
la chose est très simple. Brochures anarchist
trouvées en grand nombre chez le prévenu, ma
vaise influence de camarades, comme ce Graffar
*(Il lui montre une citation.)* Exaltation... toute l'affai
est là.

MAITRE BURETTE.

C'est possible. Je repasserai tantôt.

BIZOT, *à Barelle qui sort à droite.*

Oui, c'est cela... *(Au garçon:)* Introduisez mad
moiselle Marescot.

*(Le garçon introduit Cécile.)*


## SCÈNE VI

BIZOT, CÉCILE, Le Greffier.


BIZOT.

Avancez, mademoiselle... Asseyez-vous. V
nom, prénoms, âge, profession, domicile?

CÉCILE.

Cécile Marescot, vingt ans, sans profession, d
meurant rue d'Assas, chez son oncle.

BIZOT.

Je ne vous fais prêter serment, puisque vo

êtes la parente de l'inculpé, la fille d'un frère de monsieur Marescot, n'est-ce pas?

CÉCILE.

Oui, monsieur le juge.

BIZOT.

Et par conséquent la cousine de Lazare Marescot. *(Signe de Cécile.)* Bien. Vous vivez près de votre oncle?

CÉCILE.

C'est lui qui m'a recueillie à la mort de mes parents.

BIZOT, *la regardant.*

Vous avez donc vécu fraternellement à côté de Lazare Marescot, depuis votre toute première jeunesse, vous connaissez son caractère, ses habitudes...

CÉCILE.

Je le crois, oui, monsieur le juge.

BIZOT.

Vous a-t-il fait parfois des confidences sur ses projets d'avenir, sur ses ambitions?

CÉCILE.

Nous en parlions souvent, autrefois?

BIZOT.

Autrefois?

CÉCILE.

Je veux dire à un moment qui n'est pas très éloigné et où il y avait vraiment entre nous une intimité de frère et sœur.

BIZOT.

Vous aviez donc remarqué que depuis peu, il s'était produit en lui un certain changement?

CÉCILE, *vivement.*

Oh! non... monsieur le juge... Ce n'est pas cela que j'ai voulu dire.

BIZOT.

Voyons... que vouliez-vous dire? Faisiez-vous allusion à un fait quelconque?

CÉCILE.

Non... non... Lazare me tenait peut-être moins au courant de sa vie qu'autrefois, voilà tout. Cela tient à ce que je le voyais moins régulièrement. Il était sans place... il en cherchait une... ce qui l'attristait un peu.

BIZOT.

Je vais vous poser, mademoiselle, une question assez délicate. Vous m'y répondrez dans la mesure où vous croirez devoir le faire.

CÉCILE.

Je vous répondrai franchement.

BIZOT.

A ces projets d'avenir, projets dont vous parliez ensemble, est-ce que Lazare Marescot ne vous a jamais... mêlée?... Un mariage entre vous était tout ce qu'il y a de plus naturel.

CÉCILE, — *un temps.*

Je l'ai cru d'abord... Peut-être y a-t-il pensé... lui aussi, un instant, je ne sais pas. En tout cas, c'était passé... c'était passé...

(*Elle a les larmes aux yeux.*)

BIZOT, *doucement.*

Et à quoi attribuez-vous ce changement?

CÉCILE.

Je n'ai pas d'opinion là-dessus.

BIZOT.

Votre cousin s'était-il épris d'une autre femme?... *(Silence de Cécile.)* Voyons... parlez... ce n'est pas un piège que je vous tends, mademoiselle; mais dans une affaire comme celle-ci principalement, il y a des indications qui peuvent éclairer sur le caractère d'un accusé, montrer sous un autre jour les mobiles qui l'ont fait agir, et servir sa cause... *(Doucement.)* Allons! dites-moi tout ce que vous savez?...

CÉCILE, *après une courte hésitation.*

Lazare était devenu amoureux, depuis quelque temps, d'une femme très... très distinguée, très jolie... un peu plus âgée que lui tout de même... une femme veuve, avec un petit garçon de cinq ou six ans... qui demeurait pas loin de chez nous et qui était venue deux ou trois fois au magasin apporter des livres à relier. Si je vous en parle, monsieur le juge d'instruction, c'est que j'ai le sentiment de ne compromettre en rien cette personne, qui faisait à peine attention à mon cousin et qui ne connaît probablement pas l'amour qu'il avait pour elle.

BIZOT.

Et, à votre avis, cet amour était profond.

CÉCILE.

Profond.

BIZOT.

Il ne vous en a jamais parlé?

CÉCILE.

Jamais.

BIZOT.

Ni à personne?

CÉCILE.

A personne.

BIZOT.

Vous l'avez deviné?

CÉCILE.

Oui.

BIZOT.

Vous en êtes sûre?

CÉCILE, — *un temps.*

Je vous l'affirme, monsieur le juge.

BIZOT, *à mi-voix, la regardant.*

Oui...

CÉCILE.

Voulez-vous me permettre de vous dire toute ma pensée, maintenant, monsieur le juge? Tout à l'heure, je n'aurais pas osé...

BIZOT.

Je vous en prie, mademoiselle...

CÉCILE.

Lazare se rendait compte que cette femme qu'il aimait était très au-dessus de lui par l'éducation, par la famille, sinon par la fortune, car, elle, je ne crois pas qu'elle soit riche, du moins elle était toujours habillée simplement... Et Lazare souffrait beaucoup, j'en suis convaincue, de cette différence qu'il y avait entre eux. C'est alors que lui sont venues des idées ambitieuses, qu'il a voulu s'élever pour se rapprocher d'elle. Je ne crois pas me tromper sur ce qui s'est passé dans son esprit à ce moment-là.

BIZOT.

Vous ne devez pas vous tromper.

CÉCILE.

Quand il a eu l'occasion de devenir le secrétaire d'un homme comme monsieur Montferran, d'avoir une situation plus brillante que celle qu'il aurait pu espérer, c'est certainement à elle qu'il a songé. Ce qu'il m'est impossible de m'expliquer, c'est que, dans ces conditions, il ait pu commettre un acte pareil vis-à-vis précisément de monsieur Montferran... Est-ce que j'ai le droit, monsieur le juge, de vous demander quelque chose?

BIZOT, *souriant.*

Prenez ce droit, mademoiselle.

CÉCILE.

Lazare a avoué qu'il avait agi avec préméditation?

BIZOT.

Il l'a avoué formellement, à plusieurs reprises.

CÉCILE.

Il a voulu tuer monsieur Montferran?

BIZOT.

Oui.

CÉCILE.

Le tuer?

BIZOT.

Le tuer.

CÉCILE.

Et quelles raisons a-t-il données?

BIZOT, *souriant.*

Vous m'en demandez beaucoup, mademoi-

selle... Des raisons politiques... que vous ne com
prendriez pas.

CÉCILE, avec chaleur.

Eh bien, non, ce n'est pas possible!... Je vou
jure, monsieur le juge, que ce n'est pas possible
Je connais Lazare depuis toujours; j'ai espéré u
moment devenir sa femme, je l'ai étudié, ob
servé... je ne pense qu'à lui depuis que je ne sui
plus une enfant. Lazare est incapable d'avoi
commis un acte pareil, froidement, sans avoi
été provoqué, sans que monsieur Montferran lu
ait fait quelque chose... quelque chose de grave
Ce n'est pas un pressentiment que j'ai, monsieu
le juge, c'est une certitude... Oh! si je pouvai
chercher, je trouverais... oui, je trouverais...

BIZOT.

Soyez assurée, mademoiselle, que s'il y a
quelque chose à découvrir en faveur de l'accusé
la justice le découvrira. Je vous remercie, made
moiselle, de votre franchise et de vos rensei
gnements. Je vous prie de m'en donner encor
un, sans grande importance, d'ailleurs, d'aprè
ce que vous m'avez dit; mais on ne doit pas négli
ger le plus léger indice. Savez-vous le nom de l
personne dont votre cousin s'était épris?

CÉCILE, hésitant.

Le nom?...

BIZOT, souriant.

Rassurez-vous, ce n'est pas une dénonciation
et il ne peut rien arriver à cette dame de plu
grave que de recevoir une citation, si je le jug
utile, ce qui n'est pas probable.

CÉCILE.

Oh! elle ne doit rien savoir.

BIZOT.

Évidemment... raison de plus pour ne pas me
cacher...

CÉCILE.

C'est madame Le Grandier, 25, rue du Luxembourg...

BIZOT, *prenant note.*

Le Grandier, 25, rue du Luxembourg... Bon.
L'avez-vous revue depuis la soirée du 4 février?

CÉCILE.

Non, monsieur le juge.

BIZOT, *se levant.*

Je vous remercie.

CÉCILE.

Je peux me retirer, monsieur?

BIZOT.

Oui, mademoiselle. Je n'ai plus qu'à vous demander de signer votre déposition.

*(Il la fait signer et l'accompagne jusqu'à la porte.)*

CÉCILE, *saluant.*

Monsieur...

BIZOT.

Mes hommages, mademoiselle.

*(Sort Cécile.)*


# SCÈNE VII

## BIZOT, MONTFERRAN.


LE GARÇON, *entrant.*

Monsieur Montferran est là.

BIZOT.

Introduisez-le...

*(Il jette un coup d'œil sur le dossier pendant que le greffier sort. Entre Montferran, le bras en écharpe. Bizot va à sa rencontre en souriant.)*

MONTFERRAN, *galement, tendant la main gauche à Bizot.*

Excusez-moi de ne vous donner que celle-là...

BIZOT.

Eh ! Mais ça ne vous va pas mal du tout !

MONTFERRAN.

Ma foi ! c'est ce qu'on me disait tantôt à la Chambre, où j'ai été faire un tour... Oh ! je pensais bien me créer des envieux, mais pas tant que ça !... L'attitude de mes collègues est tout ce qu'il y a de plus comique... Il y en a qui affectent de ne voir dans l'attentat qu'un événement bien parisien... Et Lorillon est venu me serrer la main... avec un air !...

BIZOT.

Qui est Lorillon ?... Ah ! oui...

MONTFERRAN.

Un député qui se sent menacé par moi dans sa circonscription. Car c'est ainsi, cher ami. Il y a quinze jours, je n'étais pas sûr d'être réélu dans la mienne et, maintenant, on m'offre des sièges de tous les côtés.

BIZOT, *lui avançant une chaise par pure coïncidence.*

Asseyez-vous donc.

MONTFERRAN, *souriant.*

Merci. *(Il reprend.)* De tous les côtés, positivement. Les partis modérés, qui me reprochaient d'aller trop loin, reviennent à moi... Ils sont rassurés... Je ne suis plus coupable de verser

dans la démagogie puisque les anarchistes tirent
sur moi... Et mes adversaires, quand je passerai
au premier tour, n'oseront plus dire : « Il a
payé... » Ils seront bien forcés de dire : « Il a
payé de sa personne ! »

BIZOT.

Il n'en faut pas davantage pour devenir populaire.

MONTFERRAN.

En tout cas, je sens qu'aujourd'hui j'existe !

BIZOT.

Vous vivez de votre blessure, si j'ose m'exprimer ainsi.

MONTFERRAN.

C'est ça. *(Un temps.)* Vous avez vu dans les journaux illustrés la photographie de ma balle?

BIZOT.

De votre balle?

MONTFERRAN.

Oui, après l'extraction... Ma femme et moi,
nous en avions les larmes aux yeux. Et les inter-
views et les caricatures!... Ah! la presse a été
parfaite pour moi.

BIZOT.

Elle comprend que vous avez fait un grand pas.

MONTFERRAN.

Dites un bond!... Mais, reconnaissons-le, à
situation nouvelle, devoirs nouveaux... Certes, je
reste encore dévoué à la démocratie, mais j'ai le
devoir et le droit de lui dire : « Tu n'iras pas plus
loin, ou tu me passeras sur le corps! » Je repré-
sente désormais l'extrême limite des concessions
permises. Au delà, c'est l'abîme, la nuit, le néant.

**BIZOT.**

Très bien.

**MONTFERRAN.**

Voilà ce que m'a fait comprendre l'attentat...
qui est, en réalité, une espèce de régicide... de
régicide en détail. Il m'a remis dans le droit chemin. Jamais je n'ai aussi bien vu la nécessité
d'un gouvernement fort.

**BIZOT.**

Ah! comme vous avez raison!

**MONTFERRAN.**

L'humanité, hélas! mon ami, est faite de telle
façon que, donner la liberté aux uns, c'est presque
toujours l'enlever aux autres!

**BIZOT,** *riant.*

Et l'on se demande alors s'il ne vaudrait pas
mieux l'enlever à tout le monde.

**MONTFERRAN.**

Nous sommes en présence du gros problème
politique contemporain : création d'un parti dans
lequel la sécurité et la liberté du travail se combi-
neront avec les réformes nécessaires.

**BIZOT.**

Vous en êtes le chef désigné.

**MONTFERRAN.**

Je veux être du moins un de ses fondateurs.
Et je compte sur vous, magistrat, pour m'y
aider. Car nous ne pouvons pas nous passer l'un
de l'autre. Je fais les lois : vous les appliquez.

**BIZOT.**

Vous savez que je vous suis tout dévoué.

MONTFERRAN.

J'ai découvert en moi un besoin de combat que je ne me soupçonnais pas. Jusqu'ici, pour lutter, il m'avait manqué une chose...

BIZOT.

Quoi ?

MONTFERRAN.

Des adversaires. Aujourd'hui, j'en ai... (On frappe.) Entrez!... (Voyant entrer maître Burette et riant.) En voici même un des plus dangereux...


## SCÈNE VIII

LES MÊMES, MAITRE BURETTE,
*puis* LE GREFFIER *un instant.*


MAITRE BURETTE.

Vous disiez, mon cher député?

MONTFERRAN.

Que vous allez être bientôt pour moi un adversaire redoutable.

MAITRE BURETTE.

Et pourquoi donc?

MONTFERRAN.

Dame ! pour défendre votre client, il faudra bien que vous m'éreintiez un peu !

MAITRE BURETTE.

Mon client? Il n'a pas l'air de tenir beaucoup à être défendu, mon client ! Rien de nouveau, monsieur le juge d'instruction ?

BIZOT.

Je vais convoquer un autre témoin... Oh! par simple acquit de conscience... Jetez un coup d'œil sur la déposition de Cécile Marescot... *(Il va prendre les notes sur la table du greffier.)* Tenez... là...

MAITRE BURETTE.

Voyons...

*(Il lit.)*

BIZOT.

D'après Cécile Marescot, Lazare aurait été passionnément amoureux de cette personne... *(Appelant.)* Godin!... *(Entre le greffier. A Montferran :)* C'est un côté de son caractère qu'il serait peut-être intéressant de mettre en lumière.

MONTFERRAN.

En effet.

BIZOT.

Je vais la convoquer...

MONTFERRAN.

Ça me paraît tout indiqué...

BIZOT, *au greffier.*

Godin, envoyez une citation à madame Le Grandier, 25, rue du Luxembourg.

MONTFERRAN, *sursautant.*

Hein!... Quoi?

BIZOT, *se retournant.*

Qu'y a-t-il, mon cher député?

MONTFERRAN.

Pardon, pardon... J'ai bien entendu que vous envoyez une citation à madame Le Grandier?

BIZOT.

Oui.

MONTFERRAN.

25, rue du Luxembourg?

BIZOT.

Oui. Vous la connaissez donc?

MONTFERRAN.

C'est ma femme!

(Vif mouvement de maître Burette.)

BIZOT.

Votre femme?... Je ne comprends pas...

MONTFERRAN.

Le Grandier est le nom de jeune fille de madame Montferran. Il y a trois mois, à la suite de légers dissentiments, qui, Dieu merci!... ont complètement disparu, ma femme s'était retirée chez sa tante, 25, rue du Luxembourg. Et, pour enlever à notre séparation tout caractère scandaleux, elle avait repris son nom de jeune fille.

MAITRE BURETTE.

Ah! par exemple! c'est inouï!...

MONTFERRAN.

Et en quoi est-ce inouï, maître Burette?

MAITRE BURETTE.

C'est capital! c'est formidable!... Ça jette sur l'affaire...

BIZOT, à maître Burette.

Maître!...

MAITRE BURETTE, se calmant.

Oui... oui...

MONTFERRAN, à *Bizot.*

Je ne suppose pas, mon cher magistrat, que vous preniez une seconde au sérieux la déposition de mademoiselle Marescot?

MAITRE BURETTE, *sifflotant.*

U... u... u...

MONTFERRAN, *se retournant piqué.*

Plaît-il, maître Burette? Que signifie ce u... u... u...

MAITRE BURETTE.

Rien.

MONTFERRAN, *suprêmement agacé.*

J'ai l'honneur, monsieur le juge, de vous répéter ma question. Et j'affirme que madame Montferran ne saurait être mêlée à cette affaire en quoi que ce soit, ni de près, ni de loin. J'aime à croire donc que vous n'allez pas lui faire l'injure de la convoquer dans votre cabinet?

BIZOT.

Où verriez-vous là une injure? Vous vous méprenez étrangement, mon cher ami, sur mes intentions. Je vais prier madame Montferran de vouloir bien venir ici, non en qualité de témoin, mais d'une façon simplement officieuse. Cécile Marescot s'est exprimée d'ailleurs sur le compte de madame Le Grandier avec un respect parfait. Elle nous a même dit que certainement Lazare n'avait jamais osé lui avouer son amour...

MONTFERRAN.

Je l'espère bien!

BIZOT.

Il n'y a donc rien de moins offensant, rien de plus naturel, que cette convocation.

MONTFERRAN.

Vraiment? Rien n'est plus naturel! Et les exclamations, et les u... u... u... de maître Burette, sont-ils naturels, aussi?... Pour moi, je les trouve étranges, sinon équivoques et parfaitement déplacés.

MAITRE BURETTE, *se levant vivement.*

Permettez!...

MONTFERRAN.

Oui, monsieur.

BIZOT.

Maître Burette a eu tort.

MONTFERRAN.

Je ne peux pas me contenter d'une pareille explication, moi, le mari.

BIZOT, *après un temps.*

Saviez-vous que madame Montferran avait eu l'occasion de venir deux ou trois fois chez monsieur Marescot?

MONTFERRAN.

Mais certainement, je le savais.

BIZOT.

Ah!

MONTFERRAN.

Et j'irai plus loin: j'ai même rencontré une fois, chez elle, Lazare Marescot.

MAITRE BURETTE, *avec un haut-le-corps.*

Ah!

MONTFERRAN.

Il venait prendre des nouvelles de mon fils, qui s'était légèrement blessé... ou rapporter des livres... je ne sais plus...

BIZOT.

Lazare Marescot connaissait-il à ce moment-là l'identité de madame Le Grandier?

MONTFERRAN.

Non. Il l'a apprise ce jour-là seulement.

BIZOT.

Et quel jour était-ce, vous rappelez-vous?

MONTFERRAN.

Très bien... c'était avant ma conférence... dans l'après-midi...

BIZOT, *avec un mouvement.*

Par conséquent, le jour même de l'attentat?

MONTFERRAN.

En effet... oui...

BIZOT.

Vous voyez, mon cher député, que, dans ces conditions-là, il n'y a rien d'extraordinaire à prier madame Montferran de vouloir bien nous donner quelques renseignements sur l'état d'esprit du prévenu, nous dire les remarques qu'elle a pu faire...

MONTFERRAN.

Ah! c'est comme ça! Eh bien, moi, je suis tellement sûr que cela n'a aucun lien avec l'affaire qui nous occupe...

MAITRE BURETTE, *à mi-voix.*

Nous verrons...

MONTFERRAN, *dédaigneusement, tournant un peu la tête vers lui.*

Je suis tellement sûr, dis-je, que cela n'a aucun lien avec l'affaire qui nous occupe, que je vais vous donner le moyen de vous en assurer tout de suite.

BIZOT.

De quelle façon?

MONTFERRAN.

Ma femme m'attend à la porte du Palais... Elle est en auto... Oui, depuis que j'ai été blessé, elle a pris l'habitude de venir m'attendre... Elle sera très facile à trouver, et si vous voulez, monsieur le juge d'instruction, donner des ordres...

BIZOT.

C'est très simple...

*(Il fait signe au greffier qui sort.)*

MONTFERRAN.

Je ne bougerai pas d'ici avant son arrivée, si vous le permettez.

BIZOT.

Certes.

MONTFERRAN.

Je n'échangerai pas une parole avec elle.

BIZOT.

Allons, mon cher député, ne vous fâchez pas.

MONTFERRAN.

Je ne me fâche pas. Je tiens à montrer à maître Burette que je ne fais rien pour égarer sa clairvoyance, ni gêner la défense de son client.

MAITRE BURETTE.

Je n'ai pas dit un mot de cela.

MONTFERRAN.

Si, si, maître Burette! Vous avez été plein de sous-entendus... Vous avez poussé des oh!... et des ah!... Vous avez fait de petits gestes nerveux... Eh bien, vous allez être édifié, maître Burette, vous allez l'être, tout de suite...

BIZOT, *souriant.*

Je n'en doute pas.

MONTFERRAN.

Car maître Burette, ici présent, est convaincu qu'il est sur la trace d'une grande découverte, d'une découverte sensationnelle!...

MAITRE BURETTE, *haussant les épaules.*

Mais non... mais non...

MONTFERRAN, *avec hauteur.*

Apprenez, mon cher, que j'ai en madame Montferran plus que de la confiance... j'ai une certitude absolue... mathématique...

BIZOT.

Mais évidemment.

MONTFERRAN.

J'ai eu les plus grands torts envers madame Montferran... Sachez qu'elle n'en a jamais eu le plus léger envers moi.

BIZOT.

Il n'en est pas question.

MONTFERRAN.

Puis-je assister à cet interrogatoire?

BIZOT.

Il ne s'agit pas d'un interrogatoire, mais d'une simple causerie. Vous le pouvez donc.

MONTFERRAN.

Ah!

MAITRE BURETTE.

Je me retire.

MONTFERRAN, *narquois.*

Vous vous retirez, maître Burette? Mais pourquoi donc?... Je vous prie de rester. Vous n'êtes pas de trop, au contraire... Il faut que vous soyez là, c'est indispensable... On ne vous cache rien, maître Burette, on ne vous cache rien... Et je serai enchanté de vous présenter à madame Montferran.

MAITRE BURETTE, *s'inclinant.*

J'en serai ravi aussi, croyez-le bien.

BIZOT, *au garçon qui vient d'entrer et lui a dit quelques mots à l'oreille.*

Faites entrer...


# SCÈNE IX

## Les Mêmes, MARCELLE.


BIZOT, *allant à la rencontre de Marcelle et s'inclinant.*

Madame, je vous présente mes bien respectueux hommages... Veuillez m'excuser si j'ai pris la liberté de vous déranger, mais c'est monsieur Montferran lui-même qui a insisté...

*(Il lui présente un siège.)*

MONTFERRAN.

Oui, chère amie, c'est moi-même. Il paraît que Bizot... *(Présentant.)* monsieur Bizot, juge d'ins-

.11

truction, a quelques petits renseignements à te demander.

MARCELLE.

Je suis, monsieur, toute à votre disposition.

MONTFERRAN, *présentant maître Burette.*

Maître Burette... le défenseur de Lazare Marescot...

MARCELLE.

Ah !

BIZOT.

C'est précisément au sujet de Lazare Marescot que je vous demande la permission de vous adresser une ou deux questions. Ne vous étonnez pas... Monsieur Montferran vient de nous raconter les circonstances à la suite desquelles vous vous êtes retirée chez votre tante, 25, rue du Luxembourg, il y a trois ou quatre mois...

MARCELLE.

En effet...

BIZOT.

Et il nous a dit aussi que vous aviez eu l'occasion, à diverses reprises, de voir Lazare Marescot, qui était votre voisin, et de causer avec lui.

MARCELLE.

C'est exact, monsieur le juge. Monsieur Lazare Marescot avait un jour rapporté chez moi mon petit garçon, qui venait de se fouler le pied dans la rue... D'autre part, j'avais donné à son père des livres à relier. Cela n'avait pas établi entre nous des relations bien suivies; néanmoins, ce n'était pas un inconnu pour moi.

BIZOT.

De fait, vous l'avez vu en tout?

MARCELLE, *cherchant.*

Voyons... Quatre ou cinq fois, peut-être.

BIZOT.

Bien entendu, il ignorait qui vous étiez?

MARCELLE.

Il l'ignorait à ce moment-là... Monsieur Montferran a dû vous dire qu'il l'a appris depuis.

MONTFERRAN, *triomphant.*

Eh bien, mon cher magistrat, êtes-vous édifié
maintenant sur la déposition de mademoiselle
Marescot?

BIZOT.

Elle ne tient plus debout.

MAITRE BURETTE.

Évidemment.

MARCELLE, — *un temps.*

Pardon... C'est la déposition de mademoiselle
Marescot qui me vaut l'honneur, monsieur le
juge, de comparaître devant vous?

MONTFERRAN.

Eh oui, chère amie... Il paraît !

MARCELLE.

Et qu'a dit mademoiselle Marescot?

MONTFERRAN

Des enfantillages.

MARCELLE, à *Bizot.*

Mais encore...

BIZOT.

Monsieur Montferran a raison, et il est bien inutile, madame, de vous le répéter.

MARCELLE, *fermement*.

Pourtant, monsieur, je vous en prie.

BIZOT, *embarrassé*.

Si vous y tenez...

MARCELLE.

J'y tiens essentiellement.

BIZOT, *à Montferran*.

Cher ami ?... Décidez vous-même.

MONTFERRAN.

Oh! mon Dieu!... Pourquoi pas? Voici, chère amie... Mademoiselle Marescot a tout bonnement insinué que son cousin était devenu amoureux de toi... Lui, de toi, c'est admirable!

MARCELLE.

Ah!

MONTFERRAN.

Sans avoir jamais osé te le dire, bien entendu.

BIZOT, *regardant Marcelle*.

Et vous concevez, madame, que, si cette supposition avait pu être admise, nous n'étions plus en présence du type banal de l'anarchiste, mais d'une âme plus complexe, d'une âme blessée pour des raisons plus humaines et plus profondes, chez qui l'anarchie n'aurait été que la forme imprévue et soudaine de l'amour déçu, de la souffrance, du désespoir...

MARCELLE, *après un temps.*

Pardon, monsieur... Si vous faisiez cette découverte, la considéreriez-vous comme favorable ou défavorable à l'accusé?

BIZOT, *vivement.*

Comme favorable, madame!... grandement favorable!

MARCELLE.

Vraiment?

BIZOT.

Elle expliquerait son acte et en atténuerait certainement la portée et la responsabilité devant le jury.

MARCELLE.

Êtes-vous certain, monsieur le juge, de ce que vous avancez, bien certain? Vous ne pouvez pas vous tromper?

BIZOT.

Non, madame, je ne le puis pas. D'ailleurs, mon instruction s'orienterait dans un autre sens et mes conclusions seraient infiniment moins sévères, moins dangereuses pour le prévenu.

MARCELLE, *se levant et allant à lui.*

Ah! monsieur, comme vous soulagez ma conscience!

MONTFERRAN, *effaré.*

Marcelle!

MARCELLE, *continuant, sans s'occuper de son mari.*

Je ne peux pas vous dire le doute, l'angoisse auxquels je suis en proie depuis ces quelques jours. Figurez-vous que j'avais peur, en révélant un des mobiles du crime, le principal, peut-être, j'avais peur d'aggraver la situation de ce malheureux. Je savais qu'il n'avait jamais fait allusion à la passion... oui, la passion... insensée... absurde que, bien à mon insu, je lui avais inspirée. Et j'en concluais qu'il redoutait cette révélation... Voilà pourquoi je ne disais rien, même à mon mari! Mais vous me jurez que cela peut le servir, au contraire... Alors, je n'hésite plus!... Oui, monsieur le juge, oui, il n'y a pas de doute... C'est la jalousie, c'est le désespoir qui ont poussé ce malheureux garçon; c'est la haine violente qu'il a conçue pour monsieur Montferran lorsqu'il a su que j'allais me réconcilier avec lui... lorsqu'il a su que je n'aimais et ne pouvais aimer que mon mari.

MONTFERRAN.

Où allons-nous?... Où allons-nous?... Bizot, prenez garde, ça n'a pas le moindre rapport avec l'affaire...

MAITRE BURETTE.

Pas le moindre rapport?... Mais c'est toute l'affaire, simplement. Ça l'éclaire d'une manière fulgurante! Lazare, un anarchiste? Jamais!... Un amoureux, un amoureux passionné!

MONTFERRAN.

Ah çà!...

MAITRE BURETTE.

Une âme ardente qui est allée jusqu'au crime, par jalousie, par amour!...

MONTFERRAN, *à part, irrité.*

Il est insupportable, ce petit-là!

BIZOT, *à Marcelle.*

Encore une question, madame? Dans quelles

circonstances Lazare Marescot vous a-t-il fait
l'aveu de cet amour, de cette passion?

### MARCELLE.

Le jour même du meurtre... Je lui ai montré
sa folie, j'ai essayé de calmer l'état d'exaltation
où je le voyais... et, finalement, je lui ai dit mon
véritable nom... Sa douleur a été très brusque et
très profonde. J'ai senti devant moi un être blessé
jusqu'au fond du cœur; mais je n'avais, hélas!
aucune consolation à lui offrir.

### MONTFERRAN.

Ma chère Marcelle... je ne te fais aucun
reproche, certes... Mais il fallait me raconter ça
tout de suite, quand je l'ai trouvé chez toi!

### MARCELLE.

Je ne voulais pas t'inquiéter... te forcer à ren-
voyer ce pauvre garçon. J'espérais qu'il oublierait
son égarement...

### BIZOT.

Je vous remercie, madame, de votre franchise.
Vous venez d'apporter un grand secours à la
justice et au prévenu.

### MARCELLE.

J'en suis très heureuse. On doit pouvoir le
sauver, n'est-ce pas?... C'est un dévoyé, ce n'est
pas un criminel.

### MAITRE BURETTE.

Je réponds de son acquittement. Les jurés ont
horreur de l'anarchie, mais ils adorent les crimes
passionnels.

BIZOT, *pendant que Montferran arpente la scène
avec agitation.*

Et, visiblement, l'anarchie a été le prétexte
que, par une suggestion très intéressante, le
meurtrier s'est donné à lui-même pour frapper
un homme qu'il détestait.

MAITRE BURETTE.

Quelle plaidoirie !

BIZOT.

Et je trouve rassurant pour la société qu'au
fond de ce crime, qui a tout l'aspect extérieur
d'un crime anarchiste, il n'y ait qu'un sentiment
naturel et pour ainsi dire bourgeois. Cela nous
prouve que l'anarchie n'est pas une maladie
incurable du corps social, mais tout simplement
le produit de la déception, de la douleur, de
l'envie, chez quelques individus isolés et gué-
rissables.

MONTFERRAN, *s'arrêtant brusquement et venant se camper
devant Bizot.*

Et vous croyez, Bizot, que je vais vous laisser
transformer en un simple drame passionnel, sans
intérêt, une affaire de cette portée, de cette am-
pleur ? Une affaire qui remue l'opinion, qui a
secoué tout le pays, qui a pris les proportions d'un
événement politique ?

BIZOT.

Il y a la vérité !

MONTFERRAN.

La vérité ! Il faut voir ce qu'elle deviendrait
dans la bouche de maître Burette, la vérité !

MAITRE BURETTE, *protestant.*

Permettez...

BIZOT.

Jamais maître Burette ne se permettrait...

MONTFERRAN, *l'interrompant.*

Il ne se permettra pas, maître Burette, évidemment. Mais il y a les insinuations, les sous-entendus, les réticences. Il y a les journaux, mes collègues du Parlement, que gênent ma situation grandissante et le bruit qui se fait autour de moi. Je les entends d'ici mes collègues du Parlement!... *(Allant à sa femme.)* Je te demande pardon de ce que je vais dire, chère amie, mais nous sommes ici entre nous, l'heure est grave et nous n'avons pas le temps de mâcher les mots... *(Se retournant vers Bizot et maître Burette.)* Et bien, savez-vous de quoi j'aurai l'air, avec le petit roman d'amour que vous venez d'imaginer, moi, Montferran, homme politique et chef de parti ? J'aurai l'air d'un mari trompé et ridicule !... Oui, messieurs, vous allez livrer de gaieté de cœur la réputation d'une honnête femme à la malignité publique...

BIZOT.

La réputation de madame Montferran n'a rien à craindre et je m'en charge...

MARCELLE, *souriant.*

Moi aussi, mon ami. Il me semble que tu exagères.

MONTFERRAN.

Tu verras, tu verras !

BIZOT.

Quoi qu'il en soit, dans l'état actuel de la question, il me parait impossible de considérer désormais l'acte de Lazare Marescot comme un véritable attentat anarchiste.

### MONTFERRAN.

Ah! c'est trop fort!... Mais dites donc tout de suite que je n'ai pas reçu une balle dans l'épaule ; que je n'ai pas entendu ce que m'a dit ce gaillard-là en tirant sur moi ! Mais il me l'a jeté à la figure qu'il était anarchiste ! A-t-il raconté autre chose à l'instruction? Non ! Alors, pourquoi déplacer la question ? De quel droit introduisez-vous dans le débat un élément nouveau, auquel n'a jamais songé le meurtrier qui, au fond, est un honnête homme ?... Bizot, Bizot, réfléchissez... Songez au scandale qui va éclater, aux conséquences politiques de cette affaire, aux espérances de toutes sortes qu'elle a fait naître et que vous allez détruire...

### BIZOT.

Mon cher député... je suis juge d'instruction et ce n'est pas de la politique que je dois faire, c'est de la justice.

### MONTFERRAN.

Oui... oui... Vous rendez des arrêts et non des services... Je connais ! Seulement, il n'y a pas que vous... Bizot... il y a l'opinion, il y a le public dans l'esprit duquel vous avez ancré l'idée d'un attentat anarchiste et qui n'en démordra pas pour votre petite histoire d'amour... Et voulez-vous que je vous dise ce qu'elle pensera l'opinion ? Elle pensera que de hautes influences sont intervenues pour étouffer l'affaire !... Et qui en rendra-t-elle responsable ?... Vous !... Et je ne pourrai pas vous défendre. Ah ! ah ! vous commencez à comprendre... c'est heureux. Et vous, Burette, vous

qui avez tant de talent ; vous, dont l'éloquence
n'a pas encore trouvé l'occasion de briller dans
une affaire retentissante, comment ne sentez-vous
pas qu'il y va de votre avenir, que tout le pays
a les yeux sur vous ! Vous avez à défendre les
pires ennemis de la société : quel rôle magnifique
pour un avocat !

#### MAITRE BURETTE.

Il n'y en a pas de plus ingrat.

#### MONTFERRAN.

Ingrat ?... L'anarchie ?... Mais vous pouvez
édifier là-dessus une plaidoirie admirable !

#### MAITRE BURETTE.

Aux dépens de mon client.

#### MONTFERRAN.

Mais pas du tout. A côté de la règle, vous mon-
trerez l'exception. Il y a dans l'anarchie une part
d'utopies généreuses. Vous citerez des exemples
bien choisis, de tout repos... Je vous les indiquerai.
Ainsi vous ne rabaisserez pas votre cause aux
mesquines proportions d'un fait divers... Allons
donc ! Burette, vous valez mieux que cela...

#### MAITRE BURETTE.

Hum !

#### MONTFERRAN.

Quant à l'acquittement de votre client, je m'en
charge. J'en réponds. Je le demanderai moi-même
au jury... *(A maitre Burette et à Bizot, qu'il adjure tour à
tour de son bras libre et de son bras qui s'oublie, hors de
l'écharpe :)* Et maintenant, Burette, et maintenant,
Bizot, je ne vous parle plus ni de moi, ni de

vous !... Je passe par-dessus mon intérêt person
nel, ça m'est égal, j'en ai fait le sacrifice !... J
vois plus haut. Je vois le pays ; je vois ce qu'il
attend de nous tous, et je vous dis : « En vou
laissant aller à des scrupules sans grandeur, à de
mesquineries que la gravité de la situation ne
comporte pas, je ne sais pas si vous ferez de la
politique, je ne sais pas si vous ferez de la justice
mais ce dont je suis sûr, c'est que vous portere
un coup mortel à la République !... *(A sa femme:*
Viens chère amie... *(Il l'entraine. Bizot et Burelle s*
*regardent en hochant la tête. Montferran, au seuil de la porte*
*se retournant:)* Réfléchissez, Bizot, réfléchissez !

# ACTE V

*L'atelier de reliure.*

Chez Marescot. — L'atelier du premier acte, occupant toute la scène. — Même mobilier, porte de communication à gauche. — Porte à droite. — Buste en plâtre de la République sur une console.

## *SCÈNE PREMIÈRE*

### LA MÈRE TOUQUET, GRAFFARD.

#### LA MÈRE TOUQUET.

Alors, monsieur Graffard, vous croyez que le jugement ne sera pas rendu avant cinq heures!

#### GRAFFARD.

Je le crois. L'audience d'hier a été consacrée à l'interrogatoire de Lazare et à l'audition des témoins. Restent à entendre aujourd'hui Montferran, puis l'avocat général et le défenseur. C'est l'affaire de trois heures au moins.

#### LA MÈRE TOUQUET.

Pauvre monsieur Marescot! Encore une journée pénible pour lui!

GRAFFARD.

La plus mauvaise est passée... J'ai bien peur que l'attitude résolue de Lazare n'ait irrité le jury contre lui.

LA MÈRE TOUQUET.

Oh! non... Songez donc, monsieur Graffard, pas un témoin à charge! Ah! j'aurais bien voulu être là.

GRAFFARD.

Rien ne vous empêchait d'accompagner le patron, Postel et même ce petit rossard de Tout-Bénef.

LA MÈRE TOUQUET.

Si, monsieur Graffard. Il est plus convenable que je tienne compagnie à mademoiselle Cécile.

GRAFFARD.

Puisque je reste, moi...

LA MÈRE TOUQUET.

Vous n'êtes donc pas impatient de savoir?...

GRAFFARD.

Oh! je suis tellement sûr du verdict.

LA MÈRE TOUQUET.

Chut! mademoiselle Cécile... La pauvre petite n'a pas dormi de la nuit. Avait-elle les yeux rouges, ce matin!

## SCÈNE II

LES MÊMES, CÉCILE.

CÉCILE, *après un temps.*

L'horloge va bien, madame Touquet?

LA MÈRE TOUQUET.

Elle doit retarder.

CÉCILE.

Elle retarde certainement. Il est plus de trois
heures.

LA MÈRE TOUQUET

Beaucoup plus...

(*Elles vont et viennent une seconde avec agitation,
sans but.*)

CÉCILE.

Avouez-le, madame Touquet? Vous êtes comme
moi. Vous n'y tenez plus.

LA MÈRE TOUQUET.

Je bous! J'avais bien recommandé à Tout-Bénef
de revenir tout de suite... mais, vous voyez...

CÉCILE.

Oui. Il attend la fin.

LA MÈRE TOUQUET.

Si je ne craignais pas de vous laisser seule
une minute.

GRAFFARD.

Je suis là.

CÉCILE.

Prenez une voiture, allez au Palais... Tàchez de savoir où l'on en est... Rapportez-moi des nouvelles, enfin...

LA MÈRE TOUQUET.

Oui, mademoiselle, soyez tranquille.

*(Elle sort.)*

## SCÈNE III

### GRAFFARD, CÉCILE.

CÉCILE, *qui a reconduit la mère Touquet jusqu'à la porte qu'elle referme, à Graffard travaillant.*

Est-ce bête de manquer de courage à ce point-là !

GRAFFARD.

Vous manquez de courage, vous, mademoiselle Cécile?

CÉCILE.

Oui. Depuis deux jours, je n'ose plus mettre les pieds dehors. Il me semble que c'est nous qu'on juge, que tout le quartier nous observe et nous est hostile.

GRAFFARD.

Le fait est...

CÉCILE.

Oh! je sais bien que mon oncle a reçu de précieux témoignages de sympathie et d'estime.

Mais rien n'empêche que beaucoup d'imbéciles nous regardent de travers. Ils seraient enchantés que Lazare fût condamné.

GRAFFARD.

Ça, je ne dis pas non.

CÉCILE.

N'est-ce pas? Vous en connaissez?

GRAFFARD.

Plus d'un, assurément. Il ne faut pas se dissimuler que cette affaire, quoi qu'il arrive maintenant, aura porté un grave préjudice à votre oncle. Le crime de son fils rejaillira sur lui, c'est fatal.

CÉCILE.

Le crime?

GRAFFARD.

L'acte de Lazare, enfin. Monsieur Marescot doit se résigner à perdre de bons clients.

CÉCILE.

Ils sont libres.

GRAFFARD.

Sans doute... Et puis, il ne serait pas difficile de les ramener, allez!... Si ça ne dépendait que de moi!

CÉCILE.

Ce n'est qu'un mauvais moment à passer.

GRAFFARD.

Oui et non... *(Il quitte son travail et se rapproche de Cécile.)* Écoutez, mademoiselle Cécile... Je suis votre ami, l'ami de monsieur Marescot... Eh

12

bien, je serais désolé de voir tomber une si bonne maison... Le patron n'est plus jeune. Il a reçu un coup terrible, à son âge. Je me demande s'il aura la force, à présent... Ce qu'il faudrait, ici, c'est une tête et des bras solides.

CÉCILE.

Vous vous trompez. Mon oncle est encore plein d'énergie.

GRAFFARD.

Est-ce suffisant, si sa clientèle le quitte? Croyez-moi, il aura beau faire, il restera une tache sur son nom.

CÉCILE.

Une tache?

GRAFFARD.

Oui. C'est stupide, mais c'est ainsi. L'éducation des masses n'est pas faite. Il y a des gestes qu'elles réprouvent d'instinct, parce qu'elles n'en comprennent pas la signification.

CÉCILE.

Alors?

GRAFFARD.

Eh bien, voilà... voilà!... Je m'étais promis d'attendre encore, de patienter, mais c'est plus fort que moi, je ne peux pas... je ne peux pas... Il faut que je vous parle... Depuis longtemps, depuis que je suis ici, je vous aime... Je n'osais pas vous le dire... Vous ne m'encouragiez pas... ça, non, vous ne m'encouragiez pas... Et je devinais bien pourquoi... Tandis que je faisais un rêve, vous en faisiez un autre... Oh! c'est bien naturel... Vous avez été élevée avec votre cousin... Si je vous disais que j'ai commencé par vous plaindre... Oui, c'est en voyant qu'on ne répondait pas à votre sentiment...

CÉCILE.

Je n'ai donné à personne le droit de s'apitoyer sur moi.

GRAFFARD.

Il aurait fallu être aveugle et n'avoir pas de cœur. Et puis, j'ai désespéré...

CÉCILE.

Vous avez eu raison.

GRAFFARD.

Mais, depuis... l'attentat, j'ai repris confiance et j'ai pensé... j'ai pensé que mon rêve pouvait devenir une réalité...

CÉCILE.

Et pourquoi, je vous prie?

GRAFFARD.

Parce que tout rend maintenant impossible le mariage auquel vous songiez, auquel vous songiez seule, d'ailleurs.

CÉCILE.

Que Lazare soit condamné, pour vous cela n'est pas douteux?

GRAFFARD.

Pas douteux. Mais admettons qu'il soit acquitté. Il comprendra que sa place n'est plus ici.

CÉCILE.

Je ne sais pas, monsieur Graffard, si vous vous

rendez bien compte du caractère odieux de vos projets.

GRAFFARD.

Odieux ?

CÉCILE.

Oh ! je ne parle même pas de l'intérêt personnel que vous y trouvez. Il est trop clair que vous avez l'ambition d'entrer dans la famille de mon oncle beaucoup moins en qualité de neveu qu'à titre d'associé.

GRAFFARD.

Mais non ! je vous aime sincèrement, ardemment...

CÉCILE.

Alors, c'est plus abominable encore. Je vais sans doute vous étonner... Je suis fidèle au sentiment que vous avez deviné, que j'avoue, et que rien ne pourra détruire, entendez-vous, rien ! Je n'avais pas vos idées. Je voyais avec peine mon cousin les partager ; mais, si je les avais eues, si je les avais manifestées, si j'étais à votre place, enfin, monsieur Graffard, ce n'est pas aujourd'hui que je les renierais.

GRAFFARD.

Est-ce bien vous qui me parlez ?

CÉCILE.

Ah çà ! croyez-vous donc que je n'observais pas votre manège ?... Votre excuse, à mes yeux, c'est que vous étiez convaincu. Allons donc ! Vous ne pensiez, vous aussi, qu'à troubler l'eau pour pêcher dedans. Je ne suis qu'une femme, monsieur Graffard, incapable d'expliquer, de comprendre les principes au nom desquels Lazare prétend

avoir frappé monsieur Montferran ; mais, ces
principes-là, vous devez les connaître, vous : c'est
votre métier.

GRAFFARD.

Mon métier ?

CÉCILE.

Oh ! je ne tiens pas au mot. Appelez comme
vous voudrez le vilain rôle qui consiste à jeter
quelqu'un dans la bataille et à profiter du moment où il est accablé par le nombre pour lui
voler sa place ! Tenez, allez-vous-en !... J'ai
honte pour vous.

GRAFFARD.

Mais, je ne lui vole pas sa place, puisqu'il ne
vous aime pas... *(Cécile se détourne et s'essuie les yeux.)*
Vous avez vingt ans. Pouvez-vous jurer que vous
n'aimerez jamais un autre homme que lui ?
Condamné ou non, il est perdu pour vous... Si
j'ai des torts, je les réparerai... Je vous aime, je
ne pense qu'à vous...

CÉCILE.

Laissez-moi.

GRAFFARD.

Je me suis juré que vous seriez ma femme,
entendez-vous... ma femme ! *(Il tente de l'enlacer.)*
Je t'aime follement !

CÉCILE, *se dégageant.*

Misérable ! Lâchez-moi !

## SCÈNE IV

### LES MÊMES, LAZARE, MARESCOT.

LAZARE, *entrant le premier.*

Qu'est-ce qu'il y a?

CÉCILE, *se jetant dans ses bras.*

Ah! toi!

MARESCOT.

Qu'est-ce que ça signifie?

CÉCILE.

Rien, mon oncle, rien... Laissez partir cet homme... Dites-lui seulement qu'il ne doit plus reparaître ici.

MARESCOT.

Est-ce qu'il t'aurait manqué de respect, par hasard?

CÉCILE.

Non, mon oncle. Monsieur Graffard m'offrait au contraire sa protection, comme si vous n'étiez plus là, ni toi, ni Lazare, pour me défendre.

MARESCOT.

Compris... Allons, fripouille, dehors!

GRAFFARD.

La fripouille que vous dites peut sortir d'ici: personne ne la montrera au doigt.

MARESCOT.

Moi, je la montrerai.

LAZARE, *entre eux.*

Laisse donc, père... Nous n'avons pas le droit aujourd'hui d'être impitoyables...

GRAFFARD.

C'est bon. On se retrouvera.

LAZARE.

Si vous voulez. Mais c'est à moi, alors, que vous aurez affaire.

MARESCOT.

En attendant, je peux toujours le reconduire...

*(Il fait sortir Graffard et sort derrière lui.)*

## SCÈNE V

### CÉCILE, LAZARE.

CÉCILE.

Libre ! Tu es libre !

LAZARE.

Acquitté, oui.

CÉCILE.

Ah ! que je suis heureuse ! J'ai envie à la fois de rire et de pleurer... Je ne sais pas... Raconte-moi...

LAZARE.

Plus tard... C'est comme si, moi-même, je sortais d'un rêve... Ce verdict si imprévu...

CÉCILE.

Oh ! pas pour moi ! J'étais bien sûre qu'ils t'acquitteraient. Ils ne pouvaient pas te condamner, voyons... Ah! les braves gens! Il me semble, si j'avais été là, que je les aurais tous embrassés...

LAZARE.

Oh! tous... J'ai bénéficié de la minorité de faveur, paraît-il.

CÉCILE.

Qu'est-ce que ça fait? Le résultat est le même. Tu es libre. Tu vas pouvoir travailler... As-tu songé à ce que tu allais faire?

LAZARE.

Oui. J'en ai même déjà parlé au père, qui m'approuve.

CÉCILE.

Serais-je indiscrète en te demandant...?

LAZARE.

Non. Je ne me soucie pas du tout de chercher un emploi, ni de gratter du papier. A mon âge, il n'est pas trop tard pour faire l'apprentissage d'un métier, celui-ci, par exemple, qui me plaît.

CÉCILE.

Non, vrai?... Ah! tu ne sais pas la joie que tu me causes!

LAZARE.

Il n'y a qu'une chose que je n'ai pas dite au père. Il sera toujours temps.

CÉCILE.

Mais, à moi, tu peux la dire.

LAZARE.

Eh bien, cet apprentissage indispensable, j'ai l'intention de le faire en province et peut-être même à l'étranger.

CÉCILE, *accablée.*

Ah !

LAZARE.

Oui. J'ai réfléchi. Je prévois les ennuis, les difficultés que ma présence ici vous créerait. En disparaissant, je rendrai certainement au père un grand service.

CÉCILE, *surmontant encore son émotion.*

Et... tu seras longtemps absent?

LAZARE.

Je ne sais pas, ça dépendra... Qu'est-ce que tu as? Tu pleures?

CÉCILE.

Oui... parce que tu ne dis pas la vérité.

LAZARE.

Je ne dis pas la vérité?

CÉCILE.

Tu t'éloignes pour tâcher d'oublier... d'oublier quelqu'un... que tu aimes toujours...

LAZARE, *vivement.*

Tu te trompes, Cécile, je t'assure.

CÉCILE.

Non, Lazare... Tu n'as jamais voulu prononcer son nom, tu as risqué, pour ne pas la compromettre, ta liberté... et peut-être davantage; mais j'ai tout compris... oui, j'ai compris pourquoi tu haïssais monsieur Montferran.

LAZARE.

J'ai cessé de le haïr, je ne hais plus personne. J'ai eu comme une forte fièvre... un transport au cerveau...

CÉCILE.

Au cerveau?

LAZARE.

Au cœur, si tu veux. Mais je sors guéri de cet hôpital que la prison a été pour moi... Pas de rechute à craindre, va!...

CÉCILE.

Et pourtant, tu pars... Si tu avais un peu d'affection pour nous, c'est ici que tu ferais ton apprentissage... Il y a justement... cet homme à remplacer...

LAZARE.

Ah! oui, le Graffard!

CÉCILE.

Un autre peut venir, qui s'autorisera comme lui de mon isolement pour me demander d'être sa femme. Qu'est-ce que je lui répondrai?

LAZARE.

Ce que tu as répondu à Graffard.

CÉCILE.

Que j'en aime un autre?

LAZARE, *la regardant.*

Ah!

CÉCILE, *baissant les yeux.*

Enfin, ce qui m'est passé par la tête...

LAZARE, *lui prenant la main.*

Par la tête seulement?

CÉCILE.

Par le cœur, si tu veux!...

## SCÈNE VI

Les Mêmes, MAITRE BURETTE, MARESCOT.

MARESCOT.

Entrez donc, maître, entrez...

MAITRE BURETTE.

Je vous demande pardon... *(Saluant Cécile.)* Mademoiselle. *(A Lazare:)* Nous avons eu à peine le temps d'échanger quatre mots, tout à l'heure. Eh bien, vous êtes contents? *(A Marescot:)* Vous n'en avez pas l'air...

MARESCOT.

Dame!

MAITRE BURETTE.

Ah çà! est-ce que vous auriez encore sur le cœur le réquisitoire du procureur général?

MARESCOT.

Eh bien, oui, maître, je l'ai sur le cœur!

MAITRE BURETTE.

Simple effet oratoire.

MARESCOT.

On voit bien que vous en avez l'habitude. Des malfaiteurs, nous!

CÉCILE.

Oh! mon oncle!

MARESCOT.

Il l'a dit en ces propres termes : « Le prévenu, messieurs, appartient à une famille où l'on est toujours sûr de prendre quelqu'un les armes à la main! » Paltoquet, va! S'entendre traiter ainsi, quand on a mis toute son existence au service de la République!

LAZARE.

Je te demande pardon, père...

MARESCOT.

Laisse donc. Je suis fixé sur les sentiments de reconnaissance en général, depuis qu'on m'a obligé à donner ma démission de président du comité, au lendemain de l'attentat.

LAZARE.

On a exigé de toi?...

MARESCOT.

Oui, et tu comprends bien que ça n'est pas ta déclaration au jury qui arrangera les choses.

LAZARE.

Qu'aurais-tu pensé de moi, père, si j'avais renié publiquement mes opinions et fait amende honorable de mon acte?

MARESCOT.

Oh! je ne te blâme pas... Mais autre chose encore me gâte ma joie.

LAZARE.

Quoi donc?

MARESCOT.

Ton acquittement, nous le devons en réalité à Montferran...

CÉCILE, *étonnée*.

A monsieur Montferran?

MARESCOT.

Eh! oui... Il ne faut pas nous faire d'illusions:

ce qui a le plus fortement impressionné les jurés
— je vous demande pardon, maître — c'est sa
déposition. Ce bougre-là a prononcé une véritable plaidoirie en faveur de Lazare... et je dis
que c'est humiliant pour nous...

MAITRE BURETTE.

Oh! humiliant!

MARESCOT.

Parfaitement. Nous avons l'air maintenant
d'être ses obligés. C'est vexant! Car enfin, quand
on y réfléchit, qu'est-ce qu'il était avant ce procès?
Un pantin que personne ne prenait au sérieux,
qui venait ici quémander la succession de Lorillon... Aujourd'hui, sa réélection est assurée, il
fera partie d'un prochain ministère...

MAITRE BURETTE.

Evidemment, il sort grandi de ce procès.

MARESCOT.

Parbleu! il en sort sur nos épaules.

MAITRE BURETTE.

Ce n'est pas ce que je voulais dire. Avouez qu'il
a été remarquable. Un accent, une envolée!

MARESCOT.

Il parle bien, je n'en disconviens pas.

MAITRE BURETTE.

Et sa péroraison... vous rappelez-vous? « Son-
gez-y bien, messieurs, une nation comme la nôtre,
qui ferait un crime aux jeunes coqs de monter
sur leurs ergots, renierait son symbole et ses
traditions! »

MARESCOT.

Pas mal, ça...

LAZARE, *ironique.*

Applaudissements...

MAITRE BURETTE.

Allons, je vois que vous avez encore assez bonne opinion de lui, pour ne pas être étonné...

MARESCOT.

De quoi?

MAITRE BURETTE.

Eh bien, voilà!... *(le prenant à part.)* J'ai vu tout à l'heure Montferran, à la sortie du Palais... Il tient absolument à vous exprimer lui-même ses regrets de l'incident soulevé par l'accusation. Vous ne pouvez pas refuser de le recevoir; ça ne vous engage à rien, après tout...

*(Bruit d'auto.)*

MARESCOT.

Qu'est-ce que ça signifie?

TOUT-BÉNEF, *entrant en coup de vent.*

V'là monsieur Montferran, patron! Il m'a ramené du Palais dans son auto... à côté du mécanicien !

## SCÈNE VII

### LES MÊMES, MONTFERRAN.

MONTFERRAN, *entrant sur les derniers mots de l'apprenti et lui pinçant l'oreille en passant.*

Tout-Bénef! *(A Cécile:)* Mes hommages, mademoiselle. *(Il tend la main à Marescot.)* C'est très

curieux, l'impression que j'éprouve en entrant
ici... Il me semble que j'y reviens non pas à trois
mois, mais à vingt-quatre heures d'intervalle. Un
endroit familier, quoi! *(A Lazare:)* Preuve que je
ne vous garde pas la moindre rancune de... ça...

*(Il montre son épaule.)*

LAZARE.

Monsieur...

MONTFERRAN, à *Marescot.*

Ah çà! dites donc, j'espère bien que vous ne
vous êtes pas senti atteint par l'incartade du procureur général?

MARESCOT.

Oh!

MONTFERRAN.

Je suis sûr qu'il ne pensait pas un mot de ce
qu'il a dit. En tout cas, c'est une impression que
j'ai le devoir d'effacer.

MARESCOT.

Je vous en prie...

MONTFERRAN.

Si... si... Et, pour commencer, je n'accepterai
l'appui de votre comité électoral que s'il consent
à vous replacer à sa tête. J'entends que ma candidature signifie apaisement, conciliation, con-
corde...

MAITRE BURETTE.

A la bonne heure!

MARESCOT.

Je vous remercie, mais j'ai pris la ferme résolution de rentrer dans le rang, de ne plus rien

être... Que pourrait-il y avoir de commun entre nous, à présent?

MONTFERRAN.

Mais, nos idées.

MARESCOT.

Elles ne sont plus les mêmes, citoyen, et vous le savez aussi bien que moi. La République que vous voulez faire triompher n'est pas la mienne.

MONTFERRAN.

Je proteste! Mes opinions se sont modifiées, c'est vrai. Mais, comme l'a dit un grand politique, il faut changer souvent d'opinion pour rester de son parti.

MARESCOT.

Qui a dit cela?

MONTFERRAN.

Le cardinal de Retz.

MARESCOT.

Ça ne m'étonne pas de la part d'un cardinal. Mais, moi, ce n'est pas parmi ces gens-là que je vais chercher mes modèles.

TOUT-BÉNEF, *entrant.*

Patron...

MARESCOT.

Qu'y a-t-il?

TOUT-BÉNEF.

Des messieurs qui veulent vous parler.

MARESCOT.

Qui ça?

TOUT-BÉNEF.

Je ne sais pas les noms. Un groupe... un groupe des anciens combattants de 1871.

MONTFERRAN.

Allez les recevoir...

MAITRE BURETTE, à *Marescot.*

J'ai moi-même un rendez-vous. Je reviendrai.
Au revoir!

MARESCOT.

Reconduis maître Burette, petite. *(Cécile sort avec
maître Burette. A Montferran:)* Excusez-moi donc.

MONTFERRAN.

Faites... Je suis trop heureux de voir, citoyen,
que vous n'êtes abandonné de personne.

*(Marescot sort.)*


## SCÈNE VIII

### LAZARE, MONTFERRAN.


MONTFERRAN.

Je me félicite d'être seul une minute avec vous,
car on peut tout me reprocher, sauf l'ingratitude.

LAZARE.

Je ne comprends pas.

MONTFERRAN.

Allons, je sais ce que je sais. Je suis convaincu
que vous êtes un brave garçon. D'un mot vous
pouviez tout perdre, ou du moins tout gâter, et
nous entrions alors dans l'inconnu. Ce mot vous

13

ne l'avez pas dit, c'est très bien, très élégant, très propre, et je n'ai pas hésité à venir vous le dire en plein jour, au vu et au su de tout le quartier, dont je veux vous aider à reconquérir les sympathies. Car vous en avez perdu quelques-unes, il ne faut pas vous le dissimuler.

LAZARE.

Je ne me le dissimule pas. C'est une des raisons qui m'ont déterminé à...

MONTFERRAN.

Oui. Burette m'a dit que vous vouliez apprendre le métier de votre père. Excellente idée! Ah! le travail manuel! Tolstoï!

LAZARE.

Mais ce que peut-être maître Burette ne vous a pas dit, c'est que je me propose de quitter Paris, la France, d'accord avec vous sur ce point que ma présence auprès de mon père ne peut que lui être nuisible.

MONTFERRAN.

Voilà justement le chagrin que vous devez lui épargner, à son âge.

LAZARE.

Je reviendrai.

MONTFERRAN.

En ce cas, il est beaucoup plus simple de ne pas partir. Vous ne connaissez pas Paris, mon petit. Dans un mois, dans quinze jours, personne ne pensera plus à vous. Un autre attentat peut-être aura fait oublier le vôtre. Savez-vous ce qu'on se rappellera? Les paroles que j'ai prononcées en votre faveur, et encore!

LAZARE.

Ma déclaration au jury m'a classé parmi les révoltés.

MONTFERRAN.

Dites donc plutôt qu'elle vous a déclassé et que votre acquittement vous reclasse. Voilà la vérité. Ce qu'il y a d'admirable et de... symbolique dans votre attentat, c'est que chacun est remis à sa véritable place par la force des choses.

LAZARE.

Mon père, s'il était là, vous répondrait que le même résultat peut être obtenu par la volonté populaire.

MONTFERRAN.

Je ne dis pas non. Maintenant que votre exaltation est tombée, on peut s'expliquer. Vous m'avez traité de charlatan, de menteur, de coquin... J'ai peut-être le droit de me défendre.

LAZARE.

Je ne vous le conteste pas.

MONTFERRAN.

Vous m'avez dit que tuer un homme comme moi, ce n'était pas un crime, mais un exemple à donner au peuple que je trahissais. Et, pour le prouver, vous m'avez tiré un coup de revolver. Je ne le regrette pas, je ne vous fais pas de reproches... Mais à présent que vous êtes de sang-froid, descendez en vous-même et interrogez-vous. Démêlez loyalement les motifs pour lesquels vous vous imaginiez me haïr. Et osez me dire que vous étiez plus sincère et plus désintéressé que moi?...

### LAZARE.

Vous avez raison. J'ai fait cet examen de conscience et j'ai abouti aux mêmes conclusions que vous. Pour faire certains gestes de justicier, il faut un détachement de soi que je n'apportais pas. Et je m'en punis en disparaissant.

### MONTFERRAN.

Est-il bête! Mais ce châtiment-là, mon garçon, vous ne le méritez pas plus que je ne méritais le mien. Où est-il l'homme dont tous les actes ont eu pour mobiles uniques le bien public, le bonheur universel, la justice sociale? Vous le connaissez, vous? Moi, pas. Et je m'en réjouis, car cet homme-là, s'il apparaissait jamais, nous rendrait la vie insupportable! Allons, vous restez, hein? Faites ça pour moi. Faites mieux encore : décidez votre père à nous revenir. Je l'aime beaucoup, votre père... C'est un caractère... Vous m'êtes très sympathique aussi... Je suis persuadé que vous réussirez... Cependant, si vous avez des déboires, n'oubliez pas que je suis là. Qui sait si un jour, je n'aurai pas encore besoin de vous!

*(On entend au dehors une rumeur confuse.)*

## SCÈNE IX

Les Mêmes, MARESCOT, *puis* TOUT-BÉNEF.

### MONTFERRAN.

Qu'est-ce que c'est?

### MARESCOT.

Il y a deux cents personnes autour de votre voiture.

MONTFERRAN.

Est-ce que mon mécanicien a encore écrasé quelqu'un?

MARESCOT.

Non. C'est le quartier qui manifeste en votre faveur.

MONTFERRAN.

Qu'est-ce que je disais? Votre fils craignait que cette affaire n'éloignât votre clientèle. Je la ramène.

MARESCOT.

Oh! elle serait bien revenue toute seule. Le groupe des anciens combattants de 1871, pour répondre à la provocation du procureur général, organise un grand banquet à deux francs par tête... dont je viens d'accepter la présidence. Ça me rappellera le vin d'honneur qu'on m'a offert sous l'Empire, quand j'ai été condamné à cinq cents francs d'amende pour excitation à la haine et au mépris du gouvernement.

MONTFERRAN.

Un de vos plus beaux titres de gloire, citoyen.

MARESCOT.

On le disait. Mais c'était sous l'Empire... la grande époque!

MONTFERRAN.

Ne vous ai-je pas fait remarquer ici-même, un jour, que nous représentions, vous, votre fils et moi, trois grandes générations de la République?

MARESCOT.

Oui. Mais mon heure est passée, celle du fiston n'a pas encore sonné. C'est votre tour, profitez-en.

*(Cris et chants au dehors.)*

TOUT-BÉNEF, *rentrant.*

Monsieur le député aura une belle ovation en sortant.

MONTFERRAN.

Tu es bien sûr que c'est une ovation ?

TOUT-BÉNEF.

Dame ! ils vous réclament sur l'air des *Lampions.*

MONTFERRAN.

Oui, c'est vrai. Mon incertitude venait de ce que j'ai entendu d'autres paroles sur cet air-là.

MARESCOT.

La popularité, citoyen.

*(Pendant ces dernières répliques, Postel et la mère Touquet sont entrés, portant dans un panier des bouteilles et des verres, qu'ils disposent sur une table. Postel verse à boire.)*

## SCÈNE X

LES MÊMES, POSTEL, LA MÈRE TOUQUET, TOUT-BÉNEF, CÉCILE.

MARESCOT, à *Montferran.*

L'atelier m'a demandé la permission de fêter l'acquittement de Luzare.

MONTFERRAN.

J'espère, mes amis, que vous m'autoriserez à me joindre à vous ?

POSTEL, *regardant Marescot et Lazare.*

Si personne n'y voit d'inconvénient...

LA MÈRE TOUQUET, *à part, en essuyant les verres.*

Moi, je ne comprendrai jamais qu'on ait tiré exprès sur cet homme-là !

MONTFERRAN.

Je ne vois pas votre camarade... Comment l'appeliez-vous donc ?... Griffard, Graffard ?

MARESCOT.

Graffard, citoyen... Il n'est plus avec nous.

LAZARE, *s'avançant.*

Et c'est moi qui le remplacerai, si mon père y consent.

MARESCOT, *ouvrant les bras à son fils.*

Ah ! fiston... Peux-tu demander ?

CÉCILE, *transfigurée.*

Lazare !...

POSTEL, *levant son verre.*

A notre camarade Lazare !...

*(Ils trinquent.)*

LAZARE.

Merci, Postel.

MONTFERRAN.

Je boirai, moi, au vétéran de la démocratie, à l'honnête homme qui l'a passionnément servie sans lui demander rien pour sa peine : au citoyen Marescot !

POSTEL, MADAME TOUQUET, TOUT-BÉNEF.

## Au patron !

MONTFERRAN, *tourné vers le buste de la République qui orne l'atelier.*

## Au patron... et à la patronne, mes amis ! A la République !

MARESCOT, *levant son verre et trinquant avec Montferran sans regarder le buste.*

## A la vôtre !

(*On entend se confondre, au dehors, les cris de :* « Vive Montferran ! » *et les chants:* « C'est Montferran qu'il nous faut ! »)

# L'OISEAU BLESSÉ

## COMÉDIE EN QUATRE ACTES

Représentée pour la première fois sur le théâtre de la
Renaissance, le 7 décembre 1908.

# PERSONNAGES

---

SALVIÈRE, 45 ans . . . . . . . . . . MM. Lucien Guitry.
VILLERAT, 46 ans . . . . . . . . . . A. Dubosc.
ROLAND, 21 ans . . . . . . . . . . V. Boucher.
BOMBEL, 28 ans . . . . . . . . . . Mosnier.
SARDIN, 25 ans . . . . . . . . . . Thomen.

Valets de pied.

YVONNE JANSON, 23 ans . . . . . Mⁿᵉˢ Ève Lavallière.
MADELEINE SALVIÈRE, 32 ans . . Andrée Mégard.
MADAME JANSON, 55 ans . . . . . J. Darcourt.
JEANNINE LEROY, 21 ans . . . . . J. Desclos.
MADAME VILLERAT, 35 ans . . . . A. Huart.
MADAME LAHONCE, 30 ans . . . . M. L. Herrouett.
VIRGINIE . . . . . . . . . . . . . L. Guénot.

---

A Paris, de nos jours.

---

# L'OISEAU BLESSÉ

## ACTE PREMIER

Une pièce dans un petit appartement bourgeois, à Montmartre. Par la baie, on aperçoit le panorama de Paris.

## SCÈNE PREMIÈRE

### ROLAND, MADAME JANSON.

ROLAND.

Viens voir, maman, c'est splendide!

MADAME JANSON.

Quoi?

ROLAND.

Cette vue sur Paris au coucher du soleil.

MADAME JANSON.

Ça m'est égal.

ROLAND.

Tu es fâchée?

MADAME JANSON.

Non. Mais tu m'agaces.

ROLAND.

Qu'est-ce que je fais pour t'agacer, maman?

MADAME JANSON.

Toujours la même chose... Tu ne t'inquiètes de rien, tu as l'air rassuré, tu es calme... Toi et ta sœur, vous m'exaspérez avec cette tranquillité et votre façon de prendre les choses... Depuis deux ans, nous allons de catastrophe en catastrophe... Oh! je t'en prie, tais-toi, n'essaye pas de m'arrêter, tu ne m'empêcheras pas de dire ce que je pense.

ROLAND.

Nous avons tout dit... Il est convenu qu'on n'en parlera plus. Tu l'as promis.

MADAME JANSON.

Je l'ai promis, en effet, mais j'ai eu tort. Je ne pourrai jamais me retenir.

ROLAND, *riant.*

Voyons, maman...

MADAME JANSON.

C'est une absurdité d'avoir quitté les environs de Nantes pour venir habiter la butte Montmartre... Comment allons-nous vivre à Paris avec ma petite pension viagère? Quand gagneras-tu de l'argent? Nous étions parfaitement là-bas, à une demi-heure de la ville par le tramway... Tu pouvais suivre les cours de l'École de droit... Personne n'était au courant de notre existence ni de cette affreuse histoire d'Yvonne... Tu ne la trouves pas affreuse? Vraiment?...

ROLAND.

Je n'ai rien dit.

MADAME JANSON.

Tu es sublime... Ça arrive peut-être dans toutes les familles?

ROLAND.

Dans beaucoup.

MADAME JANSON.

En tout cas, ce n'était jamais arrivé dans la nôtre. Je sais que tu en prends facilement ton parti et que tu as des idées très larges... Mais moi, que veux-tu? je suis d'un temps où les jeunes filles de la bourgeoisie n'avaient pas d'enfants avant leur mariage, ou bien, quand elles en avaient, c'était considéré comme un désastre... tu entends... comme un désastre... Aujourd'hui, ce n'est plus pour vous qu'un petit incident de la vie courante...

ROLAND.

Tu vas trop loin.

MADAME JANSON.

Yvonne a commis une faute impardonnable et dont je ne me consolerai jamais... Pauvre enfant! pauvre enfant! Dieu veuille qu'elle ne l'expie pas un jour cruellement! Comment une pareille aventure a-t-elle pu arriver, avec l'éducation que ta sœur avait reçue? Je ne le comprends pas encore. C'est inouï!... Mais avoue au moins que c'est inouï!

ROLAND.

Tu sais bien qu'au fond, je suis aussi navré que toi.

MADAME JANSON.

Je ne la surveillais peut-être pas assez. Ce maudit Georges m'avait demandé sa main. Je le traitais en fiancé. Qui peut concevoir de pareilles

horreurs? Tiens, il y a des heures où je me félicite presque d'avoir perdu ton père... Voilà où
j'en suis... Car il aurait été capable de les tuer
tous les deux... c'était un homme très violent.

ROLAND.

Nous aurions été bien avancés.

MADAME JANSON, *après un temps.*

Et où est-il, maintenant, Georges? Est-il de
retour de ce voyage?

ROLAND.

Pas encore.

MADAME JANSON.

Tu as de ses nouvelles?

ROLAND.

De temps en temps.

MADAME JANSON.

De bonnes nouvelles?

ROLAND.

Oui.

MADAME JANSON.

Regarde-moi. Tu crois toujours qu'il épousera
Yvonne?

ROLAND.

Je n'en doute pas.

MADAME JANSON.

Et Yvonne?

ROLAND.

Yvonne non plus. Georges s'est heurté brusquement au refus de son père; il ne s'y attendait
pas. Mais il obtiendra son consentement, c'est
certain.

#### MADAME JANSON

Il n'en a plus besoin, puisque nous avons une nouvelle loi. Elle est monstrueuse, cette nouvelle loi, mais puisqu'elle existe, il faut s'en servir.

#### ROLAND.

On s'en servira, ne te tourmente pas, et laisse-nous agir, Yvonne et moi. Nous en sortirons honorablement, je te le promets. Rien n'est désespéré, personne n'est mort. Au contraire, il y a quelqu'un qui en a profité pour naître. Tu n'es donc pas contente d'avoir un petit-fils ?

#### MADAME JANSON.

Quand ce petit-fils aura un père, alors, oui, je serai contente... je serai même heureuse. Mais tu ne me feras pas prendre en souriant une situation qui est douloureuse, qui est tragique, qui entraîne notre déshonneur... mais oui... oui... notre déshonneur. J'ai sur ce sujet des idées plus simples que les tiennes et je considère que l'honneur ne nous sera rendu que lorsque ta sœur aura épousé le père de son enfant. Ce n'est peut-être pas une conception très profonde ni très subtile, mais elle m'a suffi jusqu'à présent pour rester une honnête femme.

#### ROLAND, *l'embrassant.*

Je suis de ton avis, là !

#### MADAME JANSON.

Je l'espère. Ta sœur n'est donc pas encore revenue ? Pourquoi reste-t-elle si longtemps dehors ?

#### ROLAND.

Elle est allée faire des emplettes pour le petit.

MADAME JANSON.

Je n'aime guère à la savoir seule dans Paris. Il n'y a pas de mystère là-dessous ?

ROLAND.

Aucun.

MADAME JANSON.

Vous me dites bien tout ?

ROLAND.

Tout.

MADAME JANSON.

Bon. Alors, quand Yvonne rentrera, tu me préviendras... j'entends le petit qui se réveille...

*(Elle sort à droite.)*

## SCÈNE II

### ROLAND, YVONNE.

YVONNE, *entr'ouvrant la porte de gauche et guettant la sortie de sa mère.*

Chut ! c'est moi... Maman n'est pas là ?

ROLAND.

Non. Nous sommes seuls. Eh bien ?

YVONNE.

Eh bien, je l'ai vu... J'en étais sûre, qu'il était à Paris... j'en étais sûre.. Il habite chez son cousin, un monsieur dont il me parlait tout le temps, monsieur Raymond Salvière. Il paraît que c'est un homme célèbre...

ROLAND.

Oh ! Je le connais de nom... Alors, qu'est-ce qui s'est passé ?

YVONNE.

D'abord... tu penses qu'il a été étonné de me voir! Il me croyait encore à Nantes, en train de l'attendre... Il voulait me demander des explications... Je l'ai arrêté... « Des explications, c'est à toi de m'en donner... Parle, je t'écoute... Je ne sortirai pas d'ici avant de savoir à quoi m'en tenir... et pourquoi tu as inventé cette histoire de voyage... » Il a compris que je ne plaisantais pas... Et alors, il s'est mis à me raconter des mensonges sur ses parents, sur leur position, sur son avenir... Il rougissait, il n'osait pas me regarder en face. Je sentais qu'il cherchait ses mots pour me dire quelque chose... Puis, il a commencé à balbutier une proposition d'argent... Alors, à mon tour, j'ai compris, je l'ai regardé dans les yeux, je lui ai mis la main sur l'épaule, comme ça, et je lui ai dit : « Tu te maries, tu es un lâche. Adieu. »

ROLAND.

Ce n'est pas possible!... Ce n'est pas possible!... Ce serait abominable !

YVONNE.

Il a été forcé de me l'avouer...

ROLAND.

Ma pauvre chérie... ma pauvre chérie... Mais quel gredin!... Il va avoir affaire à moi, je t'en donne ma parole!...

YVONNE.

Non, laisse-le tranquille pour le moment... J'ai besoin de réfléchir... et surtout de me reposer... Je n'en peux plus... *(Elle tombe sur une chaise.)* Je suis revenue à pied, figure-toi... J'avais oublié mon

14

porte-monnaie... je n'avais pas le sou... Je ne
tiens plus sur mes jambes...

ROLAND.

Tu es toute pâle... qu'est-ce que tu as ? Veux-tu
que j'appelle ?

YVONNE.

Non, c'est passé... Ça va mieux... ça va très
bien... Est-ce que je suis encore pâle ?

ROLAND.

Plus du tout... Continue... Que t'a répondu
Georges ?

YVONNE.

Comme je prenais la porte, il a essayé de me
retenir... Il m'a dit qu'il allait m'envoyer son
cousin pour s'entendre avec moi, puisque je ne
voulais pas être raisonnable.

ROLAND.

C'est un mensonge de plus. Je ne vois pas
bien monsieur Raymond Salvière se dérangeant
pour ça.

YVONNE.

Moi non plus. Aussi, je suis partie sans même
tourner la tête, et voilà. C'est fini... Et sais-tu
l'impression que j'ai ? Elle est assez curieuse et
elle est réconfortante... J'ai l'impression que si
j'ai commis une faute, une faute très grave, je
viens presque de la réparer en étant courageuse,
en étant énergique, en ne faisant pas de scène...
et, par conséquent, je ne mérite plus de reproches.

ROLAND.

Ah! je ne songe pas à t'en faire... Je ne songe
qu'à ton chagrin, pauvre petite!

YVONNE.

Je n'ai pas de chagrin, je n'ai même plus de
colère... Car, depuis longtemps, je ne l'aime
plus... J'avais deviné que c'était un petit misérable... Si je tenais à être sa femme, c'est pour
le petit, plus tard, et pour maman qui va être
navrée...

ROLAND.

Moi aussi, je suis navré !...

YVONNE.

Mais toi, tu es un homme, ça n'est pas sérieux... Tu ne m'en veux pas, au moins ?

ROLAND.

Non, ma chérie, non... va !

YVONNE.

Tu pardonnes à ta petite sœur ?

ROLAND.

Oui, je te pardonne, mais c'est terrible tout de
même.

YVONNE.

Tiens ! il me semble maintenant que c'était
inévitable, tant j'ai été niaise et sans défense !
Non ! j'ai été trop naïve et trop crédule... Tant
pis pour moi ! Dans la vie, on doit se défendre.
Je tâcherai de le faire mieux à l'avenir... Seulement, voilà... Faut-il raconter ça à maman tout
de suite ?

ROLAND, menaçant.

Pas avant que je n'aie vu Georges !

YVONNE.

Non... non... je ne le veux pas... plus tard.

ROLAND.

Laisse!

YVONNE.

Je t'expliquerai mon plan... Tu verras, nous nous en tirerons... Nous sommes jeunes, nous sommes d'accord... On est frère et sœur, on s'aime bien, n'est-ce pas? Alors, nous allons tâcher de gagner notre vie et d'être très heureux. Quant à maman, on lui dira la vérité un de ces jours, ce n'est pas la peine de se presser. Et, en attendant, devant elle, ayons l'air de gens enchantés de l'existence. *(Voyant entrer madame Janson, changeant de ton:)* J'ai envie d'aller au théâtre, ce soir... entendre de la musique... Qu'est-ce qu'on joue à l'Opéra-Comique?

## SCÈNE III

Les Mêmes, MADAME JANSON, *puis* VIRGINIE.

MADAME JANSON.

Comment! tu as envie d'aller au théâtre, ce soir?

YVONNE.

Mais oui, maman. Quel mal y a-t-il?

MADAME JANSON.

Il n'y a aucun mal, mais, il me semble que ce n'est guère le moment.

YVONNE.

Et pourquoi?

MADAME JANSON.

Pour mille raisons que tu sais aussi bien que moi... Tu es donc d'humeur à t'amuser.

YVONNE.

Je suis toujours d'humeur à m'amuser.

MADAME JANSON.

Tu as de la chance... Dis-moi? Est-ce que par hasard tu aurais reçu des nouvelles de...?

YVONNE.

De qui?

MADAME JANSON.

Ah! tu es insupportable... Tu ne veux rien me dire, ne me dis rien. Tu ne veux pas me confier tes secrets, je ne te les demanderai plus.

YVONNE.

Ne te fâche pas : je n'ai pas de secrets.

MADAME JANSON.

Tu es contente?

YVONNE.

Très contente. Tu vois, je ris.

MADAME JANSON.

Bon! Bon! Alors, tout va bien?

YVONNE.

Tout va bien, maman.

MADAME JANSON, à Roland.

C'est vrai, ça ?

ROLAND.

C'est vrai.

(Entre Virginie.)

VIRGINIE.

Un monsieur et une dame désirent voir mademoiselle.

YVONNE.

Moi?

VIRGINIE.

Oui, mademoiselle... Voici leurs cartes.

YVONNE.

Ah ! Eh bien, dites que je n'y suis pas.

MADAME JANSON.

Qui est-ce donc ?

YVONNE.

Tu ne les connais pas, moi non plus, d'ailleurs. Nous n'allons pas recevoir des gens que nous ne connaissons pas. *(Bas à Roland pendant que madame Janson prend les cartes :)* C'est le cousin de Georges.

ROLAND, *même jeu.*

J'ai compris.

MADAME JANSON.

Raymond Salvière... Il est avec une dame, dites-vous, Virginie ?

VIRGINIE.

Ce doit être sa femme.

MADAME JANSON.

On peut toujours voir ; si j'allais moi-même...

ROLAND, *après un signe à Yvonne.*

Non... pas toi... moi... D'abord, moi, je le connais ce monsieur...

MADAME JANSON.

Toi ?

ROLAND.

Tiens ! c'est l'auteur de ce livre que je suis en train de lire, sur la jeunesse française et sur la jeunesse anglaise... C'est un très beau livre dont tout le monde parle en ce moment, et à propos duquel les étudiants anglais viennent d'offrir un banquet à monsieur Salvière, et monsieur Salvière a prononcé un discours qui est un événement... Tu vois que je le connais très bien.

MADAME JANSON.

Et à propos de quoi vient-il ici, monsieur Salvière?

ROLAND, *souriant.*

Il a peut-être appris que j'avais acheté son livre, alors il vient me voir.

MADAME JANSON.

Sois sérieux...

YVONNE.

Ce qu'il y a de plus simple, c'est de laisser Roland le recevoir. N'est-ce pas, Roland?

ROLAND.

Oui... oui... tu as raison... laissez-moi...

YVONNE, *insistant, un peu nerveuse.*

Viens, maman, je t'en prie...

MADAME JANSON.

On me cache encore quelque chose. Mais il est écrit qu'avec vous, je ne saurai jamais rien.

YVONNE, *bas à Roland, avant de sortir.*

Moi, je ne veux pas le voir, tu entends... c'est fini... c'est fini!...

(*Elle sort avec sa mère.*)

ROLAND, *à Virginie.*

Faites entrer ce monsieur et cette dame. (*A sa mère en la conduisant à droite avec Yvonne :*) Je te raconterai tout, je te le promets.

(*Entrent, une seconde après la sortie d'Yvonne et de madame Janson, monsieur et madame Salvière.*)

## SCÈNE IV

### SALVIÈRE, MADELEINE, ROLAND.

#### ROLAND.

Ma sœur, monsieur, m'a prié de l'excuser auprès de vous et de vous recevoir à sa place. Elle est un peu souffrante... Madame...

*(Il s'incline.)*

#### SALVIÈRE.

Mademoiselle Janson était chez moi tout à l'heure. J'ai beaucoup regretté de ne pas m'y trouver en même temps qu'elle... J'aurais été, ainsi que ma femme, *(Il présente du geste Madeleine.)* charmé de faire sa connaissance.

#### ROLAND.

Ma sœur a eu tort, évidemment, de se présenter chez vous, sans avoir l'honneur de vous connaître... mais...

#### SALVIÈRE, *l'arrêtant.*

Ce n'est pas ce que je veux dire, monsieur. Si j'avais su ce que je sais aujourd'hui, et ce que je ne sais que d'aujourd'hui, il y a longtemps que je serais venu vous voir ainsi que mademoiselle Janson, croyez-le bien.

#### MADELEINE.

Certes, oui... Mon cousin ne nous a mis au courant que tout à l'heure, quand nous sommes rentrés à la maison, au moment même où votre sœur en sortait.

ROLAND.

Ah! vous ignoriez... ?

MADELEINE.

Tout, absolument tout. Nous fréquentons assez peu Georges, quoiqu'il soit notre propre parent. Il habite la province, nous, Paris. Il nous avait demandé l'hospitalité pour quelques jours à l'occasion de son...

*(Elle s'arrête.)*

ROLAND.

Oh! je sais, madame... de son mariage. Ma sœur n'a pas de secrets pour moi.

SALVIÈRE.

Et c'est précisément, monsieur, au sujet de ce mariage que mon cousin m'a chargé d'une mission auprès de mademoiselle... Yvonne, n'est-ce pas?

ROLAND.

Yvonne, oui, monsieur. Elle s'attend, en effet, à des propositions... elle vient de me le dire... mais elle est très fermement résolue à ne pas même les discuter, quelles qu'elles soient. Elle accepte la situation actuelle sans se plaindre, sans récriminer, sans chercher à causer le moindre scandale.

SALVIÈRE.

Ah! Et vous, monsieur!

ROLAND.

Moi?... Moi, c'est autre chose. Je n'ai pas encore pris de résolution, mais je ne pense pas que je serai aussi résigné.

SALVIÈRE.

Je ne vous le reproche pas. Mais dans ces conditions-là, verriez-vous un inconvénient à ce que j'aie quelques minutes d'entretien avec mademoiselle Yvonne?

ROLAND.

Je doute qu'elle y consente.

SALVIÈRE.

Demandez-le-lui toujours... Il ne peut en résulter rien de désobligeant pour elle, je vous assure. Si vous me connaissiez davantage... *(Il aperçoit le livre qui est sur la table et s'arrête en regardant Roland.)* Ah! mais...

ROLAND.

Vous voyez, je vous connais... et je suis très fier de vous connaître.

SALVIÈRE.

A part mon amour-propre d'auteur, je suis heureux de cette circonstance qui va mettre entre nous plus de familiarité.

ROLAND.

Vous vous moquez, monsieur.

SALVIÈRE.

Non! non! un auteur se lie aisément avec un de ses lecteurs. Vous verrez cela quand vous ferez des livres... Mais vous êtes bien jeune pour une lecture de cette sorte... Quel âge avez-vous, si je ne suis pas indiscret?

ROLAND.

Vingt et un ans.

MADELEINE.

Et mademoiselle Yvonne?

ROLAND.

Vingt-trois. Mais je suis l'aîné tout de même.

SALVIÈRE.

Vous êtes très gentil et je ne vous dis pas ça seulement parce que vous avez acheté une de mes œuvres.

ROLAND.

Je les connais toutes. Et je viens de lire aussi le beau discours que vous avez prononcé devant les étudiants.

SALVIÈRE.

Alors ne résistez plus, et allez me chercher mademoiselle Yvonne... Où est-elle?

ROLAND.

Ici, avec ma mère.

SALVIÈRE.

Allez! Allez!

ROLAND, *souriant.*

Oui, monsieur, j'y vais.

*(Il sort à droite.)*

## SCÈNE V

SALVIÈRE, MADELEINE, *puis* YVONNE
*et* ROLAND.

MADELEINE.

Il a l'air fort distingué, ce jeune homme, très fin. Si sa sœur lui ressemble, la conduite de Georges est encore plus odieuse... Je m'attendais, d'après ce qu'il nous a dit, à une famille de petits artisans de province, sans grande éducation... Ce n'est pas ça du tout.

SALVIÈRE.

En effet... D'ailleurs, le père était fonctionnaire... employé à Nantes, dans les bureaux de la
Préfecture... Oui, je me rappelle... Il me semble
que Georges m'a raconté ça vaguement tout à
l'heure.

MADELEINE.

Il est tout de même étrange qu'une jeune fille
élevée dans un pareil milieu se soit laissé sé-
duire aussi facilement.

SALVIÈRE.

Mais d'abord nous ne savons pas si elle a été
séduite facilement.

MADELEINE.

C'est vrai. Nous sommes donc chez la mère,
ici ?

SALVIÈRE.

Oui.

MADELEINE.

Ton cousin ne nous a rien dit de tout cela...
Il est vraiment d'une inconscience!

SALVIÈRE.

Oui, c'est un petit drôle. Seulement, je ne sais
pas trop quoi dire à cette jeune fille... C'est une
démarche que tu aurais dû faire sans moi.

MADELEINE.

Au contraire... il s'agit de questions d'argent...
d'intérêts... Il vaut bien mieux que ce soit toi
qui t'expliques avec elle... et même seul avec
elle... Je vous laisserai causer ensemble.

SALVIÈRE, apercevant la porte qui s'ouvre.

Ah !

(Entrent Yvonne et Roland.)

## SCÈNE VI

### Les Mêmes, ROLAND, YVONNE.

**SALVIÈRE, à Yvonne.**

Excusez mon insistance, mademoiselle... Votre frère a dû vous assurer qu'il n'y avait dans la démarche que j'ai accepté de faire auprès de vous que de la sympathie et de l'intérêt... *(Présentant).* Ma femme...

**YVONNE.**

Madame...

**MADELEINE.**

Voulez-vous me permettre, mademoiselle, de vous serrer la main?

**YVONNE.**

Avec plaisir, madame. *(A Salvière:)* Roland m'a appris, en effet, que vous veniez de la part de votre cousin... Ce qui me surprend, c'est que Georges envoie quelqu'un me dire ce qu'il pouvait si bien me dire lui-même.

**SALVIÈRE.**

Il paraît que vous l'avez quitté un peu brusquement.

**YVONNE, *riant.***

Ça, c'est vrai.

**SALVIÈRE:**

Alors, tout s'explique.

**YVONNE.**

Et en quoi consiste cette démarche?

**SALVIÈRE.**

Je vais vous le dire, si vous m'y autorisez.

MADELEINE, à *Roland*.

Y a-t-il indiscrétion, monsieur, à vous demander de vouloir bien me présenter à madame votre mère?

ROLAND

Aucune indiscrétion, certes... Maman sera charmée... Je vous conduis, madame.

(*Sortent Madeleine et Roland.*)

## SCÈNE VII

### SALVIÈRE, YVONNE.

YVONNE.

Je vous écoute, monsieur.

SALVIÈRE.

Mon cousin, mademoiselle, m'a raconté aussitôt après votre départ l'explication que vous veniez d'avoir ensemble... Il m'a appris en même temps ce que j'ignorais, c'est-à-dire ses engagements avec vous... votre histoire en un mot...

YVONNE.

Il a eu l'aplomb de vous raconter ça.

SALVIÈRE.

Il a beaucoup d'aplomb... Après m'avoir fait ce récit, il m'a supplié de vous transmettre une proposition...

YVONNE.

Si ce n'était pas vous, monsieur, je ne l'écouterais même pas, tellement je suis décidée d'avance à ne pas l'accepter. Mais mon frère m'a affirmé que vous étiez un monsieur très bien et qu'il vous admirait beaucoup. Alors, je vous écoute...

### SALVIÈRE.

Trop aimable, mademoiselle... Voici. Mon cousin vous propose de vous faire une rente, réversible sur la tête de votre enfant... vous comprenez... réversible...

### YVONNE.

Je comprends parfaitement...

### SALVIÈRE.

Le chiffre de cette rente serait fixé à l'amiable entre vous et lui. Je crois qu'il n'y aurait pas de difficultés de ce côté-là.

### YVONNE.

Il est bien bon.

### SALVIÈRE.

Cependant, il y met une condition.

### YVONNE.

Ah! ah! Quelle est cette condition?

### SALVIÈRE.

C'est que vous retournerez à Nantes, où vous avez habité jusqu'ici... Nantes ou les environs, je ne sais pas au juste...

### YVONNE.

Il a la prétention de me fixer mon domicile... C'est très drôle... Vous permettez que je rie?

### SALVIÈRE.

Je vous en prie.

### YVONNE.

Je vois que ma présence à Paris lui est plutôt désagréable... Sa fiancée habite Paris, n'est-ce pas?

SALVIÈRE.

Oui. Et que dois-je lui répondre?

YVONNE.

Tout simplement que je ne veux plus avoir avec lui aucun rapport, que je n'ai pas besoin qu'il me fasse une rente, et que je logerai où bon me semblera... où bon me semblera.

SALVIÈRE.

Bien.

YVONNE.

Quant à son fils, je me charge moi-même de l'élever et je m'arrangerai de façon qu'il n'aura jamais la curiosité de faire la connaissance de son père. Voilà, monsieur, ce que je vous prie de répondre à votre cousin.

*(Elle se lève.)*

SALVIÈRE, *se levant aussi et en souriant.*

Vous me congédiez, mademoiselle?

YVONNE.

C'est que je suppose que vous n'avez plus rien à me dire.

SALVIÈRE.

Il me reste à vous dire, mademoiselle, que, lorsque Georges a eu fini de me raconter sa petite histoire, je lui ai déclaré qu'il se conduisait avec vous d'une façon absolument déloyale et répugnante.

YVONNE.

Vous lui avez dit répugnante?

SALVIÈRE.

En propre terme.

YVONNE.

Asseyez-vous, alors, ne vous en allez pas tout

de suite.... Je suis très contente. Mais vous ne me dites pas ça pour me faire plaisir?

SALVIÈRE.

Non... non...

YVONNE.

Bon. Ça me console un peu. Vous êtes un brave homme, vous, ce n'est pas comme votre cousin. Je parie qu'il fait un riche mariage?

SALVIÈRE.

Un beau mariage, oui.

YVONNE.

Il est capable d'être heureux.

SALVIÈRE.

Non, il ne sera pas heureux.

YVONNE.

Vous me le promettez?

SALVIÈRE.

Je vous le promets.

YVONNE.

Hein! pourtant! Moi, je ne crois guère au remords : je crois plutôt que les mauvaises actions qu'ils commettent, les hommes finissent par les oublier.

SALVIÈRE.

C'est vrai, quelquefois.

YVONNE.

Et les bonnes, est-ce qu'ils les oublient?

SALVIÈRE.

Plus rarement.

YVONNE.

Je serais curieuse de savoir ce que Georges

15

vous a dit pour expliquer sa conduite à mon
égard ?

SALVIÈRE.

Il a invoqué sa famille, le refus de son père,
son avenir.

YVONNE.

Quel menteur !... Et contre moi, j'espère qu'il
ne vous a rien dit? Ce serait le comble! Car il
n'a pas un reproche, pas le plus petit à m'adresser... Quand j'ai compris que j'allais avoir un
bébé, j'aurais pu aller trouver sa famille et exiger
le mariage immédiat, sous peine de scandale,
comme c'était mon droit, comme c'était peut-être
mon devoir... Il m'a suppliée de ne pas le faire,
je ne l'ai pas fait... J'ai attendu que, soi-disant,
il eût préparé son père à cette idée... Et moi,
alors, il m'a bien fallu avouer ma situation à
maman et à mon frère... Je vous jure que c'est
une heure que je n'oublierai pas et quoi qu'il
m'arrive maintenant, il ne m'arrivera jamais
quelque chose de plus cruel. Je suis parée, comme
disent les marins de chez nous... Je suis Bretonne.

SALVIÈRE, *ému.*

Oui... oui...

YVONNE.

Je vous raconte ça parce que je ne veux pas
que vous ayez de moi une mauvaise opinion...
Et vous savez que le mariage, il me l'avait promis cent fois, il me l'avait promis dès le premier
jour... Il était mon fiancé, il m'avait fait la cour,
il avait demandé ma main à ma mère, car je suis
d'aussi bonne famille que lui, et je suis aussi
bien élevée que lui... J'ai l'air comme ça un peu
libre, parce que mon père est mort quand nous
étions très jeunes et que maman nous a laissé
faire un peu ce que nous voulions... Mais cela

n'empêche pas d'être une honnête fille... Jamais, avant Georges, un garçon ne m'avait dit un mot que ma mère n'aurait pas pu entendre... Lui, je l'ai aimé tout de suite... et je me suis donnée à lui sans crainte, comme si j'étais déjà sa femme... Voilà ma petite histoire, monsieur ; je ne vous la raconte pas très bien, mais je vous jure que je vous dis la vérité. Et, maintenant, soyez franc, quelle opinion avez-vous de moi?

#### SALVIÈRE.

Je pense, mademoiselle Yvonne, que vous êtes une personne pleine de cœur et de la plus jolie fierté; que l'homme qui vous abandonne est un pitoyable égoïste qui ne vous méritait pas et que vous aurez un jour votre revanche.

#### YVONNE.

Et madame Salvière, est-ce qu'elle est de cet avis-là?

#### SALVIÈRE.

N'en doutez pas, et elle aura bientôt, comme moi, une très vive sympathie pour vous.

#### YVONNE.

Elle est bien belle... et puis elle a une figure distinguée... Elle va admirablement avec vous : vous faites un beau ménage... Vous devez être heureux tous les deux?

#### SALVIÈRE.

Nous sommes très heureux.

#### YVONNE.

Vous dites bien ça. On sent que c'est vrai. Tant mieux! Et y a-t-il longtemps que vous êtes mariés?

SALVIÈRE.

Sept ans.

YVONNE.

Combien avez-vous d'enfants?

SALVIÈRE.

Nous n'avons pas d'enfant.

YVONNE.

C'est dommage... mais enfin, ce n'est pas fini.

SALVIÈRE, *riant.*

Je ne suis pas venu ici pour m'amuser, mais je ne peux pas m'empêcher de rire.

YVONNE.

Riez... riez... ne vous gênez pas... Moi aussi, j'étais partie pour être très gaie, mais je me suis arrêtée en chemin, il y avait de quoi.

SALVIÈRE.

Je vous dirai à mon tour : ce n'est pas fini.

YVONNE.

Oh! je ne me désespère pas, remarquez... D'abord, c'est bizarre : il y a deux femmes en moi.

SALVIÈRE.

Il doit même y en avoir plus.

YVONNE.

C'est possible, mais je n'en connais que deux. L'une est absolument dégoûtée de la vie, et pour un oui ou pour un non, elle se jetterait à l'eau...

SALVIÈRE.

J'aime mieux l'autre...

YVONNE.

L'autre, ma foi, se dit qu'elle est jeune. Elle

a envie de jouir de la vie, de chercher à être heureuse, de se défendre, de lutter...

SALVIÈRE.

C'est celle-là qui a raison.

YVONNE.

Oui, je crois qu'elle empêchera sa camarade de se noyer. Ça me fait beaucoup de plaisir de causer avec vous... Et vous?

SALVIÈRE.

Moi, je suis charmé.

YVONNE.

Vrai?

SALVIÈRE.

Vrai. Alors, puisque nous voilà bien ensemble, dites-moi un peu ce qu'il y a dans cette petite tête... Pourquoi n'acceptez-vous pas ce que vous offre Georges?

YVONNE.

Parce que je ne veux pas retourner à Nantes. Je veux rester à Paris. C'est convenu avec mon frère. La rente de ma mère nous suffira jusqu'à ce que nous gagnions notre vie tous les deux, ce qui ne tardera pas. Roland est très instruit et moi je ne suis pas aussi ignorante que j'en ai l'air.

SALVIÈRE.

Vous n'en avez pas l'air.

YVONNE.

Oh! si! je n'ai pas la physionomie grave des personnes qui ont reçu une instruction supérieure... Mais j'ai beaucoup travaillé et j'ai beaucoup lu. J'aurais pu passer mon brevet, je savais

tout ce qu'il faut... Je ne l'ai pas fait, parce que
je ne me destinais pas à l'enseignement... Avec
mon caractère, j'aurais été une institutrice déplorable, et mes élèves ne m'auraient pas prise au
sérieux... Je me connais très bien : je sais pour
quoi j'ai des dispositions et pour quoi je n'en ai
pas.

SALVIÈRE.

Vous avez infiniment de bon sens et, en effet,
je ne vous vois pas en institutrice. Mais, dites-moi,
pour quelle carrière vous sentez-vous de l'apti-
tude, une inclination ?... Y avez-vous déjà songé ?
Allons ! faites-moi vos confidences pendant que
nous sommes en train !...

YVONNE.

Oh ! c'est bien grave de vous dire ça !

SALVIÈRE.

Bah !

YVONNE.

C'est un gros secret que je n'ai pas osé avouer
à Roland... Et ce sera même très dur de le lui
avouer... Et, vous comprenez, du moment que je
ne le dis pas à mon frère...

SALVIÈRE.

Vous ne voulez pas me le dire à moi qui ne suis
qu'un étranger... Mais d'abord, il me semble que
je ne suis plus tout à fait un étranger pour vous...
Ensuite, j'ai peut-être une certaine expérience
de la vie de Paris, que vous n'avez pas encore,
ni vous ni votre frère : je peux donc vous donner
un conseil, je peux même vous aider... et je vous
assure en outre que je suis très discret et que je
ne raconterai à personne ce que vous allez me
faire l'amitié de me dire tout de suite.

YVONNE.

Je veux bien. Vous m'inspirez une grande confiance.

SALVIÈRE.

Je la mérite.

YVONNE.

Je le crois... alors voici... Pour commencer, je suis partie de ce principe qu'après l'aventure qui m'était arrivée, il fallait renoncer aux professions régulières...

SALVIÈRE.

Qu'appelez-vous les professions régulières?

YVONNE.

Par exemple, l'enseignement dont nous venons de parler... les Postes... les leçons de piano... — oui, je suis assez bonne musicienne — la comptabilité dans une maison de banque ou de commerce... Qu'est-ce que j'aurais fait là dedans avec un enfant à élever?... Et puis, il me faudrait donner des explications... ou bien mentir. Je n'aime pas mentir... Quand une jeune fille a commis une faute, elle ne doit pas s'en vanter, certes, il n'y a pas de quoi, mais elle ne doit pas en rougir non plus, il est trop tard. Elle doit en supporter les conséquences carrément et tâcher de se bien conduire à l'avenir. Est-ce que vous ne pensez pas comme moi?

SALVIÈRE.

Je pense comme vous à un degré qui m'épouvante.

YVONNE.

Je n'espère pas davantage pouvoir me marier un jour. Les gens qui épousent des jeunes filles dans ma position, on en entend parler quelquefois, mais on ne les rencontre jamais. Ce sont des hasards sur lesquels on ne doit pas compter, à moins d'être une imbécile... Et c'est fâcheux, parce que, moi, j'aurais été une excellente femme légitime. Ce misérable Georges ne s'imagine pas comme il aurait été heureux avec moi... Enfin! n'en parlons plus... Parlons de mon idée.

SALVIÈRE.

Voyons-la, votre idée...

YVONNE.

Mon idée, c'est, à un moment donné, quand j'aurai travaillé, quand je serai bien sûre d'avoir les dispositions que je crois avoir, mon idée, est d'entrer au théâtre. Qu'en dites-vous?

SALVIÈRE.

Ça ne me paraît pas impossible, au premier abord...

YVONNE.

Mais très difficile, n'est-ce pas.

SALVIÈRE.

Très difficile, d'après ce que j'entends dire autour de moi.

YVONNE.

Soyez franc. A votre avis, est-ce que j'ai ce qu'on appelle un physique de théâtre?

SALVIÈRE.

Oui... à condition, bien entendu...

YVONNE.

Oui, à condition de ne pas vouloir jouer la tragédie.

SALVIÈRE.

Voilà.

YVONNE.

D'ailleurs, ça, j'en serais incapable...

SALVIÈRE.

Il n'y a pas de mal. Nous manquons d'actrices qui soient incapables de jouer la tragédie.

YVONNE.

Oh! remarquez que je ne me fais pas d'illusions. Je sais parfaitement qu'on ne s'improvise pas acteur et qu'il faut beaucoup de travail.

SALVIÈRE.

Avez-vous déjà des relations dans le monde des théâtres?

YVONNE.

Aucune... Et vous?

SALVIÈRE.

Pas davantage. Je connais bien quelques femmes du monde qui jouent la comédie...

YVONNE.

Mais elles ne voudraient pas me donner des leçons.

SALVIÈRE.

Elles feraient même bien d'en prendre. Voulez-vous me charger de vous trouver un professeur?

YVONNE.

Vous feriez ça?

SALVIÈRE.

Tout de suite.

YVONNE.

Quel bonheur!

SALVIÈRE.

Je vous présenterai à lui comme une jeune fille du monde qui veut faire de la comédie de salon. Il vous parlera... il vous fera probablement réciter quelque chose... et, au bout d'un certain nombre de leçons, vous déciderez vous-même si vous devez ou non continuer.

YVONNE.

Oui... oui, voilà ce qu'il faut faire. Quelle bonne idée ! Un professeur, un professeur intelligent doit me dire tout de suite si j'ai la vocation... Je lui réciterai n'importe quoi... Je sais beaucoup de vers par cœur... Il m'arrivait souvent, à la campagne, en me promenant, de réciter à haute voix des fables de La Fontaine... Je les connais presque toutes... Et vous aussi, bien entendu..

SALVIÈRE.

Bien entendu. Mais je ne pourrais pas les réciter de mémoire, malheureusement.

YVONNE.

J'adore les fables de La Fontaine... et surtout celles qu'on n'apprend pas habituellement dans les écoles et qui sont presque inconnues. Ce sont les plus jolies. Je n'aime pas les enfantillages comme « Maître Corbeau », par exemple... Ça ne signifie rien... Vous ne trouvez pas ?

SALVIÈRE.

Oui, je trouve... et, ce qu'il y a d'affreux, c'est que je ne me rappelle que celles-là...

YVONNE.

Je vous indiquerai les autres, si vous voulez.

SALVIÈRE.

Je crois bien... Et quelle est celle que vous direz au professeur ?

YVONNE.

Je chercherai... Je commencerai par une très
courte, ça vaut toujours mieux...

SALVIÈRE, *souriant.*

*Le Renard et les Raisins...* Je me rappelle
qu'elle est très courte.

YVONNE.

Non... Je lui dirai. . voyons... oui... *L'Oiseau
blessé d'une flèche.*

SALVIÈRE.

Ah!

YVONNE.

Vous la connaissez, n'est-ce pas?

SALVIÈRE.

Non, figurez-vous!

YVONNE.

Elle n'a que dix vers, mais il n'y a rien de
plus émouvant, du moins, à mon avis.

SALVIÈRE.

Ah! j'y suis... C'est celle qui commence par :

Il faut autant qu'on peut obliger tout le monde.

YVONNE.

Mais non, ça, c'est *La Colombe et la Fourmi.*

SALVIÈRE.

Alors, récitez-moi *L'Oiseau blessé.*

YVONNE.

Oh! non...

SALVIÈRE.

Puisque ça n'a que dix vers.

YVONNE.

Ça ne fait rien. Je ne m'y attendais pas.

SALVIÈRE.

Allons! ne vous faites pas prier...

YVONNE.

Oh! mon Dieu... pour dix vers... n'importe...
je suis émue... C'est déjà en public...

*(Se levant.)*

L'OISEAU BLESSÉ D'UNE FLÈCHE

Mortellement atteint d'une flèche empennée
Un oiseau déplorait sa triste destinée,
Et disait, en souffrant un surcroît de douleur :
« Faut-il contribuer à son propre malheur!
Cruels humains, vous tirez de nos ailes
De quoi faire voler ces machines mortelles.
Mais ne vous moquez point, engeance sans pitié :
Souvent il vous arrive un sort comme le nôtre;
Des enfants de Japet toujours une moitié
    Fournira des armes à l'autre. »

*(Allant tout de suite à lui après avoir fini. Timidement :)*

Et voilà!

SALVIÈRE, *lui prenant les mains.*

Il n'y a rien le plus joli, de plus délicat.

YVONNE.

Ça vous plaît?

SALVIÈRE.

Infiniment. Et vous le dites avec un goût parfait, avec une émotion légère, un peu comme si
vous parliez de vous.

YVONNE.

Oh! que je suis contente!... Mais vous, vous
êtes sincère, au moins?... Oui... oui... je vois que
vous êtes sincère... J'ai presque envie de pleurer... Je me retiens parce que ce serait ridicule,
mais vous l'avez échappé belle... Alors, vous
pensez que le professeur m'engagera à continuer?

SALVIÈRE.

Le professeur, s'il n'est pas bête, vous demandera de lui apprendre à réciter les fables de La Fontaine.

YVONNE.

Ne vous moquez pas... Mais tout ça ne prouve pas que j'ai des dispositions pour le théâtre.

SALVIÈRE.

Voyons, il me vient une idée... qui serait un moyen, je ne dis pas de vous faire connaître, mais de vous mettre en rapport avec des gens qui pourraient vous être utiles.

YVONNE.

Oh! dites, dites, ce doit être une bonne idée!

SALVIÈRE.

Mais d'abord, je ne ferai rien sans le consentement de votre mère, et de votre frère aussi, qui est le chef de la famille...

YVONNE.

Pardon, je suis l'aînée.

SALVIÈRE.

Lui aussi, il me l'a dit.

YVONNE.

J'aurai son consentement, je vous le promets... Quelle est l'idée?...

SALVIÈRE.

Ce serait de vous faire réciter des fables devant quelques personnes bien choisies, ou bien dans une représentation mondaine... On y est moins difficile qu'au théâtre, on y risque moins et, en même temps, on y est en vue, ça a un certain retentissement... Enfin! on peut toujours essayer.

YVONNE.

Je crois bien. Mais c'est le rêve, ça, c'est le
rêve !

SALVIÈRE.

J'ai un de mes amis qui est ministre pour le
moment et qui donne une grande soirée diplo-
matique dans quelques jours. On jouera la comédie... il y aura des chanteurs... des danseuses...
Voulez-vous que je lui demande de vous inscrire
sur son programme ?

YVONNE.

Oh ! Ce serait beau... mais je n'ose pas... J'ai
une peur ! Un ministre ? Quel ministre ? Comment s'appelle-t-il ?

SALVIÈRE.

Villerat.

YVONNE.

Oh ! je le connais de nom... Villerat... c'est le
ministre des Affaires étrangères... Et c'est un de
vos amis ?

SALVIÈRE.

Nous avons été au collège ensemble...

YVONNE, *le regardant.*

C'est vrai qu'avec votre air simple vous êtes
un grand personnage, je n'y pensais plus.

SALVIÈRE, *riant.*

Non, mademoiselle Yvonne, rassurez-vous...
Moi, je ne suis rien et vous pouvez continuer à
me parler sans crainte.

YVONNE.

Vous êtes tout de même un monsieur qui a fait
un livre épatant et dont le portrait est dans les
journaux... Et quand a-t-elle lieu, la soirée ?

SALVIÈRE.

Le quinze...

YVONNE.

Pourvu qu'il accepte, votre ami le ministre ?

SALVIÈRE.

Il acceptera, je m'y engage.

YVONNE.

Quand je pense que j'étais tout à l'heure dans un désarroi affreux et que me voilà maintenant presque gaie, avec un gros espoir au cœur et, en tout cas, en pleine illusion... Et, grâce à vous, tout ça, grâce à vous... Je ne l'oublierai pas... Vous aurez une grosse influence sur ma vie.

*(Elle lui tend les deux mains.)*

SALVIÈRE.

Vous êtes une petite Bretonne superstitieuse.

YVONNE.

Vous verrez que je ne me trompe pas, monsieur Salvière... et, en tout cas, moi je vous suis très reconnaissante... ainsi qu'à madame Salvière... *(Elle va à la porte de droite et l'ouvre. Paraît Madeleine. Yvonne, à Madeleine:)* Oh! madame, monsieur Salvière vient de me rendre un grand service.

MADELEINE.

Il a eu raison, mademoiselle...

SALVIÈRE.

Mais tout ça, à condition, bien entendu, que nous ayons l'autorisation...

YVONNE.

Nous allons l'avoir tout de suite... Je vais d'abord en parler à mon frère.

SALVIÈRE.

Eh bien, je vous attends...

(Sort Yvonne vers la droite.)


## SCÈNE VIII

### SALVIÈRE, MADELEINE.

MADELEINE, *souriant.*

Quel est ce grand service ?

SALVIÈRE.

Fort peu de chose en réalité... Figure-toi que
cette jeune fille a la vague ambition d'entrer au
théâtre...

MADELEINE, *même jeu.*

Au théâtre ? Elle veut être actrice ?...

SALVIÈRE.

Il paraît...

MADELEINE, *toujours très gaiement.*

Et c'est de théâtre que vous avez parlé si longtemps ? Allons ! Ça n'a pas été aussi tragique que
je le craignais... Tu ne voulais pas venir... tu
vois que tu avais tort... Et les propositions de
Georges ?

SALVIÈRE.

Elle ne les accepte pas... Et j'ai l'impression
qu'elle est sincère... C'est une personne qui a
dans l'esprit un mélange de bon sens, de gravité et d'incohérence qui n'est pas sans charme.
Je m'explique parfaitement l'aventure qui lui est
arrivée!... Enfin! Nous sommes très bien ensemble : elle m'a fait ses petites confidences et,
pour me montrer ses aptitudes, elle m'a récité
une fable de La Fontaine. Et, ma foi, si bien,

que j'ai l'intention d'en parler à Villerat pour sa prochaine soirée... à moins que tu ne me désapprouves.

MADELEINE.

Du tout... du tout... C'est très amusant... Elle t'a récité une fable de La Fontaine !.. Et nous qui nous imaginions tomber en plein drame!... C'est comme ce jeune homme, avec qui je viens de causer quelques instants... Certes, il est distingué... mais il est terriblement calme et froid pour une situation pareille... La mère est la seule des trois qui me paraisse normale: c'est une bonne femme... Ah çà! Pourquoi ris-tu?

SALVIÈRE.

Je ris de l'espèce de déception que tu éprouves. Tu as été profondément émue quand notre cousin t'a raconté cette histoire et alors, tu t'attendais à voir une famille en larmes et des gens traduisant leur désespoir avec des gestes pathétiques. Et voilà que tu es sur le point de ne plus t'intéresser à eux parce qu'ils s'expriment naturellement.

MADELEINE.

Dis tout de suite que je suis théâtrale et romanesque !

SALVIÈRE.

Non, tu as au contraire la pitié la plus profonde et la plus franche, et il y a peu de femmes aussi délicatement sensibles que toi... Mais ton imagination a construit un drame et la réalité t'en donne un autre. Alors, tu es surprise. Attends un peu: le vrai est peut-être, au fond, plus poignant que celui que tu te figurais. La vie impose quelquefois le drame à des êtres très simples, et même comiques.

*(Entrent Roland et Yvonne.)*

16

## SCÈNE IX

### Les Mêmes, ROLAND, YVONNE.

YVONNE, *entrant, à Roland.*

Dis à monsieur Salvière que tu consens.

ROLAND, *souriant.*

Je consens.

SALVIÈRE.

Alors, mademoiselle, voilà qui est convenu. Je vous enverrai un petit mot dès que j'aurai vu le ministre.

YVONNE.

Merci encore, monsieur Salvière... *(A Madeleine :)* Je ne sais comment vous exprimer ma reconnaissance, madame.

SALVIÈRE.

Il n'y a qu'un moyen, c'est de ne plus nous en parler jamais... Au revoir, mademoiselle Yvonne... Au revoir, cher monsieur...

ROLAND, *s'inclinant.*

Monsieur... Madame...

*(Sortent Madeleine et Salvière.)*

## SCÈNE X

### ROLAND, YVONNE, *puis* MADAME JANSON.

YVONNE.

Crois-tu, hein? *(Le regardant.)* C'est curieux, tu n'as pas l'air enchanté...

ROLAND.

Non. Car tu me révèles tout à coup des goûts, un genre d'ambition, que je ne te soupçonnais pas... Je te croyais résignée à une vie modeste, comme moi...

YVONNE.

Pourvu que je sois honnête et que je reste auprès de vous, est-ce que ce n'est pas l'essentiel?

ROLAND.

C'est l'essentiel, en effet. Mais je n'en suis pas aussi sûr que tout à l'heure.

YVONNE.

Oh! Roland... ce n'est pas gentil ce que tu dis... Regarde-moi bien. Je n'ai pas d'autre désir que celui de gagner ma vie et de vivre entre maman et toi... Je sais que j'ai un frère à qui je causerais une grande douleur si, à partir de maintenant, je ne me conduisais pas d'une façon irréprochable, et alors, Roland, tu dois être sûr que je me conduirai d'une façon irréprochable. Dis-moi que tu en es sûr?

ROLAND.

J'en suis convaincu, Yvonne.

YVONNE.

Non... non... je veux que tu en sois sûr. Dis que tu en es sûr!

ROLAND, l'embrassant.

Eh bien, j'en suis sûr.

YVONNE.

Et, maintenant, mon avis est qu'il faut tout raconter à maman, Georges... les fables... enfin tout... On ne peut pas continuer à lui faire des cachotteries, n'est-ce pas?

ROLAND.

Evidemment.

YVONNE, voyant entrer madame Janson.

Laisse-moi faire.

## SCÈNE XI

### Les Mêmes, MADAME JANSON.

MADAME JANSON.

Ils sont partis... Bon! Ecoutez-moi, mes enfants, je viens de prendre une résolution énergique... Et je veux enfin savoir à quoi m'en tenir... Vous me cachez quelque chose depuis ce matin.

YVONNE.

Oui, maman, nous te cachions quelque chose... nous te le cachions dans ton intérêt et pour ne pas te faire de la peine.

MADAME JANSON.

Qu'est-ce que c'est encore, mon Dieu!...

YVONNE.

Mais nous allons te le dire, bien franchement... Assieds-toi là, maman.

(Elle la fait asseoir. Yvonne et Roland se mettent de chaque côté de madame Janson.)

MADAME JANSON.

Que de précautions!... Mes enfants, vous m'épouvantez...

YVONNE.

Au fond, ce n'est pas très grave... Mais il vaut
mieux te le dire... n'est-ce pas, Roland?

ROLAND.

Oui... oui...

MADAME JANSON.

Mais dépêche-toi, malheureuse! Tu ne vois pas
dans quel état je suis!

YVONNE.

Voici, maman... Georges...

*(Elle s'arrête.)*

MADAME JANSON.

Eh bien, Georges... quoi?...

YVONNE.

Il se marie, mais pas avec moi.

MADAME JANSON, *atterrée.*

Oh!

ROLAND, *la prenant dans ses bras.*

Maman, je t'en prie... voyons... il faut se résigner... C'est un gros malheur, mais enfin...

MADAME JANSON.

C'est affreux!... affreux!...

*(Elle pleure.)*

ROLAND.

Ne pleure pas.

MADAME JANSON.

C'était mon dernier espoir, ce mariage... Mes
enfants, je suis désespérée...

YVONNE.

Non, maman, non... On va se débrouiller,
Roland et moi, tu vas voir... Moi, d'abord, je

vais dire des fables au ministère des Affaires étrangères... dans quelques jours... C'est une grosse chance!...

MADAME JANSON.

Des fables!... Ah! tu te consoles facilement...

ROLAND.

Puisqu'on n'y peut rien!

MADAME JANSON, *avec un signe à droite.*

Et ce pauvre petit! Est-ce que vous y pensez?

ROLAND.

Nous ne pensons qu'à lui...

MADAME JANSON.

Il sera toute sa vie un enfant naturel!...

ROLAND.

Ça lui est bien égal pour le moment.

MADAME JANSON.

Il n'aura jamais de père!

YVONNE.

Il a une grand'mère, il a une mère, il a un oncle... On ne peut pas tout avoir...

*(Elle embrasse madame Janson.)*

# ACTE II

Un petit salon donnant sur les grands salons du ministère des Affaires étrangères. La représentation reste invisible, ainsi que la fête, devinée seulement à travers les portes, quand elles s'ouvrent, et à des applaudissements.

## SCÈNE PREMIÈRE

### MADAME VILLERAT, SARDIN,
#### puis MADAME LAHONCE, puis SALVIÈRE.

MADAME VILLERAT, à Sardin.

Vous serez bien gentil d'expliquer ça de façon qu'on ne me questionne pas trop...

SARDIN.

Soyez tranquille.

MADAME VILLERAT.

On croit déjà qu'il s'agit d'un événement...

SARDIN, riant.

Oui... on devient très nerveux, au ministère.

MADAME LAHONCE, entrant.

Votre mari n'est pas là, chère amie... Qu'est-ce qui se passe donc?

**MADAME VILLERAT.**

Mais rien, chère amie... J'étais en train de recommander à Sardin... Une simple réunion de deux ou trois membres du Cabinet, après la séance de la Chambre, voilà tout... Le ministre sera ici dans une demi-heure au plus tard... Répandez cela, Sardin... hein ? adroitement.

**SARDIN.**

Comptez sur moi, madame... D'ailleurs, je l'ai déjà dit à Bombel qui vient d'envoyer une petite note à son journal, pour mettre les choses au point...

**MADAME LAHONCE,** *à Salvière qui entre.*

Bonsoir, Salvière...

**SALVIÈRE.**

Mes hommages, madame... *(Se retournant.)* Bonsoir, mon cher Sardin.

*(Il lui tend la main.)*

**SARDIN.**

Tous mes respects, mon cher maître...

*(Il s'éloigne.)*


## SCÈNE II

**SALVIÈRE, MADAME VILLERAT, MADAME LAHONCE,** *puis* **BOMBEL.**


**SALVIÈRE.**

Ce jeune homme est très respectueux...

**MADAME VILLERAT.**

Parce qu'il vous appelle « mon cher maître » ?

Mais il a raison. Je vous appellerais « mon cher maître », si nous n'étions pas si bons amis.

SALVIÈRE.

Je ne le souffrirais pas.

MADAME VILLERAT.

Que vous disait donc l'ambassadeur d'Italie avec qui vous sembliez en grande conversation?...

SALVIÈRE.

Je l'ai déjà oublié.

MADAME VILLERAT.

C'est-à-dire qu'il vous faisait des compliments sur votre livre, comme tout le monde.

SALVIÈRE.

Juste.

MADAME VILLERAT.

Il m'en a parlé hier avec une véritable admiration.

MADAME LAHONCE.

Il serait le seul...

SALVIÈRE, à madame Lahonce.

Trop aimable... A propos, j'oubliais de vous demander des nouvelles de votre mari.

MADAME LAHONCE.

J'en ai reçu hier : il est encore absent pour un mois... Je vous avoue que le temps me paraît interminable... C'est effrayant pour les femmes, ces missions à l'étranger.

MADAME VILLERAT.

Lahonce en reviendra couvert de gloire, et vous aussi par conséquent. (A Salvière:) Eh bien!

Je ne vois pas Madeleine. J'espère qu'elle ne me fait pas faux bond?

SALVIÈRE.

Elle me suit. Elle est allée chercher la jeune personne que vous avez aperçue chez moi.

MADAME VILLERAT.

Je compte toujours sur elle et sur ses fables, qu'elle dit d'une façon charmante... *(A madame Lahonce:)* Vous étiez l'autre soir chez Salvière, je crois... N'est-ce pas qu'elle est charmante, cette jeune fille?

MADAME LAHONCE, *en souriant.*

Oui... oui, charmante et très originale... Mais est-ce une jeune fille ou une jeune femme? ou bien les deux à la fois?

SALVIÈRE.

C'est une jeune fille.

MADAME LAHONCE.

Je ne l'avais jamais rencontrée chez vous.

SALVIÈRE.

Vous l'y rencontrerez maintenant.

MADAME LAHONCE.

Oh! je ne vous demande pas qui elle est...

SALVIÈRE.

Mais je serais capable de vous le dire... Pourquoi souriez-vous?...

MADAME VILLERAT.

Oui, c'est un peu méchant, ça... Et Salvière ne le mérite pas. Car il n'a pas souri tout à l'heure quand l'absence de votre mari vous paraissait si longue... si longue!...

SALVIÈRE.

Je n'ai pas bronché, vous me rendrez cette justice...

MADAME LAHONCE, *riant.*

Bon! nous sommes quittes...

MADAME VILLERAT, *se retournant.*

Ah! Bombel... je suis contente de vous voir...

BOMBEL, *lui baisant la main.*

Mille fois aimable, madame... *(S'inclinant devant madame Lahonce:)* Madame. *(A Salvière:)* Bonsoir, mon cher maître...

MADAME VILLERAT, à *Bombel.*

Sardin vous a mis au courant,

BOMBEL.

Oui... je vous remercie, mais je le savais... je l'ai su en même temps que le ministre. A la suite de l'interpellation Garbier, sur la politique étrangère, Villerat a réuni trois ou quatre de ses collègues pour causer de la situation... Le bruit s'est répandu d'une démission partielle du Cabinet. Ça ne tient pas debout. J'exécuterai ça demain en dix lignes. L'incident ne vaut pas davantage.

MADAME VILLERAT, *se levant.*

Vous avez raison et je vous remercie, cher monsieur Bombel. Voyez cependant le ministre quand il arrivera.

BOMBEL.

C'est entendu.

### MADAME VILLERAT.

Maintenant, je vais au secours de Sardin qui doit être en train de faire des gaffes... *(A madame Lahonce:)* Venez m'aider, chère amie...

*(Elle sort avec madame Lahonce.)*

## SCÈNE III

### SALVIÈRE, BOMBEL.

#### BOMBEL.

Vous savez qu'il est question de vous, en ce moment...

#### SALVIÈRE.

Où cela ?

#### BOMBEL.

En haut lieu. Villerat va prononcer votre nom, je le tiens de la meilleure source.

#### SALVIÈRE.

Villerat est mon ami intime : il prononce mon nom très souvent.

#### BOMBEL.

Pas au même sujet. Vous ne devinez pas ? L'interpellation de tantôt... Deux ambassades sans titulaires dans huit jours... peut-être avant...

#### SALVIÈRE.

Eh bien ?

#### BOMBEL.

Eh bien, vos travaux d'histoire, vos discours, vos grandes relations à l'étranger... votre situation en France, enfin tout ce qui fait de vous un des hommes les plus en vue d'aujourd'hui vous

désigne pour une de ces ambassades, si vous
faites un signe.

**SALVIÈRE.**

Bombel, je ne vous en veux pas, car votre intention n'est pas mauvaise, mais j'espère que vous
n'allez pas mettre ce genre de plaisanterie dans
votre journal. Je sais bien que la politique étrangère comporte une certaine gaieté...

**BOMBEL.**

Ce n'est pas une plaisanterie... D'ailleurs,
l'idée de vous offrir une ambassade est de moi.
C'est moi qui l'ai suggérée à Villerat, il y a
quelques jours. Le ministre ne vous a pas con-
sulté, je le sais aussi. Car l'idée de ne pas vous
consulter est également de moi.

**SALVIÈRE.**

Elle est excellente, celle-là !

**BOMBEL.**

Vous me répondrez que vous n'êtes pas de la
carrière, mais ça m'est égal. Il est bon, à l'occasion, que la France soit représentée par nos illus-
trations nationales ou par des individus de haute
valeur, comme vous... Ne faites pas le modeste...

**SALVIÈRE.**

Je le voudrais que vous ne m'en laisseriez pas
le temps.

**BOMBEL.**

Et non seulement vous êtes un écrivain de
bonne race, et un esprit supérieur, mais vous
appartenez à une famille de vieux bourgeois pari-
siens, et vous avez la grosse fortune. Madame
Salvière est en outre une des femmes les plus

distinguées de la société française. Elle montrera à l'étranger que toute aristocratie n'a pas disparu chez nous... Je vous dévoile là les éléments de l'article que je vous consacrerai...

SALVIÈRE, *riant.*

J'ai bien compris.

BOMBEL.

Vous serez ambassadeur avant trois mois, et vous ne vous en doutiez pas il y a cinq minutes.

SALVIÈRE, *même jeu.*

Et je n'en suis même pas absolument certain.

BOMBEL.

Oui... oui... je devine que vous me prenez pour un petit jeune homme qui veut faire le malin...

SALVIÈRE.

Moi! Bombel, je vous donne ma parole d'honneur qu'il y a peu d'hommes, aujourd'hui, que j'admire autant que vous. Je suis votre aîné d'au moins dix ans, et je me fais, à côté de vous, l'effet d'un petit garçon qui ignore tout de l'existence. Vous êtes comme ça une vingtaine de jeunes gens qui êtes destinés à vous partager Paris, et parmi ces vingt-là, c'est vous le plus fort. Et ce que j'admire surtout en vous, c'est que vous n'êtes pas l'arriviste forcené, l'ambitieux au teint plombé et aux pommettes saillantes; vous êtes un gaillard très décidé à jouir de la vie. Vous faites la politique étrangère dans un journal du matin, mais vous faites aussi la critique dramatique dans un journal du soir, et vous tenez ainsi un monde dans chaque main. Vous êtes donc un être admirable, Bombel, mais

je vous en supplie, ne faites pas d'article sur
moi.

BOMBEL.

Et que répondrez-vous au ministre s'il vous
offre une ambassade?

SALVIÈRE.

Je lui répondrai : « Prenez Bombel », ou
plutôt : « Prends Bombel », car je le tutoie.

BOMBEL, *lui serrant la main.*

Merci, mon cher maître... mais c'est trop. Pas
avant deux ans, mais dans deux ans, je compte sur
vous... Ah! voici madame Salvière... plus déli-
cieusement élégante et plus belle que jamais.

(*Il va lui baiser la main.*)


## SCÈNE IV

LES Mêmes, YVONNE, MADELEINE,
MADAME VILLERAT.


MADAME VILLERAT, *à Yvonne.*

Je vous ai réservé ce petit salon, en attendant
votre tour. Vous serez là comme chez vous.

YVONNE.

Je suis très intimidée, madame.

MADELEINE.

Vous aurez beaucoup de succès, mademoiselle
Yvonne, c'est moi qui vous le prédis... (*A son mari:*)
N'est-ce pas, Raymond, qu'elle aura beaucoup de
succès?

SALVIÈRE.

Elle ne peut pas y échapper...

*(Yvonne revient, après avoir serré la main de Salvière, auprès de Madeleine et de madame Villeral.)*

BOMBEL, *bas, à Salvière.*

C'est une artiste, cette charmante petite personne?

SALVIÈRE, *même jeu.*

Non, c'est une jeune fille qui va réciter des fables.

BOMBEL.

Des fables de qui?

SALVIÈRE.

De La Fontaine.

BOMBEL.

Est-ce qu'elle se destine au théâtre?

SALVIÈRE.

Je le crois.

BOMBEL.

Alors, présentez-moi. . comme critique dramatique...

SALVIÈRE.

Ah! oui..: *(Il va vers Yvonne.)* Mademoiselle, permettez-moi de vous présenter monsieur Bombel... un très distingué journaliste...

YVONNE.

Monsieur...

SALVIÈRE.

Qui est chargé de la politique étrangère dans un des principaux journaux du matin.

YVONNE, *s'inclinant respectueusement.*

Ah!

BOMBEL.

Permettez... Je suis aussi critique dramatique...

SALVIÈRE.

Chut! ne dites pas tout à la fois... *(Présentant Yvonne.)* Mademoiselle Yvonne Janson.

MADAME VILLERAT.

Mais je n'y pensais plus... Il va falloir intervertir l'ordre du programme, car notre chanteuse est enrhumée... Il ne nous reste plus que les danses, la comédie et les fables. On ne peut pas commencer par la comédie, je compte trop sur les fables pour les risquer au début? D'un autre côté, les danses... qu'en dites-vous? Monsieur Bombel, peut-on commencer par les danses?

BOMBEL.

Il n'y a pas à hésiter... Les danses d'abord, pendant qu'on se place... Le bruit ne gêne pas les danseuses, puis les fables et la comédie pour finir...

MADAME VILLERAT.

Vous avez raison. Voilà qui est entendu... Merci, Bombel... Il n'y a qu'à prévenir les artistes qui jouent dans la comédie...

BOMBEL.

Voulez-vous que je m'en charge, madame?

MADAME VILLERAT.

Je n'osais pas vous le demander... Toutes ces dames sont arrivées; il ne nous manque que mademoiselle Jeannine Leroy...

*(Paraît Jeannine Leroy.)*

17

## SCÈNE V

### Les Mêmes, JEANNINE LEROY, *puis* SARDIN *et* MADAME LAHONCE.

JEANNINE.

Je ne suis pas en retard, madame ?

MADAME VILLERAT.

Du tout, mademoiselle...

BOMBEL, à *Jeannine.*

Bonsoir, chère amie.

JEANNINE.

Bonsoir, Bombel.

MADAME VILLERAT, à *Salrière et à Madeleine.*

Mademoiselle Jeannine Leroy, une des plus brillantes élèves du Conservatoire. *(A Jeannine :)* Monsieur Bombel va vous expliquer un petit changement survenu dans notre programme à la dernière heure. *(Apercevant Yvonne restée timidement à l'écart.)* Au fait, ces dames ne se connaissent pas...

BOMBEL.

Voulez-vous me permettre ?...

MADAME VILLERAT.

Faites les présentations, Bombel, c'est cela.

BOMBEL, *prenant Jeannine par la main et la conduisant à Yvonne.*

Mademoiselle Jeannine Leroy, artiste... Mademoiselle Yvonne Janson, artiste également.

YVONNE, *serrant la main que lui tend Jeannine.*

Oh! non, pas moi... Moi, je ne suis pas artiste, malheureusement, tandis que vous, mademoiselle, vous êtes au Conservatoire... Oh! c'est beau.

JEANNINE.

Je n'y suis plus, mademoiselle, j'en suis sortie cette année.

BOMBEL.

Avec un premier prix.

YVONNE.

Un premier prix!... C'est magnifique!

JEANNINE.

Mais non, Bombel... vous vous trompez. Je ne l'ai pas eu, le premier prix... je l'ai raté. Vous ne vous rappelez pas le scandale que ça a fait quand je ne l'avais pas, le premier prix?...

BOMBEL.

Oui... oui... j'y suis. Ça a été une injustice abominable. Dans quoi avez-vous concouru déjà?

JEANNINE.

Dans *Les Imprécations de Camille.*

YVONNE, *étonnée et la regardant.*

Vous avez concouru en tragédie... vous!

JEANNINE.

Cela vous étonne, mais j'avais eu, pour la première fois, l'idée de jouer les *Imprécations* en comédie... et même en comédie moderne.

BOMBEL.

Je me rappelle maintenant : c'était exquis.

JEANNINE.

Et au lieu de crier comme une furieuse les
vers fameux : « Rome! l'unique objet... etc. » je
les disais à Horace entre cuir et chair, avec un
mélange d'indignation contenue et de fureur
froide... Et j'ai raté mon premier prix. Mais, en
y réfléchissant maintenant, j'aime mieux ça...
parce que j'aurais été obligée d'entrer à la Comé-
die-Française ou à l'Odéon, et que, toute ma vie,
la route m'aurait été barrée par les chefs d'em-
plois; tandis que je vais débuter au Tréteau de
Bacchus, où je jouerai tous les jours... Et vous,
mademoiselle, que jouez-vous, ce soir?

YVONNE.

Oh! ce n'est pas la peine d'en parler. Je dis
seulement une ou deux fables de La Fontaine.

JEANNINE, *poliment.*

Ça ne peut manquer d'être délicieux, mademoiselle.

YVONNE.

Vous me donnerez votre avis, n'est-ce pas?

JEANNINE.

Je vous le promets.

YVONNE.

Mais franchement?

JEANNINE.

Très franchement. Quand vous me connaîtrez
davantage, ce qui, j'espère, ne tardera pas, vous
verrez que je suis la franchise même... J'aperçois
une camarade, vous permettez que je vous
quitte un instant? *(Revenant.)* La Fontaine, c'est
« Maître Corbeau », n'est-ce pas?

YVONNE.

Oui, mademoiselle.

JEANNINE.

C'est bien ce que je pensais.

*(Elle s'éloigne en souriant à Yvonne.)*

BOMBEL, à Yvonne.

Vous savez qu'elle a du talent tout de même.

YVONNE.

Oh! tant mieux... Elle m'est très sympathique...

SARDIN, *entrant au fond, à madame Villerat.*

Le ministre est arrivé. Il dit qu'on peut commencer.

BOMBEL.

Les danseuses sont prêtes?

SARDIN.

Tout est prêt.

BOMBEL.

Allons, mesdames, quand il vous plaira...
*(A Yvonne:)* Je viendrai vous chercher dès que ce
sera votre tour...

YVONNE, à *Salvière et à Madeleine.*

Restez un peu avec moi... Je suis émue, vous
ne pouvez pas vous figurer...

MADAME LAHONCE, *apparaissant à gauche, à Madeleine.*

Allons voir un instant les danseuses, voulez-
vous, Madeleine? J'ai retenu des places dans le
fond... Ce sont les meilleures, parce qu'on peut
aller et venir pendant la représentation.

SALVIÈRE, à *Madeleine.*

C'est gentil pour les artistes ce qu'elle dit là.

MADAME LAHONCE.

J'ai des places aussi pour vous, Salvière.

SALVIÈRE.

Je vous rejoins... *(A Madeleine:)* Je tiens un in·in
tant compagnie à cette enfant qui meurt de peu

MADELEINE.

Veux-tu que je reste aussi?

SALVIÈRE.

Avec plaisir.

MADAME LAHONCE.

Ah! non... et moi alors, je serais seule.
Venez, venez!

MADELEINE, à *Salvière.*

Nous te retrouverons tout à l'heure...

MADAME LAHONCE.

Mais oui, nous le retrouverons toujours.

*(Elles sortent. Madame Villeral est sortie avec Bomb*
*el Sardin quelques répliques plus haut.)*


## SCÈNE VI

### SALVIÈRE, YVONNE, *puis* BOMBEL.


YVONNE.

Dites-moi? Ce n'est pas une inconséquence qu
j'ai commise, au moins?

SALVIÈRE.

Vous? Et en quoi faisant?

YVONNE.

En vous priant de rester un peu avec moi.

Il m'a semblé que cette dame me regardait de côté.

SALVIÈRE.

Cette dame vous regardait de côté et même de travers, parce que vous êtes très jolie et que notre amitié l'intrigue. Ne vous en occupez pas. Mais ne comptez pas trop sur elle pour vous applaudir tout à l'heure. Ne craignez rien, il y en aura d'autres. Pour ce qui est de me retenir auprès de vous, un instant, vous n'avez fait qu'user de votre droit strict, puisqu'il est convenu que je suis votre parrain...

YVONNE.

Ça, c'est encore une inconséquence, car madame Salvière ne le sait pas, et c'est un petit secret entre nous deux. Nous avons eu tort...

SALVIÈRE.

Oui, mais il est trop tard. Quand on a un parrain, c'est pour la vie.

YVONNE.

N'importe, il va falloir que je me surveille davantage... et que je devienne sérieuse... Aussi, vous allez me quitter, vous êtes resté assez longtemps... D'ailleurs, j'ai besoin de repasser ma fable. Vous voyez, je n'ai que le temps... Allons! laissez-moi... et allez-vous-en.

SALVIÈRE.

Oui... oui... je vous laisse... Mais auparavant, il faut que je vous demande un petit renseignement.

YVONNE.

Dépêchez-vous.

SALVIÈRE.

Est-ce que vous avez de l'amitié pour moi?

YVONNE.

Cette question est absurde. J'ai une très grande amitié pour vous... Oui... je vous aime vraiment beaucoup, sans parler de la reconnaissance que je vous dois...

SALVIÈRE.

En somme, vous m'aimez comme un monsieur d'un certain âge qui veut bien s'occuper de votre avenir.

YVONNE.

C'est très méchant ce que vous dites-là... D'abord, vous savez parfaitement que vous n'êtes pas ce qu'on appelle un monsieur d'un certain âge... Vous savez bien que vous êtes jeune, beau garçon, et qu'en outre vous êtes un monsieur célèbre et admiré, vous savez tout cela, mais vous avez voulu vous faire faire des compliments.

SALVIÈRE.

Je les accepte, mais je ne vous les demandais pas.

YVONNE.

Mais si, vous me les demandiez, je commence à vous connaître.

SALVIÈRE, *qui s'est éloigné, revenant sur ses pas.*

Yvonne ?

YVONNE.

Quoi ?

SALVIÈRE.

Je dois vous prévenir loyalement que la première fois que nous nous trouverons seuls ensemble, comme cela nous est déjà arrivé, je vous prendrai dans mes bras et je vous embrasserai indéfiniment.

YVONNE.

Mais j'en étais sûre, que vous en arriveriez-là !...

J'en étais bien sûre... C'est bête ce que vous venez de faire... Vous savez, c'est très bête... et ça me cause un gros chagrin...

SALVIÈRE.

Et pourquoi?

YVONNE.

Parce que ça me prouve d'abord que vous n'avez aucune affection, et ensuite que vous n'avez aucune estime pour moi... Non! aucune estime, car vous n'allez pas me dire que vous n'aimez pas votre femme, n'est-ce pas? qu'elle n'est pas belle, qu'elle n'est pas séduisante, et que vous n'en êtes pas très amoureux? Ça se voit d'ailleurs... Et moi, alors, vous me prendriez comme ça, négligemment... comme on goûte une liqueur inconnue, mais dont la couleur vous plaît... Mon parrain, je ne suis pas une personne aussi insignifiante que ça... Vous m'avez dit plusieurs fois que je vous amusais, et je sais bien qu'il ne tiendrait qu'à moi de vous amuser davantage. Mais moi, je ne suis pas sûre de m'amuser autant que vous... surtout après.

SALVIÈRE.

C'est bien. Oh! c'est bien, n'en parlons plus... Je me suis conduit comme un imbécile...

YVONNE.

Pas comme un imbécile, mais comme un homme ordinaire.

SALVIÈRE.

Et vous m'avez répondu, vous, avec beaucoup de sang-froid, par des raisons d'une justesse et d'une cruauté définitives.

YVONNE.

Allons bon! voilà que vous êtes fâché, maintenant?

SALVIÈRE.

J'ai l'air fâché?

YVONNE.

Vous êtes furieux! oui... oui... et vous cherchez à me dire des choses désagréables.

SALVIÈRE.

J'ai beau chercher, je ne trouve pas.

YVONNE.

Vous, vous devez être très mauvais et très brutal, avec les femmes...

SALVIÈRE.

Moi?

YVONNE.

Oui, vous... En ce moment-ci, vous cherchez à me faire pleurer... et comme vous n'y arrivez pas, ça vous agace... et vous m'en voulez beaucoup... Si vous croyez que c'est gentil! Et vous me faites une scène pareille, ce soir, quand je vais paraître en public, quand je suis toute émue... Non... vrai! Je suis dans un joli état pour dire *Le Lièvre et les Grenouilles*... Tenez! j'ai envie de pleurer, vous êtes content?

SALVIÈRE, *s'approchant d'elle et très cordialement.*

Ma petite Yvonne, ma petite Yvonne, je ne le ferai plus, je vous le jure... Mais ne pleurez pas... Je redeviens votre parrain, un vieux parrain qui vous aimera désormais d'une façon chaste et inoffensive, et qui vous donnera des étrennes au Jour de l'An... Je vous ai proposé de vous embrasser quand nous serions seuls; je vous em-

brasserai quand il y aura du monde, voilà tout...
et sur le front... jamais que sur le front... Je
vous le promets, je vous en donne ma parole
d'honneur.

YVONNE.

Votre promesse me suffit.

SALVIÈRE, *près d'elle et lui touchant les cheveux de ses lèvres.*

C'est oublié? Vous me pardonnez?

YVONNE, *le regardant.*

Oui... je vous pardonne...

*(Entre Bombel.)*

BOMBEL.

Mademoiselle, ça va être à vous, et je viens
vous chercher...

YVONNE.

Là! je suis prête.

BOMBEL.

Voulez-vous me permettre de vous offrir le
bras?

*(Elle sort au bras de Bombel, après avoir jeté un coup
d'œil à Salvière.)*

## SCÈNE VII

### SALVIÈRE seul, puis MADELEINE
### et MADAME LAHONCE.

SALVIÈRE, *seul.*

Qu'est-ce qu'elle pense, cette petite? Et moi,
qui fais le malin, qu'est-ce que je pense aussi?

*(Il sort.)*

MADELEINE, *arrivant avec madame Lahonce.*

Rapprochons-nous : de là-bas, on n'entend rien...

*(Elle regarde comme cherchant son mari.)*

MADAME LAHONCE.

Vous cherchez votre mari... Tenez... il est là...

*(Elle désigne la droite.)*

## SCÈNE VIII

### MADELEINE, MADAME LAHONCE.

MADAME LAHONCE, *retenant Madeleine qui se dirige vers la droite.*

Ma chère, je n'ai pas de conseils à vous donner... Vous êtes la sagesse même et le modèle des épouses... Nous vous admirons toutes, c'est entendu... Mais permettez-moi de vous dire que, dans la circonstance, vous ne faites pas assez attention, je vous assure...

MADELEINE, *avec bonne humeur.*

Vous allez encore me parler de mon mari et de cette jeune fille, n'est-ce pas? Vous n'êtes pas la première. Depuis que l'on a aperçu mademoiselle Janson chez moi, c'est à qui cherchera à m'ouvrir les yeux... Je vous remercie toutes, et vous, ma chère, en particulier, pour tout le mal que vous vous donnez ce soir... Mais croyez-moi et rassurez-vous, il n'y a pas l'ombre d'un danger.

MADAME LAHONCE.

Vous avez une belle confiance!

MADELEINE.

J'aime mon mari, et lui, s'il ne m'aime pas, il

imite du moins l'amour avec une telle perfection
que je suis bien excusable de m'y laisser prendre...
Alors, pourquoi voulez-vous que je m'inquiète,
que je me torture, parce qu'une jeune femme
passe près de nous, même une jeune femme
comme celle-là, d'une grâce originale et singu-
lière, je le reconnais... Raymond la regarde parfois en souriant drôlement... je sais bien, mais
qu'est-ce que ça prouve? Et puis, qu'est-ce que
c'est que le sourire d'un homme?... On a ça
pour rien...

*(Elle se penche pour essayer d'écouter à travers la portière.)*

### MADAME LAHONCE.

Vous êtes dans un état d'esprit excellent, ma
chère, et je regrette de l'avoir troublé. Mais je
n'ai parlé que dans votre intérêt. L'homme le
plus sûr et le plus fidèle a besoin de surveillance.

### MADELEINE

Surveiller, c'est déjà être trompée... *(Revenant
un peu en scène.)* Bah! le jour où il faudra sérieuse-
ment me défendre, eh bien, je me défendrai...
En attendant, j'aime mieux m'en rapporter à mon
destin... Raymond et moi, nous nous sommes
épousés par amour, et j'ai consolidé notre union
de tant d'espoirs, de tant de dévouement, de sentiments si profonds, qu'elle résistera longtemps,
je l'espère, aux petites femmes qui passent... C'est
un trésor qu'on n'emportera pas facilement... il
est bien lourd! La seule qui l'ait essayé autrefois
a dû y renoncer très vite... Je m'en étais d'ailleurs
aperçue à temps et j'avais fait tout ce qu'il fallait
faire... Aujourd'hui, elle me donne des conseils
de sœur et c'est une de mes meilleures amies.
*(Lui tendant la main.)* Sans rancune.

MADAME LAHONCE.

Madeleine... Vous plaisantez! vous me faites beaucoup de peine...

MADELEINE.

Je n'y pensais plus, vous voyez comme c'était peu de chose... (*Applaudissements.*) Seulement, avec tout ça, vous m'avez fait manquer les fables.

MADAME LAHONCE.

Est-ce que c'est fini?

MADELEINE, *qui s'est rapprochée du fond.*

Presque...

MADAME LAHONCE.

Écoutons la fin, alors. (*Tendant l'oreille.*) Oui, c'est gentil, ça s'entend toujours avec plaisir, mais ça n'a rien d'extraordinaire... (*Nouveaux applaudissements. Madeleine et madame Lahonce applaudissent aussi.*) C'est un succès, décidément.

## SCÈNE IX

LES MÊMES, YVONNE, BOMBEL, JEANNINE.

BOMBEL, *rentrant avec Yvonne.*

Très grand succès, de la meilleure qualité... Vous avez été divine, mademoiselle, divine!...

YVONNE.

Vous êtes trop indulgent... N'importe, je suis très contente...

JEANNINE.

Désormais, ma chère, vous pouvez dire que

vous n'êtes plus une inconnue... Ce que vous avez fait est très bien.

YVONNE, *lui prenant la main.*

Merci, mademoiselle, merci...

JEANNINE.

Ça va même être très dur de jouer la comédie après ça... enfin! il faut gagner sa vie... Mais, je ne suis pas jalouse de votre succès, au contraire... Je vous trouve beaucoup de talent...

MADAME LAHONCE.

Nous venons de vous applaudir, mademoiselle...

YVONNE.

Oh! madame... je suis confuse... (*A Madeleine, timidement:)* Ça n'a pas été trop mal, madame?

MADELEINE.

Ça a été on ne peut mieux, mademoiselle Yvonne, et je suis très heureuse de votre succès.

YVONNE.

Je vous le dois, madame, ainsi qu'à M. Salvière.

MADELEINE.

Je vais voir la fin du spectacle, et puis nous vous reconduirons chez vous, si vous voulez.

YVONNE.

Je n'osais pas vous le demander.

MADELEINE.

A tout à l'heure, alors...

(*Madeleine et madame Lahonce sortent.*)

## SCÈNE X

### BOMBEL, YVONNE, JEANNINE, *puis* SALVIÈRE.

JEANNINE.

Bombel, vous lui ferez un article, n'est-ce pas?
Elle le mérite.

BOMBEL, à Yvonne.

C'est promis.

YVONNE.

Oh! quelle chance!

JEANNINE.

Un article où vous pourrez également parler
de moi, je ne vous en empêche pas.

BOMBEL.

Vous savez que je suis un ami, Jeannine, et
qu'on peut compter sur moi... *(A Yvonne:)* Maintenant, voyons, vous, parlez-moi comme à un
camarade... Vous voulez faire du théâtre?

YVONNE.

C'est mon rêve... Mais c'est si difficile!

*(Salvière parait par la droite sur cette réplique.)*

BOMBEL.

Ça dépend. Voici ma carte. Venez me voir au
journal de cinq à six : nous en causerons sérieu-
sement...

YVONNE.

Oh! Je n'oserai jamais...

JEANNINE.

Je vous accompagnerai... J'irai vous prendre
chez vous. On peut aller vous prendre chez vous?

YVONNE.

Mais je crois bien !

JEANNINE.

Je me sauve... je vais manquer mon entrée... Ne vous en allez pas sans me donner votre adresse, n'est-ce pas, mademoiselle?

BOMBEL, à *Salvière qui s'est avancé.*

Nous allons la lancer! Et ça ne sera pas long !...

JEANNINE.

Venez-vous, Bombel?

BOMBEL.

Voilà, chère amie...

(Il lui offre son bras. Ils sortent.)

## SCÈNE XI

### SALVIÈRE, YVONNE.

SALVIÈRE.

Ecoutez, Yvonne, ce n'est plus le moment de nous dire des gentillesses ou des subtilités... et de nous parler à demi-mot... Je ne veux pas que vous alliez retrouver ce garçon... je ne veux pas que vous tombiez dans ce monde de cabotines... Vous comprenez, maintenant? Je vous aime... Je veux vous garder près de moi, dans ma vie... L'existence que vous demandez au théâtre, je vous la ferai, moi, plus large et plus brillante ! Qu'est-ce que vous souhaitez? Qu'est-ce que vous rêvez? Dites-le-moi!... Répondez-moi !

18

### YVONNE.

Vous, tenez! vous... Vous allez, pour un caprice,
pour un petit caprice de rien du tout, bouleverser
votre vie et la mienne... détruire votre bonheur...
blesser votre femme... car un jour elle apprendra
tout, forcément, fatalement, si elle ne s'en doute
pas déjà... et ce jour-là, il vous faudra choisir
entre elle et moi, et vous n'hésiterez guère!...
Et, d'abord, vous ferez bien de ne pas hésiter...
Seulement, moi, je serai flambée!... Si vous
croyez que je m'illusionne sur le genre de sentiments que je vous inspire!

### SALVIÈRE.

Mais non, vous ne les connaissez pas!... Et
moi-même, avant de vous avoir vue désirée, fêtée
et guettée, comme ce soir, moi-même je les
croyais plus frivoles... Oui... oui... je croyais ne
ressentir pour vous que le désir passager et brutal,
le besoin d'avoir à moi un instant vos grands yeux
et votre corps svelte... Eh bien, non, ce n'est pas
cela... c'est quelque chose de plus profond, de
plus tenace qui m'a pris... C'est toute votre personne et l'atmosphère de votre existence... C'est
votre fantaisie, votre insouciance du malheur, ce
mélange de gaieté et de fatalisme, les bonds
hardis et gracieux que vous faites à travers la
vie, comme une petite bête de proie... oui... c'est
tout cela qui était nouveau pour moi... et qui
s'est emparé de mon imagination... Vous voyez,
Yvonne, que je vous offre mieux qu'un caprice!

### YVONNE.

Une liaison avec vous!... Non, non, ce serait
trop grave, trop dangereux... Vous ne me connaissez pas, vous ne savez pas ce que vous risquez...

Je me suis résignée une fois à être trahie parce que j'étais jeune et que j'ignorais mon propre caractère... mais aujourd'hui, je me sens très combative, tout d'un coup, presque méchante, presque cruelle...

SALVIÈRE.

Vous, vous êtes douce comme une petite tigresse.

YVONNE.

Non, j'ai trop d'affection pour vous. Je ne veux pas être forcée de vous faire souffrir.

SALVIÈRE.

Je n'ai jamais souffert, justement : ça me manque beaucoup, ça me rend incapable d'un tas de choses.

YVONNE.

Prenez-en une autre que moi.

SALVIÈRE.

Si vous croyez que je vais souffrir avec la première venue !

YVONNE.

Et puis, vous êtes extraordinaire, tout de même ! Qui vous dit que je veuille avoir un amant ? Et s'il me plaît de rester sage désormais, tranquille, dans ma famille, entre ma mère et mon frère, et en élevant mon enfant ! C'est vrai, ça !... Ne dirait-on pas que je suis obligée de prendre un amant, sous prétexte que j'ai commis une première faute ? Eh bien, je n'en prendrai pas d'amant... je n'en prendrai plus jamais ! Vous m'entendez ? Ni vous, ni personne !

SALVIÈRE.

Alors, restez à Nantes et épousez un petit em-

ployé! Comme parrain, je me charge de la
Mais ne restez pas à Paris, ne fréquentez pa
élèves du Conservatoire et n'allez pas courir
les journaux!... Seulement, vous avez eu
succès ce soir, vous êtes grisée, et vous flam
Demain, quand vous lirez votre nom impr
vous en serez toute frémissante! Je vous r
dais tout à l'heure pendant que vous jouie
que tous les yeux étaient fixés sur vous... l'ar
de vivre faisait battre votre cœur et vous do
la fièvre, et moi qui vous connais, qui vous d
et qui vous aime, je devinais vos sentiments
fonds! Osez donc me dire en face, à moi, que
ne songez qu'à la vie de famille et à la sage
Non, Yvonne, non, trop tard!... Vous avez
meurtrie, vous avez été humiliée, vous avez
trahie, et, que vous en ayez ou non consci
vous ne l'avez pas oublié, vous n'y êtes pa
signée et vous voulez prendre votre revanche
bien, prenez-la sur moi! Ça m'est égal!

#### YVONNE.

Raymond, ne faisons pas cette folie... i
encore temps... ne nous voyons plus... N
non... Je ne veux pas... je ne veux pas.

#### SALVIÈRE.

Alors, je serai très malheureux.

#### YVONNE.

Mais je ne le veux pas non plus, que vous s
malheureux. Je ne sais pas quoi faire, moi,
sais pas quoi faire... Allez-vous-en, Raymo
je vous en supplie... Voici quelqu'un... a
vous-en!

*(Entre Villerat.)*

## SCÈNE XII

### LES MÊMES, VILLERAT.

#### VILLERAT, *à Salvière*.

Ah! je te cherchais... *(A Yvonne:)* Mademoiselle, permettez-moi de vous féliciter bien sincèrement... Vous avez été parfaite, exquise... et nous vous reverrons, je l'espère.

#### YVONNE.

Monsieur le ministre, vraiment je suis touchée...

#### VILLERAT.

Et je remercie mon ami Salvière de m'avoir donné la primeur de votre talent... *(Voyant qu'elle va s'éloigner.)* Vous ne partez pas tout de suite, n'est-ce pas?

#### YVONNE.

Je suis à vos ordres, monsieur le ministre.

*(Elle s'éloigne.)*

## SCÈNE XIII

### SALVIÈRE, VILLERAT.

#### VILLERAT.

Oui, je te cherchais, voici pourquoi... Nous aurons demain une conversation plus sérieuse, mais je vais t'en toucher deux mots ce soir... Tu connais la séance de la Chambre?

SALVIÈRE.

Bombel vient de me mettre au courant.

VILLERAT.

Il s'agit d'éviter une série d'interpellation
de couper court à l'incident... Nous n'étions
d'accord au Conseil sur le titulaire d'une
deux ambassades qui se sont trouvées tout
coup vacantes... Alors, j'ai eu une idée... J'ai
ton nom... Il a fait le meilleur effet... Tu
attaché à aucun parti, tu n'as pas de passé
es entouré, à juste titre, d'une considéra
universelle... Tu es l'homme de la situation
Demain, je te conduis chez le président du C
seil, c'est une affaire faite... et dans huit jour
quittes Paris. Tu acceptes, naturellement ?

SALVIÈRE.

Je te remercie d'avoir songé à moi, et cel
m'étonne pas de ton amitié, mais je n'acc
pas...

VILLERAT.

Allons donc ! Ce n'est pas possible !... Rép
moi ça ! Tu refuses ?

SALVIÈRE.

Oh ! d'une façon catégorique, et j'ai pour
de très bonnes et de très solides raisons...

VILLERAT.

Je voudrais bien les connaître... Ce n'est pa
première fois que je te parle, et que je parle
femme de cette éventualité... Nous n'attendi
que l'occasion. Nous étions d'accord tous
trois... Tu m'as dit cent fois que la carrière
plomatique était la seule qui aurait pu t'in
resser... Qu'est-ce qu'il y a de changé ?

SALVIÈRE.

Quand je disais cela, j'étais plus jeune. J'avais
une certaine ambition qui m'a passé avec l'âge,
avec la réflexion et avec le travail...

VILLERAT.

En voilà des raisons!... Tu n'es qu'un égoïste!
Ah! si tu étais pauvre!...

SALVIÈRE.

Si j'étais pauvre, je te demanderais une place.
Tu me la donnerais parce que tu es mon ami,
mais ce ne serait pas une ambassade... Tiens!
sais-tu à quoi je m'exposerais en acceptant?...
Dès demain, tes amis me couvriraient de fleurs,
et Bombel, entre autres, qui m'a déjà raconté
quelques passages de son article. Seulement, tu
n'as pas que des amis...

VILLERAT.

Personne n'osera s'attaquer à toi.

SALVIÈRE.

On n'osera pas le premier jour, mais dès le
second on insinuera que je suis un amateur et
que je vais compromettre la paix par mes mala-
dresses; puis l'on déclarera que mes livres ne
sont pas de moi et que je paye les journaux
pour en faire l'éloge, et me voilà tombé dans la
polémique. On me mêle à des scandales, on me
donne des maîtresses, un amant à ma femme,
j'ai volé ma fortune, je t'ai acheté et je suis tout
de même vendu... Et je quitte Paris sous des
huées! Jamais je ne consentirai à aller représenter la France dans ces conditions-là!

VILLERAT.

On en a dit bien d'autres sur moi!

SALVIÈRE.

Mais toi, tu es un homme politique et ça consolide ta situation.

VILLERAT.

Toi aussi, tu avais des opinions politiques, autrefois.

SALVIÈRE.

C'est pour ça que je n'en ai plus.

VILLERAT.

C'est curieux : nous sommes dans un temps où on ne pense qu'à soi... Tu ne te demandes même pas si tu ne rendrais pas, en acceptant, un grand service à ton pays.

SALVIÈRE.

Prouve-moi seulement que je ne lui ferais pas de mal et j'accepte tout de suite...

VILLERAT.

Il n'y a rien à faire avec les gens comme toi... Tu as eu la vie trop douce... tu n'as pas lutté dans ta jeunesse... tu n'as à te venger de personne, tu ne veux pas compromettre ta réputation et tu n'as rien à te reprocher : tu ne seras jamais un homme d'action. (*Voyant arriver au fond Madeleine.*) Par exemple, je ne suis pas fâché de savoir ce que dira ta femme !

SALVIÈRE.

Oh ! non, ça n'en finirait plus... Pas un mot de ça devant elle, je t'en prie...

VILLERAT.

Bon ! bon !

## SCÈNE XIV

LES MÊMES, MADELEINE, *puis* BOMBEL.

#### MADELEINE.

Partons-nous, Raymond ? *(A Villerat :)* Nous allons nous retirer, cher ami... La comédie est terminée et elle a été parfaite, comme toute votre soirée... *(A Salvière :)* J'ai promis à Yvonne de la reconduire... Veux-tu la chercher dans toute cette foule?... Tiens! Je crois qu'elle est là-bas... avec M. Bombel... et quelques jeunes gens... Va...

#### SALVIÈRE.

Tu m'attends ici?

#### MADELEINE.

Oui... *(Salvière s'éloigne. A Villerat :)* Et vous, que faisiez-vous là avec Raymond, au lieu d'écouter la comédie ?

#### VILLERAT.

Ma foi, nous bavardions... Mais je me conduis très mal, vous avez raison.

*(Paraît Bombel.)*

## SCÈNE XV

VILLERAT, MADELEINE, BOMBEL.

#### BOMBEL.

Eh bien, que vous disais-je, mon cher ministre?... Ne faites pas le discret et surtout devant madame Salvière... Je viens d'apprendre

ce que vous avez dit ce soir au président d
Conseil...

**VILLERAT.**

Vous vous trompez, Bombel.

**BOMBEL.**

Vous savez, mon cher ministre, que je n
trompe rarement. Salvière est nommé, n'est-
pas?

**VILLERAT.**

Mais non, mais non!... Que diable! comme vo
y allez!

**BOMBEL.**

Il sera nommé demain, c'est la même chose.

**MADELEINE,** *étonnée.*

Nommé où?

**BOMBEL.**

Ah bah! vous ne le saviez pas encore!... Sa
vière est ambassadeur à la place de Brécourt!
Je suis le premier à vous l'annoncer, comm
toujours. *(A Villerat:)* Je causerai avec vous, ava
d'aller au journal, si vous le permettez, mon ch
ministre. *(A Madeleine:)* Madame, mes hommages
respectueux compliments...

**VILLERAT,** *allant à lui et à part.*

Il y a un accroc... Pas un mot ce soir...

**BOMBEL.**

Un accroc!...

**VILLERAT.**

Oui.

**BOMBEL.,** *changeant de ton.*

Je m'en doutais...

*(Il s'éloigne.)*

## SCÈNE XVI

### VILLERAT, MADELEINE.

MADELEINE.

Il y a un mystère?

VILLERAT.

Aucun. Bombel est un bavard, vous le connais-sez aussi bien que moi.

MADELEINE.

Evidemment, il est plus bavard que vous...sans reproche.

VILLERAT.

Vous m'en voulez de ma discrétion?

MADELEINE.

Non, certes. Mais je me demande pourquoi vous êtes discret, surtout avec moi, et dans une affaire qui concerne si directement mon mari. Vous m'avez, vous et lui, habituée à plus de confiance.

VILLERAT.

Raymond est un animal de m'attirer cette petite dispute avec vous.... et je ne vois pas pourquoi je vous ferais froncer les sourcils plus longtemps... D'ailleurs, il s'agit de tirer ce gaillard-là de son égoïsme et de son indolence, et vous allez m'aider, au contraire. Car, c'est lui qui a refusé.

MADELEINE.

Lui? Quand a-t-il refusé?

VILLERAT.

A l'instant.

MADELEINE.

Vous le lui avez offert d'une façon positive?

VILLERAT.

Tout ce qu'il y a de plus positive... Il aurait été nommé immédiatement.

MADELEINE.

Je suis stupéfaite!...

VILLERAT.

Je l'ai été autant que vous... Vous vous rappelez certaines de nos conversations d'autrefois?...

MADELEINE.

Une ambassade!... Mais c'était son ambition!...

VILLERAT.

Je le sais bien.

MADELEINE.

C'est d'ailleurs la situation pour laquelle il est tout désigné... il s'y préparait depuis longtemps... Je ne peux pas croire qu'il y ait brusquement renoncé! Il me l'aurait dit... il m'aurait consultée... Quelles raisons vous a-t-il données de ce refus?

VILLERAT.

Des raisons d'ordre général et qui ne m'ont pas paru bien solides, je vous l'avoue.

MADELEINE.

Mais encore?

VILLERAT.

Les travaux, une crainte de l'opinion qui n'est pas dans son caractère et qui m'a étonné de sa part... En somme, j'ai cru comprendre qu'il ne voulait pas se mêler de politique et qu'il préférait rester à Paris.

MADELEINE, *agitée.*

Oui... oui... oh! c'est cela!... Et c'est lui, n'est-ce pas, qui vous avait recommandé de ne me rien dire?

VILLERAT.

En effet... en effet... Mais qu'est-ce que vous avez?... Voyons, Madeleine!... Je sens qu'il y a quelque chose... Confiez-vous à moi!... Je suis votre ami.

MADELEINE, *touchant le bras de Villerat, changeant de ton.*

Eh bien! Voulez-vous que je vous la dise, la vraie raison de son refus, ou plutôt voulez-vous que je vous la montre? *(Le faisant retourner vers le fond.)* Tenez, regardez! C'est cette petite femme qui est là près de lui et dont il cherche à frôler la main!

VILLERAT.

Allons donc! cette petite actrice? Vous plaisantez!

MADELEINE.

Elle n'est pas encore sa maîtresse, j'en suis convaincue, j'en suis même sûre! Mais vous voyez l'influence qu'elle a déjà sur lui! Allez, celle-là, c'est l'ennemie! la vraie! celle que toute femme trop heureuse finit toujours par rencontrer dans sa vie!

VILLERAT.

C'est possible, mais je connais mon amie Madeleine... et personne ne lui résistera... C'est une victorieuse. Raymond sera ambassadeur demain matin.

##### MADELEINE.

Jusqu'à présent, oui, j'ai été la plus forte. Mais, je peux vous le dire, à vous qui êtes mon ami et devant qui je n'ai pas besoin d'être orgueilleuse, cette fois-ci je me sens menacée. Je suis plus belle qu'elle, peut-être, mais c'est une créature d'une autre classe que moi... Elle est plus nerveuse et plus âpre... enfin, elle a dans les yeux et dans le sang quelque chose que je n'ai pas... et par quoi elle peut me vaincre.

##### VILLERAT.

Je l'en défie!

##### MADELEINE.

N'importe, nous verrons. Je ne suis pas de celles qui gémissent et qui désertent, et je vais tâcher de défendre le foyer, le mari et le maître. Et si je succombe, Villerat, je vous jure que ce ne sera pas sans avoir opposé une belle résistance.

##### VILLERAT, *la regardant.*

Belle, c'est le mot.

## SCÈNE XVII

##### Les Mêmes, SALVIÈRE, BOMBEL, JEANNINE, YVONNE, MADAME LAHONCE, MADAME VILLERAT.

##### JEANNINE, *entourée, un peu au fond.*

Ça n'a pas été trop mal, n'est-ce pas?

##### YVONNE.

C'est beau de jouer la comédie comme ça!

SALVIÈRE, à *Bombel*, à mi-voix.

Et vous, pas de plaisanteries dans les journaux, n'est-ce pas?

BOMBEL.

C'est promis, que diable!

SALVIÈRE, à *Villerat et à Madeleine*.

Qu'est-ce que vous racontez là, tous les deux?

VILLERAT.

Tu ne le sauras jamais.

(*Il serre la main de Madeleine et revient à Salvière.*)

SALVIÈRE, bas, à *Villerat*.

J'espère que tu n'as pas bavardé.

VILLERAT.

N'aie pas peur.

SALVIÈRE.

Ta parole?

VILLERAT.

Ma parole.

SALVIÈRE, revenant à *Madeleine près d'Yvonne à ce moment*.

Partons-nous?

MADELEINE.

Comme tu voudras.

SALVIÈRE.

Il paraît que tu as promis à cette enfant de la reconduire dans sa famille?

MADELEINE.

A moins que tu n'y voies un inconvénient.

SALVIÈRE.

Au contraire... C'est beaucoup plus convenable.

**MADELEINE,** à *madame Lahonce.*

Je l'emmène avec moi, dans ma voiture. Vous voyez, je suis bien tranquille!...

**MADAME LAHONCE.**

Et moi donc!

**MADELEINE,** à *Villerat.*

Nous sommes alliés, Villerat? Vous ne me trahirez pas?

**VILLERAT.**

J'ai déjà trahi Raymond, ça suffit pour la soirée.

**MADELEINE.**

Venez-vous, Yvonne?

**YVONNE.**

Oui, madame, je crois bien.

**MADELEINE,** *souriant.*

Elle est encore plus jolie et plus animée que d'habitude!... Le succès!

**SALVIÈRE,** *même jeu.*

Voilà! Et elle nous traitera désormais avec la dernière arrogance.

**YVONNE,** *riant.*

Oh! monsieur Salvière...

**MADELEINE.**

Non... non... elle sera toujours très gentille, j'en suis certaine...

*(Départs. Poignées de main.)*

# ACTE III

Le cabinet de travail de Salvière, dans son hôtel, très élégant.


## SCÈNE PREMIÈRE

SALVIÈRE, Le Domestique, puis BOMBEL.


### LE DOMESTIQUE.

Monsieur Bombel demande si Monsieur peut
le recevoir.

### SALVIÈRE.

Ah! oui, qu'il entre! *(Sort le domestique. A Bombel
qui entre:)* Je vous téléphonais, justement...

### BOMBEL.

Bonjour, Salvière... Vous me téléphoniez?

### SALVIÈRE.

Pour vous demander ce que c'est que ce dîner
de ce soir... D'abord, je ne sais pas si je suis
libre... et puis je ne veux pas aller dîner dans
ces conditions sans connaître les convives... C'est
absurde!... Quand avez-vous vu mademoiselle
Janson?

19

BOMBEL.

Yvonne?

SALVIÈRE, *agacé.*

Oui, enfin... Yvonne... Elle me demande de
dîner avec elle sans me donner aucun détail...
Vous l'avez vue aujourd'hui?

BOMBEL.

Je sors de chez elle.

SALVIÈRE.

Ah !

BOMBEL.

Elle m'a prié de vous rappeler qu'elle avait
rendez-vous cet après-midi avec madame Salvière
et madame Villerat, ici, pour des conférences,
des auditions...

SALVIÈRE.

Elle n'avait pas dû recevoir mon mot. Bon !
Après?

BOMBEL..

Quant à ce dîner, il a été improvisé hier soir...
Nous étions chez Bernay... le comte de Bernay
qui est maintenant avec Jeannine Leroy... Je ne
vous ai pas raconté comment ils s'étaient mis
ensemble? C'est délicieux... L'autre soir...

SALVIÈRE.

Non, plus tard. Ils sont ensemble, c'est tout ce
qu'il faut... Alors, ce dîner?

BOMBEL.

Voici. Je savais que madame Salvière va
ce soir à l'Opéra, avec le ministre... Vous, vous
ne devez aller la rejoindre que vers la fin du
spectacle...

SALVIÈRE.

C'est abominable d'être renseigné comme ça...
Et vous avez raconté, naturellement, que j'étais
libre...

BOMBEL.

Nous parlions de choses et d'autres, c'est venu
dans la conversation. Alors, Yvonne s'est écriée :
« Tiens ! mais alors, nous pourrions tous dîner
au cabaret ? » « Avec plaisir, a répondu Bernay, il
y a si longtemps que je désire faire la connaissance de Salvière. » « Moi, je l'adore », a répondu
Jeannine. Vous voyez comme c'est simple !

SALVIÈRE.

Et alors, Bernay, Jeannine et tous leurs amis
connaissent mes relations avec Yvonne?... Vous
devriez pourtant savoir que je suis marié, que
diable, vous qui êtes si bien renseigné! Et puis,
quelle drôle d'idée d'aller parler de ma femme
dans ces endroits-là. Mais il y a des choses que
vous ne comprendrez jamais, vous êtes trop spi-
rituel pour ça !

BOMBEL.

Ne vous alarmez pas, mon cher. Il y a à Paris,
pour ce genre de situations, une admirable com-
plicité... Il est possible que Bernay et quelques
intimes se doutent de vos relations avec Yvonne...
Eh bien, après? Ils sont discrets, ils ont du tact...
et surtout, et c'est ce qui les empêche de faire des
gaffes, ils n'y attachent pas d'importance, ils
trouvent ça naturel... ils sont tous dans la même
situation que vous. Mon cher, à Paris, un homme
qui trompe sa femme a tout à craindre de ceux
qui l'ignorent : il n'a rien à craindre de ceux
qui le savent.

SALVIÈRE, — *un temps.*

Alors, Bombel, puisque vous êtes si Parisien, vous allez me renseigner sur un détail qui n'a aucune gravité, bien entendu, et qui ne m'intéresse qu'à titre purement documentaire et comme simple observateur.

BOMBEL.

A vos ordres, mon cher maître.

SALVIÈRE.

Avec qui Yvonne me trompe-t-elle?

BOMBEL.

Avec personne. Il est clair qu'elle vous tromperait, que je vous ferais exactement la même réponse. Ce serait à vous de deviner à mon visage, à mon sourire, à ce je ne sais quoi, que je vous induis en erreur. Mais regardez-moi!... Vous ne pouvez pas vous méprendre à mon air loyal. Yvonne ne vous trompe pas.

SALVIÈRE.

Pas même avec vous?

BOMBEL.

Pas même. J'y ai songé, je ne vous le cache pas. Mais j'ai trop d'estime pour vous et, d'ailleurs, elle vous adore.

SALVIÈRE.

N'allez pas trop loin.

BOMBEL.

Oh! ce n'est pas elle qui me l'a dit.

SALVIÈRE.

Vous me rassurez.

**BOMBEL.**

Yvonne? Vous savez le sentiment qu'elle m'inspire, Yvonne? L'admiration! ou plutôt une curiosité voisine de l'admiration. Elle a un goût parfait. Elle est l'amie d'un homme célèbre et très millionnaire, et elle ne l'étale pas, elle est la simplicité même. Elle est reçue chez vous. Elle connaît votre femme. Elle est avec elle déférente et timide. Elle ne vous compromet pas. Vous êtes peut-être amoureux fou d'elle, et moi, Bombel, je ne m'en suis pas encore aperçu. Enfin, mon cher, votre liaison est un chef-d'œuvre. Mes compliments.

**LE DOMESTIQUE,** *ouvrant la porte.*

Mademoiselle Janson.

**BOMBEL.**

Quelle entre... *(Se reprenant.)* Pardon!

**SALVIÈRE.**

Ça ne fait rien. Qu'elle entre tout de même!

*(Paraît Yvonne.)*

## SCÈNE II

### Les Mêmes, YVONNE.

**YVONNE.**

Bonjour, messieurs... *(A Salvière :)* Je viens de recevoir votre mot à l'instant... et j'accours, vous voyez, j'accours.

**BOMBEL.**

Et moi, je vous laisse. A ce soir?

SALVIÈRE.

Nous allons arranger ça. Yvonne vous donnera
la réponse ou je vous téléphonerai. Au revoir,
Bombel.

BOMBEL.

Au revoir, Yvonne.

YVONNE.

Au revoir, Bombel...

*(Sort Bombel.)*


## SCÈNE III

SALVIÈRE, YVONNE, Le Domestique *un instant,*
*puis* VILLERAT.


SALVIÈRE, *allant vivement à elle.*

Je ne veux pas que tu ailles à ce dîner, je ne
veux pas !

YVONNE, *l'arrêtant.*

Avant de me faire une scène, vous seriez bien
aimable de demander si madame Salvière est là.
J'ai rendez-vous avec elle ainsi qu'avec madame
Villerat, à trois heures, pour organiser une représentation à laquelle je dois prêter mon concours.
Il est trois heures moins le quart. Si votre femme
est chez elle, j'aurai le regret de vous quitter et
vous me ferez votre scène à un autre moment.

SALVIÈRE, *au domestique qu'il vient de sonner.*

Madame est-elle rentrée ?

LE DOMESTIQUE.

Pas encore, monsieur.

SALVIÈRE.

Dès qu'elle rentrera, veuillez la prévenir que mademoiselle est arrivée.

YVONNE.

Et que je me tiens à sa disposition.

LE DOMESTIQUE.

Bien, mademoiselle.

(Il sort.)

YVONNE, à Salvière.

Je ne veux pas avoir l'air de me cacher, vous comprenez, ni que vous puissiez me reprocher un jour de vous avoir compromis.

SALVIÈRE.

Sois tranquille.

YVONNE.

Ainsi, rappelez-vous que je viens aujourd'hui vous prier de vous occuper de mon frère...

SALVIÈRE.

C'est entendu.

YVONNE.

Il faut lui trouver une place, à mon petit Roland, une bonne place...

SALVIÈRE.

Je la lui trouverai.

YVONNE.

Je lui ai dit que vous l'attendiez cet après-midi.

SALVIÈRE.

Je l'attends... je l'attends...

YVONNE.

Maintenant, je suis à vous pour la scène.

SALVIÈRE.

Veux-tu me dire ce que je t'ai fait pour que tu prennes avec moi cet air de martyre?

YVONNE.

J'ai mon air habituel, il me semble.

SALVIÈRE.

Habituel avec moi.

YVONNE.

Enfin, vous ne voulez pas que j'aille dîner avec ces gens, n'en parlons plus. Je n'irai pas.

SALVIÈRE.

Je ne veux pas pour le moment, parce que je suis en colère... Mais tout à l'heure, je le voudrai si tu le veux toi-même et si tu ne te décides à me sourire qu'à cette condition-là.

YVONNE, souriant.

Vous ne vous imaginez pas quelle différence il y a entre vous de bonne humeur et vous bougon. Ce n'est plus le même homme, il y a un abîme.

SALVIÈRE.

L'abîme, c'est toi...

YVONNE.

Alors, vous permettez que j'aille à ce dîner?

SALVIÈRE.

Je t'en supplie... et, au besoin, je te l'ordonne.

YVONNE.

Et vous viendrez aussi? Je tiens beaucoup à ce que vous y veniez.

SALVIÈRE.

J'irai. Je m'arrangerai pour ça. Deux ou trois histoires à inventer, quelques visites, cinq ou six coups de téléphone, trois rendez-vous à contre-mander et le temps de me mettre en habit. Rien de plus simple. Je suis à toi.

YVONNE.

Et dire que vous êtes convaincu que je ne vous aime pas!

SALVIÈRE.

Dieu me garde de me poser jamais une ques-tion aussi absurde!

YVONNE.

Tout ça parce que je ne suis pas expansive, que je ne prononce pas de grands mots à tort et à travers et que je suis un peu méfiante. C'est curieux qu'avec toute votre intelligence vous ne compreniez pas le caractère d'une simple petite femme comme moi. Mais je vous aime bien, vous savez, et je suis très heureuse. Qu'est-ce que vous pouvez demander de plus?

SALVIÈRE.

Rien, certes... Tu as pour moi une espèce d'af-fection et des sentiments obscurs que tu traduis admirablement par l'expression : « Je vous aime bien. » Et, en effet, je ne t'en demande pas da-vantage. Mais comprends donc que moi qui t'aime, moi qui ne peux plus, hélas! me passer de toi, je suis au supplice de te savoir errante dans Paris, avec l'un ou l'autre, à la recherche d'un plaisir, d'une distraction ou d'une aven-ture!... Tu m'échappes sans cesse, je ne suis pas relié à ta vie! Je n'ai de toi que les rares mi-nutes que nous passons ensemble dans des endroits hasardeux où je vais en me cachant et où tu arrives en pensant à autre chose! Tu me répondras que ce n'est pas de ta faute si je suis marié...

### YVONNE.

Dame! Moi, je ne vous empêche pas de m'accompagner partout, au contraire.

### SALVIÈRE.

Tu sais bien que c'est impossible et que je n'ai pas le droit, qu'en tout cas je ne me crois pas le droit d'afficher une maîtresse... Je ne me crois pas non plus le droit de tromper ma femme, mais, celui-là, je l'ai pris à mes risques et périls et entraîné par la fatalité de notre rencontre. .

### YVONNE.

Oh! je ne vous reproche pas d'aimer votre femme. Au contraire, je trouve ça très bien. Vous aimez votre femme, vous avez une maîtresse. C'est à vous de vous débrouiller là dedans.

### SALVIÈRE.

Ne me rends donc pas la situation encore plus délicate, encore plus compliquée, ne me la rends pas douloureuse avec tes vagabondages!...

### YVONNE.

Mes vagabondages! Mais, vraiment, ne dirait-on pas que je mène une vie scandaleuse! Vous semblez oublier que moi aussi j'ai des ménagements à garder, que je vis dans ma famille, entre ma mère et mon frère, et que j'élève mon enfant! Vous me parlez d'une façon blessante et que je ne mérite pas, Raymond. Je vous prie de vous arrêter...

SALVIÈRE.

Oui... je m'arrête... je m'arrête... et je me demande pourquoi je te dis des choses dont la prodigieuse inutilité m'apparaît avec éclat... Tu as raison! tu as raison. Ne me réponds même plus quand je t'interrogerai... et, lorsque tu me verras jaloux comme aujourd'hui, contente-toi de me regarder avec les yeux que tu as maintenant... Je comprendrai.

YVONNE.

Alors, je suis toujours ta petite Yvonne, qui est gentille, au fond, sans l'ombre d'une méchanceté ni d'une arrière-pensée, avoue-le!

SALVIÈRE.

C'est vrai... tu n'es pas méchante. Tu te contentes de suivre ta jeunesse et d'obéir à ton goût de la vie... S'il me fallait dire de quoi est faite notre liaison, et ce qu'elle contient, j'en serais incapable... Elle contient peut-être un désastre et peut-être la plus commune des aventures... Tu es une lumineuse petite comète qui décrit autour de moi une trajectoire dont j'ignore la loi.

YVONNE.

J'aime bien quand vous me parlez comme ça, car je comprends.

SALVIÈRE.

Tu as de la chance.

(Entre le domestique.)

LE DOMESTIQUE.

Ces dames viennent d'arriver et attendent mademoiselle Janson.

YVONNE.

Alors, monsieur, je vous quitte et merci pour mon protégé.

*(Entre Villerat par la porte laissée ouverte par le domestique.)*

VILLERAT.

C'est moi... J'ai accompagné ma femme parce que j'ai un mot à te dire. *(Il lui serre la main.)* Mademoiselle, on vous attend avec impatience... Je sais de quoi il s'agit et nous comptons beaucoup sur vous.

YVONNE.

Je ferai de mon mieux, monsieur le ministre.

*(Elle sort après avoir salué. Le valet de pied la suit.)*


## SCÈNE IV

### SALVIÈRE, VILLERAT.


VILLERAT.

J'ai reçu ce matin le travail que je t'avais demandé et je l'ai déjà lu... C'est tout ce qu'il y a de plus remarquable, c'est ce qu'on a fait de mieux sur la question. Tu me rends un service éminent.

SALVIÈRE.

J'en suis enchanté.

VILLERAT.

Voyons, Raymond, soyons sérieux... J'ai besoin de toi, nous avons tous besoin de toi. Ce que tu m'as répondu, il y a un mois, n'est plus valable... L'incident Brécourt s'est prolongé plus que je ne croyais, ce qui m'a permis de retarder le choix de son successeur, mais il va falloir pourtant que je me décide. *(Regardant la porte par laquelle Yvonne est sortie.)* Tiens, je vais te parler sans ménagements et quoique tu ne m'aies pas fait tes confidences. Mais je suis ton ami et j'en abuse. Ah çà! vas-tu renoncer, pour une créature très séduisante, j'en conviens, mais frivole et superficielle, vas-tu renoncer à une haute ambition et peut-être à une carrière glorieuse? Quand retrouveras-tu une occasion pareille à celle que je t'offre? Tu es aujourd'hui l'homme de la situation, le seras-tu encore demain, avec la politique brusque et incertaine que nous avons? Réfléchis, mon cher ami, je t'en conjure. Songe aussi à ta femme que tant de hasards peuvent mettre au courant de ta liaison, dont on commence à parler, tu le sais bien... Ton bonheur, celui de Madeleine, sont à la merci de la plus vulgaire imprudence... J'en suis épouvanté pour vous deux...

### SALVIÈRE.

Crois-tu que ce que tu me dis-là, je ne me le répète pas tous les jours, et avec plus de force et plus d'amertume, je te le jure! Car si je suis en train de me noyer, je me noie avec lucidité, avec la conscience de l'acte imbécile et puéril que j'accomplis! Je sais que, d'un coup de talon vigoureux, je pourrais remonter à la surface, respirer et me sauver... Non! j'attends... je raisonne... et je me noie...

### VILLERAT.

Mais donne le coup de talon!... Reprends-toi... Il te faut une seconde d'énergie!

### SALVIÈRE.

Pas davantage, mais quand sonnera l'heure qui

contient cette seconde? Et quel est le jour qui
contient cette heure-là? Ce qu'il y a de plus
bizarre, c'est que je ne suis pas la proie d'une de
ces passions foudroyantes qui vous prennent tout,
cœur, sens et cerveau... Non... c'est plutôt une
fascination, quelque chose qui tient de la magie
et de la fièvre. Cette fille est venue à un moment
de ma vie où j'étais dans l'ordre, dans le silence,
dans le travail... Mon existence était rangée
autour de moi avec une harmonie parfaite et je
me préparais à vieillir en paix. Tout à coup, une
petite fée m'est apparue, la fée de la fantaisie et
du désordre, et elle m'a dit : « Tu es trop tranquille pour ton âge. Si ça continue, tu vas être
heureux et il ne faut pas. »

VILLERAT.

Et tu préfères être malheureux?

SALVIÈRE.

Elle ne m'a pas laissé le choix.

VILLERAT.

Elle ne t'aime pas !

SALVIÈRE.

Elle ne s'est pas encore préoccupée de ce détail.

VILLERAT.

Est-ce qu'elle te trompe?

SALVIÈRE.

Pas même. Elle s'amuse, elle est enchantée de
la vie, elle est très gentille. Elle ne me fait souffrir que lorsqu'elle ne peut pas faire autrement,
et elle ne reste avec moi que parce que je ne lui
dis pas de s'en aller. Car le jour où je lui décla-

rerais que notre liaison est terminée, et que j'en ai assez, elle disparaîtrait tout de suite, le sourire sur les lèvres, sans l'ombre d'un regret, et elle passerait à un autre exercice. Aussi, est-il probable que je ne le lui dirai pas avant longtemps.

VILLERAT.

Et ta femme?

SALVIÈRE.

Eh bien?

VILLERAT.

Tu ne l'aimes donc plus?

SALVIÈRE.

Si je ne l'aimais plus, ce serait trop simple. Mais ma tendresse pour elle ne s'est ni transformée ni amoindrie... J'aurais horreur que ma folie lui coutât une larme!... C'est comme une maladie que je fais à côté d'elle sans qu'elle s'en aperçoive... Il me faut lui cacher mon inquiétude, mes rechutes, mes frissons de fièvre... C'est très dur quelquefois, très dur... Tu vois, mon bon ami, que je suis dans un triste état et que, pour peu que cela dure encore quelques semaines, je ne serai même plus capable d'être ambassadeur.

VILLERAT.

Ne crois pas ça. Bref, résumons-nous... Tu as vingt-quatre heures pour te décider...

SALVIÈRE.

Oui... oui... je réfléchirai... Merci... Je te rendrai réponse ce soir...

VILLERAT.

Définitivement, n'est-ce pas?

(Entre Madeleine.)

## SCÈNE V

### LES MÊMES, MADELEINE.

MADELEINE.

Je ne suis pas de trop?

VILLERAT.

Je félicitais Raymond de son travail...

MADELEINE.

Il est bien, n'est-ce pas?

VILLERAT.

Supérieur, supérieur...

MADELEINE. à *Villerat.*

Louise me prie de vous dire qu'elle rentre au ministère...

VILLERAT.

A merveille.

MADELEINE, à *Salvière.*

Tu n'as rien de particulier à faire dire à Yvonne pour son frère?

SALVIÈRE.

Sinon que je reste ici et que je l'attends.

MADELEINE.

Alors, elle va accompagner madame Villerat et elle reviendra me mettre au courant de ce qu'on aura décidé.

SALVIÈRE.

C'est parfait... (*Le domestique entre avec une carte.*

*Salvière y jette un coup d'œil.)* Ah! bon... *(A Madeleine:)*
C'est le jeune Roland, justement.

### VILLERAT.

Moi, mes amis, je suis pressé, je vous quitte...
A ce soir, à l'Opéra. Vous, Madeleine, vous
dinez avec nous, n'est-ce pas?

*(Il serre la main de Salvière et sort.)*

### MADELEINE.

Tu vas recevoir M. Janson?

### SALVIÈRE.

Oui... *(Au domestique:)* Faites entrer...*(A Madeleine:)*
Reste donc... je ne sais pas trop quoi lui dire à
ce garçon...

### MADELEINE.

J'ai une idée, moi... Si on parlait de lui à
Villerat!

### SALVIÈRE

En effet.


## SCÈNE VI

### SALVIÈRE, MADELEINE, ROLAND.


### SALVIÈRE.

Entrez, cher monsieur Roland, entrez...

### ROLAND, *timblement.*

Monsieur... madame, je vous présente mes
hommages.

### MADELEINE.

Bonjour, cher monsieur... Comment se porte
madame votre mère?

20

ROLAND.

Fort bien, madame, je vous remercie.

MADELEINE.

Vous me rappellerez à son souvenir.

ROLAND.

Je n'y manquerai pas, madame.

MADELEINE.

J'irai même lui faire une visite un de ces
jours, si je ne dois pas la déranger.

ROLAND.

Elle en sera trop honorée.

MADELEINE.

Elle demeure maintenant?... Yvonne m'a dit
l'adresse, je ne me souviens plus.

ROLAND.

Avenue de Villiers, 92.

MADELEINE.

Vous avez déménagé récemment?

ROLAND.

La semaine dernière... *(A Salvière:)* Ma sœur
m'a dit de votre part, monsieur, que vous dési-
riez me voir... Croyez bien que, sans cela, je ne
me serais pas permis de vous déranger.

SALVIÈRE.

Vous ne me dérangez pas le moins du monde,
je suis très heureux de vous voir...Nous parlions,
il y a quelque temps, de votre avenir, de vos
études... Votre sœur m'a demandé si je pouvais

vous trouver une occupation, une place, qui vous permit de les continuer dans de meilleures conditions et je lui ai promis de m'en occuper... Ma femme a même eu une idée excellente qui est de vous présenter à notre ami Villerat.

### MADELEINE.

C'est ce qu'il y a de plus pratique.

### ROLAND.

Je vous remercie, monsieur, et je suis très touché de l'intérêt que vous me témoignez. Mais je regrette qu'Yvonne ne m'ait pas expliqué de quoi il s'agissait. Je lui aurais dit ce que... Car il y a certaines choses dont elle ne se rend pas parfaitement compte et dont il vaudrait mieux que... qu'elle me laissât la direction...

### SALVIÈRE.

Elle a pour vous une tendresse infinie...

### ROLAND.

Je l'aime aussi de tout mon cœur, mais nous n'avons pas toujours les mêmes idées... D'ailleurs, elle ne sait pas ce que je veux faire. Il faut, avant tout, que je termine mes études de droit. Après quoi, je tâcherai de gagner ma vie... moi-même.

### SALVIÈRE.

Et quand vos études seront-elles finies ?

### ROLAND.

L'année prochaine. D'ici là, les petits travaux que j'ai déjà trouvés à faire le soir et le peu que ma mère pourra me donner me suffiront, je pense. Une chambre très modeste au quartier Latin, ce n'est pas bien cher.

MADELEINE.

Comment! Vous n'allez pas demeurer avec votre mère et votre sœur? Mais elles seront navrées!

ROLAND.

J'aurai quelque peine à le faire admettre à ma mère, mais Yvonne le comprendra plus facilement.

MADELEINE.

Tiens! Pourquoi ?

ROLAND, *gêné.*

Parce que... parce que .. elle va faire du théâtre... C'est très honorable, certes, mais c'est une chose à laquelle je n'étais pas préparé et que je n'approuve pas aussi complètement qu'il le faudrait pour que nous ayons la même intimité qu'autrefois... Elle est obligée à des démarches... à des relations où ma présence ne pourrait que la gêner... et, nécessairement, je ne serais plus mêlé à sa vie... *(Regardant très discrètement Salvière.)* Alors, quand un frère et une sœur ne peuvent plus tout se dire, il vaut peut-être mieux qu'ils ne se disent plus rien... *(Un temps.)* Je vous demanderai la permission de me retirer, madame.

MADELEINE.

Oui... monsieur... oui... à bientôt.

SALVIÈRE.

Au revoir, Roland...
*(Il lui serre la main.)*

ROLAND.

Au revoir, monsieur Salvière... Madame...
*(Il sort.)*

## SCÈNE VII

### SALVIÈRE, MADELEINE.

MADELEINE.

Je me figure que c'est un très honnête homme,
ce garçon-là.

SALVIÈRE.

Moi aussi...

MADELEINE.

Et il ne me paraît pas extrêmement flatté que
sa sœur se destine au théâtre... *(Un temps.)* Veux-tu
mon opinion?

SALVIÈRE.

Donne.

MADELEINE.

Eh bien! je crains qu'il ne soit au courant
des petits potins qui commencent à courir sur
elle.

SALVIÈRE.

Ah! et lesquels?

MADELEINE.

Leur origine, c'est l'article un peu trop enthou-
siaste que Bombel lui a consacré... Et on en a
conclu, étant données les mœurs de Bombel...

SALVIÈRE.

Tout cela ne me semble pas d'une gravité
exceptionnelle.

MADELEINE.

Je n'y attache pas d'autre importance... Tu vois
que je la reçois très bien... Tu ne peux pas me
reprocher de ne pas la recevoir très bien?...

D'ailleurs, à Paris, la loi des relations, c'est l'indulgence... Et tant que je n'aurai pas de certitude... *(Un temps.)* Il y a encore un autre potin qui court sur elle...

SALVIÈRE.

Voyons l'autre potin.

MADELEINE, *riant.*

Au fait, non, non... ce n'est pas la peine... il est trop bête... Je regrette de t'avoir dit ça.

SALVIÈRE, *répétant.*

Voyons l'autre potin.

MADELEINE, *toujours gaiement.*

Non. . non... tu ne le sauras pas... non, décidément...

SALVIÈRE.

Tu serais joliment attrapée si je n'insistais pas... et tu me le dirais tout de même.

MADELEINE.

C'est vrai, pourtant.

SALVIÈRE.

Alors, je vais être bon et j'insiste...

MADELEINE.

Tu as raison, car c'est un potin qui te concerne.

SALVIÈRE.

Je m'en doutais... Alors, il n'y a pas que Bombel. Moi aussi? C'est beaucoup... Tu ne trouves pas?

MADELEINE.

Non, on ne parle pas de Bombel... on ne parle

que de toi. Je disais Bombel tout à l'heure pour m'entraîner.

SALVIÈRE

Tu tiens à ce que je te réponde ?

MADELEINE.

J'aimerais mieux... Dame ! Mets-toi à ma place.

SALVIÈRE.

Alors, je te dirai que c'était fatal. C'est nous qui avons présenté Yvonne dans le monde... Elle est jolie... je suis familier avec elle, tu as beaucoup d'amies... Si personne ne t'avait dit qu'elle était ma maîtresse, j'en aurais été un peu humilié. Cette humiliation m'a été épargnée, Dieu en soit loué !

MADELEINE.

Elle t'a été épargnée, tu peux le dire.

SALVIÈRE.

Es-tu satisfaite de ma réponse ?

MADELEINE, se rapprochant de lui et quittant le ton enjoué.

Oui... oui... Raymond... et je l'attendais avec plus d'anxiété que tu ne crois.

SALVIÈRE.

Tu avoues donc que tu me soupçonnais ? Et à quel propos ? Sur quel indice, voyons ? Est-ce qu'il y a moins d'affection entre nous, moins de tendresse, moins d'amour ? Est-ce que je mène la vie pittoresque et accidentée de l'homme marié qui a une maîtresse ? As-tu surpris dans les poches de mes vestons des billets suspects ? Est-ce que je te raconte que j'assiste à des banquets d'anciens camarades ? T'ai-je dit une seule fois que tu devrais aller plus souvent voir ta mère? Vient-il chez nous des chasseurs de restaurants ou de cercles? Est-ce que je te fais plus de cadeaux que d'habitude? Enfin! y a-t-il dans notre existence un seul des indices distinctifs et traditionnels à quoi l'on reconnaît qu'un homme du monde trompe sa femme?

MADELEINE, *secouant la tête.*

Quand une femme appartient à un homme comme je t'appartiens, c'est à des signes plus mystérieux qu'elle sent son amour menacé... C'est souvent même à des nuances si légères, si subtiles, qu'elle est seule à les distinguer... C'est à une ombre qui passe dans le regard... à un sourire, à une impatience... ou à un de ces pressentiments douloureux qui sont, pour celles qui aiment, de claires visions de l'avenir!...

SALVIÈRE, *allant à Madeleine et lui prenant la main, un peu agacé.*

Allons! voyons!... en voilà assez!... Dis-moi le fond de ta pensée tout de suite... Dis-moi ce que tu veux me dire!... Si tu sais, ou si tu crois savoir quelque chose, parle franchement. Ce sera plus digne de toi et nous nous expliquerons. Mais ne nous énervons pas avec des sous-entendus et n'essaye pas de m'attraper avec les petits pièges que j'aperçois derrière chacune de tes phrases. Crois-tu qu'Yvonne soit ma maîtresse? Dis oui ou non, nettement. Je saurai au moins sur quoi te répondre.

MADELEINE.

Je n'en ai aucune preuve et je n'en ai jamais cherché. La vérité, si je dois la connaître un jour, ce sera par le hasard ou par toi... Mais, pour-

tant, ce dont je suis sûre, c'est qu'un homme,
surtout un homme de ta valeur et de ta trempe,
n'abandonne pas tout à coup, sans des raisons
profondes, l'ambition de toute sa vie... Et tu as
refusé les propositions de Villerat... Comment je
l'ai appris? Oh! peu importe... C'est un fait, ça,
c'est un fait. Tu les as refusées en dehors de moi
et sans me consulter... Et pourquoi? si ce n'est
pas pour rester auprès d'Yvonne... C'est l'évidence... c'est l'évidence. D'ailleurs, tu n'as jamais
été attiré vers une femme comme vers celle-là.
Oh! ne le nie pas... Si tu le niais, ça prouverait
que tu ne t'en rends pas compte toi-même, toi si
clairvoyant! Tout en elle t'intéresse, son caractère, ses malheurs, ou plutôt ses aventures, ses
moindres gestes... Tu la trouves originale, vi-
vante. Et elle, penses-tu qu'elle n'ait pas remarqué l'effet qu'elle produit sur toi? Elle ne
sera pas longue à en profiter, sois tranquille! Elle
aussi, elle a changé. Ce n'est plus la petite fille
résignée et courageuse que nous avons connue...
Elle est embusquée et elle te guette... tu es le
seul à ne pas t'en apercevoir... Mais tu es une
proie joliment tentante pour elle!

SALVIÈRE.

N'en fais tout de même pas un prodige d'hypocrisie et de dissimulation. Je t'assure que tu
exagères.

MADELEINE.

Oh! tu la défendras toujours, naturellement.

SALVIÈRE, *agacé*.

Mais non, je ne la défends pas! Que veux-tu
que je te dise pour te rassurer? Qu'elle est devenue
une créature sans cœur? Une sale petite rosse?

Qu'elle rendra malheureux tous les imbéciles qui tomberont entre ses mains? Je veux bien, moi, je veux bien, qu'est-ce que ça me fait? N'en parlons plus! Veux-tu que nous cessions de la recevoir! Je ne demande pas mieux!

MADELEINE, allant à lui, lui prenant le bras, vivement.

Raymond! Raymond! cette femme te tient, j'en suis bien sûre... je l'ai deviné... Et tu en souffres! oui... tu en souffres!

SALVIÈRE.

Tu construis un roman, je t'assure, ma chérie... Et avec quoi? Avec rien! rien!

MADELEINE.

Oh! tais-toi, tais-toi!... Je te pardonne, quoi que tu aies fait... parce que je sais que tu as été entraîné, affolé... que tu n'as pas été maître de toi et parce qu'il n'est pas possible que tu ne m'aimes plus, n'est-ce pas? Il n'est pas possible que je ne compte plus pour toi! Ce n'est pas un égarement d'une heure qui a pu te faire oublier tout ce qu'il y a eu entre nous... l'épouse que j'ai été, nos rêves, tant d'espérances communes, des années d'une intimité complète, sans une seconde de défaillance, sans secret!... Ton bonheur, ton plaisir, c'est toute mon existence... Ton égoïsme même n'a rien à me reprocher!... Alors, il faut m'écouter : quand il s'agit de toi, je suis la compagne attentive et lucide qui ne peut pas se tromper. Eh bien! il faut que nous partions, que nous quittions Paris... Et tu sais bien que je ne dis pas ça parce que je tiens à être ambassadrice? Ah! Dieu non! Mais ce que je ne veux pas, c'est que tu te réveilles un jour malheureux et désa-

busé, avec l'affreux remords d'avoir manqué ta
vie! Tu souffrirais trop! Et c'est là que tu vas,
tu le sens, si tu ne rentres pas dans ton vrai
destin par un acte de volonté, par un effort sur
toi-même, que tu me dois et que je mérite...
Enfin! enfin! entre cette femme et moi, tu ne
peux pas hésiter... et s'il est nécessaire d'en sacrifier une, tu n'as pas le droit de me choisir!

SALVIÈRE.

Je n'ai pas à hésiter, je te le jure... Tu es tout
pour moi. Je n'aime que toi... Je n'ai jamais cessé
de t'aimer... Entre Yvonne et moi, il n'y a rien
eu... rien... Tu me parles de la sacrifier... Ah! je
t'affirme que c'est un sacrifice qui ne lui serait
pas bien pénible, car je lui suis complètement
indifférent... et moi, j'ai eu peut-être, je le reconnais, une heure de tentation, de vertige... une
espèce de curiosité vite déçue... vite déçue... Et
c'est fini! c'est fini! Mais, cependant, tu as eu
raison de me parler comme tu viens de le faire....
Je traversais, depuis quelque temps, sans savoir
pourquoi, une crise de dégoût, de paresse... de
doute... Ma volonté devenait indécise... comme
lointaine. Tu m'as dit ce qu'il fallait me dire et
au moment où mon esprit avait besoin d'une forte
et loyale influence comme la tienne. Et tu as été,
une fois de plus, celle qu'on trouve aux heures
décisives de la vie et qui vous donne les conseils
du cœur.... Va, je t'aime! *(Il la prend dans ses bras et
l'embrasse avec passion. Après un temps.)* Maintenant, je
vais aller voir Villerat... et je vais accepter. *(Entre
le domestique. Au domestique:)* Qu'y a-t-il?

LE DOMESTIQUE.

Mademoiselle Janson revient du ministère et
demande si madame a quelque chose à lui dire.

SALVIÈRE, *après avoir échangé un coup d'œil avec Madeleine.*

Priez-la d'attendre.

*(Sort le domestique.)*

MADELEINE.

Je ne veux pas la voir. Je n'ai plus de haine contre elle. Qu'elle disparaisse de ma vie, c'est tout ce que je lui demande... Je te prie de le lui dire... oui... toi... Il faudra toujours que tu aies une explication avec elle... J'aime mieux que ce soit ici.

SALVIÈRE, *réfléchissant.*

Oui... laisse-moi avec elle... ce sera plus simple et plus vite fini. Va... Rapporte-t'en à moi et n'aie pas peur, ce ne sera pas un drame.

MADELEINE.

Je descends chez moi.

SALVIÈRE.

Quand tu reviendras, elle ne sera plus là. *(Sort Madeleine. Salvière appelle le domestique et lui dit :)* Priez mademoiselle Jauson de vouloir bien monter ici.

*(Sort le domestique.)*

SALVIÈRE, *seul.*

Allons ! il faut arracher ça tout de suite... J'allais à l'abîme !...

*(Entre Yvonne.)*

## SCÈNE VIII

### SALVIÈRE, YVONNE.

YVONNE.

Tiens! vous êtes seul?... Je croyais que madame Salvière était avec vous?

SALVIÈRE.

Elle est sortie... J'ai à vous parler, Yvonne. J'ai quelque chose d'assez grave à vous dire... Je ne vous le dirais pas si je n'étais pas sûr d'avance de ne vous causer aucun chagrin... de ne vous causer, en tout cas, qu'une petite peine passagère qui s'effacera vite sous votre jeunesse.

YVONNE, étonnée.

Je vous écoute, mon ami, qu'est-ce qu'il y a?

SALVIÈRE.

Voici, ma chère Yvonne... Un hasard a appris à ma femme nos relations.

YVONNE, très doucement.

Madame Salvière sait que... je suis votre maîtresse?

SALVIÈRE.

Oui.

YVONNE, sans un geste et gracement.

Ça devait arriver : c'était inévitable. Je l'avais prévu.

SALVIÈRE.

Nous l'avions tous prévu. Alors, voyez-vous, il

faut... il faut nous séparer, c'est nécessaire. *(Regardant Yvonne restée immobile.)* Oui, ça vous est parfaitement égal, c'est bien ce que je pensais... Oh! je vous le dis sans amertume, Yvonne, ce n'est pas un reproche. Il y a eu entre nous l'éternel malentendu. Je vous demandais ce que je cherchais et non pas ce que vous pouviez me donner... et vous, vous auriez préféré un amant plus jeune et plus léger que moi... Mais, en moi, ce que vous aurez désormais, Yvonne, si ce n'est plus un amant, ce sera un grand ami... et, comme ami, je crois que je serai très bien et que vous ne trouverez jamais mieux, vous verrez.

YVONNE, *la gorge serrée.*

Eh bien, alors... adieu.... Raymond... adieu... je... je m'en vais.

SALVIÈRE.

Adieu, Yvonne. *(Il lui tend la main qu'elle lui prend machinalement.)* Vous pleurez?...

YVONNE.

Non... non... je ne sais pas...

SALVIÈRE, *lui gardant la main.*

Si, si, vous pleurez... Et c'est très gentil ce que vous faites là... Voilà ma petite vanité satisfaite... *(La voyant chanceler, il la retient.)* Qu'est-ce que vous avez?

YVONNE.

Rien... rien... laissez-moi... laissez-moi partir...

*(Elle tombe en sanglotant sur une chaise.)*

SALVIÈRE, *allant la relever et la prenant dans ses bras.*

Voyons... Yvonne... voyons... il ne faut pas sangloter... Mais qu'est-ce qui vous arrive!... Je

no comprends pas... je ne comprends pas... Regardez-moi... Ce n'est pas grave... ce serait grave
si vous m'aimiez... mais puisque vous ne m'aimez
pas!... Répondez-moi... répondez-moi donc...
Vous n'allez pas me dire que vous m'aimez?... Ce
n'est pas possible... *(Elle est dans ses bras, toute palpi-
tante. Il la retient.)* Mais si tu m'aimais, petite malheureuse, pourquoi étais-tu coquette, sournoise
et sauvage? Pourquoi ne me répondais-tu pas
quand je te disais que je t'aimais? Pourquoi me
regardais-tu avec des yeux indifférents et puérils
au lieu de me montrer les yeux que tu as en ce
moment et à qui les larmes vont si bien?... Dis?
pourquoi? pourquoi?

### YVONNE.

Oui... c'est de ma faute, ce qui arrive... c'est
de ma faute... Mais je venais d'être si meurtrie et
je m'étais tellement raidie contre mon malheur,
que je n'ai pas osé me livrer et me montrer à
vous comme j'étais... J'avais peur que vous en
abusiez... D'abord, moi, je ne sais pas dire que
j'aime... mais il me semble que vous auriez dû le
deviner... Car enfin, je me suis donnée à vous...
Et vous ne vous êtes jamais demandé pourquoi?
Vous savez pourtant bien que ce n'est pas par
intérêt. Alors, c'est sans raison, n'est-ce pas? en
songeant à autre chose?... Ça ne m'étonnerait pas
d'ailleurs que vous ayez pensé ça... Qu'est-ce que
j'étais pour vous? Une petite créature sans cœur
et sans conscience, qui n'a jamais réfléchi à la
vie, qui n'attache d'importance à rien... qui ne
peut pas souffrir... Oh! je me rappelle vos paroles, une petite bête... une petite bête de proie...
Ah! Raymond, vous vous êtes cruellement trompé
sur moi! Je vous avais aimé tout de suite, au
contraire, parce que je sortais d'une crise où

j'avais été humiliée et blessée et que je vous voyais tout à coup devant moi, souriant et ému, et me témoignant une sympathie subite. Et maintenant, il n'y a pas de femme plus malheureuse et plus triste que moi!

### SALVIÈRE.

C'est effrayant ce que tu me dis là... Alors, quand tu me paraissais perverse et acharnée contre moi, je me trompais... Oui... oui... je me trompais! Tu n'es pas la femme que je croyais, en effet... J'ai été d'une inintelligence et d'une frivolité qui m'épouvantent... et, quoi qu'il m'arrive, je n'aurai pas ce que je mérite. Je me demandais ce qu'il y avait dans notre liaison, une aventure banale ou un désastre; je suis fixé, je suis fixé... Et, d'ailleurs, tu m'avais prévenu, la première fois... Tu m'avais dit : « Il y a deux femmes en moi. » Et tu avais raison, tu avais une clairvoyance admirable... De ces deux femmes l'une était frémissante et pleine de colère sous les coups qu'elle venait de recevoir, et l'autre était celle que j'ai là sous les yeux, tremblante, blessée et douloureuse.

### YVONNE.

Ah! Je n'aurai plus jamais de chance... c'est fini, à présent... Quand je pense à ce qui m'est déjà arrivé et je n'ai pas vingt-cinq ans!... Mais c'est naturel, c'est juste en somme. J'ai trop mal commencé ma vie.

### SALVIÈRE.

Tais-toi!... tu n'es qu'une enfant... une enfant que je n'abandonnerai pas... Ah! comme j'aurais été fort devant ton indifférence, devant ta colère... Mais devant la résignation et devant tes larmes,

je suis désarmé. Nous ne nous quitterons pas...
Non... non... je te le promets.

### YVONNE.

Vous m'aimez encore, Raymond, c'est vrai?...
Non... pourtant, non... je ne le crois pas... Votre
femme l'emportera toujours... C'est elle que vous
aimez, je ne suis pas de taille à lutter contre
elle... Je suis perdue... perdue... Laissez-moi
m'en aller... Je vais tout quitter... Paris... le
théâtre... Qu'est-ce que je suis venue y faire,
à Paris?... Adieu, Raymond!

*(Elle s'éloigne.)*

### SALVIÈRE.

Non... non... tu ne t'en iras pas... Je ne veux
pas que tu sois désespérée... Je ne veux pas
avoir joué ce rôle dans ta vie... ce me serait un
remords trop amer. Et puis, tu es délicieuse dans
ta douleur et dans tes larmes... délicieuse et nouvelle pour moi... C'est très grave ce qui arrive,
c'est très grave... Laisse-moi réfléchir, maintenant... Ne me dis plus rien... Laisse-moi seul...

*( Yvonne lui embrasse les mains passionnément et sort.)*

## SCÈNE IX

### SALVIÈRE, MADELEINE.

*(Madeleine a entr'ouvert la porte pendant qu'Yvonne
embrasse les mains de Salvière. Elle n'apparaît en scène
que lorsque Yvonne a disparu et que Salvière s'est retourné. Il aperçoit Madeleine et s'arrête.)*

### MADELEINE.

Je rentre à l'instant et juste pour la voir t'embrassant la main avec amour et soumission. Ah!

elle est plus forte que moi... elle est très forte,
te voilà repris. Ce que tu m'as dit tout à l'heure
ne compte plus... Tu as oublié! Tu es à elle de
nouveau!...

SALVIÈRE.

Écoute-moi, Madeleine... Ne t'alarme pas...
écoute-moi, je t'en supplie. Ce que je t'ai dit tout
à l'heure, rien ne me le fera oublier... Mais je
reconnais que je viens d'être ému sincèrement
par Yvonne... oui... oui... Je m'attendais à trouver
une femme indifférente et insolente et j'ai vu une
pauvre créature brisée de douleur...

MADELEINE.

Oui... oui... Elle t'a bien joué la comédie!

SALVIÈRE.

Si elle m'avait joué la comédie, c'est contre
elle que la comédie se serait retournée! Car pendant qu'elle pleurait et qu'elle m'apparaissait si
différente de ce que j'imaginais, c'est une chose
presque triste à dire, mais tout ce qui m'avait
d'abord attiré vers elle, tout ce qui me l'avait fait
un instant désirer — oh! tu vois, je te fais ma
confession entière — l'espèce de vertige et de
fièvre qu'elle me communiquait, tout cela tom-
bait peu à peu... et il ne restait plus en moi
qu'un seul sentiment : la pitié... Oui... la pitié...
pour une enfant abandonnée et lamentable. Et si
elle a pu croire que je l'aimais, c'est que je lui ai
menti!

MADELEINE.

Tu lui as menti ou bien c'est à moi que tu
mens pour essayer de conserver ta maîtresse sous
mes yeux et presque avec mon consentement!
Comment veux-tu que j'accepte une situation

pareille? Aucune femme ne l'accepterait à ma place... Aucune!...aucune! C'est impossible! C'est monstrueux!... Tiens! Raymond, ce que je vois, ce que je sens, c'est que cette femme t'est nécessaire et que tu n'oses pas me l'avouer ni peut-être te l'avouer à toi-même... Car, du moment que tu ne la quittes pas aujourd'hui, que tu ne la quittes pas tout de suite, tu ne la quitteras plus!... C'est fini! Je m'en vais... je suis vaincue!

SALVIÈRE.

Alors, qu'est-ce que tu demandes? Qu'est-ce que tu exiges? Que je brise cette enfant entre mes doigts comme j'ai failli le faire tout à l'heure et que j'en jette les morceaux à tes pieds? Eh bien, cela, tu ne l'obtiendras jamais de moi!... Je t'aime uniquement, je n'aime que toi, et elle, je la sacrifierai, c'est entendu. Mais je veux au moins choisir l'heure et l'occasion du sacrifice! Je ne veux plus la revoir éperdue devant moi, avec ses yeux désespérés, ses larmes... C'est une vision intolérable... Non! non! je ne pourrais pas... Ne me le demande pas, ce n'est pas possible... pas possible!

MADELEINE.

Eh bien, alors, puisque tu ne peux pas la quitter... garde-la! garde-la!...

(*Elle sort.*)

# ACTE IV

Chez madame Janson. Un salon très élégant, sans luxe apparent.

## SCÈNE PREMIÈRE

### YVONNE, MADAME JANSON.

YVONNE.

Et c'est hier soir seulement que Roland t'a annoncé cette résolution ?

MADAME JANSON.

Pendant le dîner...

YVONNE.

Il ne t'en avait jamais parlé avant ?

MADAME JANSON.

Jamais... Et à toi ?

YVONNE.

A moi non plus... Quelles raisons t'a-t-il données ?

MADAME JANSON.

Il prétend que nous demeurons trop loin de l'Ecole de droit, que ça le gêne pour suivre ses cours...

YVONNE.

C'est curieux! Il aurait pu nous consulter avant de se décider... Je vais lui parler... Où est-il? Je ne l'ai pas vu de la matinée.

MADAME JANSON.

Il est sorti de très bonne heure, pendant que tu dormais encore... Tu es rentrée très tard, hier soir... Il était plus de minuit.

YVONNE.

Ce dîner a duré longtemps... puis, nous sommes allés faire un tour au théâtre...

MADAME JANSON.

Tu ne quittes plus les théâtres, maintenant... Mon Dieu, mon Dieu! que de changements depuis les trois ou quatre mois que nous sommes à Paris! J'en suis épouvantée...

YVONNE.

Il n'y a pas de quoi, il me semble.

MADAME JANSON.

Parce que tu commences à gagner de l'argent et que nous sommes mieux logés? Mais dans quelle incertitude et dans quel désordre vivons-nous? Je ne veux pas revenir sur le passé, ma pauvre enfant, mais au moins qu'il te serve de leçon!

YVONNE.

Sois tranquille, maman.

MADAME JANSON.

Enfin! toi, au moins, tu es contente de ta nou-velle existence?

YVONNE.

Très contente. Je suis presque lancée... on me demande souvent pour jouer des petites comédies de salon dans le monde. J'ai appris trois ou quatre choses où je ne suis pas trop mal. Tu ne sais donc pas que ta fille a du succès?

MADAME JANSON.

J'ai lu ça dans les journaux. Mais je ne te cache pas que toutes les fois que je vois ton nom imprimé, ça me fait peur.

YVONNE.

Pourquoi?

MADAME JANSON.

Parce que... jamais je ne m'étais figuré que notre nom pourrait être dans un journal. Alors, moi, que veux-tu, dès qu'il m'arrive quelque chose que je n'avais pas prévu, même si c'est heureux, j'ai peur!

YVONNE, l'embrassant.

Eh bien, n'aie pas peur.

MADAME JANSON.

Tous ces gens que tu es obligée de fréquenter, est-ce qu'ils ne t'entraînent pas trop?

YVONNE.

Mais non. D'ailleurs, il le faut bien. C'est eux qui me procurent mes cachets, qui me font des relations.

MADAME JANSON.

Monsieur et madame Salvière, je comprends. Voilà des personnes distinguées, voilà de bonnes fréquentations... Mais ce monsieur Bombel...

surtout cette demoiselle qui vient te chercher à chaque instant...

YVONNE.

Jeannine Leroy?

MADAME JANSON.

Oui.

YVONNE.

Mais, maman, elle a failli avoir un premier prix du Conservatoire. Te rends-tu compte de ce que c'est qu'une femme qui a presque obtenu un premier prix au Conservatoire?

MADAME JANSON.

Non, ma fille. Mais, à tout hasard, j'aime mieux que ce soit elle que toi.

*(Entre Virginie.)*

VIRGINIE.

Mademoiselle, c'est monsieur Bombel et mademoiselle Jeannine Leroy.

MADAME JANSON.

Allons, bon!... Qu'est-ce qu'ils te veulent encore?

YVONNE.

Ils viennent me voir, maman... Faites entrer, Virginie... *(A sa mère:)* Ne t'en vas pas. Puisque tu les connais, tu peux bien leur dire bonjour... Ce sont des camarades. Il ne faut pas être des sauvages, à Paris, si on veut faire son chemin.

*(Entrent Bombel et Jeannine Leroy.)*

## SCÈNE II

### Les Mêmes, BOMBEL, JEANNINE.

BOMBEL.

Madame, mes hommages.

JEANNINE.

Bonjour, madame... Bonjour, Yvonne.

MADAME JANSON.

Comment allez-vous, mademoiselle?

JEANNINE.

Très bien, madame... Et le petit? Je venais
vous demander de ses nouvelles... Yvonne m'a
dit hier qu'il était un peu enrhumé.

MADAME JANSON.

Ça n'a rien été, je vous remercie... Vous aimez
les enfants?

JEANNINE.

Je les adore... Mon rêve, c'est d'en avoir un.
Enfin, ça viendra, j'espère.

MADAME JANSON, *avec un mouvement.*

Ne vous pressez pas trop. Vous permettez que
je vous laisse avec Yvonne. Vous devez avoir à
causer.. Au revoir, monsieur Bombel.

BOMBEL.

Au revoir, madame.

## SCÈNE III

### YVONNE, BOMBEL, JEANNINE.

BOMBEL, à Yvonne.

Ah! vous nous avez bien lâchés, hier soir!

JEANNINE.

Oui, pourquoi nous as-tu lâchés?

YVONNE.

Je ne me rappelle plus... Ah! oui, j'étais souffrante.

BOMBEL.

Non, je crois qu'elle a préféré diner seule avec
Sal...

YVONNE.

Chut! voyons, Bombel...

JEANNINE.

Fais attention, elle a une famille. C'est inouï,
le peu d'importance que tu attaches aux familles!
On voit bien que tu n'en as pas.

BOMBEL.

J'en ai une dans le Midi... *(S'avançant vers Yvonne,
d'un air gracieux, lui tendant la joue.)* Eh bien! on ne
me remercie pas?

YVONNE.

De quoi?

BOMBEL.

Vous n'avez pas lu les journaux?

YVONNE.

Non, pas encore.

JEANNINE.

Tu crois qu'on n'a que ça à faire, toi? *(A Yvonne:)* Au fait, tu es peut-être étonnée que je tutoie Bombel, maintenant?

YVONNE.

Non, ça me paraît tout naturel.

JEANNINE.

Il n'y a pas de raison, parole! On a décidé de se tutoyer depuis hier, voilà tout. C'est plus commode.

YVONNE.

Pourquoi?

JEANNINE.

Pour les relations.

YVONNE.

Bon.

BOMBEL, *qui a tiré un journal de sa poche.*

Lisez... au courrier des théâtres... cette petite note... Et de qui est-elle, cette petite note?

JEANNINE.

De toi.

BOMBEL, *lisant.*

« On annonce l'engagement, dans un de nos meilleurs théâtres de genre — cherchez sur la ligne des boulevards — de mademoiselle Yvonne Janson, dont la société parisienne a déjà apprécié maintes fois le fin et original talent. Ce sera un des débuts sensationnels de la saison prochaine. »

YVONNE.

Pourquoi avez-vous imprimé ça, puisque ce n'est pas vrai?

BOMBEL.

Pour que ça le devienne.

YVONNE.

C'est gentil. *(Lisant.)* Tiens, Jeannine, un écho sur toi. Tu pars donc en tournée?

JEANNINE.

Oui, ces jours-ci, et c'est à ce sujet que nous sommes venus te parler, Bombel et moi. Connais-tu Lambrède?

YVONNE.

Non.

JEANNINE.

C'est un type très connu, pourtant. C'est lui qui a organisé les plus belles tournées, dans le monde entier, tu sais... Eh bien, Lambrède t'a entendue à ta dernière soirée... Il te trouve l'étoffe d'une artiste épatante. Il nous a dit, à Bombel et à moi : « Si elle travaillait, cette petite, elle irait très loin. Elle devrait partir avec nous; on l'emmènerait un peu partout, on lui ferait jouer des tas de rôles, on la préparerait pour Paris et l'hiver prochain, on la lancerait... » Voilà ce qu'il a dit, Lambrède, et moi, à ta place, je n'hésiterais pas. Tu ne trouveras jamais mieux que lui, comme professeur. J'ajoute — c'est l'essentiel — que tu ne serais pas obligée de tromper Salvière. Lambrède n'y tient pas. C'est un artiste.

YVONNE.

Merci, Jeannine, d'avoir pensé à moi. Je ne dis pas non... Il faudra voir.

JEANNINE.

Voilà tout ce que j'avais à te raconter. Maintenant, je m'en vais, j'ai des tas de courses à faire.

BOMBEL.

Et moi, il faut que je passe au journal avant midi. Et puis, il faut que je voie Salvière... *(A Yvonne :)* Au fait, vous n'avez rien à lui faire dire, à Salvière ? Je vais chez lui, de ce pas.

YVONNE, *réfléchissant.*

Si !... Vous seriez bien gentil de lui demander si je pourrais le voir cet après-midi ou même ce matin... Il comprendra pourquoi.

BOMBEL, *souriant.*

Moi aussi, je comprends pourquoi.

YVONNE.

Vous ne comprenez pas du tout.

*(Entre Roland.)*

JEANNINE.

Tiens ! monsieur Roland... *(Lui tendant la main.)* Ça va ?

ROLAND.

Merci, mademoiselle.

JEANNINE.

Nous sortions, justement... Au revoir... Dites donc, monsieur Roland ? On ne dînera donc jamais ensemble ?

ROLAND.

Je suis si occupé !

JEANNINE.

Enfin, vous ne voulez pas, n'en parlons plus... Ce sera pour une de ces années.

ROLAND.

Voilà.

BOMBEL, *lui serrant la main.*

Au revoir.

JEANNINE, *à Yvonne.*

On te verra, ce soir?

YVONNE.

Je pense.

(*Sortent Bombel et Jeannine.*)


## SCÈNE IV

### YVONNE, ROLAND.


YVONNE, *après un silence.*

Eh bien! tu ne m'embrasses pas?

ROLAND, *l'embrassant.*

Mais si!

YVONNE.

Maman vient de m'apprendre ta résolution, Roland. Je suis très étonnée que tu ne m'aies pas consultée. Ça me fait beaucoup de chagrin. Pourquoi ne veux-tu plus demeurer avec nous?

ROLAND.

Je suis revenu précisément ce matin pour te le dire, Yvonne.

YVONNE.

Ah!

ROLAND.

Tu ne devines pas un peu?

YVONNE.

Non.

ROLAND.

Je suis très gêné, Yvonne, car c'est un sujet bien délicat entre frère et sœur. Mais nos deux existences ont été si intimes et si mêlées, tu m'as montré tant de confiance à certaines heures presque tragiques de ta vie, et moi, à ces moments-là, je t'ai montré tant d'affection, que je puise dans ces souvenirs le courage de cette conversation.

YVONNE.

Mon petit Roland, mon petit Roland, comme tu as l'air ému !

ROLAND.

Je suis très ému.

YVONNE.

Va ! nous nous aimons trop pour nous dire jamais quoi que ce soit de méchant. Alors, tu peux me parler, ne te gêne pas. Ne nous considérons pas, si tu veux, comme un frère et une sœur, mais comme deux frères, ou deux sœurs.

ROLAND, *un léger temps.*

Yvonne, j'ai vu madame Salvière hier soir.

YVONNE.

Je le sais bien.

ROLAND.

Non... Je l'avais vue dans l'après-midi, en effet, avec son mari, mais je l'ai revue dans la soirée... seule.

YVONNE.

A quel propos ?

ROLAND.

Elle m'avait envoyé un mot pour me prier de passer chez elle.

YVONNE.

Toi ?

ROLAND.

Moi... oui.

YVONNE.

Et qu'est-ce qu'elle avait à te dire ?

ROLAND.

Qu'elle allait probablement, à cause de toi, se séparer de son mari.

YVONNE.

Se séparer de son mari !

ROLAND.

Oui, Yvonne.

YVONNE.

A cause de moi ? Là, Roland, je t'affirme que je ne comprends pas.

ROLAND.

Oh ! je t'en prie, ne nie pas un fait que je connaissais et que madame Salvière n'avait pas à craindre de me révéler... car aux premiers mots, elle avait deviné que j'étais au courant. Et j'étais attristé, humilié, à un point que tu ne soupçonnes pas.

YVONNE.

Je ne nie pas ce fait... Tu sauras un jour que j'ai assez d'excuses pour n'en avoir pas honte, que j'ai été, en tout cas, désintéressée et sincère, et que je n'ai commis aucune vilenie... Mais il n'est pas question de ça. Ce que je nie, tu entends, ce que je nie, c'est d'avoir forcé monsieur Salvière à une explication qui l'aurait amené à se séparer de sa femme. Ce n'est pas vrai, ce n'est pas vrai ! Il est impossible que madame Salvière t'ait affirmé une chose pareille.

ROLAND.

C'est que tu ignores ce qui s'est passé entre elle et son mari, après ton départ.

YVONNE.

S'il y avait eu quoi que ce soit de grave, je l'aurais su... dès hier soir... Et, d'ailleurs, je vais le savoir tout à l'heure. Tu avoueras, en tout cas, qu'il est étrange que madame Salvière te raconte ces choses-là, à toi !

ROLAND.

Elle se défend. Elle m'appelle à son secours. Est-elle tenue envers toi à de la délicatesse ? à des ménagements ? à des précautions ? Tu lui as brisé son ménage, détruit son bonheur, quand elle ne t'avait apporté, elle, que du secours et de la sympathie ! Et, en se défendant contre toi par tous les moyens, non seulement elle est dans son droit le plus strict, mais encore elle fait son devoir d'honnête femme.

YVONNE.

Autant me dire que, moi, je suis une fille perdue !

ROLAND,

Non, non, ma petite Yvonne... non, ma chérie, non... Si tu savais quelle tendresse et quelle indulgence j'ai pour toi ! Comme je comprends ce qu'il y a eu de fatal dans ta vie et d'irraisonné, et que tu n'es pas entièrement responsable des malheurs qui nous frappent. Je sais bien que malgré tes fautes, ma pauvre chérie, tu es loyale, tu es droite, tu es franche, tu es courageuse, capable, par conséquent, de te racheter par une brave et jolie action... C'est cette action que je te demande, Yvonne, que je te supplie d'accomplir... Vois-tu, il faut prendre toi-même l'initiative d'une rupture avec monsieur Salvière, d'une rupture définitive et immédiate...

### YVONNE.

Qu'est-ce que tu me demandes, Roland? Ah! tu es sévère... On voit que tu es jeune, que tu n'as jamais souffert, et surtout que tu n'as jamais aimé... Quand tu auras un peu plus d'expérience de la vie, tu tiendras un autre langage et tu apprendras que ce n'est pas avec des considérations de droit et de devoir, ou de justice, qu'on arrange les choses de l'amour... J'ai eu tort, je ne dis pas, mais maintenant, il est trop tard. J'aime et je suis aimée, ou du moins, je le crois... Et pour cela, je n'ai rien fait de vilain, tu entends, rien! Je n'ai pas essayé d'enlever à madame Salvière son mari. C'est lui qui est venu à moi en me disant qu'il m'aimait... Et je l'aimais aussi... Évidemment, il aurait mieux valu être une héroïne. Je n'ai pas été une héroïne, j'en conviens, mais je te souhaite de ne pas rencontrer dans ta vie de femmes plus perverses et plus indignes que moi!

### ROLAND.

Je n'insiste pas, Yvonne. Tu as trop de bonnes raisons, je vois, et je suis trop jeune, en effet, pour les comprendre. Seulement, que veux-tu, je suis ton frère et je me fais peut-être une idée exagérée des devoirs que tu as envers maman et envers moi. Je m'étais habitué à la pensée de te garder entre nous deux, de te faire oublier, à force d'affection, et d'oublier moi-même ton premier malheur et ta première faute... Tu as raison, tu as raison, je ne connais pas la vie.

22

YVONNE.

Ne sois pas triste, mon petit Roland !

ROLAND.

Si je pouvais être un frère comme celui de
Jeannine Leroy, par exemple, je ne serais pas
triste, au contraire, et tes défaillances m'appa-
raîtraient comme indispensables au bonheur de
notre famille. Hélas! je ne suis pas ce frère-là,
et je ne tiens pas à le devenir. Quant à être
témoin de ta nouvelle existence ou de faire sem-
blant de l'ignorer, non, non, je n'en ai pas le
courage. Alors, nous ne nous verrons plus.
Adieu, Yvonne.

YVONNE, *allant à lui et lui prenant les mains.*

Mon petit Roland, tu ne sais pas dans quelle
situation affreuse tu me places! Ah! que je suis
punie!... Laisse-moi le temps de réfléchir, je t'en
supplie? Ne t'en vas pas tout de suite! Ne nous
séparons pas. Qu'est-ce qui me resterait?

ROLAND, *l'embrassant.*

Ma pauvre petite sœur !

*(Entre Virginie.).*

VIRGINIE, à *Yvonne.*

Monsieur Salvière.

ROLAND, *avec un mouvement.*

Ah !

*(Il fait mine de s'éloigner.)*

YVONNE.

Je te reverrai tout à l'heure, n'est-ce pas?
Tu déjeunes ici?

ROLAND, *après une hésitation.*

Oui.

*(Il sort à droite. Yvonne fait signe à Virginie d'intro-
duire.)*

## SCÈNE V

### SALVIÈRE, YVONNE.

SALVIÈRE.

Je quitte Bombel... Qu'y a-t-il donc?

YVONNE, *doucement.*

Pourquoi ne m'avez-vous pas raconté hier soir
ce qui s'était passé entre votre femme et vous?...
Oh! je le sais par Roland, que madame Salvière
a fait appeler et à qui elle a dit qu'elle allait
probablement se séparer de vous... Est-ce vrai?
est-ce vrai?

SALVIÈRE.

Je suis en effet, maintenant, vis-à-vis de ma
femme, dans une situation assez tendue, et je
n'ai pas la moindre idée de ce qui va arriver.
Mais ne vous en préoccupez pas, laissez-moi
agir... Ne vous inquiétez de rien. La promesse
que je vous ai faite hier, je la tiendrai.

YVONNE.

Il ne faut pas la tenir parce que vous me l'avez
faite, mais parce que vous m'aimez et que vous
désirez me garder.

SALVIÈRE, *lui prenant les mains.*

Mais c'est pour cela que je la tiendrai... Que
vous a dit votre frère?

YVONNE.

Je viens d'avoir avec lui une scène très pénible,
très douloureuse. Ah! que de gens veulent nous
séparer, Raymond! que de menaces il y a contre
nous! Mais vous saurez résister, n'est-ce pas? Ce
ne vous sera pas difficile, allez! Car je veux me
contenter désormais d'une place toute petite auprès de vous. J'y ai bien réfléchi. Jusqu'ici, j'ai
été trop encombrante : je n'ai pas été une maîtresse assez discrète, assez cachée, pour un
homme comme vous. Mais ce n'est pas de ma
faute. Vous auriez dû me le dire, au lieu d'ap-
prouver tous mes caprices.

SALVIÈRE.

Rien de ce qui arrive n'est de votre faute,
Yvonne... Et, quand je me rappelle les circonstances où nous nous sommes rencontrés, votre
courage, votre sourire, votre hardie résistance
au malheur, enfin quand je me rappelle tout ce
qui, en vous, m'a charmé et ému, je me dis qu'en
effet, il y a un coupable dans cette aventure, mais
que le coupable, c'est moi!

YVONNE

Vous, Raymond, vous? Et pourquoi?

SALVIÈRE.

Parce que c'est moi d'abord qui vous ai trou-
blée, qui vous ai prise, qui ai profité du désarroi
de votre existence et qui, sans le vouloir, vous ai
peut-être préparé pour l'avenir des regrets et de
l'amertume... Ah! tenez, je me suis mal conduit
avec vous. Je n'aurais jamais dû vous dire que je
vous aimais!

YVONNE.

Puisque je vous aimais aussi, nous aurions souffert tous les deux : ce n'était pas nécessaire.

SALVIÈRE.

Vous ne m'aimiez pas, alors. Vous ne m'avez aimé que lorsque je me suis emparé de vous et que vous avez trouvé en moi un amant sincère. Mais j'ai eu tort, j'ai eu tort... Je n'avais plus l'âge où l'amour a tous les droits. Tenez, Yvonne, ce que j'aurais dû faire, c'eût été simplement de vous venir en aide, comme à une enfant malheureuse, de vous donner la main pour traverser la vie avec confiance et avec joie, de comprendre mieux l'être délicat et nerveux que vous étiez et que le hasard mettait entre mes mains. J'ai abusé de mon expérience et de ma force, je n'ai pas été désintéressé. J'en souffrirai, il le faut... Hélas! je vous aimais, ce n'est pas une excuse, évidemment, mais c'est tout de même une bien grosse raison.

YVONNE.

Oui, c'est vrai, vous m'avez aimée, je le sens. Mais je ne suis plus sûre que vous m'aimiez encore... Non, non, j'ai beau me cacher la vérité, en vous regardant, en vous écoutant, elle m'arrive au cœur malgré vous.

SALVIÈRE.

Non, Yvonne, j'ai pour vous de si tendres sentiments, de si sincères, de si profonds, que vous ne pouvez douter de moi, que vous ne pouvez savoir le chagrin, la douleur que j'éprouverais si jamais vous pensiez à moi avec amertume!

YVONNE.

Oh! je le sais bien que vous êtes sincère et que,

hier soir, pendant ces quelques heures que nous avons passées ensemble, vous avez été tendre et charmant... Mais cependant, non, non, vous n'étiez plus le même. Qu'est-ce que vous pensiez? Je l'ignore... Ah! il y a toujours un des deux qui ne sait pas ce que l'autre pense: c'est celui qui aime... Pourtant, je l'ai un peu deviné... Ce n'est plus à moi que vous songiez, c'est à votre ménage, à votre femme, à tout ce que je suis venue troubler.

### SALVIÈRE.

Je songeais que vous m'aurez créé le plus exquis, le plus jeune souvenir de ma vie... que vous avez en moi l'ami fidèle et intime qui n'oubliera pas... voilà à quoi je songeais.

### YVONNE.

C'est gentil ce que vous me dites là, Raymond. Seulement, allez, je comprends... Mon Dieu! mon Dieu! que je suis bête quelquefois... Mais je sais très bien ce qui va arriver, ce qui est fatal, et je n'ose pas me l'avouer à moi-même, carrément, courageusement. J'ai toujours été comme ça, d'ailleurs Je ne suis courageuse et énergique que lorsqu'il est trop tard et que j'ai fait toutes les bêtises. Alors, par exemple, ça va bien. Je me retrouve, je me reprends. Avec ce caractère-là, on n'est jamais heureux, c'est vrai, mais au moins, on ne se jette pas à l'eau. C'est une compensation. Oui, Raymond, oui, c'est fatal. Il faudra que nous nous séparions un jour, peut-être bientôt, vous y serez forcé, je le sais, je le sais... Ah! une femme légitime, comme c'est fort! J'ai failli en être une, moi aussi... C'est fini... Vous rappelez-vous, Raymond, quand je vous ai dit que vous auriez une grosse influence sur ma vie

et que vous m'avez traitée de petite Bretonne
superstitieuse?

SALVIÈRE, *ému, et lui prenant la main.*

Oui, Yvonne, oui...

YVONNE.

Et quand je vous ai récité une fable...

Des enfants de Japet, toujours une moitié,
    Fournira des armes à l'autre...

Tenez, maintenant, à votre tour, laissez-moi réfléchir, laissez-moi seule. Ne me dites plus rien...
J'ai compris...

VIRGINIE, *entrant.*

C'est madame Salvière.

YVONNE, *avec un mouvement.*

Madame Salvière?

VIRGINIE.

Oui, mademoiselle.

SALVIÈRE.

Vous lui avez dit que j'étais ici ?

VIRGINIE.

Je n'ai encore rien dit, monsieur. D'abord, ce
n'est ni monsieur ni mademoiselle que madame
Salvière a demandés, c'est madame Janson.

YVONNE.

Ma mère?

VIRGINIE.

Oui, mademoiselle... Faut-il prévenir madame?

YVONNE.

Attendez... *(Prenant Salvière à part.)* Raymond,

Raymond, je vous en supplie, empêchez madame
Salvière de voir ma mère... Vous comprenez ce
qu'elle vient faire, n'est-ce pas? ce qu'elle vient
lui dire?...

SALVIÈRE, même jeu.

Soyez tranquille... Laissez-moi avec elle...

(Il fait un signe à Virginie.)

YVONNE, sortant à droite.

Ah bien, il ne manquerait plus que ça!

(Entre Madeleine.)

## SCÈNE VI

### SALVIÈRE, MADELEINE.

MADELEINE.

Oh! je ne suis pas étonnée de te rencontrer
chez elle.

SALVIÈRE.

Tu vois que je ne me cache pas.

MADELEINE.

Je ne venais pas t'y chercher. Ta présence,
d'ailleurs, ne me révèle rien. Depuis hier, je n'ai
plus d'illusions sur ta sincérité.

SALVIÈRE.

Mais moi, Madeleine, j'en ai encore sur ta
générosité et je sais que tu ne viens pas dénoncer
une fille à sa mère. D'ailleurs, je te connais et
je t'en défie! (Allant à la porte et appelant:) Virginie!

VIRGINIE.

Monsieur?...

SALVIÈRE.

Veuillez demander à madame Janson si elle peut recevoir madame Salvière.

VIRGINIE.

Bien, monsieur...

*(Elle traverse la scène et sort à droite.)*

SALVIÈRE.

Tu es libre, maintenant. Je te laisse.

MADELEINE, *allant vivement à lui.*

Ne t'en vas pas... Tu peux rester. Mais tu dois deviner dans quel état je suis! quelle obscurité il y a depuis hier dans mon esprit! N'avoir plus confiance en toi est une douleur que je n'avais pas prévue et à laquelle je n'étais pas préparée. Je ne peux pas la conserver plus longtemps... Je venais ici pour tâcher de connaître tes intentions véritables à l'égard de cette femme... ta pensée intime que tu me caches et que je ne devine pas. Je venais savoir si sa mère était d'accord avec elle et avec toi... Et puis, je serais partie. Tu n'aurais plus trouvé en moi de résistance, je me serais inclinée.

SALVIÈRE.

Comme tu te tortures! Comme tu t'appliques à douter! Et tu es plus victorieuse que tu ne crois!

MADELEINE.

Victorieuse, moi! Et quand même je l'emporterais sur elle, maintenant, quand même tu la quitterais un jour, comme tu dis... tu n'en auras pas moins ressenti pour elle une tendresse, une

émotion d'une qualité particulière et rare, que
tu n'as jamais éprouvée pour moi, et qui t'empêchera de l'oublier.

#### SALVIÈRE.

C'est possible... Mais ce souvenir et cette émotion seront liés à la douleur que je t'ai infligée,
à l'angoisse où je t'ai vue. Et mon amour pour
toi les absorbera peu à peu et s'en agrandira
encore.

#### MADELEINE.

Oui... oui, je le crois, je le crois... Certes,
Yvonne est intéressante, mais je le suis, moi
aussi, je t'assure... Et, moi aussi, j'ai souffert
depuis qu'elle est entre toi et moi. Et qui sait si
je ne souffrirai pas plus longtemps qu'elle!

(*Entre madame Janson.*)


## SCÈNE VII

### Les Mêmes, MADAME JANSON.


#### MADAME JANSON.

Excusez-moi, madame, je vous ai fait un peu
attendre... Mais il m'arrive une chose!... (*A Madeleine :*) Roland m'avait fait prévoir votre bonne
visite. Vous vous portez bien, j'espère? Vous êtes
heureuse?

#### MADELEINE.

Et vous, madame, comment allez-vous?

#### MADAME JANSON.

Mal, chère madame... C'est-à-dire que physiquement, je vais aussi bien que possible, mais moralement, je commence à perdre la tête, avec ces enfants. Paris me les a bien changés... Vous ne savez pas ce que vient de m'annoncer Yvonne? Elle part avec une troupe d'artistes... C'est cette maudite petite fille du Conservatoire qui me l'a débauchée, j'en suis sûr, avec ce M. Bombel... Elle ne les quitte plus...

MADELEINE.

Voilà une résolution bien subite?

MADAME JANSON.

Ça lui a pris il y a cinq minutes, madame. Jamais elle ne m'en avait parlé.

MADELEINE.

Et M. Roland, que dit-il de cela?

MADAME JANSON.

Mais c'est épouvantable! au lieu de la retenir, il approuve sa sœur, figurez-vous, et ils sont en train de s'embrasser, ces deux malheureux! Je vous donne ma parole, madame, que, depuis quelque temps, je ne comprends plus rien à ce qui se passe autour de moi... Ah! le Conservatoire! Ah! les journalistes!... C'est eux qui font tout le mal.

MADELEINE, se levant.

Ne vous inquiétez pas, mademoiselle Yvonne a du talent et elle deviendra certainement une artiste charmante. Maintenant, madame, nous vous quittons... Nous sommes venus prendre de vos nouvelles et nous allons vous faire nos adieux.

MADAME JANSON, *étonnée*.

Vos adieux ?

SALVIÈRE.

Oui, madame, nous quittons Paris...

MADAME JANSON.

Vous quittez Paris, monsieur Salvière !

MADELEINE.

Mon mari vient d'accepter une situation à l'étranger... Il sera nommé aujourd'hui. *(Lui tendant la main.)* Au revoir, madame.

MADAME JANSON.

Oh ! restez encore une minute, je vous en prie. Il faut que les enfants vous fassent aussi leurs adieux et vous remercient... *(Allant à la porte.)* Roland ! Yvonne ! Venez !

*(Entre Roland.)*

## SCÈNE VIII

### Les Mêmes, ROLAND.

ROLAND.

Quoi donc, mère ? Ah ! *(A Madeleine :)* Madame...

MADAME JANSON.

Tu ne sais pas ? monsieur Salvière s'en va... très loin. Il est nommé à l'étranger.

SALVIÈRE, *lui tendant la main.*

Oui, Roland... Mais nous nous reverrons...

**ROLAND.**

Je l'espère, monsieur.

**MADAME JANSON.**

Eh bien, pourquoi ta sœur ne vient-elle pas?

**ROLAND,** *embarrassé.*

Je ne sais pas.

**MADAME JANSON.**

Yvonne!... *(Elle sort un instant.)* Yvonne!... *(De la porte.)* Pourquoi ne viens-tu pas? *(A Roland, remarquant l'embarras des assistants :)* M'expliqueras-tu? Qu'est-ce qu'il y a encore?

**MADELEINE,** *vivement, à Roland.*

Allez chercher Yvonne, monsieur Roland, je vous en prie.

**ROLAND,** *après l'avoir regardée.*

Oui, madame.

**MADAME JANSON,** *à Salcière.*

Je vous demande pardon... C'est à croire qu'elle est un peu folle!

## SCÈNE IX

### Les Mêmes, YVONNE.

**MADELEINE,** *à Yvonne.*

Nous vous dérangeons peut-être, mademoiselle? Mais nous n'avons pas voulu quitter Paris sans vous serrer la main.

YVONNE, *doucement.*

·Merci, madame... Moi aussi, je m'en vais... je vais faire une tournée... en Europe... apprendre mon métier et tâcher de devenir artiste... Je n'oublierai jamais les bontés que vous avez eues pour moi.

MADELEINE.

Bonne chance, mademoiselle.

SALVIÈRE, *lui tendant la main.*

Au revoir, Yvonne.

*(Yvonne prend sa main sans répondre, la garde un instant, puis le quitte et va vers Roland.)*

MADAME JANSON, à *Salvière.*

Au fait... Je ne vous le demande pas? Qu'est-ce que vous êtes nommé?

SALVIÈRE.

Ambassadeur, madame.

MADAME JANSON.

Je suis bien contente, monsieur Salvière, si ça vous fait plaisir.

# QUI PERD GAGNE

## PIÈCE EN QUATRE ACTES

### EN COLLABORATION AVEC M. PIERRE VEBER

*Représentée pour la première fois au théâtre Réjane,
le samedi 14 mars 1908.*

# PERSONNAGES

EMMA. . . . . . . . . . . . . . . . . Mᵐᵉ Réjane.

JULIETTE. . . . . . . . . . . . . . Lutzi.

MADAME ERNEST . . . . . . . . Miller.

LAURE . . . . . . . . . . . . . . Barelly.

JEANNE D'ESTRELLE . . . . . . Lauzière.

ESTELLE . . . . . . . . . . . . . Dermoz.

MARIE . . . . . . . . . . . . . . Denège.

MADAME MATHOT-LÉVY . . . . Rapp.

VALENTINI. . . . . . . . . . . . Fusier.

DEMAY . . . . . . . . . . . . . . Astor.

MARIANNE. . . . . . . . . . . . Saint-Aignan.

LUCIE. . . . . . . . . . . . . . Bramghetti.

MÉLANIE . . . . . . . . . . . . Diris.


RENÉ FARJOLLE. . . . . . . . MM. Gaston Dubosc.

VÉRUGNA . . . . . . . . . . . . Signoret.

PAUL VÉLARD. . . . . . . . . . Pierre Magnier.

BRASIER . . . . . . . . . . . . Colombey.

BRISSOT . . . . . . . . . . . . Charles Burguet.

LABRANCHE. . . . . . . . . . . Varennes.

STINGAUD . . . . . . . . . . . Elie Febvre.

LE MINISTRE. . . . . . . . . . Léon Michel.

SELIM. . . . . . . . . . . . . Puylagarde.

FROMENT. . . . . . . . . . . . Laisné.

MOUSSAC. . . . . . . . . . . . Rousseau.

A Paris de nos jours.

# QUI PERD GAGNE

---

## ACTE PREMIER

Une petite salle à manger élégante.
Meubles modernes, genre anglais. Fleurs. Portes au fond
et à gauche.

## SCÈNE PREMIÈRE

MÉLANIE, MADAME ERNEST, VALENTINE.

MADAME ERNEST, à *Mélanie*.

Emma n'est pas levée à neuf heures du matin?
Elle est donc malade?

MÉLANIE.

Madame ne s'est jamais mieux portée.

VALENTINE.

Allez la réveiller tout de suite, Mélanie.

MÉLANIE, avec *discrétion*.

N'insistez pas, mademoiselle Valentine.

VALENTINE.

Qu'y a-t-il donc?

23

MÉLANIE, *pudiquement.*

N'insistez pas.

MADAME ERNEST

Oh! oh!

VALENTINE.

Mais, alors!

MÉLANIE.

Quoi?

VALENTINE.

C'est donc vrai, ce qu'on nous a raconté? C'est donc vrai?

MÉLANIE.

Je ne sais pas ce qu'on a pu vous raconter, mademoiselle; mais, hélas! je dois dire que c'est vrai... Tenez, j'entends madame. Vous allez tout savoir, probablement...

*(Paraît Emma.)*

## SCÈNE II

### Les Mêmes, EMMA.

EMMA, *serrant les mains de Valentine et de madame Ernest.*

Bonjour, mes enfants... J'avais reconnu vos voix... Ça va bien?

MADAME ERNEST.

C'est à vous qu'il faut demander ça.

EMMA.

Vous êtes tout ce qu'il y a de plus aimables d'être venues me voir... *(A Mélanie:)* Portez les journaux à monsieur et préparez son café au lait

en même temps que le mien... Nous allons déjeuner...

*(Vif étonnement de madame Ernest et de Valentine.)*

MÉLANIE, *bas à Valentine, en sortant.*

Eh! oui, voilà!


## SCÈNE III

### EMMA, MADAME ERNEST, VALENTINE, *puis* FARJOLLE.

MADAME ERNEST.

Ah! je m'explique qu'on ne vous rencontre plus
nulle part!

VALENTINE.

Et moi!

EMMA.

Alors, c'est un scandale!

MADAME ERNEST.

Vous êtes bien libre de faire ce qui vous plait,
certainement. Mais on en parlera dans le quartier, vous ne l'empêcherez pas.

EMMA.

Je passais donc pour une rosière?

MADAME ERNEST.

Non. Mais vous passiez pour une femme extrêmement sérieuse. Si on s'attendait à quelque
chose de vous, c'était à apprendre votre mariage
un jour ou l'autre, surtout depuis que vous avez
vendu le magasin et que vous vous êtes retirée
des affaires.

EMMA.

Mais on ne s'attendait pas à me voir prendre un amant?... Alors, vous supposiez qu'à mon âge, j'en étais à ma première bêtise?

MADAME ERNEST.

On n'allait pas si loin.

EMMA.

Réfléchissez, mes enfants. Je suis née à Montmartre, je ne l'ai jamais quitté, j'y ai été ouvrière, j'ai perdu mes parents quand j'avais dix-sept ans, j'en ai plus de trente, vous ne voudriez pas!... Seulement, je ne me suis jamais affichée... Tenez, je vois ce qui vous amène de si bon matin : vous êtes intriguées, vous voudriez savoir. Eh bien, je vais tout vous dire parce que vous êtes mes amies et qu'on ne doit pas priver ses amies du plaisir d'aller potiner dans le quartier. Voici : Il y a un mois que je suis avec M. René Farjolle, trente-cinq ans, joli garçon, exerçant la profession de journaliste. Il est très gai ; nous nous aimons beaucoup, nous sommes très contents l'un de l'autre et il n'y a aucune raison pour que ça finisse. Maintenant, mes enfants, je vous congédie. Allez-vous-en, et que demain personne n'ignore cette histoire, entre la place Blanche et l'avenue Trudaine.

VALENTINE.

Vous pouvez vous en rapporter à nous !

(Entre Farjolle.)

EMMA.

Je vais même vous présenter monsieur Farjolle tout de suite. Vous en avez une, de chance !... Monsieur Farjolle... Madame Ernest et mademoiselle Valentine, deux excellentes amies à moi, qui brûlent du désir de faire ta connaissance.

MADAME ERNEST.

Certes, oui, monsieur... et bien heureuse... bien heureuse...

VALENTINE.

Mes compliments, monsieur.

FARJOLLE.

Et, moi, mesdames, enchanté, ravi...

*(Il leur serre la main pendant que Mélanie entre avec un plateau de tasses.)*

EMMA.

Au revoir... Nous allons déjeuner avec votre permission.

MADAME ERNEST.

A bientôt, Emma, à bientôt.

VALENTINE, *bas à Emma, en sortant.*

Il est très bien.

EMMA, *même jeu, riant.*

N'oubliez pas de le dire.


## SCÈNE IV

EMMA, FARJOLLE, *en déjeunant.*


EMMA.

Tu sors, ce matin?

FARJOLLE.

J'ai un rendez-vous dans une heure... As-tu envoyé chercher les journaux?

EMMA.

Les voici, mon chéri... Est-ce que je te verrai aujourd'hui?

FARJOLLE.

En tout cas, si je ne peux pas remonter cet après-midi, nous dinons ce soir ensemble et nous allons au théâtre. J'aurai une loge.

*(Il prend le journal l'Informé et le parcourt.)*

EMMA.

Est-ce que ton article a paru?

FARJOLLE.

Oui.

EMMA.

Si on m'avait dit un jour que je connaîtrais un journaliste!

FARJOLLE.

Je ne suis pas journaliste. Ne profane pas ce beau nom.

EMMA.

Puisque tu écris dans les journaux.

FARJOLLE.

Je n'écris pas dans les journaux, je te l'ai dit plusieurs fois. Je fais des annonces, des réclames... Je suis courtier de publicité.

EMMA.

Ah!

FARJOLLE.

Tu ne comprends pas?

EMMA.

Non. Tu devais m'expliquer. Tu n'as jamais le temps.

FARJOLLE, *lui tendant le journal.*

Regarde. Qu'est-ce que tu lis là en grosses lettres?

EMMA.

Pastilles Bolard. Je connais ça, j'en prends quand je suis enrhumée.

FARJOLLE.

Est-ce que ça te guérit?

EMMA.

Jamais.

FARJOLLE.

Pourquoi continues-tu à en prendre, alors?

EMMA.

Dame! je ne sais pas.

FARJOLLE.

Tu continues parce que tu vois « Pastilles Bolard » en grosses lettres, chaque fois que tu ouvres un journal.

EMMA.

C'est vrai.

FARJOLLE.

Et ce phénomène s'appelle la publicité. Ceux qui servent d'intermédiaires entre les fabricants de pastilles et les journaux s'appellent des courtiers de publicité, et ceux qui achètent des pastilles en croyant que ça va guérir leurs rhumes, constituent le public. Je te donne cet exemple, qui est simple, pour mieux te faire saisir le mécanisme.

EMMA.

Et c'est ton métier, ça?

FARJOLLE.

Mon Dieu, oui.

EMMA.

Est-ce un bon métier?

FARJOLLE.

Excellent. Seulement, moi, j'en suis à mes débuts et je ne gagne que bien juste ma vie. Mais le petit Vélard, avec qui nous avons soupé plusieurs fois, a gagné trente mille francs cette année-ci.

EMMA.

Ce gamin!... c'est épatant!

FARJOLLE.

Ce gamin est un des hommes les plus roublards qu'il y ait sur le pavé de Paris. Et je ne parle pas de gens, comme Moussac, par exemple, qui gagnent deux cent mille francs par an, qui gagnent ce qu'ils veulent...

EMMA.

Je n'en reviens pas! Est-ce que tu aimerais avoir autant d'argent que ça, toi?

FARJOLLE.

Evidemment, je l'aimerais... mais je n'y compte pas, et je me contenterais de beaucoup moins.

EMMA.

De combien te contenterais-tu? Dis-moi un chiffre?

FARJOLLE.

Quelle drôle de question!

EMMA.

C'est pour voir si nous avons les mêmes goûts.

FARJOLLE.

Voyons... je cherche... Eh bien, si j'arrivais à gagner une douzaine de mille francs par an, je serais très heureux.

EMMA.

Exactement le chiffre que j'avais pensé, mon chéri, exactement. Ça, c'est curieux! Et quand tu n'aurais plus l'âge de travailler, qu'est-ce que tu aimerais faire?

FARJOLLE.

Me retirer à la campagne.

EMMA, *se levant.*

Laisse-moi t'embrasser!

FARJOLLE.

Toi aussi?

EMMA.

C'est mon rêve. En travaillant, c'était toujours à ça que je pensais... Malheureusement, on n'y est pas encore... Ah! la campagne!... Tu es né en province, toi?

FARJOLLE.

A Rouen.

EMMA.

Ça ne t'ennuie pas que je t'interroge comme ça? Je suis bien curieuse, peut-être?

FARJOLLE.

Mais non. Ça m'amuse.

EMMA.

Nous sommes ensemble depuis un mois. On commence à ne plus être des étrangers.

FARJOLLE.

Tu es très gentille, Emma, très bonne fille.

EMMA.

Je te plais?

FARJOLLE.

Beaucoup.

EMMA.

A ton idée, ça durera-t-il longtemps?

FARJOLLE.

Je le crois.

EMMA.

Très longtemps?

FARJOLLE.

C'est bien possible.

EMMA.

Toujours?

FARJOLLE.

On ne sait pas.

EMMA.

Et pourquoi as-tu quitté Rouen?

FARJOLLE.

Pour venir achever mes études de médecine à
Paris.

EMMA.

Tu es donc médecin?

FARJOLLE.

Pas tout à fait, parce que je n'ai pas eu assez
d'argent pour aller jusqu'au bout. Alors, j'y ai
renoncé et j'ai fait un tas de métiers. J'ai été employé de commerce, j'ai tenu des écritures, j'ai
fait des copies, j'ai été secrétaire d'un député,
j'ai donné des leçons...

EMMA.

Mon pauvre chéri... Tu as dû la battre, la
dèche!

FARJOLLE.

La moitié du temps, je me trouvais sans emploi

et je me traînais dans Paris en cherchant de quoi dîner le soir. J'allais voir quelquefois vingt personnes avant de mettre la main sur une pièce de cent sous. Je demeurais dans des garnis d'où on m'expulsait tous les huit jours parce que je ne payais pas mon loyer. Je laissais ma carte au patron en lui disant : « Je vous réglerai plus tard. » Et d'ailleurs, j'ai réglé beaucoup de petites dettes de ce temps-là, pas toutes, naturellement, mais ça viendra. Tout ça a duré dix ans, pendant lesquels je ne me suis pas réveillé dix fois en ayant un louis dans ma poche. Enfin, l'année dernière, j'ai fait la connaissance de Vélard, qui m'a procuré quelques affaires de publicité. J'ai appris un peu le métier. De tous ceux que j'ai faits jusqu'à présent, c'est celui qui me convient le mieux. On est tout le temps en courses, en chasse, à la poursuite des clients... Il y a des déboires, mais c'est amusant tout de même.

EMMA.

Il y a des fois où tu n'as pas dîné, je parie ?

FARJOLLE.

Ce qui était le plus ennuyeux, c'est quand je ne dînais pas les jours où je n'avais pas déjeuné non plus. Et puis, tout de même, le lendemain, on rencontrait un camarade qui vous emmenait au restaurant, ou bien on gagnait quelques sous. Paris finit toujours par vous nourrir... Seulement, quelquefois, il n'y pense pas : alors, il faut attendre.

EMMA.

C'est ça qui t'a formé le caractère insouciant que tu as ?

FARJOLLE.

Ce doit être ça.

**EMMA.**

Enfin, me voilà un peu au courant de ta vie.
Ce n'est pas trop tôt... *(Coup de sonnette.)* Tiens,
quelqu'un!

**FARJOLLE.**

Pourvu que ce ne soit pas...?

**EMMA,** *riant.*

Un de tes créanciers?... Comment te trouve-
rait-il ici?

**FARJOLLE.**

C'est que j'en ai rencontré un hier, justement.
Il m'a peut-être fait suivre.

*(Entre Mélanie avec une carte.)*

**MÉLANIE.**

Pour monsieur.

**FARJOLLE.**

Non, c'est Vélard... *(A Emma :)* Vélard.

**EMMA,** *à Mélanie.*

Faites-le entrer tout de suite.

**FARJOLLE.**

Il n'y a qu'à lui que j'ai donné ton adresse.

**EMMA.**

Tu as joliment bien fait, mon chéri.


## SCÈNE V

### Les Mêmes, VÉLARD.


**FARJOLLE.**

Entrez, cher ami... Quelle bonne surprise! Nous
venons de parler de vous.

**VÉLARD.**

Mes hommages, chère madame.

*(Il lui baise la main.)*

**EMMA.**

Bonjour, monsieur Vélard... asseyez-vous.

**VÉLARD.**

Je ne vous dérange pas?

**FARJOLLE.**

Jamais! Qu'y a-t-il pour votre service, cher ami?

**VÉLARD.**

Je viens vous prier de me servir de témoin contre Lionel, avec qui j'ai eu une altercation, cette nuit, au cerle.

**FARJOLLE.**

Voyons? Mais c'est très grave, Vélard, ce que vous me racontez là! un duel! Fichtre, comme vous y allez! Mais à propos de quoi?

**EMMA,** *discrète.*

Je vous laisse.

**VÉLARD.**

Mais non, chère madame, restez, je vous en prie. Il n'y a aucun mystère. C'est une histoire bête comme tout, au contraire... *(A Farjolle:)* Vous savez la manie qu'a Lionel de traiter tout le monde de canaille, de crapule, de fripouille...

**FARJOLLE.**

Ça n'a aucune importance, dans sa bouche. Comme vous le dites fort bien, c'est une manie.

**VÉLARD.**

Oui, mais à la longue, elle est agaçante.

EMMA.

Comment, monsieur Vélard, ce monsieur vous a appelé...?

VÉLARD.

Il m'a appelé « fripouille », oui, chère madame.

EMMA, *indignée.*

Oh !

FARJOLLE.

Mais à quel propos?

VÉLARD.

J'étais, cette nuit, au cercle, vers une heure du matin, pour manger un morceau. Je pousse la porte de la salle à manger et j'entends cette fin de conversation : « Quant à Vélard, c'est une petite fripouille, tout bonnement. »

FARJOLLE.

C'était Lionel qui...?

VÉLARD.

Oui, à une table où se trouvaient aussi Brasier, Ravenel, quelques camarades. Vous comprenez? Ma situation était fausse. Je pouvais, à la rigueur, faire celui qui n'a pas entendu et m'asseoir tranquillement à côté d'eux, comme si de rien n'était...

FARJOLLE.

C'est ce que j'aurais fait à votre place.

VÉLARD.

Moi aussi, peut-être, dans une autre circonstance. Mais il y a longtemps que je voulais donner une leçon à Lionel pour lui apprendre à parler un peu mieux de ses camarades. Et puis, j'étais de mauvaise humeur. J'avais été roulé dans l'après-midi par cette canaille de Moussac... Bref, je me suis arrêté brusquement sur le seuil de la porte, pour bien montrer à ces messieurs que j'avais entendu. J'ai souri, et m'adressant ironiquement à Lionel : « Vous parliez de moi, cher ami? »

EMMA.

C'était envoyé !

FARJOLLE.

Il a dû être fort gêné ?

VÉLARD.

Je le crois, car il m'a répondu en balbutiant : « Si vous y tenez, Vélard, je suis à vos ordres... »

FARJOLLE.

Vous avez le beau rôle, mais permettez-moi de vous dire que vous êtes bien susceptible. A mon avis, il y a là, débinage, blague, plaisanterie : insulte, non. Enfin, c'est comme vous voudrez, je suis entièrement à votre disposition, si vous donnez suite à cette affaire.

VÉLARD.

J'y suis décidé. En sortant du cercle, j'ai passé à *l'Informé* voir si Vérugna y était encore... et je lui ai demandé de me servir de premier témoin.

FARJOLLE, *vivement.*

Vérugna !...

VÉLARD.

C'est mon patron. C'est lui qui m'a mis le pied à l'étrier. Je devais m'adresser à lui d'abord.

FARJOLLE.

Je crois bien! Et il a accepté ?

VÉLARD.

Très gracieusement.

FARJOLLE.

Voilà qui change la question! La présence de Vérugna donne à l'affaire une portée exceptionnelle, en fait un véritable événement parisien. Tous mes compliments, cher ami, tous mes compliments.

EMMA.

Qu'est-ce que c'est que ça, Vérugna?

VÉLARD.

C'est le directeur de *l'Informé*.

FARJOLLE.

C'est-à-dire, le maître de Paris!

EMMA.

Bigre... Comment dis-tu?... Véru...

FARJOLLE.

Vérugna.

EMMA.

Ça n'a pas l'air d'un nom français.

FARJOLLE.

Il est pourtant tout ce qu'il y a de plus français.

VÉLARD.

Quoique son père fût Espagnol.

FARJOLLE.

Et sa mère Brésilienne, dit-on.

VÉLARD.

Et que lui soit né en Turquie... Est-ce que vous le connaissez déjà personnellement?

FARJOLLE.

Je lui ai parlé une fois, l'année dernière, quand j'ai fait un peu de reportage à *l'Informé*.

VÉLARD.

Vous avez rendez-vous chez lui, à dix heures, avec les témoins de Lionel.

FARJOLLE.

Je ne vous cache pas, Vélard, qu'à l'idée d'approcher Vérugna, je suis très ému. C'est un grand honneur que vous me procurez, je ne n'oublierai pas.

VÉLARD.

Alors, enchanté de vous être agréable, en échange de la corvée que je vous impose.

FARJOLLE.

Ce n'est pas une corvée, c'est un devoir d'amitié que je suis heureux de remplir.

VÉLARD.

Vous demanderez l'épée, n'est-ce pas? D'ailleurs, Vérugna est prévenu.

FARJOLLE.

L'épée, le pistolet, tout ce que vous voudrez, cher ami.

VÉLARD.

A moins que Lionel ne me fasse des excuses, bien entendu.

FARJOLLE.

Soyez tranquille... Quant à vous, Vélard, permettez-moi de vous féliciter de votre attitude. Vous avez été très crâne, très ferme, n'est-ce pas, Emma?

EMMA.

Oh! il a été très chic!

FARJOLLE.

Les gens comme Lionel sont les tyrans du

21

boulevard, et il est bon que de temps en temps on les remette à leur place. Vous avez cent fois raison de lui envoyer des témoins, et je vous réponds que cette affaire fera du bruit... Où vous retrouverai-je? *(Regardant sa montre.)* Il est l'heure... Diable! il faut même se dépêcher!

VÉLARD.

Prenez l'auto qui m'a amené. Vous en avez pour cinq minutes.

FARJOLLE.

Et vous?

VÉLARD.

Je vais aller au petit café, là, en face, en vous attendant. J'ai une ou deux lettres à faire porter pour décommander des rendez-vous, ce matin. Gardez l'auto et revenez m'apporter des nouvelles.

FARJOLLE.

Restez donc ici, vous serez bien mieux.

EMMA.

Mais oui, monsieur Vélard. *(Elle va chercher de quoi écrire.)* Voilà tout ce qu'il faut.

VÉLARD.

J'abuse... Ah! j'oubliais, nous dînons ce soir ensemble, avec ma camarade, tous les quatre...

EMMA.

Elle va bien, mademoiselle Jeanne d'Estrelle?

VÉLARD.

Elle m'a prié de vous faire ses amitiés.

FARJOLLE.

Entendez-vous avec Emma... Moi, je me sauve.

*(Il embrasse Emma, serre vigoureusement la main de Vélard et sort.)*

## SCÈNE VI

### EMMA, VÉLARD.

EMMA.

Tenez, monsieur Vélard, mettez-vous là.

VÉLARD.

D'abord, il ne faut pas m'appeler monsieur, Nous voilà trop camarades avec Farjolle, maintenant...

EMMA.

Vous m'appelez bien madame !

VÉLARD.

Eh bien, je demanderai à Farjolle la permission de vous appeler Emma.

EMMA.

Moi, je vous la donne. Et je suis sûre que ça fera plaisir à René. Il a beaucoup d'amitié pour vous.

VÉLARD.

Moi aussi, j'ai beaucoup d'amitié pour lui. Et pourtant, j'ai failli lui en vouloir rudement !

EMMA.

A Farjolle?

VÉLARD.

Oh ! oui.

EMMA.

Et à quel moment?

VÉLARD.

Au moment où il vous faisait la cour, et où nous passions ensemble devant votre magasin. Vous étiez là, au comptoir, réfléchie et gaie en même temps, avec l'air attentif et intelligent d'une femme qui connaît la vie.

EMMA.

Vous aviez remarqué ça?

VÉLARD.

Oh! vous étiez très séduisante... Et quand je me suis aperçu que c'était Farjolle qui vous plaisait, et pas moi, j'ai commencé par être très jaloux... et je ne suis plus revenu.

EMMA, *riant.*

Oui, oui.

VÉLARD.

Ah! vous avez remarqué ça?

EMMA.

Tiens! Et même, dès que j'ai été avec Farjolle, vous n'avez pas été fâché de me montrer votre nouvelle bonne amie, mademoiselle Jeanne d'Estrelle, qui est une des plus jolies femmes de Paris, ça on ne peut pas dire le contraire.

VÉLARD.

Oui, elle est très jolie, mais elle n'a aucune personnalité. Elle ressemble à toutes les jolies femmes de ce monde là. Elle est fabriquée par sa couturière et sa modiste, tandis que vous, vous ne ressemblez à personne... C'est pour cela que vous avez une personnalité...

EMMA.

Ecrivez donc votre lettre, au lieu de me faire
des compliments dont vous ne pensez pas un
mot.

VÉLARD.

La preuve que je les pense, c'est que ma jalousie pour Farjolle est en train de me revenir.

EMMA.

Voulez-vous vous taire... et être plus sérieux,
à la veille de vous battre! Est-ce que vous êtes
fort, aux armes?

VÉLARD.

Assez, surtout à l'épée. Aussi, je choisis l'épée.

EMMA.

Naturellement, pardi!

VÉLARD.

Voyons, donnez-moi un petit renseignement?

EMMA.

Dites.

VÉLARD.

J'admets que vous m'ayez préféré Farjolle... je
ne suis pas assez fat pour m'étonner de ça... Mais
moi, est-ce que je vous déplaisais? Ou bien, est-ce
que je vous plaisais seulement moins que lui?
Vous comprenez ce que je veux dire?

EMMA.

Très bien... Je cherche.

VÉLARD.

Répondez-moi franchement.

EMMA.

Eh bien, voilà... Vous me plaisiez, mais pas tant que Roné.

VÉLARD.

En somme, s'il n'y avait pas eu ce diable de Farjolle, ç'aurait peut-être été moi que...?

EMMA.

Non, je ne crois pas, parole!

VÉLARD.

C'est vexant ce que vous me dites là. Et pourquoi?

EMMA.

Vous êtes trop gamin.

VÉLARD.

Oh!

EMMA.

Quel âge avez-vous?

VÉLARD.

Vingt-six ans.

EMMA.

Vous voyez! Ce n'est pas un âge d'homme, ça, c'est un âge de femme.

VÉLARD.

Enfin, vous me croyez incapable d'aimer?

EMMA.

Incapable d'aimer d'une certaine façon, oh! oui! Vous êtes joli garçon, vous êtes amusant, ce doit être agréable d'être votre bonne amie, pendant quelques jours. Si j'avais eu dix ans de moins ou dix ans de plus, c'est peut-être vous que j'aurais choisi. Mais j'ai justement l'âge où il vous faut une affection... je ne sais pas comment dire,

moi... plus grave... où on n'a pas seulement besoin de s'endormir avec un homme, mais de se
réveiller avec lui ; où on aime à se figurer qu'on
lui sera utile, qu'on vieillira ensemble. Eh bien,
Farjolle représentait ce type-là pour moi, et vous,
vous ne le représentiez pas du tout. Voilà pourquoi j'ai préféré Farjolle.

VÉLARD.

On ne peut pas mieux dire à quelqu'un qu'il
n'existe pas, qu'il ne tire pas à conséquence. Seulement j'aime autant vous prévenir tout de suite
que je ne renonce pas du tout à vous.

EMMA.

Ça me flatte, sans me faire peur.

VÉLARD.

Dites-vous bien que je suis en train de rede-
venir amoureux de vous.

EMMA.

Ne vous gênez pas. Ça nous fera toujours un
petit sujet de conversation, quand nous attendrons
Farjolle.

VÉLARD.

Et pour qu'il n'y ait pas de malentendu entre
nous, je vais commencer par vous embrasser.

EMMA.

Chut! chut! Achevez donc votre lettre.

*(On sonne.)*

VÉLARD.

Est-ce que ce serait déjà Farjolle?

EMMA.

Non, il a la clef.

MÉLANIE, *entrant.*

Madame ?

EMMA.

Qui est-ce, Mélanie ?

MÉLANIE.

Un ami de monsieur Farjolle, qui désire parler à madame.

EMMA.

Un ami de monsieur... Demande-lui ce qu'il veut ?

VÉLARD.

Je vous laisse. Je vais revenir avant déjeuner, savoir ce que les témoins ont décidé... Dites à Farjolle de m'attendre... Au fait, embrassez-moi pour que je flanque un bon coup d'épée à Lionel.

EMMA.

Quel gosse !... voilà !...

*(Elle l'embrasse.)*

VÉLARD.

Au revoir, Emma.

EMMA.

Au revoir, monsieur Vélard.

VÉLARD.

Je m'appelle Paul.

EMMA, *riant.*

Au revoir, mon petit Paul.

*(Elle le reconduit.)*

## SCÈNE VII

### EMMA, MÉLANIE.

EMMA.

Un ami de monsieur Farjolle, tu dis? Qu'est-ce qu'il veut, ce monsieur?

MÉLANIE.

Il arrive de Rouen pour voir monsieur Farjolle.

EMMA.

De Rouen?... En effet, René est de Rouen... C'est sûrement un de ses amis. Fais-le entrer.

*(Mélanie va à la porte et introduit monsieur Froment.)*

## SCÈNE VIII

### EMMA, MONSIEUR FROMENT, *puis* FARJOLLE.

MONSIEUR FROMENT.

Madame Emma Favard?

EMMA.

C'est moi, oui, monsieur. Monsieur Farjolle vient de sortir : il regrettera infiniment...

MONSIEUR FROMENT.

Parbleu ! j'en étais bien sûr?

EMMA.

De quoi étiez-vous sûr, monsieur?

##### MONSIEUR FROMENT.

Que Farjolle habitait chez vous. J'ai pris des renseignements. Il ne paraît plus à son domicile et voilà trois fois que je lui écris sans qu'il daigne me répondre.

##### EMMA.

Vous n'êtes donc pas un de ses amis ?

##### MONSIEUR FROMENT.

Si, si ! un de ses meilleurs amis... mais je suis également un de ses meilleurs créanciers.

##### EMMA.

Et de quel droit vous introduisez-vous chez moi ?

##### MONSIEUR FROMENT.

Ne vous fâchez pas, madame.

##### EMMA.

Vous osez me faire dire que vous arrivez de Rouen, afin que je vous reçoive, et puis... C'est trop fort !

##### MONSIEUR FROMENT.

Mais, madame, j'arrive de Rouen, c'est la vérité pure. Je suis monsieur Froment, tailleur à Rouen. Farjolle ne vous a jamais parlé de moi ?

##### EMMA.

Je vous prie de croire, monsieur, que nous avons d'autres sujets de conversation.

##### MONSIEUR FROMENT.

C'est pourtant moi qui lui ai fait sa première redingote, il y a dix ans, et je ne lui ai jamais refusé un costume ! Il s'est très mal conduit avec moi. En dix ans, savez-vous ce qu'il m'a donné

d'acompte ? Cinquante francs. Mais, maintenant,
j'en ai assez ! Il commence à gagner de l'argent,
je vais le poursuivre, je vais le faire saisir. Je le
poursuivrai à boulets rouges !

EMMA.

Tâchez de ne pas faire de potin ici, n'est-ce
pas ? Ne dirait-on pas qu'on vous doit une fortune ! Qu'est-ce qu'il vous doit, d'abord, monsieur Farjolle ?

MONSIEUR FROMENT.

Cinq cents francs, moins les cinquante. Voici
la facture, je l'ai toujours sur moi.

EMMA.

Et c'est pour cinq cents francs que vous menez
ce train-là !... Asseyez-vous. Faites-moi un reçu
pour solde de tout compte. Je vais vous régler...
Vous n'aurez pas beaucoup de clients, vous, avec
ces manières-là !

*(Elle va dans la pièce à côté.)*

MONSIEUR FROMENT, *radouci.*

Mais, madame, si j'avais su !

EMMA, *à la cantonnade, en faisant aller la clef d'un coffre-fort
dont on entend le bruit de la serrure.*

C'est bon ! c'est bon ! on ne vous demande pas
d'explications... *(Elle revient avec un billet de mille
francs.)* Tenez, donnez-moi de la monnaie et
acquittez-moi la facture.

MONSIEUR FROMENT, *finissant d'écrire.*

Voilà, madame, voilà ! Je ne pouvais pas
prévoir, moi...

EMMA.

Ça prouve que vous ne connaissez pas monsieur

Farjolle. Apprenez, pour votre gouverne, que c'est lui qui m'a remis ces mille francs-là, tout à l'heure, en me disant : « Si mon tailleur arrive de Rouen, paye-lui sa note ! »

MONSIEUR FROMENT.

Il m'avait donc reconnu hier, car je l'ai rencontré sur le boulevard.

EMMA.

Probable !

MONSIEUR FROMENT.

Que d'excuses, madame ! Faites-lui toutes mes excuses, je vous en supplie.

EMMA, voyant entrer Farjolle.

Faites-les-lui vous même.

FARJOLLE, à part, en entrant.

Nom de nom ! le père Froment !

MONSIEUR FROMENT, allant à Farjolle et lui prenant la main.

Ah ! monsieur Farjolle, il ne faut pas m'en vouloir, il faut me pardonner ! Vous devriez revenir à la maison. Il y a des tas de messieurs de Paris qui se font habiller en province.

FARJOLLE, étonné, mais avec dignité.

Nous verrons ça plus tard, monsieur Froment.

MONSIEUR FROMENT.

Tout à votre service... Ah ! vous avez joliment fait votre chemin, et je suis bien content... Au revoir, monsieur Farjolle, au revoir... Madame, votre serviteur.

(Il sort.)

## SCÈNE IX

### EMMA, FARJOLLE.

#### FARJOLLE.

Mais, qu'est-ce qui lui prend? *(Apercevant le reçu.)* Comment, tu l'as payé?

#### EMMA.

Oui, mon chéri, et ça m'a même rudement amusée. Tu n'imagines pas sa figure... On devrait payer ses dettes rien que pour voir la figure de ses créanciers... Tu sais, il voulait se mettre à genoux. Tu ne le crois pas? Je vais le chercher. Je te parie qu'il se met à genoux... *(Allant à Farjolle, qui se promène de long en large.)* Tu ne m'en veux pas, dis?

#### FARJOLLE.

T'en vouloir?... Non. Mais je suis dans une situation extrêmement délicate.

#### EMMA.

Ah! par exemple!... Voilà que tu vas commencer à dire des bêtises... N'en dis plus une... Arrête-toi... *(Elle lui met la main sur la bouche.)* J'avais ces mille francs qui me restaient de la vente du magasin, et je ne savais qu'en faire...

#### FARJOLLE, *qui a pris son portefeuille.*

Prends toujours ces trois cents francs à compte.

#### EMMA.

Et toi, alors?

FARJOLLE.

J'emprunterai à Vélard. Il roule sur l'or en ce moment-ci.

EMMA.

Mais je ne veux pas que tu empruntes, et je ne veux pas non plus te priver de ton argent. Avec quoi me payeras-tu à dîner ? Tu fais assez de dépenses pour moi depuis quelque temps... Va ! je ne suis pas pressée, et il vaut mieux que tu me doives, à moi, qu'à ton tailleur... Vois-tu, dans ta position, il n'y a rien d'embêtant comme les petites dettes criardes. C'est ça qui vous empêche de travailler, en vous enlevant la liberté d'esprit. On sort, on rencontre un créancier, il vous fait une scène, et voilà une journée fichue.

FARJOLLE.

Ça, je dois dire que c'est bien vrai.

EMMA.

Que de fois j'ai été sur le point de t'en parler ! Mais je n'osais pas, j'attendais l'occasion... Vous autres, hommes, vous êtes si susceptibles là-dessus, ou bien alors, c'est le contraire... Ce que tu devrais faire, tiens, puisque nous en sommes sur ce chapitre-là, c'est le compte de toutes les petites choses que tu dois... Je parie que ça n'est pas énorme... Et nous les payerons avec mes économies.

FARJOLLE, *énergiquement.*

Jamais ! Ne continue pas, je t'en prie.

EMMA.

Laisse-moi donc achever, voyons ! C'est un peu fort qu'on ne puisse pas placer un mot ! Si tu étais un bohème, un de ces hommes qui n'aiment qu'à aller au café et à changer de femmes, alors, ce ne serait pas la peine de causer. Mais j'ai bien étudié ton caractère et je crois que, maintenant, je le connais. Au fond, tu es un garçon rangé et sérieux. Ça ne t'amuse pas du tout d'avoir des dettes, et, quand tu ne les payes pas, c'est que tu ne peux pas faire autrement. Tu es très honnête, et la preuve, c'est que tu es très timide avec tes créanciers, au lieu de les flanquer à la porte, comme font les messieurs ordinairement. Ta famille, ça devait être des gens qui seraient morts de honte à l'idée d'avoir des huissiers chez eux ! Ce que j'ai encore remarqué, c'est que tu as des goûts très simples, et je suis sûre que tu t'habituerais vite à manger à des heures régulières.

FARJOLLE, *riant*.

Tout cela est fort juste, en effet.

EMMA.

Dans ces conditions-là, qu'est-ce qui te manque pour arriver, pour te créer une belle situation ? La tranquillité, la sécurité, enfin quoi ! un intérieur. Ce n'est pas une vie de demeurer à l'hôtel à ton âge, et de prendre tes repas dans des restaurants où tu es mal nourri et où ça te coûte très cher. Alors, je vais te faire une proposition... Ecoute-moi et ne bondis pas... parce que c'est une chose qui arrangerait tout et qui me permettrait de te donner le peu que j'ai, de le mettre en commun, et de faire notre chemin ensemble... Tu as compris, dis, mon petit René?... Oui... pourquoi est-ce qu'un jour, plus tard, oh ! ce n'est pas pressé... pourquoi est-ce qu'on ne se marierait pas? C'est une idée qui m'est venue tout d'un coup. On s'entend si bien, nous deux ! on est si bien faits l'un pour l'autre ! Et c'est rare, ça, très rare ! Ce serait dommage de ne pas en profiter.

FARJOLLE.

Eh ! j'y ai bien pensé aussi... seulement...

EMMA.

Ah ! pardi, je sais bien, c'est ce que j'ai fait avant toi qui te chiffonne. Je le regrette assez, va ! Ce que je donnerais pour avoir été sage jusqu'à présent ! Cependant, il ne faudrait pas croire qu'il me soit arrivé des aventures extraordinaires... Tiens, je vais te le dire, moi, ce que j'ai fait, je vais te le dire franchement.

FARJOLLE.

Oh ! c'est inutile.

EMMA.

Si, si ! je ne veux rien te cacher, quand même ça t'empêcherait de m'épouser. Mais il ne faut pas qu'un jour, si tu apprends la vérité, tu puisses me faire des reproches... Ecoute-moi... Sur ce que j'ai de plus sacré au monde, j'ai eu trois amants, pas un de plus, trois...

FARJOLLE.

Ce n'est pas la peine de me dire...

EMMA.

Si, si ! Le premier que j'ai eu, c'est à dix-huit ans, pour commencer, quand je travaillais chez une modiste, aux Batignolles. Il m'a duré trois ans, je ne sais pas ce qu'il est devenu... Et puis, il y a eu un étudiant... et le troisième, c'était un

chef de bureau au ministère. C'est toi le qua-
trième. Mais dans ma vie, il n'y a pas que toi qui
comptes. Les autres, je les rencontrerais dans la
rue, je ne les reconnaîtrais même pas. Tu n'es
pas le premier, mais tu es le seul. Maintenant, tu
feras ce que tu voudras, et, quoi que tu fasses,
je serai contente, pourvu que tu ne me quittes
pas. C'est à toi de réfléchir, mon chéri. Moi, je
ne te parlerai plus jamais de mariage, je te le
promets.

(Entre Vélard.)

## SCÈNE X

### Les Mêmes, VÉLARD.

#### VÉLARD.

Ah ! vous êtes de retour, Farjolle... Eh bien ?

#### FARJOLLE.

Eh bien, voici... Le duel a lieu demain matin
— au pistolet.

#### VÉLARD.

Comment, au pistolet?... Mais je vous avais
recommandé de choisir l'épée.

#### FARJOLLE.

En effet... Mais Vérugna n'avais jamais vu de
duel au pistolet, il voulait en voir un, et il a
exigé le pistolet. Il a tenu aussi à ce que ce fût très
sérieux... Il n'y avait qu'à s'incliner, vous comprenez, mon cher... Vérugna !...

25

**VÉLARD.**

Évidemment, évidemment... Mais c'est ennuyeux tout de même.

**FARJOLLE.**

Vérugna vous attend à deux heures chez Gastinne-Renette... pour vous exercer.

**VÉLARD,** *se remettant.*

Enfin!... On se battra au pistolet, voilà tout. N'en parlons plus.

**EMMA,** *à part.*

Pauvre petit !

**VÉLARD,** *très dégagé.*

Où dine-t-on, ce soir?

**EMMA.**

Où vous voudrez.

**VÉLARD.**

Trouvez-vous devant le journal à huit heures moins le quart. On décidera... Au revoir, mes amis.

**EMMA.**

Au revoir, monsieur Vélard.

*(Elle lui serre la main.)*

**FARJOLLE.**

A tantôt.

*(Vélard sort.)*

## SCÈNE XI

### FARJOLLE, EMMA.

EMMA.

Pourvu qu'il ne lui arrive rien !

FARJOLLE.

Mais non, n'aie pas peur... Il est midi, j'ai une faim !

EMMA.

Mettez le couvert, Mélanie.

FARJOLLE.

J'oubliais de te dire. Vérugna a été charmant avec moi, très cordial. Enfin, il s'est montré très bon garçon, et me voilà au mieux avec lui.

EMMA.

C'est l'important, mon chéri.

FARJOLLE.

C'est inouï ! Il ne m'avait vu qu'une fois, et il s'est rappelé ma figure... Il a même dit : ma gueule...

EMMA, *riant.*

Servez, Mélanie.

# ACTE II

### Chez Vérugna.

Un petit salon, attenant à d'autres salons en enfilade. Tout au fond, dans le dernier salon, on entrevoit une table de baccara avec des gens qui jouent; tous sont en tenue de soirée. Dans le salon, Brasier, affalé dans un fauteuil, fume. Autour de lui, Lucie, madame Lévy, Demay, Marianne.

## SCÈNE PREMIÈRE

### BRASIER, LUCIE, MADAME LÉVY, DEMAY, MARIANNE.

BRASIER, *leur faisant des signes de la main.*

Ayez de la patience, mes enfants, ne trépignez pas comme ça! Vous le verrez dans un instant, Vérugna... Il a été appelé au journal parce qu'il y a une séance de nuit...

LUCIE.

Une séance de nuit, où ça?

BRASIER.

Vous voulez y aller?... Mais ce n'est pas ce que vous croyez. C'est une séance de nuit à la Chambre des députés.

LUCIE.

Ah! bon!

BRASIER.

Alors, il peut en résulter des complications politiques. Vous comprenez?... Mais, en attendant, tâchez d'être gentilles avec moi... C'est moi qui remplis les fonctions de maître de la maison jusqu'à son retour.

MADAME LÉVY.

Vous qui avez tant d'influence sur lui, mon petit Brasier, vous devriez lui parler de moi. Car vous savez ce qu'ils me font, à l'Opéra, vous le savez, n'est-ce pas?... Ils font chanter Marguerite par une artiste américaine quand je suis là... quand je suis là!

BRASIER.

Soyez tranquille, nous mettrons une note dans *l'Informé*... une note adroite.

MADAME LÉVY.

Dites que c'est une honte!

BRASIER, à *Marianne*.

Et vous, chère enfant, qu'est-ce que vous désirez?

MARIANNE, *le prenant à part.*

Ce n'est pas moi qui désire quelque chose, c'est Steck.

BRASIER.

Qu'est-ce qu'il veut, Steck?

MARIANNE.

Qu'on n'insiste pas trop sur les courses de cet après-midi. Je vous assure qu'il ne croyait pas gagner avec ce cheval. Ça a été une surprise.

**BRASIER.**

Pour tout le monde, et même pour le cheval.
Il n'en revient pas.

**MARIANNE.**

On ne dira rien, c'est compris?

**BRASIER.**

J'en toucherai deux mots à Vérugna.

**MARIANNE.**

Merci, Brasier, je vous revaudrai ça.

**BRASIER.**

J'y compte bien.

**UNE VOIX, au fond**

Cinquante louis en banque!

**BRASIER.**

Allez vous distraire, jeunes femmes! Vous sentez-vous un peu en veine, ce soir?

**ESTELLE.**

Moi! Il me semble que je vais gagner tout ce
que je voudrai. Prêtez-moi dix louis, Brasier?...
Billoche vous les rendra.

**BRASIER.**

Non, il ne me les rendra pas. (Lui remettant deux
billets de banque.) Tenez.

**ESTELLE.**

Merci, mon vieux Brasier. (Riant.) Puisqu'il ne
vous les rendra pas, Billoche, ce n'est pas la
peine de lui dire que je vous les ai empruntés.

(Elle s'éloigne.)

LUCIE, *prenant le bras d'Estelle.*

Prête-moi donc deux louis sur les dix ?

LA VOIX, *au fond.*

La banque est adjugée à Stingaud.

*(Entre Vélard, par la droite.)*

## SCÈNE II

VÉLARD, BRASIER, *puis* JEANNE D'ESTRELLE.

VÉLARD, *à Brasier.*

Bonsoir, Brasier...

BRASIER, *lui serrant la main.*

Bonsoir, mon petit Vélard, bonsoir... Vous avez gagné, à ce que je vois.

VÉLARD.

Une misère... quinze ou seize louis...

BRASIER.

Seize louis ne sont une misère que quand on les gagne !

VÉLARD.

Et vous, Brasier, vous ne jouez pas ?

BRASIER.

Jamais je ne joue chez Vérugna, les jours où il reçoit.

VÉLARD.

Dites-moi ?... Depuis que vous êtes là, vous n'avez pas vu arriver Farjolle et sa bonne amie ?

**BRASIER.**

Non... Je l'aurais remarqué. Il m'intéresse
beaucoup ce Farjolle... Il connaît depuis longtemps Vérugna?

**VÉLARD.**

Non... Mais il est très bien dans la maison.
Vérugna l'adore.

**BRASIER.**

Vérugna raffole des bohèmes... Regardez donc
Moussac, qui fait du plat à votre amie...

**VÉLARD.**

Ce n'est plus mon amie...

**BRASIER.**

Ah! bah! Jeanne d'Estrelle n'est plus votre
amie? C'est impossible!

**JEANNE,** *entrant.*

Bonjour, Brasier... qu'est-ce que tu dis encore
de rosse sur moi?

**VÉLARD.**

Il ne veut pas croire que nous ne sommes plus
ensemble!

**JEANNE.**

C'est vrai! Tu ne savais pas? Que veux-tu!
nous nous sommes aperçus, tout d'un coup, qu'on
ne s'aimait plus depuis trois ans. Alors, on s'est
séparé, nous restons amis tout de même.

**BRASIER.**

Du reste, ma petite, tu es déjà remplacée!

**JEANNE.**

Au bout de huit jours!... Ça, c'est pas chic!
*(A Vélard:)* Tu aurais pu attendre un mois!

VÉLARD.

Ne l'écoute pas!... Il te conte des blagues!...

BRASIER.

Mon cher, j'habite avenue Montaigne, de mes fenêtres, je vois votre maison, rue Clément-Marot.

JEANNE.

Oui... Eh bien?

BRASIER.

Eh bien, au moment de votre duel, quand Lionel vous eut mis cette jolie petite balle dans l'épaule, presque tous les jours, entre deux et quatre, une voiture s'arrêtait devant votre porte, et il en descendait une dame, toilette discrète, voilette épaisse... Elle payait vivement le cocher, et se faufilait dans la maison.

VÉLARD.

Vous êtes stupide, Brasier, avec vos inventions!

JEANNE.

Il se fâche! Donc c'est vrai... *(A Brasier:)* Elle est bien, la madame?

BRASIER.

Pas mal... Beaucoup de branche... Avec ma lorgnette, j'ai pu distinguer la figure... Elle est jolie, très drôle surtout.

JEANNE.

Mieux que moi?

BRASIER.

C'est un autre genre. Enfin, elle est très bien.

VÉLARD.

Ecoutez... j'ai assez ri avec cette plaisanterie... Je retourne au jeu...

*(Il sort.)*

**JEANNE.**

Après tout... si ça lui fait plaisir! *(Montrant une femme qui entre:)* Tiens!... voilà cette petite grue de Laure... Comment Vérugna reçoit-il ça!... Une traînée qui joue des bouts de rôles aux Délassements!

**LAURE,** *s'avançant.*

Ah! bonjour, Jeanne!

**JEANNE,** *l'embrassant.*

Bonsoir, ma chérie! Vous ne jouez pas ce soir?

**LAURE.**

Si, mais je ne suis que du trois... Je suis venue serrer la main à Vérugna. Il m'a dit de passer pour une affaire très sérieuse. Il s'agit de politique.

**JEANNE.**

Mais qu'elle est donc belle!

**LAURE.**

Oh! C'est une vieille robe!... C'est vous qui êtes délicieuse!

*(Jeanne et Laure s'éloignent.)*

**BRASIER,** *seul.*

Charmantes petites femmes!

## SCÈNE III

### BRASIER, FARJOLLE, EMMA.

**FARJOLLE,** *entrant.*

Hé! Brasier! Vous allez bien?

**BRASIER.**

Mon bon Farjolle! Je parlais de vous à l'instant même!

**FARJOLLE.**

Vous parliez de moi? Vous m'inquiétez!

**BRASIER.**

Avec le petit Vélard. Il vous aime beaucoup; du reste, il aime tout le monde. C'est de son âge.

**FARJOLLE.**

Ce n'est pas du vôtre, hein?

**BRASIER.**

Oh! moi! J'en ai tant vu!... Vous allez faire votre cour au patron?

**FARJOLLE.**

Oui.

**BRASIER.**

Il est sorti un instant... Il a été appelé au journal!... Venez donc! Nous le retrouverons tout à l'heure.

**FARJOLLE.**

Permettez... Mais je ne suis pas seul.

**BRASIER.**

C'est vrai... on m'a dit! Vous avez une bonne amie... Vous l'amenez?

**FARJOLLE.**

Elle ôte son manteau... Permettez-moi de vous la présenter.

**BRASIER.**

Très volontiers!

**EMMA, *entrant.***

Là... je me suis donné un petit coup de poudre...

FARJOLLE.

Emma, je te présente monsieur Brasier...

BRASIER, *saluant.*

Madame!...

EMMA.

Oh! monsieur, René m'a souvent parlé de vous...

BRASIER.

Il est trop aimable? *(La regardant.)* Tiens! Oh! que c'est curieux!...

FARJOLLE.

Vous dites?

BRASIER.

Rien... Une ressemblance... Madame me rappelle, trait pour trait, quelqu'un... Eh bien, je vous lâche...

*(Il sort.)*

## SCÈNE IV

EMMA, FARJOLLE, puis VÉLARD.

EMMA.

Qu'est-ce que c'est que ce type-là?

FARJOLLE.

Un monsieur très influent ici!... C'est le seul homme, à Paris, qui tutoie Vérugna... Ça lui fait une situation.

EMMA.

Ah!... Si j'avais su!... Vrai, mon chéri, je ne suis pas à mon aise. Dis donc! Il va falloir que tu me présentes à Vérugna?

FARJOLLE.

Oh! c'est indispensable... Nous sommes chez lui... Et d'ailleurs, on lui a parlé de toi... Il désire beaucoup te connaître.

EMMA.

Pourvu que je lui fasse bonne impression! Je me sens dépaysée, à la pensée de coudoyer toutes ces femmes couvertes de bijoux, habillées comme au théâtre!

FARJOLLE.

Veux-tu réussir, oui ou non!...

EMMA.

Ah! certes!...

FARJOLLE.

Veux-tu devenir riche?

EMMA.

Riche!... Je n'y tiens pas!... Tiens! sais-tu à quoi je bornerais mon ambition! A avoir une petite maison dans le genre de celle que nous avons visitée dimanche dernier, à Fin-d'Oise, avec son jardin qui descend jusqu'à la rivière, et le bateau amarré à l'ombre, au pied de ces grands arbres!...

FARJOLLE.

La maison du père Guillaume.

EMMA.

On l'aura, mon chéri!... J'ai comme une idée qu'on l'aura plus tard!

FARJOLLE.

Ça dépend des gens qui sont là. Tiens, dans l'entourage de Vérugna, il y a dix personnes qui peuvent me faire gagner la maison Guillaume.

EMMA.

Tu crois?

FARJOLLE.

Il suffirait d'une bonne affaire... d'une affaire, tiens, comme celle que vient de dénicher Vélard.

EMMA.

Ah!

FARJOLLE.

Oui... Toute la publicité de Griffith, le grand barnum anglais, qui veut fonder, à Paris, un établissement immense pour l'été... mélange de kermesse, d'hippodrome et de cirque... Une machine qui donnera des bénéfices fabuleux si elle réussit! C'est une question de réclame.

EMMA.

C'est ça qui nous aurait fallu!... Qu'est-ce que ça peut lui rapporter, à Vélard?

FARJOLLE.

Trente ou quarante mille francs, au moins. Crois-tu?... C'est admirable! Ah! Il est malin!...

EMMA.

Tu serais aussi malin que lui, seulement, tu n'a pas encore les relations nécessaires, tu n'es pas encore connu dans ce monde-là. Il faut être patient, se lier tout doucement avec les uns et les autres... Ce n'est pas que ces gens-là m'épatent, car au fond, qu'est-ce que c'est? Des tripoteurs et des cabotins. Mais on en a besoin, dans ta profession.

FARJOLLE.

Évidemment. Remarque, je ne me décourage pas, au contraire... Surtout aujourd'hui que je suis plutôt bien avec Vérugna.

EMMA.

Ah! Ce Vérugna! s'il voulait!

FARJOLLE.

Certes... C'est l'homme le plus puissant de Paris... Ce matin encore, il a sauvé le gouvernement... Et tu sais, sauver un ministère, c'est dix fois plus dûr que de le renverser. C'est Vérugna qui a fait Labranche, Sélim, Moussac et même Vélard.

EMMA.

Va, mon chéri, ton tour viendra, il n'est pas loin, je le sens... Au fait, ton ami Vélard, il ne vient donc pas, ce soir?

FARJOLLE.

Si, si, il doit être là!... Nous entrons?

EMMA.

Rien ne presse... Toi, tu devrais te montrer un peu, jouer... n'avoir pas l'air de quelqu'un qui n'a pas le sous. As-tu emporté de l'argent?

FARJOLLE.

J'ai cent francs.

EMMA, *tirant sa bourse.*

Et moi cinquante... Tiens, prends-les... Joue-les pour moi... Tâche de ne pas les perdre... Mais si tu les perds, ne te fais pas de bile, ce n'est pas grave.

FARJOLLE.

Et toi? qu'est-ce que tu vas faire?

EMMA.

Je ne serai pas embarrassée. *(Entre Vélard.)* Ah! voici Vélard... Il me tiendra un instant compagnie, n'est-ce pas?

VÉLARD, *leur serrant la main.*

Comment donc!

FARJOLLE.

Alors, je vous laisse. Je vais risquer quelques louis.

VÉLARD.

Moussac perd ce qu'il veut. Profitez-en!

FARJOLLE.

Bigre, oui!

(*Il s'éloigne vers le fond.*)


## SCÈNE V

### EMMA, VÉLARD.


VÉLARD, *vivement, courant à elle.*

Emma!... Enfin, je peux vous parler!...

EMMA.

Ne vous avancez pas comme ça. Vous avez l'air de vouloir vous élancer sur moi. Si Farjolle s'était retourné, il n'aurait rien compris...

VÉLARD.

Voilà huit jours que je vous attends, pendant deux heures chaque fois... Oui, deux heures. Je rentre chez moi à quatre heures et j'y reste jusqu'à six... depuis huit jours... vous ne venez jamais... vous ne m'envoyez pas le plus petit mot... Je ne sais plus que penser... qu'est-ce qui se passe? Voyons, qu'est-ce qui se passe?

EMMA.

C'est pour vous le dire que j'ai tenu à rester seule avec vous un instant.

VÉLARD.

Vous appelez ça être seuls!... Non, je vous attendrai demain à quatre heures... Je vous attendrai jusqu'à six... Je vous en supplie, tâchez de venir... Si vous avez quelque chose à me dire, nous serons bien mieux.

EMMA.

Non, nous sommes très bien ici... d'ailleurs, ce ne sera pas long. Il faut être raisonnable, mon petit Paul, et surtout ne pas faire de gestes comme ça... C'est fini, je n'irai plus chez vous... Mais restez tranquille, je vous prie... Je n'irai plus, vous entendez. Ce n'est pas une raison parce que j'y suis allée deux ou trois fois, pour que je me croie engagée toute la vie... Ah! ce que c'est que d'être trop bonne fille! Vous veniez d'être blessé dans ce duel, et encore, pas gravement...

VÉLARD.

Pas gravement!

EMMA.

Non, pas gravement! La balle avait effleuré votre épaule. Elle n'était même pas rentrée... *(Mouvement de Vélard.)* ou si elle était rentrée, elle était ressortie tout de suite... Elle avait fait une simple écorchure. Seulement, j'avais été émue du danger que vous veniez de courir... Vous m'aviez écrit une lettre en me disant que vous aviez pensé à moi à ce moment-là. Ce n'était pas vrai, bien entendu, mais ça m'avait remuée. Alors, je suis allée vous voir, et la preuve que votre blessure était insignifiante, c'est que... parfaitement. Je m'en suis rendu compte après...

VÉLARD.

L'amour m'avait fait oublier la douleur.

24

### EMMA.

Taisez-vous donc!... Enfin, c'était fait, c'était fait! Vous avez été très gentil, très tendre, très amoureux... Oh! vous êtes très gentil, je vous rends justice... Sans ça, je ne serais pas retournée le lendemain. Mais, maintenant, Paul, en voilà assez. Je ne suis pas libre et surtout je ne veux pas tromper Farjolle que j'aime, que j'aime uniquement. Si vous voulez rester camarade, vous oublierez ce qui s'est passé entre nous, comme je l'ai déjà oublié, et vous n'y ferez jamais allusion.

### VÉLARD.

Je ne peux pas m'engager à ça... Non... non, je ne peux pas. Je vous aime, moi aussi, il m'est impossible de penser à une autre femme qu'à vous. J'ai quitté Jeanne d'Estrelle.

### EMMA.

Vous n'auriez pas dû, sans me prévenir!

### VÉLARD.

A côté de vous, elle me faisait l'offet d'un mannequin, tandis que vous, vous êtes une vraie femme, naturelle, vibrante, complète enfin... complète. Si j'étais privé de vous, je serais très malheureux, je souffrirais, je ne serais plus bon à rien; un chagrin d'amour dans ma profession, voyez-vous, ce serait très grave.

### EMMA.

Ecoutez, Paul, puisque vous m'y forcez, je vais vous révéler une chose que je ne voulais vous dire que plus tard et qui vous fera comprendre ma conduite... et qui vous montrera aussi que nous ne devons désormais avoir ensemble que des rapports de bonne amitié. Je ne suis plus la maîtresse de Farjolle.

VÉLARD, *vivement.*

Oh! tant mieux!

EMMA.

Je suis sa femme, sa femme légitime.

VÉLARD.

Vous?... mais depuis quand? Depuis quand?

EMMA.

Depuis avant-hier.

VÉLARD.

Voilà une histoire!

EMMA.

Oui, nous nous sommes mariés avant-hier, dans son pays, à Rouen. Nous avions décidé de ne le dire à personne. Ce n'est pas la peine... qui ça intéresse-t-il? Et puis, Farjolle, par son métier, est obligé de fréquenter un tas de gens qui ont des maîtresses, qui les gardent ou qui les quittent à propos de rien. Si on me savait mariée, dans ce monde-là, je serais gênée, et Farjolle aussi... ou bien on ne nous inviterait plus ensemble. On s'est épousé pour soi, et non pour les autres. *(Un temps.)* Vous voyez, Paul, que tout est changé et qu'il y a certaines imprudences que je ne peux plus faire.

VÉLARD.

Ce n'est pas parce que vous êtes devenue madame Farjolle que je vous en aimerai moins, au contraire. Je vous jure, Emma, que je serai l'amant le plus discret, le moins exigeant. Jamais personne ne soupçonnera notre liaison. Mais vous n'avez pas le droit de me désespérer sous prétexte que vous êtes mariée; ce n'est pas de ma faute.

Je ne peux pas être victime de ça, car, enfin, je vous plais, vous me l'avez dit, vous me l'avez prouvé...

EMMA.

J'ai eu tort, n'insistez pas. Ma vie, maintenant, est arrangée avec Farjolle. Il s'agit de nous débrouiller, tous les deux ensemble, et de faire notre chemin. Nous ne sommes pas riches, vous savez, et nous avons beaucoup de peine à faire aller notre petit ménage. Farjolle gagne très peu d'argent... Tout ça vous est égal, évidemment. Vous êtes dans une jolie situation... vous faites des affaires magnifiques... comme celle de cet Anglais...

VÉLARD.

Griffith ?

EMMA.

Oui, Griffith... Alors, je comprends très bien que vous songiez à vous amuser, que vous n'ayez pas d'autres préoccupations. Mais moi, ce n'est pas la même chose, et avec toutes les inquiétudes que j'ai pour notre avenir, je n'ai pas le cœur de penser à la gaudriole...

VÉLARD, arec passion.

Emma ?

EMMA.

Quoi ?

VÉLARD.

Dites-moi que je vous plais encore un peu ? Dites-le-moi, je vous en prie ? Je vous dirai pourquoi après.

EMMA.

Vous me plaisez, comme ami.

VÉLARD.

Non, Emma, pas comme ami... Dites-moi qu'il n'est pas impossible que vous reveniez un jour ?

EMMA.

Dans les circonstances actuelles, c'est impossible. J'ai trop d'ennuis... Farjolle a, de son côté, de graves soucis... Plus tard, si notre situation s'arrange... je ne dis pas!...

VÉLARD.

Je comprends l'état d'esprit où vous êtes... je commence à connaître votre caractère... votre caractère sérieux... votre sens de la vie... de la réalité... Eh bien, je vais vous faire une proposition, qui vous montrera que je ne suis pas un ennemi de votre tranquillité, que je ne serai pas pour vous un amant exigeant, un de ces hommes qui demandent des sacrifices continuels à la femme qu'ils aiment... Et puis, j'ai beaucoup de sympathie pour Farjolle...

EMMA.

Oh! vous dites ça!...

VÉLARD.

Non... je vais vous le prouver... Tenez, cette affaire que je fais avec Griffith... Voulez-vous que je la partage avec lui?

EMMA.

Vous feriez ça!

VÉLARD.

Oui... surtout si ça vous est agréable, Emma... Sans compter que Farjolle est très débrouillard.

EMMA.

Il vous serait très utile... c'est moi qui vous le dis.

VÉLARD.

Je n'en doute pas!... Comment n'y ai-je pas pensé plus tôt?

EMMA.

Mais, qu'il n'y ait pas d'équivoque entre nous... n'est-ce pas, mon petit Paul... Vous faites cela pour Farjolle, pour Farjolle uniquement...

VÉLARD.

Bien entendu!

EMMA.

Quant à moi, je ne vous promets rien... J'insiste beaucoup là-dessus... vous devez comprendre cette délicatesse.

VÉLARD.

Oui, Emma... et je ne vous en aime que davantage.

EMMA.

Oh! je ne dis pas que je ne vous en serai pas reconnaissante... Je ne suis pas une ingrate... Et c'est très gentil, ce que vous faites là... c'est d'un bon ami... je ne l'oublierai pas...

VÉLARD.

C'est tout ce que je vous demande, Emma... je suis très content! Voilà votre mari. Ne lui dites rien avant que j'aie parlé au patron.


## SCÈNE VI

Les Mêmes, PLUCHE, FARJOLLE, BRASIER, MOUSSAC, LABRANCHE, SELIM, LAURE, JEANNE, etc.

FARJOLLE, entrant, après avoir quitté Pluche, qui traverse le fond.

Vite... Pluche me dit que Vérugna est de

retour... il va passer par ici... je vais te présenter...

*(Brouhaha de gens qui sortent du salon. Pendant ce temps.)*

EMMA.

Je suis très émue...

FARJOLLE.

Ah! au fait, tu sais... j'ai perdu les cent cinquante francs.

EMMA.

Oh! Zut!... Enfin, ça ne fait rien, mon chéri...
As-tu gardé de quoi payer la voiture?

FARJOLLE.

Oui.

EMMA.

Alors... tout va bien!...

FARJOLLE.

Voilà Vérugna.

BRASIER, *se précipitant.*

Eh bien, ces bruits?

VÉRUGNA.

C'est arrangé... Dans le numéro de demain,
nous les calmons... nous leur faisons comprendre
qu'un conflit serait absurde en ce moment, où les
cours ont besoin de fermeté.

BRASIER.

Alors, on ne vend pas?

VÉRUGNA.

On ne vend pas, nous sommes au beau... Qui
me passe une cigarette?

DIX PERSONNES, *tirant un porte-cigarettes.*

Voilà, patron!...

VÉRUGNA, en prenant une.

Merci... Allez, mes enfants... Retournez à vos petites occupations... Faites ce que vous voudrez... Amusez-vous. Soyez convenables, ne le soyez pas, ça m'est absolument égal. Surtout, soyez gais! Vous n'êtes pas chez le directeur de *l'Informé.* Vous êtes chez un camarade!

FARJOLLE, s'avançant avec Emma.

Patron...

VÉRUGNA, lui tendant la main.

Tiens... C'est vous, Farjolle. Vous allez bien?

FARJOLLE.

Toujours bien... Voulez-vous me permettre de vous présenter...

VÉRUGNA.

Ah!... Votre bonne amie!... Parfait!... Très gentille... Figure très rigolote... air bonne fille. *(Il lui tapote la joue.)* Sacré Farjolle!... Je n'aurais jamais cru ça de vous!...

EMMA.

Je suis confuse... monsieur le directeur.

VÉRUGNA.

Mais non, mon enfant, mais non... J'aime beaucoup Farjolle... il est très gai... Je ferai quelque chose pour lui...

BRASIER.

Tu dis toujours ça!... Mais tu ne feras rien pour lui!...

VÉRUGNA.

Tais-toi, brute! *(A Emma:)* Et y a-t-il longtemps que vous êtes ensemble?

EMMA.

Pas mal de temps, déjà!

VÉRUGNA.

Très bien, mes enfants... Allez vous distraire!...
Allez. Vous connaissez du monde, ici?... des
dames?...

EMMA.

Non... personne, monsieur le directeur.

VÉRUGNA.

Alors, je vais vous faire connaître une gentille
petite femme. *(Appelant.)* Laure !

LAURE, *s'approchant.*

Monsieur Vérugna?

VÉRUGNA.

Je vous présente... *(A Emma :)* comment vous
appelez-vous? le petit nom?

EMMA.

Emma.

VÉRUGNA.

Bon. *(Les présentant.)* Laure... Emma.

LAURE.

Chère madame...

EMMA.

Madame !...

VÉRUGNA, *les poussant.*

Ça va bien... Allez bavarder, maintenant.

EMMA.

Quel homme charmant, vous ne trouvez pas?

LAURE.

Oui... on est tout de suite à son aise avec lui.

*(Farjolle, Emma et Laure sortent.)*

VÉRUGNA, à *Brasier.*

Tu vois cette petite Laure ?... Elle sera demain la maîtresse du ministre des Beaux Arts... à qui elle plaît beaucoup, et elle ne s'en doute pas.

BRASIER.

Tu fais un joli métier !

VÉRUGNA.

Un ministre ne doit tenir sa maîtresse que de *l'Informé.*

PLUCHE, *entrant.*

Patron, monsieur Moussac demande si vous jouez votre coup de vingt-cinq louis, comme d'habitude ?

VÉRUGNA.

Ah ! c'est vrai, ma parole, j'oubliais ! Vingt-cinq louis à gauche. *(A Brasier :)* C'est incroyable, mon cher, toutes les fois qu'on joue chez moi, je mets vingt-cinq louis sur le tableau de gauche, je les gagne, et puis je ne joue plus de toute la soirée.

MOUSSAC, *au fond.*

Rien ne va plus.

VÉRUGNA.

Ça anime la partie, et ça fait plaisir à tout le monde... même au perdant.

MOUSSAC.

J'en donne.

VOIX.

Huit... Neuf !...

VÉRUGNA.

J'en étais sûr... j'ai gagné...

PLUCHE, *rerenant.*

Voici vos vingt-cinq louis, patron.

VÉRUGNA, *empochant.*

Merci, jeune homme.

BRASIER.

Tu es de bonne humeur, ce soir. Tu es abordable, tu es paternel... tu causes familièrement avec tes sujets.

VÉRUGNA.

Je suis content, sans raison... *(Entre Vélard.)* Ah!... voilà Vélard... Bonsoir, mon petit.

VÉLARD.

Bonsoir, patron.

VÉRUGNA.

J'avais quelque chose à vous dire... Ah! oui!... Je viens de recevoir un mot de Griffith. Il accepte les conditions, en principe. Ce brave Griffith!... Je suis content de le revoir.

VÉLARD.

Vous le connaissez?

VÉRUGNA.

Nous nous sommes rencontrés, autrefois, en Amérique. Nous avons même été associés un instant, pour le commerce des bestiaux. Si on m'avait dit alors, que je fonderais un journal à Paris, je n'aurais pas été étonné, parce que dans la vie il ne faut s'étonner de rien, mais j'aurais souri!... Figurez-vous, mes enfants, qu'à ce mo-

mont-là, moi qui vous parle, je jetais le lasso
d'une façon remarquable.

BRASIER.

Tu le jettes encore très bien... dans un autre
genre.

VÉRUGNA, *riant*.

Ah! ah!... Ce Brasier!... Il en a parfois
de bonnes!... Enfin, vous comprenez, Vélard,
que Griffith ne pouvait rien me refuser.

VÉLARD.

J'ai eu tout à l'heure une idée, patron, que je
voulais vous soumettre. Si on envoyait quelqu'un
à Londres, pour causer avec Griffith... le tâter?

VÉRUGNA.

Oui, oui... bonne idée. Allez-y donc vous-même,
Vélard.

VÉLARD.

C'est que j'ai à m'occuper de la publicité parisienne, je ne puis guère m'absenter... Alors,
j'avais pensé à envoyer là-bas un garçon qui est
très intelligent... très au courant des affaires.

VÉRUGNA.

Qui ça?

VÉLARD.

Farjolle.

STINGAUD.

Farjolle!... En voilà une idée!

LABRANCHE.

Vous êtes fou, Vélard! Farjolle est incapable
de se débrouiller là dedans. Il se laissera rouler.

STINGAUD.

Ça n'existe pas, Farjolle!...

VÉLARD.

Je vous assure que vous ne le connaissez pas !

LABRANCHE.

Allons donc ! Il traînait dans tous les tripots de Paris ; il crevait de faim.

STINGAUD.

Il m'a plus d'une fois emprunté cent sous ! Et vous voudriez lui confier une affaire de cette importance ?

LABRANCHE.

C'est absurde !

VÉRUGNA.

Taisez-vous !... Farjolle m'est très sympathique !... Il se présente bien... il est gai...

VÉLARD.

Alors ?

VÉRUGNA.

Dites-lui qu'il sera votre second dans cette affaire... d'ailleurs, il y a longtemps que je voulais faire quelque chose pour lui.

VÉLARD.

Oh ! merci, patron !.. Je vous envoie Farjolle.

*(Il sort.)*

LABRANCHE.

Après tout, patron, vous êtes meilleur juge que nous !

SÉLIM, *amer.*

Il a de la veine, ce Farjolle !

VÉRUGNA.

Et puis, il est plein de mérite !

*(Il leur tourne le dos.)*

LABRANCHE, *bas.*

N'insistons pas... il le ferait décorer ! *(Haut.)* Tu viens, Sélim ?

SÉLIM.

Oui... C'est égal, c'est roide.

## SCÈNE VII

### VÉRUGNA, BRASIER, *puis* FARJOLLE.

VÉRUGNA.

Crois-tu qu'ils sont embêtés !

BRASIER.

Oui... tu es très content, je vois ça !...

VÉRUGNA.

Mais ce n'est pas seulement pour les embêter que j'ai fait ça !... C'est un peu pour les embêter... Mais ce n'est pas seulement pour ça... Ma parole, j'ai de la sympathie pour ce petit Farjolle !... Et, d'ailleurs, sa bonne amie est très agréable.

BRASIER.

Très agréable... Elle le trompe avec Vélard.

VÉRUGNA.

C'est tout naturel !... Ce pauvre Farjolle ! Il me devient de plus en plus sympathique... Tu ne me dis pas ça pour me faire plaisir ? Tu es sûr ?

BRASIER.

Aussi sûr qu'on peut l'être quand on voit une femme entrer chez un jeune homme et en sortir deux heures après... et cela à deux reprises différentes.

VÉRUGNA.

Elle est bonne ! Elle est bonne !... Cet excellent Farjolle ! Il m'est de plus en plus sympathique !

BRASIER.

Tout à l'heure, je l'ai reconnue... C'est bien elle...

VÉRUGNA.

Ce brave Farjolle ! Je l'aime beaucoup, décidément !

BRASIER.

Gare !... Le voilà ! Il vient te remercier !

FARJOLLE, entrant.

Patron !.. Je suis fou de joie !... Vélard vient de m'apprendre que vous voulez bien me confier cette mission. Est-ce possible !

VÉRUGNA.

Mais oui !

FARJOLLE.

Je vous remercie profondément !... C'est inouï ce qu'un homme comme vous peut faire d'un mot !

VÉRUGNA.

Il y a longtemps que j'attendais l'occasion de t'être agréable...

FARJOLLE.

Et vous me tutoyez !

VÉRUGNA.

Oui... Tu m'es très sympathique, tu sais !

BRASIER.

Vous avez à causer d'affaires. Je vous laisse.

*(Bas à Farjolle:)* Mon cher, je vous ai donné un bon coup d'épaule !

*(Il sort.)*

## SCÈNE VIII

### VÉRUGNA, FARJOLLE.

VÉRUGNA.

Assieds-toi, Farjolle !.. et causons.

FARJOLLE.

Merci, patron !

VÉRUGNA.

Tu es gai, mais au fond, tu es sérieux... tu ne t'occupes pas exclusivement des femmes... tu essayes de gagner ta vie... Je t'aiderai, Farjolle.

FARJOLLE.

Oh ! monsieur Vérugna... Je ne sais plus où je vais !... C'est un honneur tellement inouï !... En présence d'un homme comme vous, je sens que je ne suis rien... que je serai ce qu'il vous plaira !

VÉRUGNA.

N'aie pas peur, je ferai quelque chose pour toi. Par exemple, du moment que je te protège, il faut t'attendre à tout... Tu dois prendre de la carrure, de l'aplomb, car ce ne seront pas les ennemis qui te manqueront.

FARJOLLE.

Je m'en doute.

VÉRUGNA.

Et s'ils te manquent, les amis, eux, ne te rate-

ront pas. Par conséquent, tu dois être solide...
Es-tu solide ?

FARJOLLE.

Je l'espère, monsieur Vérugna.

VÉRUGNA.

Oui... mais, es-tu vraiment solide ? On peut
dire de toi tout ce qu'on veut ? Ça t'est égal ?

FARJOLLE.

Oh ! absolument !

VÉRUGNA.

Bien... d'ailleurs, ne te fais pas d'illusions, on
n'en dira jamais autant sur toi qu'on en a dit sur
moi !... Tu sais ce qu'on a dit sur moi, je pense ?

FARJOLLE.

Non, monsieur Vérugna.

VÉRUGNA.

Eh bien, on a tout dit, et tu vois l'effet que ça
me produit.

FARJOLLE.

Oh ! vous, monsieur Vérugna, vous êtes
l'homme supérieur, celui sur lequel, nous
autres, jeunes hommes, nous avons tous les
yeux fixés...

VÉRUGNA, *lui tirant l'oreille.*

Tu es bien gentil !...

FARJOLLE.

Mais moi !... je ne suis rien !... Je ne gêne
personne ! Qu'est-ce qu'on peut dire de moi ?...

VÉRUGNA, *riant.*

Ah ! ah !... on te débine affreusement !...

27

FARJOLLE.

Pas possible !

VÉRUGNA.

Je t'assure... tout à l'heure, j'ai entendu... on te traînait dans la boue !... Ah ! tu commences à devenir quelqu'un !

FARJOLLE.

Oh ! merci, monsieur Vérugna, merci !... Mais, je serais curieux d'apprendre tout de même, ce qu'on pouvait raconter à mon sujet.

VÉRUGNA.

On disait que personne ne sait d'où tu sors !

FARJOLLE, *riant.*

Bah !

VÉRUGNA.

Que tu as roulé dans tous les tripots de Paris...

FARJOLLE.

Allons donc !

VÉRUGNA.

Que tu as tapé, à tour de bras, tous les gens que tu connaissais.

FARJOLLE.

Et après ?

VÉRUGNA.

Après ?... Tout le monde a conclu que tu devais finir très mal.

FARJOLLE.

Tout ça n'a aucune espèce d'importance.

VÉRUGNA.

Voilà comme j'aime te voir !... Laisse-moi te dire aussi, pendant que nous y sommes : on n'a pas épargné ta bonne amie !

FARJOLLE, *riant.*

Ma bonne amie ?... Je m'y attendais !... Et naturellement, on a dit qu'elle me trompait ?

VÉRUGNA.

Tu penses ?

FARJOLLE, *riant.*

Ça, c'est très drôle !

VÉRUGNA.

D'ailleurs, c'est vrai ?...

FARJOLLE, *stupéfait.*

Comment ?... C'est vrai !...

VÉRUGNA.

Mais oui !... Tu ne le savais pas ?. .

FARJOLLE

Mais non... mais non...

VÉRUGNA.

Alors, je suis content de te l'apprendre !

FARJOLLE.

Vous êtes trop bon ! *(Riant.)* Je vous demande pardon de rire, mais c'était si subit, que, ma parole, pendant une seconde, j'ai failli le croire.

VÉRUGNA.

Tu ne le crois pas ?

FARJOLLE.

Non... monsieur Vérugna... je regrette... mais je ne le crois pas.

VÉRUGNA, *éclatant de rire.*

Nous sommes tous les mêmes !...

FARJOLLE, *sérieux.*

Et... puisqu'on a dit qu'elle me trompait...
on doit vous avoir dit aussi avec qui elle me
trompait?...

VÉRUGNA.

Tu parles, qu'on me l'a dit !

FARJOLLE. *inquiet.*

Alors... vous savez ?

VÉRUGNA.

Cette question !

FARJOLLE.

Qui, alors ?

VÉRUGNA.

Devine !... tu ne devines pas ?

FARJOLLE.

Non !...

VÉRUGNA.

Je ne comprends pas que tu hésites. Tu n'as
pourtant pas beaucoup d'amis.

FARJOLLE.

Justement !... Je n'en ai aucun !... Il n'y a
qu'un homme que nous voyons un peu plus que
les autres... C'est Vélard... Et comme il est impossible que ce soit lui... je ne vois pas qui ça
peut être...

VÉRUGNA.

Oui... oui... c'est Vélard...

FARJOLLE.

Je vous affirme que non, monsieur Vérugna !

VÉRUGNA.

Quel entêté ! Brasier a vu ta bonne amie entrer
chez lui plus de dix fois... Mais, j'ai peut-être tort

de te le dire... Ne te mets pas la cervelle à l'envers... ne t'occupe pas de ça. Fais tes affaires, et n'en parlons plus... Il faut se placer au-dessus de ces choses-là !

FARJOLLE.

Pardon ! Pardon !...

VÉRUGNA.

Après tout, ce n'est que ta maîtresse... Qu'est-ce que c'est que d'être trompé par sa maîtresse ?... Et si tu la quittais, qu'est-ce qu'une maîtresse de plus ou de moins !... Mais des maîtresses ! tu en trouveras ici tant que tu voudras !... Je ne suppose pas que tu avais l'intention de l'épouser ? n'est-ce pas ?... Alors, quelle importance ça a-t-il ?

FARJOLLE.

Je vous assure, monsieur Vérugna, que c'est embêtant tout de même !...

VÉRUGNA, *impératif.*

Non !... Et, c'est peut-être excellent pour toi, ce qui arrive... Bon garçon comme tu l'es, tu aurais fini par te laisser entortiller... Et qui sait si tu ne l'aurais pas épousée quelque jour !... Épouser sa maîtresse ! Ça, c'est une gaffe... Je te raconterai plus tard l'histoire d'un monsieur auprès duquel tu n'es qu'un pauvre bougre sans conséquence... et qui a épousé sa maîtresse... comme je commence à sentir, espèce de crétin, que tu allais épouser la tienne... et qui s'est aperçu le lendemain de ses noces que sa femme était depuis longtemps la maîtresse de son premier témoin.

FARJOLLE.

Et qu'est-ce qu'il a fait, le monsieur ?

VÉRUGNA. — *un temps.*

Il a fait sa fortune !...

FARJOLLE.

Ah !

VÉRUGNA.

Après quoi il a divorcé, et aujourd'hui tout ça lui est absolument indifférent. Il ne se le rappelle même plus, ou quand il se le rappelle, il lui semble que c'est arrivé à un autre... à toi, par exemple. Allons, allons, ne te frappe pas, va demain à Londres, tâche de rouler cette fripouille de Griffith, ce qui ne sera pas commode, et surtout, ne cesse de te répéter que le jour où l'on se brouille avec une femme doit être marqué d'une pierre blanche. (*Lui frappant sur l'épaule.*) Et, maintenant, je vais m'occuper un peu de mes invités.

(*Il sort allégrement.*)


## SCÈNE IX

FARJOLLE *seul, puis* EMMA.


FARJOLLE.

Je suis ahuri !... Ça serait fantastique !... Voilà de ces choses qu'on ne peut pas prévoir, et qui, à la rigueur, sont tout de même possibles !... Et, si elles étaient, je ne les tolérerais pas !... Voyons, réfléchissons !... D'abord, n'oublions pas que Brasier est une sombre brute qui dit la même chose de toutes les femmes !... Seulement, ce qu'il ne sait pas, cet idiot, cet abruti, c'est qu'Emma n'est pas une femme comme les autres...

Et puis, soyons juste... il est excusable, après
tout, cet animal-là, il ignore que nous sommes
mariés!... Sans ça, il n'aurait jamais osé... c'est
un homme qui parle à tort et à travers... et qui,
au fond, n'est pas méchant. Il serait peut-être le
premier embêté, s'il savait commettre une pareille gaffe... Emma!... Je ne vois pas Emma
avec Vélard. Il est pour filles faciles comme cette
d'Estrelle... Ce serait inouï de se faire de la bile
pour cette histoire-là... Allons, n'y pensons plus...
c'est embêtant tout de même. On est bien tranquille, tout marche à merveille... et il faut qu'un
potin ridicule vienne vous troubler... Ah! non!
J'oubliais Emma, qui est incapable de ça! Et je
n'ai pas le droit de la soupçonner... Non, non! Je
n'en ai pas le droit, après toutes les preuves
d'affection... de fidélité, d'amour, qu'elle m'a
données... je serais un ingrat... Allons, me voilà
rentré dans mon état normal...

EMMA, entrant.

Eh bien, mon chéri! Crois-tu qu'il a été gentil,
Vérugna?

FARJOLLE, toujours préoccupé.

Oh! il a été charmant! plein de préve-
nances!...

EMMA.

Et, soyons justes! Ton ami Vélard a été très
chic, très bon camarade! Il n'y en a pas beaucoup, à sa place, que se seraient conduits comme
lui.

FARJOLLE.

Oui... je crois qu'il nous aime beaucoup!

EMMA.

C'est aussi mon avis... Tout de même, il y a

son intérêt... il est sûr que tu n'essayeras pas de
le rouler, et qu'il peut compter sur toi. Et, dans
ce monde-là, ça n'est pas ordinaire.

### FARJOLLE.

Il est certain que je lui serai utile. Je vais
partir à sa place... Je vais rester une huitaine de
jours absent, peut-être plus... Veux-tu m'accompagner?

### EMMA.

Oh! oui, mon chéri! Ce serait gentil!... Je ne
suis jamais allée à Londres... Autant dire que je
ne sais même pas où c'est... Oui, oui, ça serait
très bien... pour des tas de raisons, ce serait
très bien.

### FARJOLLE.

Pour quelles raisons, ma chérie!

### EMMA.

Dame, depuis que nous nous connaissons, nous
ne nous sommes jamais quittés...J'étais contente
que tu partes, parce que les affaires avant tout,
n'est-ce pas, mon petit René... mais en un sens...
ce serait notre voyage de noces.

### FARJOLLE.

Vrai, ça te ferait plaisir?... Tu serais contente?

### EMMA.

Bien sûr!

### FARJOLLE.

Moi aussi, je serais content... alors, ce n'est
pas la peine... Je serai très pris là-bas, par Grif-
lith. Tu sais, ces gens-là, c'est des types dans le
genre de Vérugna... Il ne faut pas les quitter
d'une semelle... Tu resterais seule à Londres...
Au fait, tu ne parles pas l'anglais?

EMMA.

Et toi, mon chéri?

FARJOLLE.

Moi non plus... mais tous les Anglais parlent français... surtout dans les affaires.

EMMA.

Alors, que veux-tu? Je resterai seule à Paris... puisque tu le préfères... *(Après un temps.)* Dis-moi bien que tu le préfères, mon chéri...

FARJOLLE.

Oui... oui, je le préfère...

EMMA.

Au fait, je ne serai pas seule... Si ça ne t'ennuie pas, j'irai une ou deux fois, avec cette petite dame que Vérugna m'a présentée... et avec une de ses amies... Noelle...

FARJOLLE.

Tu as déjà fait des connaissances?

EMMA.

Je crois bien... je suis invitée demain à un thé, rue de Rivoli; après-demain à un autre thé, rue Cambon... J'en ai un troisième à la fin de la semaine... je ne sais plus où... Je commence à refuser les thés.

FARJOLLE.

Elles te plaisent donc, ces femmes-là?

EMMA.

Oh! ce n'est pas qu'elles me plaisent... mais ça nous fait des relations... Nous sommes dans le bal, il faut danser, pas? C'est très drôle... Elles

me prennent pour une des leurs!... Et ce qu'elles
m'en racontent!... Elles ont toutes deux ou trois
amants, quand ça n'est pas plus!... Elles ont une
vie compliquée!... Elles sont tout le temps empê-
trées dans des mensonges, des tromperies bêtes,
des rendez-vous!... Il doit leur en falloir, une
mémoire! pour se retourner là dedans!!! Mon
Dieu, mon Dieu!... S'il m'avait fallu mener cette
existence-là!... Oh! je n'aurais pas pu... Ça,
mon chéri, je te jure que je n'aurais pas pu...
Tu peux être bien tranquille de ce côté-là!

FARJOLLE.

Je n'ai pas d'inquiétude non plus!...

EMMA.

Ce qui frappe le plus, dans ces femmes-là, vois-
tu, c'est qu'elles ne s'intéressent pas du tout à leur
amant... L'idée de l'encourager, de l'aider dans la
vie ne leur viendrait pas. Ce sont des maîtresses,
ce ne sont pas des amies, des associées ; au contraire, leur amant, c'est comme un ennemi avec
lequel elles se réconcilient de temps en temps,
la nuit.

FARJOLLE.

Comme tu es raisonnable, ma chérie! C'est très
juste, ce que tu dis là... Ce sont des ennemis!
Tandis que des gens, comme nous, savent qu'ils
peuvent compter l'un sur l'autre... n'est-ce pas,
ma chérie!... qu'ils ne se trahissent jamais. Et,
alors, on est en confiance, on est tranquille, on
est au-dessus des potins malveillants, des bavar-
dages de concierges... et on a l'esprit plus libre,
on n'a pas d'arrière-pensée... On ne se dit pas
tout le temps : « Qu'est-ce qu'elle fait pendant
que je travaille? » Enfin, on n'a pas cette chose

intolérable, lancinante, qui vous enlève toute sûreté, tout courage : le soupçon!

EMMA, *simplement*.

Voilà, mon chéri!

FARJOLLE.

Tu ne t'imagines pas comme c'est bon, comme c'est reposant, ces conversations-là! Et surtout quelle joie on éprouve à se sentir différent de ces êtres qui n'ont pas de caractère, qui n'ont pas d'âme... De ce Sélim, de ce Labranche... de ce Brasier... Oh! ce Brasier, surtout! Tiens! En voilà un dont il faut se méfier!... On ne sait pas ce que c'est que Brasier!... On ne sait pas de quoi ce garçon-là est capable, rien que pour faire rire Vérugna! Un jour, je te raconterai une histoire qui te fera tordre, toi aussi!...

EMMA.

Raconte-la-moi tout de suite?

FARJOLLE.

Non, non! ce serait trop long. Nous n'avons pas le temps. Je te la raconterai plus tard. Et puis, je réfléchis... elle n'est pas très drôle... elle ne t'amuserait pas.

## SCÈNE X

LES MÊMES, VÉRUGNA.

VÉRUGNA, *entrant*.

Eh bien... qu'est-ce que me dit Vélard! Tu es marié, et tu ne m'en préviens pas?... Tu me laisses

marcher! Sacré Farjolle! Combien y a-t-il de
temps que tu es marié?

FARJOLLE.

Il y a deux jours!

VÉRUGNA.

Comment... il n'y a que deux jours!... Tu sais
que je t'aime beaucoup, décidément!

EMMA.

Nous n'avons pas osé vous demander la grande
faveur d'être notre témoin...

VÉRUGNA.

Mais il fallait, nom d'un chien!... Ça m'aurait
beaucoup amusé!... J'adore les gens mariés... et
j'en connais très peu...

EMMA.

Nous sommes peut-être les seuls ici, ce soir!

FARJOLLE, *sévère*.

Emma!

VÉRUGNA.

Laisse donc!... Elle a raison!... Vous pouvez
le dire, mon enfant, que vous êtes les seuls...
*(Il lui tapote les joues.)* Elle est décidément très gentille, ta femme!... *(Éloignant Farjolle de sa femme.)* Au
fait, tu sais, ce que je t'ai dit tout à l'heure?

FARJOLLE.

Quoi donc?... Ah! oui... cette histoire?...

VÉRUGNA.

Il n'y a pas un mot de vrai... c'était une blague
de Brasier. Il a des plaisanteries stupides...

D'ailleurs, il devient tout à fait gâteux. Je finirai par me brouiller avec lui.

### FARJOLLE.

Ça ne vaut pas la peine!... Patron, excusez-moi... il faut que je fasse mes préparatifs... je pars demain de bonne heure.

### VÉRUGNA.

Parfait. Avant de partir, tu passeras au journal, prendre tes frais de voyage... Je vais donner des ordres.

### FARJOLLE.

Ah! tant mieux!... tant mieux!... parce que...

### VÉRUGNA.

Ah! ah!... mon gaillard... tu n'as pas le sou?

### EMMA.

On ne roule pas sur l'or!...

### VÉRUGNA.

J'adore ça!... Ne craignez rien, ma petite... Il va gagner de l'argent, maintenant. Avec une femme sage, comme vous, économe, rangée... êtes-vous rangée?...

### EMMA.

Mon Dieu! comme ça!

### VÉRUGNA.

C'est très bien! Vous verrez... ça ira des mieux!... Elle a des yeux très rigolos, ta femme... Comment vous appelez-vous encore? Laure? Non... Emma!... Laure, c'est l'autre... Joli nom, Emma, nom sérieux... Sacré Farjolle! *(Apercevant un monsieur qui entre.)* Attends un peu... je vais te présenter

à ce monsieur-là.... il pourra t'être utile...
*(S'avançant vers le monsieur.)* Ah! vous voilà, jeune
polisson! *(A Farjolle:)* C'est le ministre!

### LE MONSIEUR.

Mon cher directeur!

### VÉRUGNA.

Vous venez faire la noce!... retrouver des
petites femmes!... Ah! les bougres!... ils ne
pensent qu'à ça!... Et il faut encore que ce soit
moi qui m'occupe de leurs affaires!... Un instant,
mon cher ministre, il faut que je vous présente
un de mes rédacteurs.

### LE MONSIEUR.

Volontiers.

### VÉRUGNA.

Monsieur René Farjolle et sa femme... sa vraie
femme.

### LE MONSIEUR.

Enchanté... Madame!

### EMMA, *révérence.*

Monsieur le ministre!...

### VÉRUGNA.

Flanquez-moi donc un bout de ruban violet à
ce garçon-là... Ça l'aidera dans les affaires... Ah!
la petite Laure est là-bas... elle est prévenue et
vous attend... Allez, jeune homme.

*(Le monsieur s'éloigne vivement.)*

### EMMA et FARJOLLE, *ensemble.*

Oh!... monsieur Vérugna!... que de bontés!...

### VÉRUGNA.

Ne me remerciez pas!... Et allez vous coucher!

EMMA.

Monsieur Vérugna a raison... Rentrons... il faut que tu te lèves demain de bonne heure.

FARJOLLE.

Bonsoir, monsieur Vérugna.

VÉRUGNA, *les reconduisant.*

Bonsoir, mes enfants...

BRASIER et TOUS.

On te réclame, là-bas!... On commence à s'amuser, tu sais...

VÉRUGNA.

J'y cours!... Je suis enchanté de ma soirée. J'ai fait plaisir à Farjolle, j'ai collé Laure avec le ministre et j'ai entendu un mot délicieux du petit Cressin, qui ne me peint pas seulement moi, Vérugna, mais qui peint aussi admirablement toute cette charmante pourriture que je reçois...

BRASIER.

Et que tu adores. Voyons le mot?

VÉRUGNA.

« Si on faisait sauter le salon de Vérugna, un soir de réception, Paris serait nettoyé pour quinze ans ! »

TOUS.

Charmant!... charmant!

# ACTE III

Un petit salon dans l'appartement de Vélard. Porte d'entrée à droite, premier plan; porte de chambre, à droite; porte de dégagement au fond, à gauche. Au lever du rideau, Juliette, jeune personne élégante, range. Entre Vélard avec des fleurs.

## SCÈNE PREMIÈRE

### VÉLARD, JULIETTE.

#### VÉLARD.

Comment, mademoiselle Juliette, c'est vous qui prenez la peine de faire mon petit ménage?

#### JULIETTE.

Oui, monsieur Vélard. Ça vous contrarie?

#### VÉLARD.

Non. Mais...

#### JULIETTE.

Soyez tranquille, monsieur Vélard, je suis aussi discrète que maman. Elle a été obligée de s'absenter; alors, elle m'a dit : « Tu garderas la loge et tu te tiendras à la disposition de monsieur Vélard. »

#### VÉLARD.

En effet, j'ai envoyé la cuisinière et le valet de chambre en courses.

JULIETTE.

Je sais... maman m'a dit... chaque fois que vous attendez cette dame blonde, vos domestiques sont en courses.

VÉLARD.

Pardon, mademoiselle Juliette... Votre mère, qui est si discrète, n'a dit cela qu'à vous, j'espère?

JULIETTE.

Certainement.

VÉLARD.

Elle ne l'aurait pas raconté, par hasard, à ses collègues, les concierges des immeubles voisins?

JULIETTE.

Oh! monsieur Vélard, pour qui la prenez-vous?

VÉLARD.

Ni à monsieur le marchand de vins du coin?

JULIETTE.

Oh! jamais.

VÉLARD.

Ni aux principaux commerçants du quartier?... Me voilà rassuré

JULIETTE.

Alors, monsieur Vélard, qu'est-ce que je dois faire quand la dame blonde viendra? *(Un temps.)* Si elle vient!

VÉLARD.

Comment, si elle vient! Mais, qu'est-ce qui vous permet de supposer qu'elle ne viendra pas?

JULIETTE.

Oh! monsieur Vélard, je disais cela...

VÉLARD, *furieux.*

Pardon, mademoiselle Juliette, vous êtes élève de comédie au Conservatoire. Vous devez connaître la valeur des mots... Expliquez-vous clairement !

JULIETTE.

C'est que nous avons remarqué, avec maman, que la dame ne venait pas toutes les fois que vous l'attendiez...

VÉLARD.

En effet, l'observation est juste. Elle vient une fois sur trois.

JULIETTE.

Mais je ne voulais pas vous faire de la peine... parce qu'il faut savoir respecter l'amour sincère, et nous voyons bien, maman et moi, que, cette fois-ci, vous êtes véritablement épris.

VÉLARD, *ému*

Merci, mademoiselle Juliette, c'est exact... Tenez, mettez ces fleurs dans la chambre... *(Juliette entre dans la chambre avec les fleurs.)* Elle devait venir à deux heures... il en est trois... plus qu'une heure à attendre... Ah ! je n'en profite guère du voyage de Farjolle à Londres ! En huit jours, elle est venue deux fois... y compris aujourd'hui où elle n'est pas encore venue !

JULIETTE, *rentrant.*

C'est tout, monsieur !

VÉLARD.

Tenez, prenez la clef du petit escalier. Vous empêcherez qui que ce soit de monter, pendant que la dame sera là.

JULIETTE.

Bien, monsieur. Je descends dans la loge...

VÉLARD.

Olr! une minute!... Tenez-moi un peu compagnie... Racontez-moi ce que vous faites au Conservatoire. Je m'intéresse beaucoup à vous.

JULIETTE.

Ah! Je suis, comme vous le savez, monsieur Vélard, dans la classe de monsieur...

*(On sonne.)*

VÉLARD, *sursautant.*

C'est elle! Allez-vous-en! Allez-vous-en vite!... Je vais ouvrir moi-même.

*(Juliette sort par le fond, tandis que Vélard va ouvrir.)*

## SCÈNE II

### EMMA, VÉLARD.

VÉLARD.

Ah! c'est vous! c'est vous!... Enfin!... Est-ce que je peux vous embrasser?

EMMA.

Oui, mon petit Paul... *(Il l'embrasse.)* Je suis très contente!

VÉLARD.

C'est la première fois que vous me dites ça! En général, quand vous venez, vous êtes inquiète... préoccupée... Répétez-moi que vous êtes contente?

EMMA.

Mais je suis ravie ! Mon petit Paul, j'ai reçu une lettre de Londres. Farjolle est très satisfait de son voyage. Il est convaincu qu'il va terminer l'affaire. Il va revenir bientôt, dans trois jours.

VÉLARD.

Ah !

EMMA.

D'ailleurs, j'ai là sa lettre... *(Lisant.)* « Je dîne ce soir avec Griffith, j'ai très bon espoir... Ça se présente tout à fait bien. J'ai hâte d'en avoir fini, ma bonne chérie, pour revenir vite auprès de toi... car tu sais combien je t'aime .. Avec quelle impatience j'attends le moment de... » *(Elle s'arrête.)* Ce n'est pas la peine de vous lire la fin.

VÉLARD, *tendant la main.*

Pardon... Je serais curieux, au contraire !

EMMA, *riant.*

Vous voulez, mon ami?... Eh bien, lisez! Moi, ça ne me gêne pas.

VÉLARD, *après avoir lu, amer.*

C'est charmant!... C'est charmant!... Il va bien, Farjolle ! Je ne le connaissais pas sous ce jour-là... Vous êtes gaie de me montrer ça ?

EMMA.

Dame ! c'est vous qui l'avez cherché !

VÉLARD.

Oui... Je m'explique, maintenant, pourquoi vous êtes contente. Ce n'est pas parce que vous êtes auprès de moi, c'est parce que vous avez reçu de bonnes nouvelles de votre mari.

EMMA, *s'asseyant.*

Qu'est-ce que ça vous fait? Pourvu que je sois contente, profitez-en!

VÉLARD.

Oui, je vais en profiter, évidemment. Mais vous devez sentir que c'est tout de même humiliant pour moi de dépendre ainsi de votre mari. Quand il a des ennuis, vous ne venez pas, ou bien, si vous venez, votre pensée est ailleurs et vous ne songez qu'à repartir! Et, pour une fois que vous êtes tendre, c'est encore à Farjolle que je le dois. Bref, je ne suis heureux que quand Farjolle est satisfait! Je vous assure, Emma, que, pour un homme qui vous aime comme je vous aime, c'est une situation pénible.

EMMA.

Pénible! Je vous en prie, plaignez-vous!

VÉLARD.

Oui, je me plains. Je sais ce que c'est que le véritable amour... J'ai été follement aimé par des femmes que je n'aimais pas, et je découvre, maintenant, pourquoi elles étaient malheureuses!... Elles sont bien vengées!

*(Il pleure presque.)*

EMMA.

Voyons, mon petit.... Ne vous mettez pas dans des états pareils. Vous savez que j'ai une grande sympathie pour vous.

VÉLARD.

C'est affreux ce que vous dites là! Comprenez donc que je suis jaloux, jaloux! Si je n'étais pas jaloux, je ne serais pas amoureux!

**EMMA.**

Mon cher, quand on aime une femme mariée,
on peut être jaloux de tout le monde... mais pas
de son mari !

**VÉLARD.**

Mais je suis aussi jaloux de tout le monde !
Car il y a des tas de gens qui vous font la cour,
et Farjolle ne s'en aperçoit même pas !

**EMMA.**

Y a des tas de gens qui me font la cour ?

**VÉLARD.**

Oui... et vous le savez bien !

**EMMA.**

Qui ça, s'il vous plaît ?

**VÉLARD.**

Vérugna, pour ne parler que de lui ! L'autre
jour, à ce souper que Laure a donné pour fêter
son collage avec le ministre, vous étiez entre
l'ambassadeur de Turquie et Vérugna. Et je n'ai
jamais vu le patron dans cet état-là ! Il l'a regardée, votre poitrine ! Il peut la dessiner de mémoire...

**EMMA.**

Vous devriez être très fier !

**VÉLARD.**

Non, je ne suis pas fier, car je vois bien que je
ne compte pas pour vous !

**EMMA.**

Vous êtes ingrat ! J'ai fait pour vous une chose
très grave... et que je n'aurais pas faite pour un
autre...

VÉLARD.

Je l'espère bien !

EMMA.

Je me suis laissé toucher par votre gentillesse, par votre amour qui me paraissait sincère. Mais, il ne faudrait pas me faire repentir de ma faiblesse,.. il ne faudrait pas devenir trop envahissant et compliquer ma vie ! Je suis une simple bourgeoise, et, quoi que vous en pensiez, une femme attachée à ses devoirs... parfaitement... Même quand j'y manque, je me rends compte que je ne devrais pas le faire ! Je ne suis pas une inconsciente, loin de là ! Et je me juge très sévèrement.

VÉLARD.

Là ! Vous allez trop loin, Emma !

EMMA.

Si, si ! mais que voulez-vous ? J'ai beau m'adresser de très grands reproches, chaque fois que je viens ici, ça ne m'empêche pas de venir, parce que je ne suis pas parfaite... et que vous ne me déplaisez pas ! Mais, dites-vous bien ceci, mon petit Paul : il y a des choses qui sont agréables, très agréables, même par moment...

VÉLARD, *ravi.*

Emma !

EMMA.

Mais qui ne suffisent pas à occuper l'existence d'une femme... et surtout d'une femme raisonnable comme moi.

VÉLARD.

Mais, auprès de vous, Emma, je ne pense pas qu'à cela, il s'en faut... Vous m'inspirez une ten-

dresse, profonde... et mon ambition est de vous
la faire partager un jour !

EMMA.

Ah çà ! mon petit Paul, il ne faut pas y compter ! Cette tendresse dont vous parlez, je l'ai pour
mon mari, et je ne l'ai et ne l'aurai jamais que
pour lui... Et voyez-vous, c'est peut-être la seule
excuse que j'aie ! Le jour où, par impossible, il
me faudrait choisir entre mon mari et vous,
j'aime mieux vous prévenir tout de suite, je
n'hésiterais pas une minute et vous ne pèseriez
pas lourd !... Est-ce compris ?

VÉLARD, *narré.*

Oh ! parfaitement. Il n'y a même pas besoin
d'être intelligent pour ça... *(Un temps.)* D'ailleurs,
nous n'avons jamais un rendez-vous sans qu'il
finisse par ce genre de conservation.

EMMA.

C'est de votre faute ! Vous exigez trop de moi...
Prenez donc ce que je vous offre... et ne vous
occupez pas du reste.

VÉLARD.

Au moins, vous me l'offrez de bon cœur ?

EMMA, *sincère.*

Oui... Quelle heure est-il ?

VÉLARD.

Cinq heures.

EMMA.

Déjà !... Il faut que je parte !

VÉLARD, *narré.*

Oh ! Emma !

EMMA.

Pauvre petit!... Allons, je suis trop bonne, je suis trop bonne... *(Riant.)* Je vais enlever mon chapeau... *(Désignant la porte de la chambre.)* C'est toujours là qu'on enlève son chapeau?

VÉLARD.

Oui...

*(Il veut l'embrasser.)*

EMMA.

Chut! chut!... Restez bien sage ici... et ne venez que lorsqu'on vous appellera.

*(Elle rentre à droite.)*

## SCÈNE III

### VÉLARD, JULIETTE, puis BRISSOT.

VÉLARD.

Voilà une femme qui me fera faire de la bile!

JULIETTE, *entrant.*

Monsieur?

VÉLARD.

Comment, c'est vous! Je vous avais défendu de me déranger.

JULIETTE.

Un ami de monsieur demande monsieur!

VÉLARD.

Oh! je ne reçois personne... Vous n'avez donc pas dit que j'étais sorti?

JULIETTE.

Je l'ai dit à ce monsieur, mais il a insisté. Il

tient à vous voir tout de suite... pour une affaire
importante.

**VÉLARD.**

Vous le connaissez, ce monsieur?

**JULIETTE.**

Non... Il n'est jamais venu ici.

**VÉLARD.**

Il vous a dit son nom?

**JULIETTE.**

Il n'a pas voulu.

**VÉLARD.**

Et il a insisté?

**JULIETTE.**

Beaucoup, monsieur, et même, comme il insis-
tait malgré tout, je me suis permis de lui dire
que vous étiez avec une dame...

**VÉLARD.**

Et ça ne l'a pas arrêté?

**JULIETTE.**

Au contraire... Il s'est mis à rire et a répondu :
« Ça ne fait rien, je n'ai qu'un mot à lui dire... »

**VÉLARD,** *rassuré.*

Ah! Il s'est mis à rire... tant mieux... Alors,
ce n'est pas ce que je craignais... Mademoiselle
Juliette, vous allez redescendre et dire à ce
monsieur qu'il revienne demain matin.

*(On sonne.)*

**JULIETTE.**

C'est lui qui sonne! C'est encore lui!... Faut-il
ouvrir?

VÉLARD.

Mais, jamais de la vie... *(Autre sonnerie.)* Laissez-le sonner tant qu'il voudra... *(Autre sonnerie.)* Ça commence à devenir agaçant !

JULIETTE.

J'avais oublié de vous dire que ce monsieur m'a prévenue qu'il sonnerait comme ça jusqu'à ce qu'on lui ouvre.

*(Sonnerie.)*

VÉLARD.

Vraiment ?

JULIETTE.

Oui, ça avait l'air de l'amuser beaucoup, cette idée-là !

VÉLARD, *furieux.*

Eh bien, allez lui ouvrir ! Je vais le recevoir et ça ne va pas traîner !

JULIETTE, *sortant.*

Je crois, monsieur, que c'est ce qu'il y a de mieux à faire !

*(Elle sort.)*

VÉLARD, *seul.*

Je parie que c'est une farce de Brasier ?

*(Juliette rentre avec Brissot.)*

BRISSOT, *entrant, pardessus très élégant.*

Bonjour, mon cher monsieur Vélard, comment allez-vous ?

VÉLARD.

Ah ! c'est vous, monsieur Brissot, qui faites ce vacarme ?

BRISSOT.

Oui... Vous m'excusez, n'est-ce pas ? On me

défendait votre porte... et j'avais absolument besoin de vous voir.

VÉLARD.

Qu'est-ce que vous pouvez avoir à me dire?

BRISSOT.

J'ai un petit service à vous demander, mon cher ami!

VÉLARD.

Un service à me demander! Mais, mon cher monsieur Brissot, vous auriez un service à me rendre que je n'aurais pas le temps de causer avec vous! Ainsi, vous voyez...

BRISSOT, *s'asseyant.*

C'est l'affaire d'une minute.

VÉLARD, *découragé.*

Allons... Mais, au nom du ciel, dépêchez-vous!

BRISSOT.

Figurez-vous qu'il vient de me tomber une quantité de gens de province dont je ne peux me débarrasser qu'en les menant au théâtre!... Or, vous m'avez dit souvent, au café : « Mon cher Brissot, quand vous voudrez des billets de théâtre, ne vous gênez pas. J'en ai tant que j'en veux... »

VÉLARD.

Et c'est pour ça?... *(Tirant son portefeuille.)* Tenez, voici une loge pour ce soir au Moulin, une autre pour l'Olympia et une autre pour Ba-ta-Clan... Là!... Et maintenant, je vous en supplie...

*(Il le pousse vers la porte.)*

BRISSOT.

Ce n'est pas tout... Renvoyez cette jeune personne!

VÉLARD.

Mais, sacristi!

BRISSOT, *avec une autorité subite.*

Renvoyez cette jeune personne!

VÉLARD.

Laissez-nous, Juliette.

*(Juliette sort.)*

## SCÈNE IV

### BRISSOT, VÉLARD, *puis* EMMA.

BRISSOT, *confidentiel.*

Le mari est là.

VÉLARD, *affolé.*

Le mari?... Quel mari?

BRISSOT.

Le mari de cette dame.

VÉLARD.

Quelle dame?

BRISSOT.

Madame Farjolle! Son mari est avec mon greffier, dans l'antichambre, ils sont montés derrière moi.

VÉLARD.

Qu'est-ce que vous me chantez?

BRISSOT.

Ah! c'est vrai, nous ne nous sommes vus qu'au

café, et vous ignorez peut-être que je suis le commissaire de police de votre quartier...

*(Il ouvre son pardessus et tire un coin de son écharpe.*

VÉLARD, *ahuri.*

Ça, écoutez, ça!

BRISSOT.

Monsieur Farjolle est venu me trouver, muni
d'une autorisation du procureur de la République.
et il m'a requis pour venir surprendre sa femme
en flagrant délit d'adultère avec vous.

VÉLARD.

Il est donc revenu de Londres?

BRISSOT.

Oh! il me paraît revenu de tout.

VÉLARD.

Je vous demande pardon. . je n'y suis pas!...
Vous venez pour?

BRISSOT.

Pour vous dresser procès-verbal à vous, et, si
j'ose m'exprimer ainsi, à votre complice... Un peu
de sang-froid, que diable! Ce ne sera rien... Je
n'ai pas voulu employer, avec un ami de café, le
cérémonial un peu solennel qui ameute les loca-
taires et les concierges, cela donne comme un
aspect de sacrement à cette formalité du flagrant
délit qui devrait être plus simple et plus fami-
lière...

VÉLARD.

Alors?

BRISSOT.

Alors, en frappant tout à l'heure à votre porte,
je me suis contenté de murmurer, comme à
moi-même, les paroles d'usage : « Au nom de la

loi, etc. » Rassurez-vous, je vous donne ma parole d'honneur que personne n'a pu entendre. Il ne me reste plus qu'à vous prier de me présenter à la charmante coupable.

VÉLARD.

Monsieur Brissot, je vous affirme que cette dame est chez moi en visite, en visite seulement...

EMMA, *paraissant, les bras nus.*

Eh bien, mon petit Paul, qu'est-ce que vous attendez?... Oh !

(*Elle rentre dans la chambre précipitamment.*)

BRISSOT, *riant.*

Vous avez raison, elle est en visite !

VÉLARD.

Je vous jure...

BRISSOT.

Il n'en faut pas davantage! Elle est dans la tenue exigée par la loi. Vous voyez, c'est enfantin. Vous permettez que j'aille dire un mot à mon greffier, pendant que vous mettez cette dame au courant?

(*Il sort, tandis qu'Emma entre, avec son corsage défait.*)

## SCÈNE V

### EMMA, VÉLARD, *puis* BRISSOT.

EMMA, *furieuse.*

Qu'est-ce que ça signifie? Vous recevez des gens quand je suis là? Qui est ce monsieur?

VÉLARD.

Emma, ma chérie!

EMMA.

Qui est ce monsieur?

VÉLARD.

Je vous en supplie!

EMMA.

Je vous demande qui est ce monsieur qui m'a
vue ainsi, chez vous?

VÉLARD, *piteux.*

C'est le commissaire de police... avec votre
mari.

EMMA.

Là! voilà!

*(Un temps.)*                    VÉLARD.

Vous savez, Emma, que ma vie est à vous,
quoi qu'il arrive!

EMMA, *froide.*

Oh! je vous en prie, pas de bêtises! Ce n'est
pas le moment de plaisanter.

VÉLARD.

Qu'allez-vous faire, Emma?

EMMA, *agrafant son corsage.*

Ça ne vous regarde pas.

VÉLARD.

Je ne vous quitterai pas.... Je ne vous abandonnerai jamais.

EMMA.

Oui, oui... Tout ça, du reste, c'est de votre
faute.

VÉLARD.

A moi?

EMMA.

Oui... Si vous m'aviez laissée partir tout à l'heure, comme j'en avais envie, ça ne serait pas arrivé. Enfin, ne perdons pas de temps à récriminer... *(Brissot reparaît.)* Ah! monsieur le commissaire, je désirerais vous dire deux mots.

BRISSOT.

A vos ordres, madame.

EMMA, à *Vélard.*

Je vous prie de nous laisser.

VÉLARD.

Toute ma vie, Emma!

EMMA.

Mais oui, vous l'avez déjà dit... allez.

*(Vélard sort.)*


## SCÈNE VI

EMMA, BRISSOT.


EMMA.

Monsieur le commissaire. Pardon, mon agrafe... *(Brissot remet l'agrafe de la robe.)* Merci. Puis-je avoir un entretien avec mon mari, en particulier?

BRISSOT.

Maintenant?

EMMA.

Tout de suite.

BRISSOT.

La loi ne s'y oppose pas... Encore faut-il que monsieur Farjolle y consente.

EMMA.

Je vous prie de le lui demander.

BRISSOT.

Trop heureux de vous être agréable, madame.

*(Il sort.)*

EMMA, *seule.*

Et ce Farjolle qui n'était pas jaloux! Qu'est-ce qui lui a pris?... Quelle gaffe! Quel emballement ridicule!

*(Entre Farjolle.)*


## SCÈNE VII

### EMMA, FARJOLLE.


EMMA.

Tu sais que tu as fait une bêtise!

FARJOLLE.

J'ai fait ce que je devais faire.

EMMA.

Oh! je vois bien! Tu t'es conduit comme le premier mari venu qui a épousé une petite bourgeoise et qui fait surprendre sa femme par le commissaire de police. Et puis, après, on divorce, n'est-ce pas? C'est ce que tu veux. Et tu vas briser nos deux existences, tranquillement, de sang-froid, sans que je puisse me défendre...

C'est affreux, ce que tu fais là, c'est affreux, ce n'est pas juste!

(*Elle pleure.*)

FARJOLLE.

Dis tout de suite que je suis le coupable... C'est trop fort! Tu m'as trompé indignement, tu entends, indignement! Car tu n'as rien à me reprocher, à moi, tu n'as pas d'excuses. Nous nous étions mariés parce que ça nous plaisait... Nous étions seuls, nous n'avions pas de famille... pas d'amis... Et du moment que tu ne m'aimais plus et que tu en aimais un autre, tu n'avais qu'une chose à faire : venir me le dire franchement. Je t'aurais rendu ta liberté et tu aurais mené le genre d'existence que tu préfères... Mais si tu avais du cœur, c'est toi qui ne m'aurais pas traité comme le premier mari venu! et qui ne m'aurais pas ridiculisé auprès de tous les gens que nous fréquentons, de Vérugna, de Brasier... de tout le monde! Voilà pourquoi je veux une séparation, une séparation légale, et voilà pourquoi je me suis adressé au commissaire de police.

EMMA.

Oh! naturellement, je suis dans mon tort, je ne puis pas le nier... Reste à savoir si je suis une misérable ou bien une femme qui a commis une faute, une faute grave... dont elle se repent déjà cruellement, qu'elle ne demande qu'à effacer... et qu'elle ne recommencera jamais, jamais... Reste à savoir ça... René, mon petit René, mon chéri! Je n'aime que toi, je te le jure!

FARJOLLE.

Tais-toi donc! ne mens pas! et surtout ne t'enlève pas la seule excuse que tu aurais à la rigueur et qui est d'aimer Vélard!

EMMA.

Aimer Vélard, moi! C'est insensé que tu ne me connaisses pas mieux!... Mais je l'ai en horreur, maintenant! Il me fait l'effet d'un mauvais génie qui est venu se jeter dans ma vie et la désorganiser!

FARJOLLE.

Tu ne l'avais pas en horreur tout à l'heure, quand je suis arrivé.

EMMA.

Quand tu es arrivé, j'étais en train de lui dire que je n'aimais que toi! Et il était rudement embêté, je te le promets! Et c'est la vérité, je n'aime que toi... Si tu me quittais, vois-tu, si c'était fini pour de bon... je ne le reverrais plus... je m'en irais, je reprendrais mon existence d'autrefois, avant que je t'aie rencontré... je resterais toute seule, je travaillerais, je m'en tirerais comme je pourrais... mais je ne me remettrais pas avec un autre homme... Oh! non... Oh! non... Et toute ma vie, je penserais à toi, à la faute que j'aurais commise en te perdant!

FARJOLLE.

Mais si tu es la femme que tu dis, pourquoi l'as-tu commise, cette faute? Si tu n'aimes pas Vélard, pourquoi es-tu devenue sa maîtresse?... Ce n'est pas par amour, prétends-tu? Ça ne peut pas être par intérêt?... Alors, je ne comprends plus... Vrai, c'est même le sentiment qui domine en moi en ce moment-ci. Je ne distingue pas les raisons qui t'ont fait agir. Pourquoi? pourquoi?

EMMA.

Est-ce que je sais! J'ai été entraînée... Il me faisait la cour depuis longtemps... avant toi-même... Je ne te l'avais pas dit parce que je n'y attachais aucune importance. J'étais convaincue que je ne ferais jamais cette folie... Et puis, il n'a cessé de me répéter qu'il m'aimait... C'était comme une obsession. Il me disait aussi qu'il était très malheureux... qu'il ne pouvait plus travailler, qu'il était perdu, si je ne voulais pas... puis il a été blessé, il m'a demandé de venir le voir une fois, une seule fois... J'y suis allée avec l'intention formelle de lui dire : « Mon petit, ce n'est pas possible, j'aime trop René... jamais je ne le tromperai... il ne faut pas me demander ça... » Et puis, il s'est mis à pleurer... ça m'a bouleversée. Je l'ai supplié d'être raisonnable... Nous nous sommes mis à pleurer ensemble... Et, maintenant, tout cela est tellement loin de moi, que je me demande comment cela a pu arriver... Tiens, je me demande même si c'est arrivé... Ma parole, je n'en suis plus sûre. Je ne me figure pas que tu es là, avec un commissaire de police, que je suis coupable, que tu me fais des reproches... Non, non, allons-nous-en ! Ne restons pas ici...

#### FARJOLLE.

Oui, oui, c'est très gentil, cette explication, mais je ne peux pas m'en contenter. En tout cas, si tu n'as obéi, comme tu le prétends, qu'à un entraînement, si tu as regretté ta faute tout de suite, pourquoi donc as-tu continué ? Pourquoi es-tu revenue ici ?

#### EMMA.

Je ne voulais pas. Rappelle-toi, je t'ai demandé de partir à Londres avec toi, j'ai insisté, tu ne peux pas avoir oublié comme j'ai insisté. C'est toi qui as refusé de m'emmener. Est-ce vrai ?

FARJOLLE.

C'est vrai. J'étais rassuré par la franchise avec laquelle tu acceptais de partir.

EMMA.

Rassuré?... Tu avais déjà des soupçons à ce moment-là ?

FARJOLLE.

Oui.

EMMA.

Qui est-ce qui te les avait donnés !... Ah ! écoute; il faut me répondre! J'ai le droit de t'interroger là-dessus... On t'avait dit des infamies sur mon compte?

FARJOLLE.

Oui... et je croyais encore que c'étaient des infamies.

EMMA.

Pardon, qui te les avait dites?

FARJOLLE.

Brasier.

EMMA.

Ce Brasier !... Quel monde !... Et peut-on savoir ce qu'il avait insinué, ce joli monsieur ?

FARJOLLE.

Il assurait t'avoir vue sortir d'ici... Ça m'avait donné des soupçons...

EMMA.

Ah ! il ne te faut pas grand'chose !

FARJOLLE.

Je les avais écartés d'abord, Je ne pouvais admettre que toi, Emma, si franche, si sérieuse, en qui j'avais tant de confiance...

EMMA.

Oui, oui... continue...

FARJOLLE.

Mais peu à peu ces idées se sont imposées à moi, et jai passé par des alternatives pas gaies, je t'assure... J'ai douté de toi, je me disais que c'était possible, après tout ! Et j'en étais arrivé à un tel point d'inquiétude et de nervosité, que j'ai voulu en avoir le cœur net...

EMMA.

Oui, oui... attends, attends... Un détail, je t'en prie... Ça se passait à la soirée Vérugna, tout ça ?

FARJOLLE.

Oui.

EMMA.

Avant ton départ pour Londres ?

FARJOLLE.

Naturellement.

EMMA.

Alors, quand tu es parti, quand je t'ai accompagné à la gare, tu avais déjà des soupçons ?

FARJOLLE.

Hélas !

EMMA.

Et tu as pu être souriant, me prendre dans tes bras, m'embrasser si gentiment, me recommander de penser à toi, de t'écrire tous les jours ! Et tu avais ces idées-là ! Et tu as poussé la dissimulation, l'hypocrisie .. mais oui, mais oui, l'hypocrisie jusqu'à m'écrire des choses tendres, jusqu'à m'envoyer une lettre ce matin encore, une lettre qui m'a fait tant plaisir, pour me dire que tu resterais encore trois jours ! Et tu as pris le train en cachette, tu m'as épiée ! Et moi, bonne fille, je ne me doutais de rien, je ne devinais rien, je te croyais heureux, tranquille ! Ah ! mon cher, je n'aurais jamais attendu ça de toi ! Tu joues bien la comédie !

FARJOLLE.

Je n'ai pas cherché à la jouer, j'étais navré, je t'assure.

EMMA.

Tout de même, j'ai beau avoir des torts, et je les reconnais, il y a une chose que je ne puis m'empêcher de penser. Tu me déclarais tout à l'heure que si je ne t'aimais plus, j'aurais dû te le dire... Mais toi, sais-tu ce que tu aurais dû faire au moment où Brasier t'a raconté ces horreurs sur mon compte ? Tu aurais dû être franc et ne me rien cacher. Tu aurais dû venir à moi carrément et me dire : « Voilà ce qu'on m'a rapporté. Est-ce vrai ? .. » Et, alors...

FARJOLLE.

Et alors, tu m'aurais répondu : « Il n'y a pas un mot de vrai ! »

EMMA.

Certainement, je t'aurais répondu ça, mais au moins je n'aurais jamais recommencé. Je ne serais jamais retournée chez Vélard. Je lui aurais dit : « Mon mari a des soupçons, c'est fini ! » Et tu n'aurais jamais rien su, ce qui eût mieux valu à tous les points de vue. Pour moi, ce n'eût été qu'un mauvais rêve vite oublié. Tu vois où ça nous a menés, tous les deux, de manquer de franchise l'un envers l'autre ! Il ne faut pas recommencer ça, mon chéri !

FARJOLLE.

Te voilà partie ! te voilà partie ! Tu t'imagines que je vais te pardonner... c'est admirable !

EMMA.

Mais oui, mon chéri, tu vas me pardonner. Tu ne peux pas faire autrement. Après ce que je t'ai dit, tu dois être convaincu que je ne retomberai jamais dans l'erreur que j'ai commise.

FLAJOLLE, amer.

Une erreur, en effet... Tu t'es trompée d'homme, pas plus !

EMMA, lui mettant la main sur la bouche.

Tais-toi, tais-toi ! Ne dis pas des choses méchantes et inutiles. Tu vas me pardonner, d'abord parce que tu m'aimes encore... (Geste de Farjolle.) Mais si, tu m'aimes encore ! Ce n'est pas en cinq minutes qu'on oublie toutes les émotions, tous les plaisirs qu'on a eus ensemble, la manière dont on s'est connus, les rêves qu'on a faits, les difficultés qu'on a eues à vaincre et les nuits qu'on a passées... Non, ce serait trop bête d'oublier tout ça !

FARJOLLE.

Ce n'est pas moi qui l'ai oublié !... Ma déception n'a été que plus cruelle ; je suis très malheureux, je souffre beaucoup de t'avoir perdue, mais surtout de m'être trompé sur ton compte. Car si tu n'avais été, au début, pour moi, qu'une maîtresse que je désirais ardemment, tu étais devenue peu à peu autre chose : la compagne à qui l'on ne cache rien, avec qui on ne triche pas, à qui on dévoile son vrai caractère. Enfin, la femme qu'on ne rencontre qu'une fois dans sa vie. J'avais en toi une confiance absolue, ridicule même. Je n'aurais rien entrepris sans te consulter. Je ne faisais pas une affaire sans me dire : « Emma sera contente ! Quelle bonne surprise elle va avoir ! »

EMMA, *émue.*

Mon chéri, comme tu es bon, malgré tout !

FARJOLLE.

Tiens, avant-hier encore, à Londres... à Londres, au milieu de mes soupçons et de mes inquiétudes, quand j'eus terminé cette affaire avec Griffith, c'est à notre avenir que je pensais !

EMMA, *vivement.*

Ah ! c'est terminé ?

FARJOLLE, *changeant de ton.*

Oui ! Et nom d'un chien, ça n'a pas été commode ! Ces Anglais sont d'un dur ! Sans la lettre de Vérugna, je crois que la commission m'échappait !

EMMA.

Allons donc ! Oh ! ç'aurait été raide !

FARJOLLE.

Imagine-toi qu'il y avait deux autres courtiers sur l'affaire... Ah ! il a fallu être malin !

EMMA.

Tu me raconteras ça ?

FARJOLLE.

Oui... c'est très drôle.

EMMA.

Enfin, c'est signé, mon chéri ?

**FARJOLLE,** *se frappant la poitrine.*

J'ai là le traité.

**EMMA.**

Oh ! montre-le-moi ?

**FARJOLLE.**

Regarde, tout est en règle !

**EMMA,** *examinant.*

Parfait... Qu'est-ce qu'il y a pour nous, là dedans ?

**FARJOLLE.**

Vingt mille francs.

**EMMA,** *sautant de joie.*

Vingt mille francs !

**FARJOLLE.**

Oui... vingt mille francs.

**EMMA,** *joyeuse.*

Ça, c'est une veine ! Mon chéri ! mon chéri !

*(Elle lui saute au cou.)*

**FARJOLLE,** *reprenant son premier ton.*

Emma, je t'en prie, soyons sérieux. Il s'agit d'autre chose, malheureusement !

**EMMA.**

De quoi ?... Ah ! oui... Ah ! ne recommençons pas, au nom du ciel ! Tu vois toi-même le peu d'importance de cette bêtise, puisque nous venons de l'oublier tous les deux pendant quelques minutes ? Tu comprends, à présent, mon petit René, que nos deux existences sont bien confondues, que nous ne pouvons pas nous passer l'un de l'autre,... Tu l'avouais toi-même tout à l'heure.

Je suis la femme de ta vie, et toi tu es le seul homme qui compte pour moi !... Quand je pense que tu es venu ici avec l'idée folle de nous séparer !...

FARJOLLE.

Ah ! si je pouvais avoir en toi autant de confiance que par le passé !

EMMA.

Mais tu dois en avoir davantage !... Oui, oui, parce que nous nous connaissons mieux, parce qu'il y a certains côtés de nos caractères que nous ignorions et que nous venons de découvrir... Enfin, vois-tu, je crois que c'est excellent, ce qui nous est arrivé là : nous avons vu que nous nous aimions toujours... Moi, je t'aime tant, mon chéri, je t'aime tant ! Je n'aime que toi, et je n'aimerai jamais que toi !

*(Elle l'embrasse. — Un temps.)*

FARJOLLE.

Mais, qu'est-ce que je vais dire à ce commissaire de police ?

EMMA.

C'est vrai ! Je n'y pensais plus... Tu crois qu'il faut lui dire quelque chose ?... Si on s'en allait, tout simplement ?

FARJOLLE.

Impossible, il faut le prévenir... ne serait-ce que pour m'excuser de l'avoir dérangé inutilement.

EMMA.

Tu as raison, c'est plus convenable... Appelle-le pendant que je vais mettre mon chapeau...

*(Farjolle ouvre la porte.)*

## SCÈNE VIII

### Les Mêmes, BRISSOT.

**BRISSOT,** *entrant.*

Vous avez terminé, cher monsieur?

**FARJOLLE.**

Oui, monsieur le commissaire, tout à fait.

**BRISSOT,** *montrant une feuille.*

Voici le procès-verbal que mon secrétaire vient
de rédiger... Voulez-vous jeter un coup d'œil?

**FARJOLLE.**

C'est inutile, cher monsieur. Je viens de causer
avec ma femme... et je renonce aux poursuites...

**BRISSOT.**

Ah! tiens...

**FARJOLLE.**

Il ne reste qu'à déchirer le procès-verbal...

**BRISSOT,** *déchirant le papier.*

Oh! de grand cœur! Et permettez-moi de vous-
féliciter... Vous êtes un homme intelligent, monsieur Farjolle.

**FARJOLLE.**

Trop aimable! Veuillez accepter mes regrets de
vous avoir dérangé pour rien...

**BRISSOT,** *galamment, regardant Emma.*

Vous ne m'avez pas dérangé tout à fait pour
rien.

FARJOLLE.

Il n'y a pas d'autres formalités à remplir ?

BRISSOT.

Pas d'autre... C'est comme s'il ne s'était rien passé. Vous pouvez compter sur ma discrétion.

FARJOLLE.

Je vous en serai reconnaissant.

BRISSOT.

Madame, j'ai bien l'honneur de vous saluer !
*(Il sort.)*

## SCÈNE IX

EMMA, FARJOLLE, *puis* VÉRUGNA, *puis un instant* JULIETTE, *puis* VÉLARD.

FARJOLLE, *arrêtant Emma.*

Attendons qu'il ait descendu l'escalier... nous partirons après.

EMMA.

Je mets ma voilette.

FARJOLLE.

Pourvu qu'il ne bavarde pas !

EMMA.

Mais non, sois tranquille.

FARJOLLE.

C'est effrayant, les potins qu'on ferait avec cette histoire !

EMMA.

Il faut être au-dessus de ces choses-là, mon chéri. Nous vivons dans un monde où il s'en passe bien d'autres, va!

FARJOLLE.

Ah! je ne pourrai jamais m'y habituer!

EMMA.

Moi non plus. Nous ne sommes pas faits pour vivre dans ce milieu, nous sommes des bourgeois, nous... je le disais encore tout à l'heure... *(Un temps.)* à moi même... Ah! Si nous pouvions vite faire notre fortune, et nous retirer quelque part, à la campagne, tous les deux, seuls... C'est là qu'on oublierait toute la vie de Paris... les choses qu'on ne voudrait pas faire, qui, au fond, vous répugnent, et qu'on se trouve entraîné à faire tout de même, par nécessité, par lâcheté!

FARJOLLE.

Oh! Échapper bientôt à cet esclavage, à tous les gens dont nous dépendons... à Brasier, à Moussac, à Vérugna... à Vérugna, surtout! qui est un véritable tyran... Nous ne sommes que des pantins dans sa main!

EMMA.

Allons, encore un peu de patience, un peu de chance, et nous serons libres...

FARJOLLE.

Du reste, j'ai une idée splendide : un journal financier que je veux fonder ; je te conterai ça!

EMMA.

Là, je suis prête... Embrasse-moi et partons.

(Entre Vérugna.)

VÉRUGNA.

Oh ! très bien, très bien !... continuez, mes
enfants !

EMMA.

Oh ! monsieur Vérugna !

VÉRUGNA.

Oui, toutes les portes sont ouvertes, on entre
ici comme dans un moulin... Mais toi, sacré Farjolle ! je te croyais à Londres...

FARJOLLE.

Je suis arrivé ce matin, patron.

VÉRUGNA.

Allons, tout va bien... Justement, je suis tout
seul ce soir, je m'embête à crever : je vous emmène dîner.

EMMA.

Oh ! patron, quel honneur !... dîner tous les
trois !

VÉRUGNA.

Tous les trois... avec Vélard, bien entendu.

FARJOLLE.

Oh ! ça, patron, ce n'est pas possible !

VÉRUGNA.

·Pas possible ? Qu'est-ce que tu as donc à faire
ce soir ?

FARJOLLE.

Je suis très fatigué... j'avais l'intention...

VÉRUGNA.

Fiche-moi donc la paix ! Je te préviens que, si
tu ne veux pas, je garde ta femme !

FARJOLLE.

Patron, je vous assure...

VÉRUGNA.

Assez! sacré farceur de Farjolle!... Si on le laissait faire, ça se coucherait à huit heures, et pendant ce temps-là, je serais à m'embêter avec Vélard... qui n'est pas drôle depuis quelque temps... Pas de ça! Vous, au moins, vous êtes de petits rigolos. On va passer une très bonne soirée...

FARJOLLE.

Mais, patron !...

VÉRUGNA.

Si on dînait à Montmartre ? Qu'est-ce que vous en dites, chère madame?

EMMA.

C'est une excellente idée, monsieur Vérugna.

VÉRUGNA.

A la bonne heure ! Le Moulin-Rouge Palace vous va-t-il, chère madame?

EMMA.

Oui, si ça vous plaît, monsieur Vérugna.

VÉRUGNA, *tendant l'annuaire à Farjolle.*

Dis-moi le numéro...

(*Sonnerie. Entre Juliette.*)

JULIETTE, *accourant.*

Voilà, voilà !... (*S'arrêtant court.*) Oh ! pardon !.

VÉRUGNA.

Je ne vous appelais pas, mon enfant. Mais il ne sera pas dit que vous serez venue pour rien...

Allez dire à M. Vélard que je suis là et que je
l'attends.

JULIETTE.

Oui... Monsieur Vérugna, n'est-ce pas ?

VÉRUGNA, avec bonté.

Oui, mon enfant... Dépêchez-vous ! (Au téléphone.)
Allô !

FARJOLLE, à Emma, bas, en feuilletant l'annuaire.

Non... non... je ne veux pas... je n'irai pas.

EMMA, bas.

Je t'en prie !... De quoi aurions-nous l'air ?

FARJOLLE.

Ça m'est égal ! Mais je ne dînerai pas dans ces
conditions-là... Nous vois-tu tous les quatre !...
C'est insensé !... Rien que d'y penser !...

VÉRUGNA.

Eh bien, et ce numéro ?

FARJOLLE.

Voilà, voilà !

VÉRUGNA, au téléphone.

Ne coupez pas ! C'est Vérugna qui téléphone !...
Oui !... Lui-même !... Vous avez compris ? Ah !...

EMMA.

Je t'en conjure... Est-ce que nous pouvons le
mettre au courant ? Non, n'est-ce pas ? Alors...

VÉRUGNA.

Eh bien !

EMMA, galement.

222-22,

**VÉRUGNA.**

Merci, chère madame... *(Dans le téléphone.)* 222-22... et au trot !

**FARJOLLE,** *bas, à Emma.*

Qu'est-ce que je te disais ? Nous sommes des esclaves, des pantins !

*(Entre Vélard qui écoute.)*

**VÉRUGNA,** *au téléphone.*

Le Moulin-Rouge Palace ?... Bien !... Retenez un cabinet particulier pour moi, Vérugna... Je viendrai avec trois personnes : Monsieur et madame Farjolle et monsieur Vélard.

**VÉLARD,** *ahuri.*

Ah !

**VÉRUGNA,** *raccrochant le téléphone, à Vélard.*

Ah ! vous êtes prêt, vous !... Parfait !... Là, nous allons faire un tour au journal, avant dîner... Dites donc, mon petit, nous avons à causer avec Farjolle. Passez devant avec madame.

**EMMA,** *à Farjolle.*

Sourions, mon chéri, sourions ! Il n'y a que cela à faire !

*(Emma passe devant Farjolle qui lui arrête le bras.)*

# ACTE IV

Le bureau de Farjolle; bureau à droite; à gauche, la table où travaille mademoiselle Marie, la dactylographe. Farjolle, qui se promène de long en large, finit de dicter des lettres.

## SCÈNE PREMIÈRE

### FARJOLLE, MADEMOISELLE MARIE, *puis* EMMA.

**FARJOLLE,** *dictant.*

« ...Recevez, mon général, mes bien respectueuses salutations... » Là, c'est tout. Voulez-vous avoir la bonté de me relire ces lettres, mademoiselle Marie ?

**MARIE,** *lisant.*

« Monsieur Mégrin, instituteur à Baissas (Dordogne)... Monsieur, en réponse à votre estimée du quinze courant, j'ai l'honneur de vous prévenir que le journal *la Sincérité Financière*, dont je suis le directeur, accepte d'exécuter, pour ses abonnés, tous les ordres de Bourse et toutes opérations financières dont ils veulent bien le charger. Veuillez agréer, monsieur l'instituteur, mes salutations empressées... »

#### FARJOLLE.

Non, pas empressées... Pour un instituteur... mettez distinguées. *(Allant au bureau.)* Là, ça suffit. Donnez-moi tout ça, que je signe... Il n'y a pas d'autres réponses aux lettres de ce matin ?

#### MARIE.

Non, monsieur Farjolle.

#### FARJOLLE. *tirant sa montre.*

Alors, mademoiselle Marie, allez déjeuner. Je n'ai pas besoin de vous avant deux heures.

*(Entre Emma.)*

#### EMMA.

Tu as signé ton courrier ?

#### FARJOLLE.

Oui... Mademoiselle Marie aura la complaisance de le jeter à la poste.

#### MARIE.

Mais, certainement, monsieur... A bientôt, monsieur... Au revoir, madame.

#### EMMA.

Au revoir, mademoiselle.

*(Marie sort.)*

## SCÈNE II

### EMMA, FARJOLLE.

#### EMMA.

Tu as une minute, mon chéri ?

#### FARJOLLE, *allumant une cigarette.*

Je t'écoute.

EMMA, *assise sur le bord de son fauteuil.*

Je viens de recevoir un mot du père Guillaume.

FARJOLLE.

Quel Guillaume?

EMMA.

Eh bien, le propriétaire de la maison Guillaume... Tu te rappelles?... La jolie petite ferme
que nous avons visitée à Fin-d'Oise?

FARJOLLE.

Ah! oui... Eh bien, consent-il à la louer, cet
été?

EMMA.

Oui, mon chéri... Et avec promesse de vente...
Ce qui fait que si les affaires continuent à être
bonnes... Seulement, dis-moi un peu?... Elles
continuent à être bonnes, les affaires?

FARJOLLE.

Oh! admirables!... Le nombre de mes abonnés
et de mes clients augmente tous les jours. Mon
petit journal commence à compter à la Bourse!
Il y avait une place à prendre, celle d'une feuille
financière honnête. Je l'ai prise.

EMMA.

Et il t'a suffi de deux mois pour mettre ça sur
pieds. Mon chéri, tu es étonnant!... Tu brasses
les affaires, tu sais répondre à tout le monde, tu
dis à chacun ce qu'il faut dire, tu as même une
façon d'éconduire les gens qui font les malins
avec toi, comme ce monsieur, l'autre jour.

FARJOLLE. *souriant.*

Oui... Oh! je me suis mis au courant tout de

suite ! Il est vrai que Vérugna m'a été fort utile...
tout de même, c'est moi qui ai eu l'idée du journal... Ce n'est peut-être pas une idée de génie,
mais, enfin, il fallait l'avoir.

### EMMA.

Et c'est moi qui ai trouvé le titre : *la Sincérité
Financière*. Toi, tu voulais mettre : *la Probité
Financière*... ça n'avait pas de sens.

### FARJOLLE.

Cette fois-là, tu avais raison !

### EMMA.

C'est que j'ai toujours raison, mon chéri ! Et tu
devrais m'écouter plus souvent, et surtout avoir
confiance en moi ! Et bien me dire tout... Tu me
dis bien tout ?

### FARJOLLE.

Tout, absolument tout, ma chérie ! Ne t'inquiète
pas !

### EMMA.

Je te temande ça, parce que depuis quelques
jours... ça ne te froisse pas que je te dise ça ?...
Tu me parais un peu préoccupé !...

### FARJOLLE.

Pas du tout, ma chérie !

### EMMA.

Alors, tout va bien, en somme !...

### FARJOLLE, *l'embrassant.*

On ne peut pas mieux, ma chérie... et je ne
serais pas surpris qu'à la fin de l'année on eût
la petite maison Guillaume !...

EMMA.

Comme tu es bon!... Mon petit René!... *(Un temps.)* Tu n'y penses plus, n'est-ce pas?

FARJOLLE, *étonné.*

Mais à quoi?

EMMA.

Voyons... tu sais bien... à cette chose... d'il y a deux mois!... Quand tu m'as si gentiment pardonné!

FARJOLLE, *ennuyé.*

Ah! oui... oui!...

EMMA.

Jure que tu n'y penses plus!

FARJOLLE.

Mais non, mais non!... Je n'y pense plus du tout : c'est toi qui me le rappelles continuellement!

EMMA.

C'est que je t'aime tant, mon chéri! Et je te suis si reconnaissante de ta conduite, ce jour-là!...

FARJOLLE.

N'en parlons plus!...

EMMA.

Je ne t'en parlerai plus, mon chéri!... Mais dis-moi, pour la dernière fois, que tu me pardonnes du fond du cœur?

FARJOLLE.

Oui. Emma, je te pardonne bien sincèrement, parce que j'ai fini par comprendre que tu n'étais pas la seule coupable, que tu n'étais même pas la vraie coupable!... et que c'était la vie de Paris qui était la cause de cette aventure. Aussi, j'ai résolu de nous tirer coûte que coûte de ce milieu pour lequel nous ne sommes faits ni l'un ni l'autre ; et voilà pourquoi je me suis mis courageusement au travail.

*(Il l'embrasse. — On frappe.)*

SOPHIE, *bonne, entrant.*

Madame... Deux amies à madame.

LAURE, *à la porte.*

C'est nous, Emma !

EMMA, *allant à la porte.*

Tiens, Laure et Estelle !

LAURE, *l'embrassant.*

Bonjour, ma chérie ! *(Même jeu d'Estelle.)* Bonjour, Farjolle !

ESTELLE.

Nous nous sommes rencontrées chez la couturière... qui vous attendait ce matin, Emma. On a parlé de vous.

LAURE.

Et, avant de faire notre tour au Bois, on est venu vous chercher... voir si vous êtes libre, par hasard.

EMMA.

Vous êtes bien gentilles. Mais nous avons justement Vérugna et Brasier à déjeuner. Vous nous restez.

LAURE.

Non, merci... pas moi, en tout cas. Je déjeune avec Ernest. Il doit venir me rejoindre chez Paillard, après le conseil de cabinet, qui a lieu en ce moment.

FARJOLLE.

Je compte sur vous, Laure, pour me rappeler au souvenir du ministre.

LAURE.

Il m'a justement chargée de vous faire une commission.

EMMA, *riant.*

Ah! oui, je devine. C'est pour le petit ruban violet... Vérugna m'a prévenue... Ah! je suis bien contente!

LAURE.

Non, le ruban, c'est pour plus tard. Il s'agit d'un chef de bureau au ministère... un nommé Ravenel!...

FARJOLLE, *intéressé.*

Ah! Ravenel!... Eh bien?

LAURE.

Eh bien, il est furieux contre vous. Il est allé trouver Ernest... et Ernest m'a priée de vous dire que c'est un mauvais coucheur, et que vous devriez vous méfier de lui. Il a ajouté : « Ce n'est pas la peine d'en dire davantage à ton ami Farjolle, mais il comprendra. » Moi, je ne comprends pas. Je vous répète simplement ce que m'a dit Ernest.

FARJOLLE.

Merci, ma chère Laure... Dites au ministre que je le remercie bien vivement et que je profiterai de son bon conseil... et que c'est déjà arrangé.

LAURE.

A merveille! Maintenant, nous vous laissons... Au revoir, mes amis. Ne vous dérangez pas pour nous.

*(Estelle et Laure sortent.)*

## SCÈNE III

EMMA, FARJOLLE, *puis* SOPHIE, *un instant.*


EMMA, *à Farjolle.*

C'est vraiment arrangé, cette histoire du chef
de bureau?

FARJOLLE, *bonhomme.*

Oui, ma chérie, c'est arrangé. Ne t'en occupe
pas.

EMMA.

Dis donc? C'est le monsieur de l'autre jour?

FARJOLLE.

Quel monsieur?

EMMA.

Celui que tu as flanqué dans l'escalier?

FARJOLLE.

Oui, c'est lui.

EMMA.

Comment s'appelle-t-il?

FARJOLLE.

Ravenel... c'est un nommé Ravenel... en effet,
chef de bureau au ministère de cette bonne Laure.

EMMA.

Pourquoi l'as-tu flanqué dans l'escalier?

FARJOLLE.

Parce qu'il s'est permis de me réclamer son
argent dans des termes qui ne m'ont pas convenu.

Ma parole, je lui ai demandé s'il me prenait pour
un escroc!

EMMA.

Qu'est-ce qu'il a répondu?

FARJOLLE.

De ces paroles vagues que disent les gens mé-
contents.

EMMA.

Et... le lui as-tu rendu, son argent?

FARJOLLE, énergiquement.

Non! car je l'ai mis dans une affaire sûre où il
ne peut que fructifier, et je ne vais pas le retirer
pour faire plaisir à ce monsieur.

EMMA.

Il ne peut pas t'arriver d'ennui de ce côté-là?

FARJOLLE.

Aucun, aucun! je t'en réponds!

SOPHIE, entrant.

Madame, une lettre qu'on apporte à l'instant
pour monsieur. C'est pressé.

EMMA.

On attend la réponse?

SOPHIE.

Non, madame.

FARJOLLE, ouvrant la lettre.

Voyons... (Il réprime un petit tressaillement et jette la
lettre sur son bureau.) Bon... bon... ça n'a pas d'importance.

(Elle sort.)

EMMA.

Qu'est-ce que c'est?

FARJOLLE.

Rien... rien, un imprimé.

EMMA, *la regardant.*

Ah!...

*(Elle va pour prendre la lettre.)*

FARJOLLE, *essayant de l'arrêter.*

Laisse, ma chérie, laisse !

EMMA.

C'est donc un secret?

FARJOLLE.

Mais non !... mais non !...

EMMA.

Laisse-moi voir tout de même?...

FARJOLLE

Tu y tiens?

EMMA.

Oui...

FARJOLLE.

Oh!... si ça te fait plaisir!

EMMA, *lisant.*

Cabinet du juge d'instruction...

*(Elle le regarde.)*

FARJOLLE.

Oui... ça vient du... du cabinet du juge d'instruction.

EMMA, *continuant.*

« Monsieur Farjolle est invité à se présenter
au cabinet de M. Orbier, juge d'instruction, le

lundi seize avril, de onze heures à midi, pour affaire le concernant... Rapporter la présente lettre. » Qu'est-ce que ça veut dire?

FARJOLLE.

Tu vois... c'est une invitation!...

EMMA.

Tu vas y aller!

FARJOLLE.

Oui... peut-être... Toute réflexion faite, j'irai... Quand un juge d'instruction vous invite à aller chez lui, il vaut mieux y aller. C'est une question de politesse.

EMMA.

Et tu ne sais pas pourquoi il t'invite, ce juge?

FARJOLLE.

Je suppose que c'est pour me demander des renseignements.

EMMA.

Des renseignements sur quoi?

FARJOLLE.

Sur un tas de choses...

EMMA.

Je ne suis pas tranquille!

FARJOLLE.

Ma chérie, ne te fais pas de bile, je t'en conjure! Il est tout naturel qu'un homme dans les affaires soit appelé de temps en temps chez le juge d'instruction. On y va... on cause un quart d'heure avec lui... et ça ne tire pas à conséquence.

EMMA.

Que veux-tu que je te dise? C'est plus fort que moi... Je n'aime pas les juges d'instruction!... Et je suis ennuyée... je n'ai pas le droit de te le cacher... ça me tracasse... Est-ce que par hasard?... Voyons, mon chéri, sois franc! Tu sais que je suis courageuse!... Est-ce qu'il n'y aurait pas du Ravenel là-dessous?

FARJOLLE.

Peut-être... C'est possible... et même, plus j'y songe, plus je crois que ça doit être ça. Cet imbécile de chef de bureau a dû aller clabauder un peu partout... raconter des histoires de l'autre monde!... Et ce juge d'instruction se sera dit : « Il faut que je tire ça au clair et il n'y a que Farjolle qui puisse me donner des tuyaux sur cet individu. »

EMMA.

Il n'y a rien à craindre pour nous?

FARJOLLE.

Absolument rien!... Au contraire!...

EMMA, *qui a gardé la lettre.*

Mais... le seize avril, mon chéri... c'est aujourd'hui!

FARJOLLE, *tressaillant.*

Aujourd'hui!!! *(Se remettant.)* C'est ma foi vrai! *(Il regarde l'heure.)* Dix heures et demie!... Eh bien, alors, je vais partir.

EMMA, *sonnant.*

Tu y vas comme ça, en veston?

FARJOLLE.

Pourquoi pas!

EMMA.

Moi, à ta place, je mettrais ma redingote.

FARJOLLE.

Oui... c'est plus correct!

EMMA, *à Sophie qui entre.*

Sophie!... la redingote de monsieur, le chapeau haut de forme et un paletot de demi-saison! *(Sophie sort.)* Tu seras de retour pour déjeuner?

FARJOLLE.

Oui... *(Faussement gai.)* A moins que le juge ne m'invite à déjeuner avec lui... mais je n'y compte pas!

EMMA, *riant.*

Ah! ah!

*(Ils rient tous les deux... puis se regardent... et redeviennent très sérieux. Silence. Sophie rentre avec la redingote.)*

SOPHIE.

Voilà, monsieur... Est-ce que monsieur a besoin de moi?

EMMA.

Non, non... J'aiderai monsieur. *(Sophie sort. Farjolle enlève son veston et passe sa redingote, aidé par Emma.)* Tu emportes ta serviette?

FARJOLLE. *ouvrant son portefeuille.*

Oui... donne-la-moi... J'ai des cartes de visite? Oui. Eh bien, je suis prêt. Ah! la lettre que j'oubliais... Et, à tout à l'heure, ma chérie!...

EMMA.

Oui... tout à l'heure!... Tu ne me téléphoneras pas?

**FARJOLLE.**

Ce n'est pas la peine... je reviendrai tout de suite!

**EMMA.**

Je t'attends.

**FARJOLLE,** *lui tendant la main.*

Au revoir!

**EMMA.**

Au revoir!... *(Elle l'attire et l'embrasse.)* Va et dépêche-toi!...

*(Farjolle sort.)*


## SCÈNE IV

### EMMA, puis SOPHIE.

**EMMA,** *seule.*

Il a l'air très rassuré... Mais avec les hommes, on ne sait jamais!... *(Elle s'assied.)* Est-ce bête! cette histoire-là m'a laissé une drôle d'impression... Qu'est-ce qu'il y a d'ici au Palais de Justice?... dix minutes... Il sera là-bas à onze heures... A la rigueur, il pourrait être de retour à midi, mettons midi un quart... j'aurais dû l'accompagner... J'aurais su plus tôt ce qu'on lui voulait!... J'ai envie d'y aller tout de même... Décidément, j'y vais!

**SOPHIE,** *entrant avec une carte.*

Pour madame.

**EMMA,** *lisant la carte.*

Paul Vélard... Je ne reçois pas.

**SOPHIE.**

Ce monsieur insiste beaucoup. Il m'a dit de

dire à madame qu'il avait besoin de voir madame immédiatement... pour une affaire importante concernant monsieur.

EMMA, *réfléchissant.*

Ah!... Faites entrer.

(*Entre Vélard.*)

## SCÈNE V

### EMMA, VÉLARD.

VÉLARD.

Excusez-moi, madame, de me présenter chez vous. Malgré l'audace de ma démarche, je ne m'y serais pas décidé, si je n'avais eu la certitude de pouvoir vous être utile...

EMMA.

La femme de chambre me dit, monsieur, que cette démarche concerne mon mari. Je ne vous cache pas que c'est pour cela seulement que j'ai consenti à vous recevoir.

VÉLARD.

C'est également, madame, la seule raison pour laquelle je me suis permis de venir... Voici... avant-hier, à dîner, au cercle des Beaux-Arts et de la Bourse, où M. Farjolle venait autrefois assez régulièrement, un M. Ravenel m'a dit qu'il venait de déposer une plainte contre votre mari...

EMMA.

Ah! mon Dieu!

VÉLARD.

Je vous demande pardon de vous dire cela sans

ménagements, mais la chose est assez grave! Et il n'est peut-être pas trop tard pour aviser.

EMMA.

Mais alors, c'est peut-être pour cela qu'il a été appelé tout à l'heure chez le juge d'instruction?

VÉLARD.

Ah!... Il a été appelé?... Déjà?

EMMA.

Oui... Il avait beau dire! Je savais bien que c'était sérieux! je savais bien!... Ah! mon Dieu! mon Dieu!

VÉLARD.

Ne vous désolez pas! Tout n'est pas perdu... Examinons la situation... examinons-la ensemble.

EMMA.

Vous avez raison... Ne perdons pas la tête.

VÉLARD.

Ravenel m'a dit que Farjolle lui devait cinquante mille francs... C'est bien ça?

EMMA.

Mais je n'en sais rien, moi, je n'en sais rien!

VÉLARD.

Si vous n'en savez rien, ça doit être ça.

EMMA.

Mais qu'est-ce que Farjolle a pu faire de cet argent?

VÉLARD.

Il a dû le perdre à la Bourse. Je sais qu'il a beaucoup joué ces temps-ci.

**EMMA.**

Ah! je comprends! je comprends, maintenant!... Ce pauvre René!... Ah! il a dû s'en faire de la bile et du mauvais sang!... Qu'est-ce qu'il faut faire, à votre avis?

**VÉLARD.**

Il faut d'abord amener Ravenel à retirer sa plainte. J'ai idée que c'est possible... Au cercle, on l'a jugé très sévèrement, il y a un mouvement d'opinion contre lui, et je crois qu'en s'y prenant adroitement... Si vous m'y autorisez, je vais essayer?

**EMMA.**

Merci... Je vous en suis bien reconnaissante.

**VÉLARD.**

Tenez, voilà une parole qui me fait du bien. Je voudrais tant que vous gardiez un bon souvenir de moi!

**EMMA.**

Je sais bien que vous êtes un très gentil garçon, Vélard, et quant aux torts que vous avez eus envers moi, soyez certain que je les ai oubliés depuis longtemps.

**VÉLARD.**

Merci... D'ailleurs, je vous ferai observer que je n'ai eu aucun tort envers vous.

**EMMA.**

N'importe! Ne revenons pas sur le passé.

**VÉLARD.**

Oh! je sais bien que ça n'a pas compté pour vous, mais c'est le meilleur de ma vie... Je n'ai aucune arrière-pensée, je ne me fais aucune illusion, c'est fini, c'est bien fini... car c'est bien fini, n'est-ce pas?

**EMMA.**

Tout à fait.

**VÉLARD.**

Bien. Comme ça, il n'y a pas d'équivoque... Alors, me voilà très à mon aise pour vous dire que je souffre horriblement! Je n'aurais même jamais cru qu'un homme qui a autre chose à faire puisse souffrir ainsi.

**EMMA.**

Mais ce n'est pas de ma faute, mon pauvre ami, et il ne faut pas m'en vouloir.

**VÉLARD.**

Non seulement je ne vous en veux pas, mais je continue à vous aimer plus peut-être qu'autrefois. Je vous aime d'une façon étrange, et pour ainsi dire démodée... Tenez, je me figure que les gens de mil huit cent trente devaient aimer de cet amour-là! Tout ce qui me rattache à vous m'est devenu sacré... Si je vous disais que je me suis lié intimement avec le commissaire de police...

**EMMA,** *souriant.*

Pas possible?

**VÉLARD,** *très ému.*

Oui... Nous ne nous quittons plus, nous faisons la fête ensemble.. ou plutôt, je l'emmène faire la fête pendant que je souffre...

**EMMA.**

Oh! vous souffrez?

**VÉLARD.**

Oui, Emma, oui... Mais je suis fier de cette douleur : elle m'élève au-dessus des gens que je fréquente, et il me semble qu'elle me rendrait capable de choses héroïques et absurdes... Tenez,

pour un amoureux, je vais vous dire un blas-
phème : si je pouvais sauver votre mari, je le
ferais!

EMMA.

C'est de l'exaltation!

VÉLARD.

Oui... C'est même de la folie, car vous me di-
riez demain : « Vélard, nous n'avons pas les cinquante mille francs que nous devons, pouvez-vous
nous les prêter? » Savez-vous ce que je vous
répondrais, Emma? Je vous répondrais : « J'ai
cinquante mille francs, c'est toute ma fortune,
elle est à vous! »

EMMA.

Merci, mon ami... Je ne vous imposerai jamais
un pareil sacrifice!

VÉLARD.

Ce ne serait pas un sacrifice, ce serait une
joie... et une espèce d'expiation... car ces cinquante mille francs-là, voyez-vous, je ne pourrais pas dire à tout le monde comment je les ai
gagnés... je ne pourrais même le dire à personne...
N'ayez donc aucun remords de les accepter, et
dites-vous que ce n'est pas à un amant que vous
les empruntez, ce n'est pas à un ami... c'est en
quelque sorte... à un frère.

EMMA.

Dans ces conditions-là, je ne dis pas non... Je
verrai...

VÉLARD.

Merci... Je suis très heureux... à la Bourse, on
dirait qu'il ne me faut pas grand'chose, mais ça
m'est égal!

*(On sonne.)*

EMMA.

Ah! C'est peut-être des nouvelles... Ah! non, c'est monsieur Vérugna et monsieur Brasier!

*(Entrent Vérugna et Brasier.)*

## SCÈNE VI

Les Mêmes, VÉRUGNA, BRASIER.

VÉRUGNA, *entrant.*

Chèremadame... Ilestpeut-être un peu tôt pour venir déjeuner... Mais nous ne venons pas déjeuner... Bonjour, mon petit Vélard.

EMMA.

Comment, vous ne restez pas avec nous? Il est près de midi... mon mari va rentrer dans un instant...

BRASIER, *dubitatif.*

Euh!

VÉRUGNA, *à Brasier.*

Tais-toi! Ce n'est pas à toi de dire ça, c'est à moi.

EMMA.

Mais, qu'y a-t-il, monsieur Vérugna? Au nom du ciel, vite, dites!...

VÉRUGNA, *à Brasier.*

Voilà ce que tu fais avec tes manières idiotes!... Tu affoles cette pauvre femme... J'aurais voulu prendre des ménagements, tu m'en empêches... Tu es une brute!

EMMA, *suppliant.*

Monsieur Vérugna !

VÉRUGNA.

Voilà... On vient de me donner un coup de téléphone du Palais de Justice...

EMMA.

Farjolle vous a téléphoné?

VÉRUGNA.

Non... Ce n'est pas Farjolle... c'est un ami que j'ai là-bas. Il me dit que votre mari a subi un premier interrogatoire à la suite duquel... *(Regardant Brasier.)* il a été convenu entre le juge et lui qu'il ne rentrerait pas déjeuner...

EMMA.

Qu'est-ce que ça veut dire, monsieur Vérugna? Est-ce qu'il est arrêté?

VÉRUGNA.

Arrêté... arrêté... c'est un bien gros mot!... Mettons qu'il reste à la disposition de la justice.

EMMA.

Alors, il est en prison ?

VÉRUGNA.

En prison? Vous exagérez, chère madame. Permettez-moi de vous dire que ce sont là des expressions qui datent de vingt ans! On ne va plus en prison... on s'absente... on s'absente pendant quelques jours...

EMMA.

Ah! je comprends! je comprends!... Merci de

vos bontés, monsieur Vérugna, mais ce n'est
plus la peine de me cacher la vérité : Farjolle a
été arrêté, il est en prison...

*(Elle fond en larmes.)*

### VÉRUGNA.

Ma chère enfant! ne vous désolez pas comme
ça! Ma parole d'honneur, ça me fait de la peine!...
*(A Brasier:)* Tu vois ce que tu fais, crétin! Tu fais
pleurer une femme charmante!

### BRASIER.

Moi? Je n'ai rien dit.

### VÉRUGNA.

Assez!... *(Prenant Emma par le bras.)* Là... relevez-
vous, et ne vous gênez pas... Allez pleurer tranquillement dans votre chambre... Nous, nous
allons nous occuper un peu de tirer d'affaire cet
animal de Farjolle.

### EMMA, *sortant.*

Merci, monsieur Vérugna... Je vous laisse. Vous
m'excusez?...

*(Elle sort.)*


## SCÈNE VII

### Les Mêmes, *moins* EMMA.


### VÉRUGNA.

Charmante enfant! Beaucoup de cœur!

### BRASIER.

Tu as toujours eu un faible pour elle!

VÉRUGNA.

A quoi vois-tu ça?

BRASIER.

Elle est la seule femme de notre entourage
dont tu ne m'aies jamais dit : « C'est la dernière
des grues! »

VÉRUGNA.

On tâchera de faire quelque chose pour elle...
Sacré Farjolle! jamais je n'aurais cru qu'il serait
si tôt que ça sous les verrous!

VÉLARD.

Je trouve que l'on a été bien sévère pour lui!

BRASIER.

C'est dégoûtant!

VÉLARD.

Je crois connaître l'affaire, et je trouve que l'on
a été bien sévère en arrêtant Farjolle.

BRASIER.

C'est inouï! On n'a plus aucun égard pour la
finance!

VÉLARD.

Nous serrons tous les jours la main à des gens
qui ont fait autrefois pis que Farjolle et qui sont
encore en liberté. Je ne veux nommer personne.

BRASIER.

Sélim, par exemple... et Stingaud, Bachelard,
Strimann... notre ami Stock, notre vieux camarade Moussac... Brohl, etc... Mais ne désespérons
pas de les voir sous clef... Ce plaisir nous sera
peut-être réservé pour nos vieux jours!

VÉLARD.

Vous êtes trop dur, Brasier. On voit bien que vous n'êtes pas dans les affaires. Je vous assure que l'arrestation de Farjolle est déplorable pour nous tous.

VÉRUGNA, *assis.*

Vélard a raison. Et afin d'empêcher l'opinion de s'égarer, je serais d'avis de rédiger tout de suite une petite note qui paraîtra dans l'édition de quatre heures...

BRASIER.

Une note sur l'arrestation de Farjolle? Mais ça n'en vaut pas la peine!

VÉLARD.

Je suis de l'avis de monsieur Vérugna. D'abord, je suis sûr que cela fera plaisir à Farjolle de voir que ses amis de *l'Informé* ont pensé à lui.

BRASIER.

Je me demande comment vous allez rédiger ça!

VÉRUGNA.

Mais tu vas voir, c'est très simple... Ecrivez, Vélard. *(Vélard va s'asseoir au bureau. Vérugna se promenant.)* Euh! vous y êtes?... Bon. « Notre excellent confrère, monsieur Farjolle, a été arrêté hier... »

BRASIER.

Tu es idiot! Cette note-là, c'est pour un homme décoré de la Légion d'honneur!

VÉRUGNA.

Peut-être... Mais que dis-tu de ceci : « Un Parisien bien connu dans le monde des cercles et de la Bourse, monsieur Farjolle. »

VÉLARD.

Très bien, patron.

BRASIER.

C'est encore plus bête! Farjolle n'é it pas bien connu, voyons!

VÉLARD.

Mais si... mais si! Je prétends que Farjolle était un homme bien connu! Il allait à toutes les premières...

VÉRUGNA.

Dans ma loge.

VÉLARD.

Cherchez dans la collection de *l'Informé*, vous trouverez tout le temps : « Remarqué parmi les assistants, messieurs Brasier, Farjolle, etc... etc... »

BRASIER, à *Vérugna*.

Je t'interdis dorénavant de mettre mon nom dans ton journal!

VÉRUGNA.

Enfin, comment annonce-t-on cette nouvelle?

VÉLARD.

Si vous permettez, patron, je crois que j'ai trouvé la formule... *(Il écrit en parlant.)* « Le directeur du journal *la Sincérité Financière*, monsieur Farjolle, a été mis provisoirement en état d'arrestation. Une instruction est ouverte... Monsieur Farjolle était un Parisien bien connu dans le monde des cercles et de la Bourse, où il comptait de nombreuses sympathies... »

VÉRUGNA.

Bravo, Vélard! Voilà qui est gentil, convenable,

littéraire, et qui ne dépasse pas la mesure. Tu ne trouves pas, Brasier?

BRASIER.

Oui, parce que ça, au moins, ça ne se discute pas, c'est complètement stupide.

VÉRUGNA, à Vélard.

N'écoutons pas cette brute! Portez tout de suite cette note au journal, mon petit.

VÉLARD.

Oui, patron... Je me dépêche...

*(Il serre les mains et sort en courant.)*

## SCÈNE VIII

Les Mêmes, *moins* VÉLARD, *puis* EMMA.

BRASIER.

Allons déjeuner. Toutes ces émotions m'ont creusé l'estomac.

VÉRUGNA.

Partons-nous sans présenter nos hommages à cette enfant?

BRASIER.

Inutile de s'en occuper, elle se tirera d'affaire toute seule. Je ne suis jamais inquiet pour les femmes!

VÉRUGNA.

Tu n'as pas d'âme, Brasier!... *(A Emma qui entre.)* Nous allions nous retirer, chère madame.

EMMA.

Oserai-je vous demander un renseignement
encore, monsieur Vérugna?

VÉRUGNA.

Faites donc!

EMMA.

Savez-vous si je peux voir mon mari?

VÉRUGNA.

Vous tenez à le voir aujourd'hui?

EMMA.

Le plus tôt possible, vous devez le comprendre,
monsieur Vérugna.

VÉRUGNA.

En effet... Voyons un peu... Eh bien, tenez, je
vais vous donner un mot sur ma carte, moi. Vous
n'aurez qu'à le présenter, il vous ouvrira immédiatement toutes les portes.

EMMA.

Que vous êtes bon!

VÉRUGNA.

C'est que j'ai de la sympathie pour vous...
Tenez, je vais même vous écrire ce mot tout de
suite...

*(Il va au bureau de Farjolle.)*

BRASIER.

Est-ce que j'ai le temps de faire un tour à la
Bourse, avant déjeuner?

VÉRUGNA.

File devant, je te rejoins dans cinq minutes.

BRASIER.

Madame, je vous présente mes hommages...
Rappelez-moi au souvenir de Farjolle...

*(Il sort.)*

## SCÈNE IX

### EMMA, VÉRUGNA.

VÉRUGNA.

Voilà, mon enfant, vous demanderez ce monsieur de ma part.

EMMA.

J'y vais à l'instant.

VÉRUGNA.

Mais non, mais non! Déjeunez d'abord, ça vous
donnera le temps de vous remettre.

EMMA.

Oh! je suis très calme, maintenant... Que
voulez-vous? Je me désolerais, je me casserais la
tête contre les murs, ça n'avancerait à rien, au
contraire. C'est le moment d'avoir du sang-froid
et d'essayer de nous tirer de là.

VÉRUGNA.

Très bien, ma chère enfant, voilà qui est parler.
Vous êtes tout à fait à la hauteur de la situation...
D'ailleurs, ça ne m'étonne pas de votre part. Je
vous observe depuis pas mal de temps, et j'ai la
meilleure opinion de vous...

EMMA.

Je suis très flattée, monsieur Vérugna!

VÉRUGNA.

Je ne dis que la vérité... Voyez-vous, à Paris, il y a deux espèces de femmes : les femmes pour oisifs et les femmes pour hommes d'action. Les premières ne songent qu'à tromper, tandis que les autres ne songent pas qu'à ça. Elles vous trompent aussi, bien entendu, mais elles vous reviennent toujours! On les retrouve dans les grandes circonstances... Eh bien, vous, vous êtes une femme pour homme d'action... Ce sacré Farjolle a une veine!...

EMMA.

Vous avez le courage de vous moquer de lui, après ce qui lui arrive!

VÉRUGNA.

Mais je ne me moque pas de lui! Il est très heureux, cet animal-là!

EMMA.

Oh!

VÉRUGNA.

Parfaitement, très heureux, je le répète. Et ce qui lui arrive n'est absolument rien, car l'important, dans ce cas, est de ne pas être seul. L'important est d'avoir une femme qui ne se mette pas à pleurnicher! qui ne vous abandonne pas! quelqu'un sur qui on puisse s'appuyer!... Ah! nom d'un chien, si, à mes débuts dans la vie, j'avais eu une petite femme comme vous, au lieu de tomber sur une drôlesse... car vous devez savoir que j'ai été très malheureux, avec mon air de tout casser...

EMMA.

Vous, monsieur Vérugna, vous avez été malheureux ?

VÉRUGNA.

Parfaitement... et je le suis toujours... Je ne le raconte pas, parce que ça ferait plaisir à trop de gens... Mais je vous fiche mon billet qu'il y a des soirs où, après avoir bouclé le journal, je me dis : « Dans le numéro de demain, j'embête le gouvernement, j'embête les députés, les sénateurs, j'embête la finance, j'embête toute la France, j'embête même l'étranger... mais tous ces gens-là réunis ne sont fichtre pas aussi embêtés que moi ! »

EMMA.

Comment, monsieur Vérugna, vous dites cela, vous qui avez tout, vous qui êtes le maître de Paris !

VÉRUGNA.

J'ai tout... mais, ces soirs-là, savez-vous ce qui me manque ?... C'est une femme dans votre genre, une femme dévouée, ayant du bon sens et de la bonne humeur, et qui s'en fiche pas mal que je sois le maître de Paris !... *(Lui prenant la main.)* Tenez, ça me fait plaisir de vous dire ces bêtises-là, il me semble que vous les comprenez... Enfin, laissons cela. Je ne vous parle que de moi, en ce moment ; occupons-nous de vous, c'est plus intéressant. Car vous savez, je m'intéresse beaucoup à vous... Sacré Farjolle ! Il s'est fourré dans une drôle d'histoire, tout de même ! Et pour quelle somme a-t-il fait cette gaffe-là ?

EMMA.

Cinquante mille francs.

32

VÉRUGNA, *éclatant de rire.*

Cinquante mille francs !... C'est bouffon !... Je
croyais qu'il s'agissait de quelque chose de sérieux,
un million au moins... Il s'est laissé coffrer pour
cinquante mille francs ! Et c'est pour cette misère
qu'il a compromis une situation excellente, un
journal dont le besoin ne se faisait fichtre pas
sentir, mais qui était très bien parti !... Ma pauvre
enfant, je ne voudrais pas vous dire des choses
désagréables, mais vous avez enchaîné votre
existence à celle d'un bonhomme qui manque
vraiment de carrure !

EMMA.

Oh ! je ne prétends pas que ce soit un homme
de génie. Mais combien y en a-t-il, en ce moment,
d'hommes de génie ? Il n'y en a qu'un : c'est
vous... Farjolle est très intelligent, je vous assure,
très actif ; il a des tas de qualités. Seulement, il
est trop gentil, et il a été roulé... C'était à prévoir... Ah ! je me rappelle ce que vous lui avez
dit, lorsqu'il vous a parlé de son journal !

VÉRUGNA.

Que lui ai-je dit ?... Je l'ai oublié...

EMMA.

Vous lui avait dit : « Tu n'es qu'un imbécile.
Contente-toi de gagner gentiment ta vie dans les
affaires, et ne te mêles pas de journalisme. Tu ne
sais pas ce que c'est. » S'il avait suivi votre
conseil, il ne serait pas où il est.

VÉRUGNA.

Vraisemblablement.

EMMA.

Alors, puisque vous vous intéressez un peu à nous, il faut le sortir de là, Farjolle.

VÉRUGNA *se promène un grand temps.*

Mon enfant, j'ai beaucoup de défauts et je les aurais presque tous que ça ne m'étonnerait pas. Mais j'ai une qualité, j'appelle les choses par leur nom, et je suis carré. Je peux presque tout, à Paris, mais je ne peux pas relever un homme qui a fait un pouf ridicule. A Paris, voyez-vous, il faut faire grand... Farjolle aurait ruiné des centaines de personnes, causé un scandale abominable, sa situation ne serait pas désespérée, elle ne serait même pas mauvaise. On aurait parlé de lui, il devenait un des hommes avec qui il faut compter... Mais, maintenant, personne, pas même moi, ne peut le mettre sur pied.

EMMA.

C'est épouvantable, ce que vous me dites !

VÉRUGNA.

Je vous parle franchement, moi. Farjolle n'a qu'une chose à faire : partir pour l'étranger à sa sortie de prison, car, à Paris, il est nettoyé. C'est désormais un homme pour l'exportation.

EMMA.

Oh! je vois clair, à présent... je découvre des choses que je ne voyais pas tout à l'heure... Nous sommes perdus, je le sens bien. Il n'y a qu'à s'en aller.

VÉRUGNA.

Mais non ! Et voilà ce qu'il y a d'admirable à Paris! On se croit perdu... et en effet, on l'est!

On ne peut plus compter sur rien... et tout d'un
coup, on se trouve en présence d'un monsieur
comme moi, qui, après vous avoir flanqué la mort
dans l'âme, vous dit : « Ma petite amie, j'ai la
planche de salut... j'ai une idée... »

EMMA.

Une idée pour nous sauver, monsieur Vérugna?

VÉRUGNA.

Pour vous sauver, si vous voulez.

EMMA.

Et quelle idée?

VÉRUGNA.

Voici, mon enfant... Nous commençons par
Farjolle... Je lui colle une jolie lettre de recom-
mandation pour un de mes amis du Brésil, qui
n'a rien à me refuser.. J'y ajoute quelques billets
de mille... et il se refait là-bas, en cinq ans, grâce
à l'expérience qu'il a pu acquérir ici. Et on n'en
entend plus parler... Quant à vous, écoutez bien
ceci... Vous restez à Paris...

EMMA, avec un mouvement.

Moi?

VÉRUGNA.

Laissez-moi finir!... Je ne vais pas vous faire
une de ces propositions louches qui offensent une
femme et qui ont l'air d'un marché! Je ne vous
demande pas ce que j'ai demandé à tant d'autres :
d'être ma bonne amie pour plus ou moins d'argent et pour plus ou moins de temps. Non, je
vous fais la belle proposition, la proposition
carrée, et qui n'a rien d'humiliant parce qu'elle
n'a rien de petit ni de mesquin. Je vous offre la

moitié de ma situation, de mon influence, et la moitié aussi de mes soucis et de mes embêtements, bien entendu : la large association, quoi, et sous la forme que vous voudrez : amie, maîtresse, et si vous êtes libre un jour, épouse... femme légitime de Vérugna... Il n'y en pas eu depuis vingt ans... Eh bien, j'ose dire que ça c'est quelque chose qu'on peut offrir sans avoir l'air d'un saligaud !

 EMMA.

Monsieur Vérugna, je vais vous répondre franchement, moi aussi. Ce que vous m'offrez est très beau ; il y a de quoi tourner la tête à une femme. C'est une de ces aventures comme on en voit dans les romans... Il y a un an, on m'aurait dit que quelqu'un me proposerait ça, j'aurai bien ri ; mais on aurait ajouté que je refuserais, j'aurais trouvé ça trop drôle !

VÉRUGNA.

Qu'est-ce que vous me chantez ! Vous refusez ?

EMMA.

Oui, monsieur Vérugna, parce que j'aime Farjolle. Et, à mesure que je vous parle, je m'aperçois que je l'aime plus encore que je ne croyais. Je me suis demandé bien des fois : « Est-ce que je pourrais vivre sans lui ? » Et je me suis toujours fait la même réponse : « Je ne pourrais pas... » Oh ! je ne veux pas me faire plus irréprochable que je ne suis. Je n'aurais peut-être pas eu de scrupules de tromper Farjolle quand il était heureux. Mais, profiter de ce qu'il est tombé, de ce qu'il est en prison et ne peut même pas se défendre, pour l'abandonner pendant qu'il compte sur moi, ça, monsieur Vérugna, ce n'est pas possible. Je commettrais une action pareille, ce serait fini; il me semble que je ne pourrais plus m'amuser dans la vie, je perdrais ma bonne humeur, ma gaieté, et en me prenant, c'est une autre femme que vous prendriez. Vous feriez un marché de dupe, vous seriez volé! Et ça n'est pas votre habitude!

VÉRUGNA.

Voyons, voyons, ce n'est pas sérieux! C'est un malentendu, ce ne peut être qu'un malentendu!

EMMA.

Oui, nous ne sommes pas d'accord sur la manière dont une femme doit se conduire quand son mari est en prison, voilà tout!

VÉRUGNA.

Je n'en reviens pas! Vous avez bien compris ce que je vous offrais, n'est-ce pas?

EMMA.

Oh! très bien!

VÉRUGNA.

Vous avez compris que je vous offrais d'être la femme du directeur de *l'Informé!* Et vous continuez à refuser?

EMMA.

Oui, monsieur Vérugna, je continue.

VÉRUGNA.

Ma chère enfant! ce n'est pas possible! C'est monstrueux!

EMMA.

Oui... Vous croyiez qu'on pouvait tout avoir

avéc un journal qui tire à un million d'exem-
plaires... Il paraît qu'on ne peut pas avoir ça !

VÉRUGNA.

Je vais être très malheureux ! Car, il n'y a pas
à se le dissimuler, moi, Vérugna, je suis amoureux
comme un remisier. C'est la seconde fois que ça
m'arrive dans ma vie, et ça ne me réussit pas
mieux que la première !

EMMA.

Mais non, monsieur Vérugna, vous n'êtes pas
amoureux. Seulement, vous qui êtes habitué à
faire tout plier devant vos caprices, vous à qui
personne n'a jamais résisté, vous vous trouvez
brusquement devant une petite femme de rien
du tout, qui se permet de vous dire non... Alors,
ça vous fouette le sang, ça vous monte à la tête,
et vous vous figurez que vous êtes amoureux !
Vous n'êtes pas amoureux, monsieur Vérugna,
vous êtes étonné.

VÉRUGNA.

C'est ce qui vous trompe ! Et nom d'un chien ! vous
auriez voulu m'emballer à fond, vous ne vous y
seriez pas prise autrement ! Y a pas à dire, je
suis emballé à fond !... Je ne peux pas rester dans
cet état-là ! C'est pas possible ! Ça finirait par se
savoir... ce serait le gros scandale !

EMMA.

Ça ferait peut-être baisser la rente !

VÉRUGNA, furieux.

Et elle se paye ma tête, par-dessus le marché !
Sacrée petite femme !... Ne riez donc pas comme

ça, c'est agaçant ! Regardez donc les choses en
face ! Songez donc un peu à l'avenir... Voyons,
puisque vous y tenez tant, à cet animal de Farjolle, voulez-vous le tirer d'affaire ? assurer son
sort et le vôtre, dans un coin de province, loin
de Paris, de la Bourse, de Vérugna et de toute sa
clique ?... Et pour ça, il ne faudrait pas des
choses extraordinaires !... Il faudrait simplement
venir, pendant les quelques jours où vous allez
être seule, tenir un peu compagnie à ce Vérugna,
qui est peut-être un homme terrible, mais qui,
avec vous, serait doux comme un petit agneau...
dîner deux ou trois fois avec lui... Et personne
n'en saurait rien... Rassurez-vous, on ne le met-
trait pas dans *l'Informé*... Et à la suite de ça, ce
serait le beau chèque... de...

EMMA, furieuse, avec un geste vers la porte.

Monsieur Vérugna !...

VÉRUGNA, l'interrompant.

Oui !... N'achevez pas, j'ai compris. Vous me
montrez la porte. Je m'y attendais... Aujourd'hui,
il n'y a rien à faire, nous sommes dans les grands
sentiments. On est jeté à la porte pour un mot de
travers... Mais je reviendrai demain, causer de
cela avec vous... Vous aurez réfléchi. Vous aurez
vu que, si je suis brutal, si je suis cynique, j'ai
tout de même un cœur, nom d'un chien !... Et
que je suis capable de souffrir comme le premier
imbécile venu... Seulement, moi, je ne peux pas
vous faire la cour avec de l'esprit, avec de la jeunesse, avec une voix bête d'amoureux, avec le
physique de l'emploi... Je vous fais la cour avec
ce que j'ai : mon influence et mon argent, et je
suis en train de m'apercevoir, n... de D..., que

ça n'est pas grand'chose!... Oh! je n'espère pas que cette déclaration-là vous touche... mais dites-vous que, si, par hasard, vous n'y étiez pas insensible, vous laisseriez les plus beaux souvenirs de sa vie à un homme qui n'en a fichtre pas beaucoup... Au revoir, chère madame, et excusez-moi, si j'ai abusé de vos instants.

EMMA, l'arrêtant.

Eh bien, non, monsieur Vérugna, vous n'allez pas partir comme ça!

VÉRUGNA.

Que voulez-vous dire?

EMMA.

Vous venez de me parler méchamment, cruellement, comme si vous pensiez ce que vous disiez.

VÉRUGNA.

Je le pensais fichtre bien!...

EMMA.

Mais non, monsieur Vérugna, vous ne le pensiez pas... Et je vous connais... mieux que vous ne vous connaissez vous-même.

VÉRUGNA.

Ça, par exemple!...

EMMA.

Oui!... Vous n'êtes pas l'homme que vous croyez être... Vous vous croyez un forban, un monsieur féroce, prêt à toutes les vilenies pour contenter son bon plaisir...

VÉRUGNA.

Eh bien! dites donc...!

EMMA.

Vous n'êtes pas ça du tout.

VÉRUGNA.

Et qu'est-ce que je suis?

EMMA.

Vous êtes un brave homme.

VÉRUGNA.

Vous allez trop loin.

EMMA.

Oh! n'ayez pas peur, je ne le raconterai à personne... Vous avez fait le méchant, comme ça, pour vous prouver votre force, comme les grands chiens donnent de la voix; mais vous avez ajouté que vous aviez tout de même un cœur, nom d'un chien!... Eh bien! voilà le moment de vous en servir. Vous êtes tout-puissant, vous n'avez qu'à faire un signe. Qu'est-ce que c'est qu'un juge d'instruction à côté de vous?... Vous direz : « Mettez Farjolle en liberté » et on le mettra en liberté... Tenez, monsieur Vérugna, ce qui serait chic, après avoir tiré Farjolle d'affaire, ce serait de le prendre avec vous, et de le protéger contre tous les gens qui lui veulent du mal et de faire ça, sans condition, simplement pour relever un homme qui est à terre et... parce que vous êtes Vérugna!...

VÉRUGNA.

Et après vous me prendriez pour un jobard, hein? Jamais je ne ferai ça.

EMMA.

Allons donc... vous allez le faire!... et tout de suite.

*(Elle prend l'annuaire.)*

VÉRUGNA.

Je serais curieux de voir ça!

EMMA, *téléphonant.*

Le 235-23... et vivement, pour monsieur Vérugna!

VÉRUGNA.

Qu'est-ce que vous demandez?

EMMA, *à Vérugna.*

Le Palais de Justice... *(Au téléphone.)* Monsieur le juge d'instruction Orbier est encore là?... Monsieur Vérugna l'appelle à l'appareil...

VÉRUGNA.

Moi?... Pas du tout!...

EMMA.

Tenez... Parlez...

*(Elle lui met l'appareil dans les mains.)*

VÉRUGNA.

Par exemple!... Hé oui... c'est moi, Vérugna... Ce que je désire?... Vous avez un de mes confrères... Farjolle... Hein? Mais pas du tout! Vous allez me relâcher ce garçon-là tout de suite! J'en ai besoin... Pourquoi?... Je l'attache à mon journal... à mille francs par mois... Ah! ce qu'il fera?... Mais, les tribunaux, parbleu!

EMMA.

Oh!... monsieur Vérugna!...

VÉRUGNA.

Mais... bonsoir, Orbier. *(Il raccroche l'appareil.)*
Hein! sacrée petite femme! Vous êtes contente...
ce crétin de Vérugna s'est couvert de ridicule!...
Il a fait tout ce que vous vouliez...

EMMA.

Je vous l'avais bien dit!... C'est beau, c'est
chic, ce que vous avez fait là!... Et vous prenez
Farjolle avec vous, par-dessus le marché?

VÉRUGNA.

Vous avez ma parole... pas ma parole d'honneur, ma vraie parole... Et celle-là est sacrée!

EMMA.

Oh! monsieur Vérugna, je suis trop heureuse!...
Quel homme vous êtes! Tout à l'heure nous étions
perdus, ruinés... Vous venez, et d'un mot vous
transformez tout!... Nous sommes sauvés! nous
sommes riches!

VÉRUGNA.

Et ce qu'il y a de plus vexant, c'est que vous
ne m'en saurez aucun gré!... Moi, Vérugna, j'aurai fait une chose très bien qui ne me rapportera
rien, pas même de la reconnaissance!

EMMA.

Pouvez-vous croire une chose pareille, monsieur Vérugna! Vous n'avez pas affaire à des
ingrats!

VÉRUGNA.

Allons donc... ce serait monstrueux, alors ! Mais je suis tranquille... dès maintenant, vous ne pensez plus qu'à votre mari. Il lui faut cinq minutes pour venir du Palais ici... et vous ne tenez plus en place... Dès qu'il sera là, vous lui sauterez au cou. Et moi, je serai comme si je n'avais jamais existé !...

EMMA.

Je vous jure...

VÉRUGNA.

Ne jurez pas !... Voilà votre mari qui revient.


## SCÈNE X

### LES MÊMES, FARJOLLE.


EMMA, *à la porte.*

René... c'est toi ?...

FARJOLLE, *dans les bras d'Emma.*

Emma !... ma petite Emma !

EMMA.

Tu es libre ?

FARJOLLE.

Non lieu !... Tu n'as pas été inquiète ?

EMMA.

Si, j'étais folle... mon chéri ! Ça ne t'a pas trop bouleversé ?

PARJOLLE.

Non... Mais je pensais à toi !

EMMA.

Mon bon chéri ! Assieds-toi !... Tu dois être
brisé !

PARJOLLE.

Oui ! Que c'est bon de se retrouver !

(Ils s'embrassent.)

VÉRUGNA.

Qu'est-ce que je disais ?... Je n'existe plus ! Je
suis même de trop... Bonsoir, les petits !... Ils ne
m'entendent même pas ! Voilà ma première bonne
action... Et ce qu'il y a de plus extraordinaire,
c'est que je ne la regrette pas !

(Il sort. Le rideau tombe.)

# TABLE

---

**PARIS — IMPRIMERIE MICHELS FILS**

6, 8 et 10, Rue d'Alexandrie.

## ARTHÈME FAYARD, Éditeur
### Rue du St-Gothard, 18-20, PARIS (XIVᵉ)

# THÉATRE COMPLET
## D'ALFRED CAPUS

❧ ❧

| | |
|---|---|
| **1ᵉʳ VOLUME** | **Brignol et sa Fille** ❧ **Rosine** ❧ **Les Maris de Léontine** |
| **2ᵉ VOLUME** | **Petites Folles** ❧ **La Bourse ou la Vie** **La Veine** |
| **3ᵉ VOLUME** | **Mariage Bourgeois** ❧ **La Petite Fonctionnaire** ❧ **Les Deux Écoles** |
| **4ᵉ VOLUME** | **La Châtelaine** ❧ **L'Adversaire** (en collaboration avec Emmanuel Arène) ❧ **Monsieur Piégois** |
| **5ᵉ VOLUME** | **Notre Jeunesse** ❧ **Le Beau Jeune Homme** **Les Passagères** |
| **6ᵉ VOLUME** | **L'Attentat** (en collaboration avec Lucien Descaves) **L'Oiseau blessé** ❧ **Qui perd gagne** (en collaboration avec Pierre Veber) |

### Pour paraître prochainement :

| | |
|---|---|
| **7ᵉ VOLUME** | **Les Deux Hommes** ❧ **Un Ange** **L'Aventurier** |

# THÉATRE COMPLET
## DE PAUL HERVIEU
### DE L'ACADÉMIE FRANÇAISE

### Édition définitive en trois volumes in-18 à 3 fr. 50

| | |
|---|---|
| **1ᵉʳ VOLUME** | **Point de Lendemain** ❧ **Les Paroles restent** **Les Tenailles** ❧ **La Loi de l'Homme** |
| **2ᵉ VOLUME** | **L'Énigme** ❧ **La Course du Flambeau** **Théroigne de Méricourt** |
| **3ᵉ VOLUME** | **Le Dédale** ❧ **Le Réveil** ❧ **Modestie** ❧ **Connais-toi** |

### CHAQUE VOLUME SE VEND SÉPARÉMENT 3ᶠ50

PARIS. — IMP. MICHELS FILS.

www.ingramcontent.com/pod-product-compliance
Lightning Source LLC
Chambersburg PA
CBHW052351020726
47503CB00001B/200